THE SECRET
by Julie Garwood
translation by Miho Suzuki

ほほえみを戦士の指輪に

ジュリー・ガーウッド

鈴木美朋［訳］

ヴィレッジブックス

ほほえみを戦士の指輪に

THE SECRET

おもな登場人物

ジュディス	本編の主人公
イアン・メイトランド	メイトランド・クランの氏族長
パトリック	イアンの弟
フランシス・キャサリン	ジュディスの親友でパトリックの妻
ブロディック	メイトランド・クランの戦士
アレックス	〃
ゴウリー	〃
グレアム	メイトランド・クランの長老
ヴィンセント	〃
ダンカン	〃
ゲルフリッド	〃
オウエン	〃
ヘレン	助産婦
ウィンズロウ	ブロディックの兄
イザベル	ウィンズロウの妻
ラガン	神父
テケル	ジュディスのおじ
マクリーン	マクリーン・クランの氏族長
ダグラス	マクリーンの息子

プロローグ

一八一一年　イングランド

ふたりは、まだ幼く、たがいに憎み合うのが普通なのだと理解できなかったころに、友達になった。

はじめて会ったのは、毎年夏にスコットランドとイングランドの国境で開催される祭典だった。レディ・ジュディス・ハンプトンは、それまでスコットランドの祭を見物したことがなかったばかりか、生まれ育ったイングランド西部の僻地《へきち》を離れるのもはじめてだったので、なにもかもが目新しかった。興奮のあまり、日課の昼寝をしてもすぐに目が覚めてしまう。見るべきもの、やるべきことがいくらでもあるし、好奇心いっぱいの四歳児には、いたずらの種も山ほどあった。

一方、フランシス・キャサリン・カーコルディは、その日もとっくにいたずらをしていた。父親は、お仕置きに彼女のお尻をこっぴどくたたいてから、飼い葉袋のように肩にかつぎ、広々とした野原へ連れて行った。歌や踊りの会場から遠く離れた平たい岩に娘を座らせると、わたしの怒りが解けて迎えにくるまでじっとしていなさいと命じた。そして、ひとりで静かに反省するようにとつけ加えた。

〝反省〟の意味がさっぱりわからないフランシス・キャサリンは、父親のいうとおりにしなかった。だからといって、悪い子だとはいえまい。というのも、頭のまわりをぶんぶん飛びまわっている大きな蜂が怖くて、ほかのことはなにも考えられなかったのだ。

ジュディスは、フランシス・キャサリンが父親にお仕置きされるのを見ていた。そばかすの散った、生意気そうな顔立ちをしたその子をかわいそうに思った。もし自分がハーバートおじさんにお尻をたたかれたりしたら、絶対に泣いてしまう。でも、あの赤毛の子は、お父さんにお尻をぶたれても、顔をしかめもしなかった。

あの子に話しかけてみよう。ジュディスは、女の子の父親が指を突きつけてなにかいうのをやめ、怒った足取りで野原を引き返していくのを見送ってから、スカートをつまみあげ、ずいぶん離れたところにある平たい岩まで駆けていき、女の子の背後からそっと近づいた。

「わたしのお父さまはお尻をぶったりしないわ」自己紹介がわりに、自信たっぷりにいった。

フランシス・キャサリンは振り返りもしなかった。左膝のすぐそばにとまっている蜂から、目をそらすことができないのだ。

相手が黙っていても、ジュディスはひるまなかった。「お父さまは死んじゃったんだけどね。わたしが生まれる前に」

「だったら、なぜお尻をぶったりしないなんてわかるの？」

ジュディスは肩をすくめた。「わかるったらわかるの。ねえ、あなたってしゃべり方が変ね。喉になにか詰まってるみたい。ほんとになにか詰まってるの？」

「いいえ。あなたこそ、変なしゃべり方」

「どうしてこっちを向かないの？」

「向けないからよ」

「どうして？」ジュディスはピンクの服の裾をねじりながら返事を待った。

「蜂を見張ってるの。わたしを刺そうとしてる。その前に、たたきつぶさなきゃ」

ジュディスは身を乗りだした。女の子の左足のまわりを飛びまわっている蜂が見えた。

「いますぐたたきつぶせば？」声をひそめていった。

「怖いの。失敗するかもしれない。そうしたら、絶対に刺されるわ」

この難問について、ジュディスはしばらく眉をひそめて考えこんだ。「わたしがやってあげましょうか？」

「ほんとうに？」

「ええ。あなたの名前は？」ジュディスは尋ね、蜂と対決する勇気を奮い起こす時間を稼いだ。

「フランシス・キャサリン。あなたは？」

「ジュディス。どうして名前がふたつあるの？　そんなの聞いたことがない」

「みんなそういうのよね」フランシス・キャサリンは大げさにため息をついた。「フランシスはお母さまの名前。わたしを産んだときに死んじゃったの。キャサリンは、おばあさまの名前。おばあさまも、お母さまを産んだときに死んじゃった。ふたりとも、聖なる土地じゃないところに埋められたわ。汚《けが》れてるからって、教会が許してくれなかったの。お父さまは、わたしがいい子になって、天国へ行くよう願ってる。神さまがわたしのふたつの名前を聞けば、おばあさまとお母さまのことを思い出してくれるって」

「汚れてるなんて、教会はなぜそんなことをいうの？」

「赤ちゃんを産むときに死んだからよ。なんにも知らないのね」

「知ってることもあるわ」

「わたしはなんでも知ってる」フランシス・キャサンは胸を張った。「というか、お父さまはわたしがなんでも知ってるつもりだっていうの。でもわたしは、どうしたら赤ちゃんができるか、知ってるわ。あなたも知りたい？」

「ええ、知りたい」

「結婚したら、旦那さんが杯に注いだ葡萄酒に唾を吐いて、奥さんに飲ませるの。奥さんがそれを飲んだとたん、おなかに赤ちゃんができるのよ」

胸がむかつくような話に、ジュディスは顔をしかめた。もっと詳しく話してくれと頼もうとしたが、そのとき不意に、フランシス・キャサリンが悲鳴をあげた。ジュディスは身を乗りだした。そして、やはり悲鳴をあげた。蜂がフランシス・キャサリンの靴のつま先にとまっている。見れば見るほど、蜂は大きくなっていくような気がした。

お産の話はにわかに忘れ去られた。「たたいてくれる?」フランシス・キャサリンが尋ねた。

「いま勇気を出しているところ」

「怖いの?」

「そんなことない」嘘をついた。「わたしには怖いものなんかないわ。あなたもそうだと思ってたんだけど」

「なぜ?」

「お父さまにお尻をぶたれても泣かなかったから」

「力いっぱいぶたれたわけじゃないもの。お父さまは力いっぱいお尻をぶったりしない。お尻をぶつと、わたしよりお父さまのほうが痛いし。とにかく、ギャヴィンとケヴィンはそういってる。お父さまはわたしをかまいすぎだ、お父さまが甘やかすせいで、大人になってわたしが結婚することになったら、相手が気の毒だって」

「ギャヴィンとケヴィンってだれ?」

「ふたりとも、わたしの腹違いのお兄さま。つまり、お父さまは同じだけど、お母さまが違うの。ふたりのお母さまも死んだわ」

「お産のときに?」

「いいえ」

「じゃあ、どうして？」

「すごく疲れちゃったから。お父さまがそういってた。ねえ、わたし目をぎゅっとつぶるから、そのあいだに蜂をたたきつぶして」

ジュディスは新しい友達を感心させなければと勢いこんでいたので、後先のことなどもう考えないようにした。だが、蜂をたたこうと手を伸ばしたものの、蜂の羽に手のひらをくすぐられたとたん、思わず拳を握ってしまった。

そして、声をあげて泣きはじめた。フランシス・キャサリンは岩を飛びおり、唯一、思いつく方法で友に手を貸した。つまり、一緒に泣きはじめたのだ。

ジュディスは岩のまわりをぐるぐると走りながら、息もつけないほどしきりに悲鳴をあげた。後ろからフランシス・キャサリンが、痛いからではなく、同情と恐怖から、同じくらいすさまじいわめき声をあげながら追いかけてきた。

フランシス・キャサリンの父親が野原を駆けてきた。まず娘をつかまえ、なにがあったのか早口でまくしたてるのに耳を傾けてから、ジュディスを追いかけた。

まもなく、ふたりは優しくなだめられ、落ち着きを取り戻した。フランシス・キャサリンの父親は、ジュディスの手のひらから蜂の針を抜き、冷たい泥を塗ってくれた。毛織りの格子模様《プレード》の布の縁で、そっと涙をぬぐってもくれた。いま、彼はお仕置きの岩に腰をおろし、片方の膝に娘を、もう片方の膝にジュディスをのせている。

ジュディスは、これほどだれかに心配してもらったことがなかった。フランシスの父親があまりに優しくしてくれるので、すっかりはにかんでしまった。それでも、父親が撫でてくれるのを拒むどころか、もっと撫でてもらおうと、おずおずと体を寄せた。

ジュディスたちのしゃっくりが止まり、きちんと話が聞けるようになると、父親がいった。「おまえたちときたら、困った二人組だな。丸太投げの開始を知らせるらっぱよりも大きな声でわめいていたぞ。それに、びっくりした雌鶏《めんどり》みたいにぐるぐる走りまわったりして」

彼が怒っているのかどうか、ジュディスにはわからなかった、口調はぶっきらぼうだが、怖い顔はしていない。フランシス・キャサリンがくすくす笑った。ということは、フランシスの父親はからかっていただけなのだろう。

「だって、この子、すごく痛がってたのよ、お父さま」フランシス・キャサリンがきっぱりといった。

「そりゃあそうだろうな」父親はジュディスに目を転じ、じっと見つめられていたことに気づいた。「娘を助けてくれて、きみはほんとうに勇敢だ。だが、今度こんなことがあったら、蜂をつかんじゃいけない。いいね？」

ジュディスは真顔でうなずいた。

父親は彼女の腕をそっとたたいた。「いい子だ。名前は？」

「ジュディスっていうのよ、お父さま。お友達になったの。夕食に招待してもいい？」フランシス・キャサリンがいった。

「そうだな、ジュディスのご両親に訊いてみないとな」

「ジュディスのお父さまは亡くなったんですって。かわいそうよね？」

「そうだね」目尻にしわが寄ったが、笑ったからではなかった。「こんなきれいなすみれ色の目は見たことがないな」

「あら、わたしの目だって、見たことがないほどきれいなんでしょう、お父さま？」

「そうだよ、フランシス・キャサリン。おまえの目は、だれよりもきれいな茶色だ。ほんとうだよ」

フランシス・キャサリンは父親の返事に大喜びし、背中を丸めてまたくすくすと笑った。それから、父親にいった。「ジュディスのお父さまは、ジュディスが生まれる前に亡くなったの」たったいま、そのことを思い出し、父親に伝えたほうがよさそうだと考えたのだ。

父親はうなずいた。「そうか。さあ、フランシス・キャサリン、ちょっと静かにしていてくれるか。おまえの友達と話がしたいんだ」

「わかったわ、お父さま」

ふたたび、フランシス・キャサリンの父親はジュディスに目を戻した。ジュディスの真剣なまなざしに、なんとなく落ち着かない気分になった。年端《としは》もいかない子どもにしては、ジュディスはやけに緊張している。

「ジュディス、年はいくつだね？」

ジュディスは指を四本突きだした。

「ほら、お父さま。わたしと同じ年だって」

「いや、フランシス・キャサリン、同じ年じゃないな。ジュディスは四歳、おまえはもう五歳だ。忘れたのかい？」

「お父さまってば、忘れてないわよ」

フランシス・キャサリンの父親は娘ににっこりしてみせ、もう一度ジュディスに話しかけた。「わたしが怖いのかな？」

「この子には怖いものなんてないのよ。そういったもの」

「静かに、フランシス・キャサリン。わたしはおまえの友達と話がしたいんだ。ジュディス、母上は一緒に来ているのかい？」

ジュディスは首を振った。プラチナブロンドの髪をそわそわと指に巻きつけはじめたが、視線はあいかわらずフランシス・キャサリンの父親の顔に向いていた。父親の顔は赤いひげにおおわれており、しゃべるたびにそのごわごわした毛が上下に動く。ジュディスは、どんなさわり心地か、さわってみたいと思った。

「ジュディス？　母上は一緒に来ているのか？」フランシス・キャサリンの父親が繰り返した。

「いいえ、お母さまはテケルおじさまのところにいるの。ふたりとも、わたしがここに来ていることを知らない。秘密なの。秘密にしてないと、二度とこのお祭に来られなくなってしまうから。ミリセントおばさまがそういったわ」

いったん口をひらくと、知っていることを残らずしゃべってしまいたくなった。「テケルおじさまは、おじさまのことをお父さまだと思っていいんだっていうけれど、お母さまのお兄さまってだけだもの、わたしはおじさまのお膝に座らないの。座っていいっていわれても、座りたくない。でも、どうせ座れないんだもの、同じことよね?」

フランシス・キャサリンの父親は話についていけなかったが、娘のほうはきちんと理解しているようだった。それに、興味津々の様子だ。「どうして座れないの?」と尋ねた。

「脚が悪いの」

フランシス・キャサリンは息を呑んだ。「お父さま、お気の毒じゃない?」

父親は長いため息をついた。話がどんどんわからなくなる。「ああ、そうだな。ところでジュディス、母上が来ていないのなら、きみはどうやってここまで来たんだ?」

「お母さまの妹と来たの」ジュディスは答えた。「いままでずっと、ミリセントおばさまとハーバートおじさまのうちにいたんだけど、お母さまに呼び戻されると思う」

「どうして?」フランシス・キャサリンが尋ねた。

「ハーバートおじさまを『お父さま』って呼んでるのがばれちゃったから。お母さまはものすごく怒ったわ。頭をたたかれちゃった。そうしたら、テケルおじさまがいったの、だれがほんとうの家族なのかわかるように、一年のうち半分はおじさまとお母さまと一緒に暮らさなきゃいけない、ミリセントおばさまとハーバートおじさまから離さなきゃだめだって。テケルおじさまがそういったの。お母さまは、わたしを半年だって預けたくないそうなんだけど、テケルおじさまはそのときまだ食後のお酒を飲んでいなかったから、いったことを忘れないのはお母さまもわかってた。おじさまは、酔っぱらってなければ、なんでもちゃんと覚えてるの。だから、またお母さまは怒っちゃった」

「お母さまが怒ったのは、あなたと半年も離れたくなかったから？」

「ううん」ジュディスは小声で答えた。「お母さまは、わたしを困った子だっていってる」

「じゃあ、なぜあなたを預けようとしないの？」

「ハーバートおじさまが嫌いなの。それで、張り合ってるのよ」

「どうして嫌ってるの？」

「いやらしいスコットランド人の親戚だから」ジュディスは、何度も聞いた言葉をそのまま繰り返した。「お母さまは、いやらしいスコットランド人とおしゃべりしたいなんて、思うだけでもだめだっていうの」

「お父さま、わたしはいやらしいスコットランド人なの？」フランシス・キャサリンがいった。

「まさか、違うよ」

「わたしは？」ジュディスは不安もあらわに尋ねた。

「きみはイングランド人じゃないか、ジュディス」フランシス・キャサリンの父親は辛抱強く答えた。

「じゃあ、いやらしいイングランド人ってこと？」

フランシス・キャサリンの父親は、傍目《はため》にもわかるほどいらだっていた。「いやらしいやつなんかいないんだよ」さらになにかいいかけたが、急に声をあげて笑いだした。笑い声に合わせて、太鼓腹が揺れた。「おまえたちの前でうっかりしたことはいえないと、肝に銘じておこう。あちこちで触れまわられてはたまらないからな」

「どうして、お父さま？」

「どうしてもだ」

彼は立ちあがり、片方の腕で娘を、もう片方の腕でジュディスを抱きあげた。ふたりを取り落とすふりをすると、楽しげな甲高い笑い声があがった。

「おばさんとおじさんが心配しはじめる前に探しにいこう、ジュディス。きみの天幕がどこにあるのか、教えてくれないか」

とたんに、ジュディスは心細くなった。天幕の場所が思い出せない。

泣きたいのを我慢した。うつむいて、小さな声でいった。「忘れちゃった」

怒られるのを覚悟して、身を固くした。きっと、なんてばかなんだとどなられるにちがいない。テケルおじは酔っぱらうといつもどなり、ジュディスがうっかりしでかした粗相《そそう》をねちねちと蒸し返すのだ。

ところが、フランシス・キャサリンの父親は怒らなかった。そろそろと顔を見あげると、彼はほほえんでいた。心配しなくてもいいといわれ、ジュディスはすっかり安心した。フランシス・キャサリンの父親は、すぐにおばたちを見つけてあげると請け合ってくれた。

「あなたが帰ってこなかったら、おばさまたちはさびしがるんじゃない？」フランシス・キャサリンが尋ねた。

ジュディスはうなずいた。「ハーバートおじさまもミリセントおばさまも泣いちゃうわ。ときどき、ふたりがほんとうのお父さまとお母さまだったらいいのにって思う。ほんとに」

「どうして？」

ジュディスは肩をすくめた。どう説明すればよいのか、わからなかった。

「まあまあ、願うだけなら悪いことじゃないさ」フランシス・キャサリンの父親がいった。

そういってもらえたのがうれしくて、ジュディスは彼の肩に顔をうずめた。温かいプレードが、頬をざらざらとこする。それに、とてもよいにおいがした。外の新鮮な空気みたいだ。

ジュディスには、彼が世界でいちばんすてきな父親に思えた。彼がこっちを見ていないうちに、好奇心を満たすことにした。手を伸ばし、ひげに触れる。強《こわ》い毛がくすぐったく、ジュディスはくすくすと笑った。

「お父さま、わたしの新しいお友達は気に入った？」野原を半分ほど戻ったところで、フランシス・キャサリンが尋ねた。

「ああ、気に入ったとも」

「わたしのものにしてもいい？」

「まったくなんてことを……とんでもない。この子は犬じゃないんだよ。でも、友達にはなれる」娘になにかいい返される前に、父親は急いでつけ加えた。

「いつまでも？」

フランシス・キャサリンは父親に尋ねたのだが、答えたのはジュディスだった。「いつまでもよ」ジュディスはおずおずとささやいた。

フランシス・キャサリンは、父親の胸の反対側に手を伸ばし、ジュディスの手を握った。「いつまでもね」と誓う。

こうして、ふたりの友情は始まった。

このときから、ふたりはいつも一緒だった。祭はたっぷり三週間つづき、さまざまな氏族《クラン》が出入りした。毎年、祭の月の最終日曜に男たちが腕力を競う試合が催されるならわしになっていた。

だが、ジュディスとフランシス・キャサリンは、試合のことなどすっかり忘れていた。せっせと秘密を打ち明け合っていたからだ。

ふたりはおたがいにぴったりの相手だった。フランシス・キャサリンにはおしゃべりを黙って聞いてくれる友達が、ジュディスにはいろいろな話をしてくれる友達がついにできたのだ。

ところが、ふたりの家族は忍耐力を試されるはめになった。フランシス・キャサリンはしゃべるたびに「ばっかみたい」というようになり、ジュディスは「くっだらない」が口癖になった。ある日の午後は、昼寝の時間におたがいの髪を切った。ミリセントおばは、左右で長さの違うふたりの髪を目にしたとたんに金切り声をあげはじめ、白い縁なし帽をぴしゃりとふたりの頭にかぶせて惨状を隠してから、やっと口をつぐんだ。ハーバートおじにものすごい剣幕で噛《か》みつきもした。おじがふたりから目を離したのがいけない、しかも反省するどころか大笑いするとはなにごとだ、というわけだ。おばは、ふたりを野原のむこうへ連れて行き、お仕置きの岩に座って自分たちがどんな恥ずべきふるまいをしたか、よく考えさせるよう、おじにいいつけた。

ふたりはよく考えたが、自分たちのふるまいについてではなかった。フランシス・キャサリンが、ジュディスもふたつの名前を持つべきだ、そうすれば共通点ができる、というすばらしい案を思いついたのだ。エリザベスという名前に決まるまでずいぶん時間がかかったが、それ以来、ジュディスはジュディス・エリザベスとなり、そのふたつの名で呼ばれなければ絶対に返事をしなくなった。

ふたりが再会したのはそれから丸一年後だったが、まるでほんの一、二時間ほど離れていただけのようだった。フランシス・キャサリンは、ジュディスとふたりきりになるのが待ちきれなかった。もうひとつ、赤ちゃんの作り方について驚くべき事実を知ったからだ。なんと、結婚しなくても赤ちゃんはできるのだ。間違いない、カーコルディ・クランに、まだ結婚していないのにおなかに赤ちゃんがいる女の人がいるのだから。かわいそうに、クランのおばさんたちが石を投げて、お父さまが止めに入らなければならなかったのよ、とフランシス・キャサリンは声をひそめていった。

「葡萄酒に唾を吐いた男の人も石を投げつけられたの？」ジュディスは尋ねた。

フランシス・キャサリンは首を振った。「女の人が、どうしても相手の名前をいわないの」

そして、こうつづけた。簡単な話よね。大人の女の人が男の人の杯から葡萄酒を飲めば、おなかに赤ちゃんができるってこと。

フランシス・キャサリンは、わたしは絶対にそんなことをしないとジュディスに誓った。ジュディスもフランシス・キャサリンにそう約束した。

成長したジュディスの記憶のなかでは、小さかったころのことはぼんやりとしている。スコットランド人とイングランド人が憎み合っていることも、なかなか理解できなかった。だが、母親とテケルおじがスコットランド人を軽蔑しているのは物心ついたころから知っていた。ふたりがスコットランド人を嫌うのは、なにも知らないからにちがいない。

無知は軽蔑のもとではないか？とにかく、ハーバートおじはそういっていた。ジュディスは、ハーバートおじのいうことはなんでも正しいと思っている。おじは優しく愛情にあふれた人物である。ジュディスが、お母さまとテケルおじさまはスコットランド人と一緒に過ごしたことがないから、ほんとうはみんな親切でいい人たちだと知らないのだ、といったとき、ひたいにキスをし、そうだろうねと答えてくれた。

だが、おじの悲しげな目を見れば、ジュディスを安心させるために、そして母親のひどい偏見に彼女が傷つかないように、そういっただけだとわかった。

母親がスコットランド人を憎むほんとうの理由を知ったのは、十一歳のとき、ふたたびスコットランドの祭へ向かう旅の途中だった。
ジュディスの母親は、スコットランド人の妻だったのだ。

1

一二〇〇年　スコットランド

機嫌が悪いときのイアン・メイトランドは、じつに気むずかしい。

そしていま、イアンの機嫌は最悪だった。弟のパトリックが愛妻フランシス・キャサリンにどんな約束をしたか聞き、たちまち腹を立ててしまった。

パトリックが兄を驚かすつもりだったとすれば、大成功だったといってもよい。弟の話に、イアンは口もきけずにいた。

だが、その状態も長くはつづかなかった。すぐに驚きが怒りに取って代わった。正直なところ、パトリックが妻とくだらない約束を交わしたことより、その約束について意見をつのるべく、勝手にクランの長老たちを招集したことのほうが、よほど頭に来た。家族だけで話し合うべきである問題に長老たちを巻きこみたくなかったが、メイトランドの若者三人を奇襲したマクリーン・クランの卑怯《ひきょう》者たちを追ってしばらく留守にしており、狩りに成功しながらも疲れ果てて帰ってきたときには、すでにことは進んでいた。

　パトリックときたら、単純な問題でもやたらと込み入ったものにしてしまう。今回も、自分の軽率な行動がどんな結果を引き起こすのか、すこしも考えていなかったとみえる。クランの新しい長に選ばれたばかりのイアンは、兄弟間の仁義も愛情も捨て、長老側につくのが当然だと思われている。

　もちろん、イアンには、そんな周囲の思いこみに合わせる気はなかった。長老たちからどんなに反対されようが、パトリックの味方になるつもりだ。それに、弟が処罰されないようにもしてやりたい。いざとなったら、長老たちを敵にまわす覚悟もある。

　だが、そんなふうに考えていることは、パトリックには黙っていた。しばし、弟をやきもきさせてやりたかった。長老たちにさんざん責めたてられれば、すこしは思慮分別というものが身につくだろう。

　イアンが仕事を終えて山の斜面をのぼっていくと、すでに五人の長老はパトリックの嘆願を聞きに大広間に集まっていた。パトリックは中庭の真ん中でイアンを待っていた。両脚を踏んばり、体の脇で拳を握り、頭上で渦巻いている雷雲さながらに険しい顔をしている。

　弟の精一杯の虚勢など、イアンは屁《へ》とも思わない。行く手をふさごうとするパトリックを押しのけ、主塔《キープ》の入口階段へ歩きつづけた。

「イアン」パトリックは大声で呼んだ。「待ってくれ、なかに入る前に兄さんの考えを聞いておきたいんだ。兄さんはおれの味方なのか、それとも敵にまわるつもりか？」

イアンは足を止め、ゆっくりと振り向いてパトリックを見据えた。顔には内心の怒りがあらわになっている。だが、奇妙なほど穏やかな声で切りだした。「パトリック、そんなことを訊くとは、おれを怒らせたいのか？」

パトリックはとたんに体の力を抜いた。「そうじゃない。兄さんは氏族長になったばかりなのに、こんな私的な問題で長老に試されることになってしまった。おれのせいで兄さんを困った立場に追いやってしまったと、いまさら気づいたんだ」

「つまり、考えなおしたということか？」

「いや」パトリックはにやりと笑って答え、イアンに近づいた。「長老を巻きこみたくなかったのはわかってる。マクリーンに対抗してダンバーと同盟を結ぶために、説得に苦労してる最中なんだからな。でも、フランシス・キャサリンは、なんとしても長老たちの許可をもらうつもりだ。友達を快く受け入れてもらいたいんだ」

イアンはなにもいわなかった。

パトリックはさらにたたみかけた。「おれがフランシス・キャサリンになぜこんな約束をしたのか、わかってくれないのもしかたないと思う。だけど、いつか兄さんにぴったりの女が現れたら、おれの気持ちもわかるはずだ」

イアンはいらいらと首を振った。「パトリック、はっきりいうが、おまえの気持ちなどいつになってもわかりたくないな。おれにぴったりの女などいない。女なんかどれも同じだ」

パトリックは笑った。「おれも前はそう思ってた。フランシス・キャサリンと出会うまでは」

「女みたいないいぐさだ」

兄の皮肉にもパトリックは動じなかった。いまは妻への愛情が理解できないだろうが、いずれイアンも心を捧げる相手とめぐりあうはずだ。その日が来たら、今日の意固地な態度を思い出させて、冷やかしてやろう。

「ダンカンが、妻を聴取するかもしれないといっていた」そもそもの用件に話を戻した。

「おれをからかってるんだろうか」

イアンは振り向きもせずに答えた。「長老がからかったりするもんか、パトリック。おまえだってわかってるだろう」

「くそっ、こんなことになってしまったのも、すべておれのせいだ」

「そうだ、おまえのせいだ」

間髪入れずにそういわれたが、パトリックは聞き流した。「連中がフランシス・キャサリンを脅したら許さない」

イアンはため息をついた。「おれもだ」

思いがけない後押しに、パトリックは驚いてぽかんとした。「長老たちは、どうせおれが考えなおすと思ってる。いっておくが、連中がなにをしようがおれの気持ちは変わらない。フランシス・キャサリンに約束したんだ、約束は守る。イアン、おれはあいつのためなら煉《れん》獄《ごく》の炎のなかを歩いてみせる覚悟なんだ」

イアンは振り返り、パトリックにほほえんだ。「とりあえず、大広間に入っていくだけで充分だ」と、取り澄ましていう。「さあ、厄介ごとをすませよう」

パトリックはうなずき、早足で兄を追い越すと、両開きのドアの片方をあけた。

「ひとつ忠告するぞ、パトリック。怒りはこのドアの外に置いていけ。のぼせているのを気取られたら、連中に喉元を押さえられる。落ち着いていいたいことをいうんだ。感情ではなく、論理に従え」

「それから？」

「あとはおれにまかせろ」

言葉と同時にドアが閉じた。

十分後、長老会はフランシス・キャサリンを呼びに使いをやった。その役目をいいつかったのは、ショーンという若者だった。ショーンは、小さな家で炉のそばに座っていたフランシス・キャサリンを見つけると、すぐにキープへ行き、夫に呼ばれるまでドアの外で待っているように告げた。

フランシス・キャサリンの胸はたちまち激しく鼓動しはじめた。長老会に呼びだされるかもしれないとパトリックに聞いていたものの、ほんとうに呼ばれるとは思っていなかった。女が正式な場で長老や氏族長に自分の考えをじかに述べるなど、前代未聞だ。新しい氏族長が夫の兄であることさえ、心の支えにはならない。そう、その程度のつながりなど、なんの役にも立たない。

頭のなかに次々と恐ろしい光景が浮かび、あっというまにすっかりうろたえてしまった。どうやら、長老たちには身のほど知らずだと思われているらしい。いや、思われているにちがいない。どんな約束をしたか、パトリックが洗いざらいしゃべってしまったのだ。だから、長老会に呼びだされて、自分で申し開きをしなければならないのだ。長老たちは、こちらが正気を失っているのを確かめてから、死ぬまで隔離しようと考えているのだ。

ただ、氏族長には一縷《いちる》の望みがある。イアン・メイトランドの人となりについてはよく知らない。彼の弟と結婚してからの二年間で交わした言葉は五十語にも満たないだろうが、パトリックがいうには、信頼できる男らしい。ひょっとすると、大それた願いではないとわかってくれるかもしれない。

まずは長老たちを納得させなければならない。正式な会合であるからには、長老のうち四人はじかに口をきいてはくれないだろう。彼らは訊きたいことをまとめ役のグレアムに尋ね、グレアムだけが女と話をするという屈辱的な役目を負うことになる。しょせん、自分は女であり、しかもよそ者だ。この栄えあるハイランドではなく、イングランドとの国境で生まれ育ったのだから。もっとも、グレアムひとりを相手にすればよいと思えば、気が休まった。長老たちのなかでは、彼がいちばん怖くない。いつも穏やかな態度で、クランの者たちに心から敬われている。十五年ものあいだ氏族長を務め、三カ月前に退《ひ》いたばかりだ。そんなグレアムなら、面と向かってこちらを脅しつけたりしないだろう。それでも、パトリックとの約束を取りさげさせようと、あらゆる手を使ってくるにちがいない。

フランシス・キャサリンは手早く十字を切り、祈りながらキープ目指して急斜面をのぼっていった。なんとか乗り越えられるはず、と自分にいい聞かせる。なにがあっても負けるものか。求婚を受け入れた日の前日、パトリック・メイトランドは約束してくれた。そして、ああ、いまその約束を果たそうとしてくれている。

大切な命がかかっているのだ。

やがて、フランシス・キャサリンはキープ入口の階段の最上段にたどりつき、そこで待った。中庭を何人かの女が通りかかり、氏族長の住まいの玄関に女が突っ立っているとはどういうわけだろうといわんばかりにこちらを見た。フランシス・キャサリンは、あえて挨拶しなかった。ひたすら顔をそむけ、声をかけられないように祈った。事態が収まるまで、クランの女たちには知られたくなかった。知ればあれこれ噂《うわさ》しはじめるに決まっているが、そのころには問題は解決しているはず。

そういつまでもここで待ってはいられない。美人の娘がもうすぐ氏族長の妻になると思いこみ、いつも鼻をツンと上に向けているおしゃべりおばさん、アグネス・ケリーが、なにがあったのかと探るように、中庭をもう二周している。彼女の取り巻き連中も、じりじりとこちらへ近づいてくる。

フランシス・キャサリンは、ふくらんだおなかを覆ったプレードのひだをきれいに直し、手が震えているのに気づいて、とっさに不安そうな様子を見せないようにした。大きく息を吐く。ふだんは心細くなったり怯《おび》えたりしないが、妊娠したのを知ってからというもの、性格がらりと変わってしまった。ときどきひどく感情的になり、些細《ささい》なことで泣くようになった。まるまると肥えたロバよろしく、ぶざまな巨体になったような気がするのも、気持ちが滅入る一因だった。もうすぐ七カ月になるが、赤ん坊の重みで動きもずいぶん緩慢になった。けれど、頭の回転は速いままだ。グレアムになにを訊かれるか考えると、頭のなかはつむじ風のようにぐるぐるとまわった。

ようやくドアがきしみながらあき、パトリックが出てきた。彼の顔を見てほっとしたせいで、フランシス・キャサリンは泣きだしそうになった。パトリックは険しい顔をしていたが、フランシス・キャサリンが不安で青ざめているのに気づき、強いて笑顔を作った。それから彼女の手を取って軽く握りしめると、片方の目をつぶった。珍しく昼間から夫に優しさを示されると、夜、腰をさすってもらうときのように気が休まった。

「ああ、パトリック」思わず言葉が口をついて出た。「わたしのせいでこんなことになってしまって、ごめんなさい」

「つまり、約束をなかったことにしてもいいということか？」

「いいえ」

正直な返事に、パトリックは笑った。「そう返すか」

フランシス・キャサリンは冗談をいい合う気分ではなかった。聴取のことだけを考えたかった。「あの人はもう来ているの？」声をひそめて尋ねた。

パトリックはもちろん、あの人というのがだれか、わかっていた。妻は兄をわけもなく怖がっている。兄がこの一大クランの長だからかもしれない。戦士の数だけでもゆうに三百を超える。これほど強力な氏族長とは、女にとっては近寄りがたいものなのかもしれない。

「お願い、返事をして」

「ああ、イアンはもう来ている」

「ということは、わたしたちがどんな約束をしたのか、知ってるのね?」訊くまでもないことだ。フランシス・キャサリンは、尋ねたそばからそう気づいた。「ああもう、そりゃあ知ってるわよね。お義兄《にい》さまは怒ってる?」

「まあまあ、なにも心配はいらないよ」パトリックはきっぱりといい、あいた戸口からフランシス・キャサリンをなかに入れようとした。

フランシス・キャサリンはその優しい手に抗《あらが》い、急いで尋ねた。「でもパトリック、長老たちは? あの人たちの反応は?」

「まだ興奮してなにやらどなってる」

「嘘」フランシス・キャサリンは完全に凍りついてしまった。

パトリックは、ばか正直に答えるのではなかったと思った。フランシス・キャサリンの肩を抱いて引き寄せた。「大丈夫だ」なだめるようにささやきかけた。「ほんとうだとも。きみの友達をイングランドまで歩いて迎えにいかなければならないとしても、かならずそうする。おれを信じてるんだろう?」

「ええ、信じてる。心から信じてなければ結婚しなかった。ねえ、パトリック、これがわたしにとってどんなに大切なことか、わかってくれるわね?」

パトリックは彼女のひたいにキスをして答えた。「ああ、わかってる。ひとつ約束してくれるか?」

「なんでも約束する」

「きみの友達がここへ来たら、また笑ってくれ」

フランシス・キャサリンはほほえんだ。「ええ、きっと」小さく答え、パトリックの腰に両腕をまわし、きつく抱きしめた。ふたりはしばらくそのまま抱き合っていた。パトリックは、フランシス・キャサリンに落ち着きを取り戻す時間をあげたかった。フランシス・キャサリンは、これから長老に説明を求められたらどう話せばよいか、あらかじめ考えた口上を心のなかで復唱していた。

洗濯物でいっぱいのかごを持った女が、足早に通り過ぎざま、仲むつまじげなふたりを見てちょっと足を止め、ほほえんだ。

パトリックとフランシス・キャサリンは、見目よい夫婦だった。パトリックは浅黒く、フランシス・キャサリンは真っ白い肌をしている。ふたりとも背が高い。パトリックは大男だが、フランシス・キャサリンは、頭のてっぺんがちょうど彼の顎《あご》に届いた。イアンはさらに背が高いため、兄の隣に並んだときだけはパトリックも小柄に見えた。それでも、肩幅は兄と同じくらいあり、髪もそっくりの焦茶色だ。瞳はイアンより濃いグレーで、整った横顔には、兄ほど多くの戦傷はなかった。

たくましい夫とは対照的に、フランシス・キャサリンは華奢《きゃしゃ》だった。美しい茶色の瞳は、パトリックがいうには笑うと金色にきらめく。髪は彼女のいちばんの財産だった。腰までの長さで深い赤褐色、毛先までまっすぐなので、つややかな輝きがいっそう際立った。

パトリックはまずフランシス・キャサリンの容姿に惹《ひ》かれた。もともと女好きの彼にとって、彼女は魅力的な獲物だった。だが、なにより彼を夢中にさせたのは、フランシス・キャサリンの聡明さだった。知れば知るほど、彼女に惚《ほ》れこんだ。フランシス・キャサリンは人生を豊かに楽しみ、未知の体験に燃えるような情熱で臨んだ。なにごとにも全力で取り組み、それはパトリックを愛し、彼の望みを満たすことにおいても変わらなかった。

パトリックは腕のなかで妻が震えているのを感じ、そろそろなかに入って聴取をすませ、彼女を緊張から解放してやろうと考えた。「さあ、行こう。みんな、おれたちを待ってる」

フランシス・キャサリンは深く息を吸ってパトリックから離れ、玄関に入った。パトリックは急いであとを追い、彼女の脇についた。

大広間へおりる小階段にたどりつくと、フランシス・キャサリンは突然パトリックに寄り添い、小声でいった。「いとこのスティーヴンに聞いたわ、イアンが怒ったときの顔は心臓も止まるくらいだって。パトリック、絶対にイアンを怒らせないようにしましょう。お願いよ?」

あまりに真剣で不安そうな口調だったので、パトリックは笑わなかったが、うんざりしたのは隠しきれなかった。「フランシス・キャサリン、そんなふうにわけもなく兄を怖がるのはやめてくれないか。兄は――」

彼女はパトリックの腕をつかんだ。「その話はあとにしましょう。とにかく、約束して」

「わかったよ」パトリックはため息をついてうなずいた。「絶対にイアンを怒らせないようにする」

とたんにフランシス・キャサリンは手の力をゆるめた。パトリックはあきれて首を振った。彼女が元気を取り戻したら、兄を怖がらなくなるように、なにか手だてを考えてやらなければならない。それにしても、スティーヴンには早々にひとこといってやらねば。そうだ、できるだけ早いうちにあいつを呼びだして、妻につまらない話を吹きこむなどとどやしつけてやろう。

イアンは作り話の種にうってつけの男だ。氏族長としてなんらかの指示をしなければならないときなどまれな場合を除いて、女とはめったに口をきかないし、いつもぶっきらぼうなので、怒っていると勘違いされる。スティーヴンは、たいていの女がイアンを恐れているのを承知のうえで、ときどき女たちの恐怖をあおっておもしろがるのだ。

いまも、イアンはわざとではないとはいえフランシス・キャサリンを怯えさせている。ひとり暖炉の前で、ふたりのほうを向き、分厚い胸板の上に腕を組んで立っている。姿勢こそくつろいでいるが、射抜くような灰色の瞳はおそろしく厳しい。彼のいかめしい顔つきにくらべれば、背後の暖炉の炎さえ冷たく見えた。

フランシス・キャサリンは階段をおりかけて、ふと部屋の反対側を見やり、イアンのしかめっ面を見てしまった。その拍子に、足を踏みはずした。危ういところで、パトリックがつかまえてくれた。

イアンは、フランシス・キャサリンが怖がっているのに気づき、長老たちに怯えているのだろうと思いこんだ。長老たちが並んで座っている左側を向き、グレアムに聴取を開始するよう合図した。どのみち口論は避けられないのだ、早く終わらせればそれだけ早く義妹の気も楽になる。

長老たちは残らずフランシス・キャサリンをじっと見ている。五人が並ぶと、階段のようだった。いちばん年長のヴィンセントがいちばん背が低い。彼と反対側の端にいるのが代表者のグレアムだ。そのあいだに、ダンカン、ゲルフリッド、オウエンが順に並んでいる。五人は程度の差こそあれ白髪まじりで、体じゅうに全員の分を合わせればキープの石壁を埋めつくしそうなほどたくさんの傷跡がある。フランシス・キャサリンは、グレアムだけを見つめた。目尻に深いしわが寄っている。長年の笑いじわであればよいけれど。そうだったら、こちらの気持ちもわかってくれるかもしれない。

「フランシス・キャサリン、たったいま、おまえの夫に驚くべき話を聞いたところだ」グレアムが口火を切った。「ふざけているのではないといいはるのだが」

彼はうなずいて最後のひとことを強調すると、黙ってしまった。話を始めろということか、それとも待つべきなのか、よくわからない。パトリックを見あげると、彼は励ますように首を縦に振った。それに勇気づけられ、フランシス・キャサリンは答えた。「夫はふざけたりなどしません」

四人の長老がいっせいに顔をしかめた。グレアムだけがほほえんだ。穏やかな口調で尋ねる。「なぜその約束とやらを守れと要求するのか、わけを教えてくれるかね？」

グレアムにどなりつけられたかのように感じた。わざと侮辱するつもりで「要求」という言葉を使ったのはわかっている。「わたしは女です、夫になにかを要求したりはしません。お願いしただけです。そしていまここでお願い申しあげます、パトリックが約束を実行するのをお許しください」

「なるほど」グレアムはあいかわらずやわらかい声でいった。「要求ではない、お願いだというわけか。では、このような一風変わった願いをなぜいいだしたのか、この場で聞かせてもらおう」

フランシス・キャサリンは身を固くした。人をばかにして。気持ちを落ち着けるために、深く息を吸った。「パトリックの求婚を受け入れる前に、いつか赤ちゃんを授かったら親友のレディ・ジュディス・エリザベスを連れてくると約束してほしいとお願いしたんです。わたしはもうすぐお産に臨みます。パトリックは約束してくれました、いまはわたしたちふたりとも、できるだけ早く約束を実行に移したいと思っています」

グレアムの顔を見れば、いまの話に腹を立てたのは明らかだった。彼は咳払いしていった。「レディ・ジュディス・エリザベスはイングランド人だ、そのことはなんとも思わないのか？」

「ええ、なんとも思いません」

「その女が厄介を起こすに決まっているのに、それでも約束を守ってもらいたいというのか？　われわれの生活を壊す気か？」

フランシス・キャサリンは首を振った。「まさか、そんな気はありません」

グレアムは安堵《あんど》した様子だった。いまの返事を盾《たて》にとって、あきらめるよう仕向けるつもりらしい。案の定、彼はこういった。

「それを聞いて安心したぞ、フランシス・キャサリン」四人の仲間にうなずく。「一族の女がこんなとんでもない騒ぎを引き起こすなど、わたしははなから考えていなかった。さあ、これでばかげた約束など忘れて――」

フランシス・キャサリンは思いきってさえぎった。「レディ・ジュディス・エリザベスは厄介を起こしたりしません」

グレアムが肩を落とした。フランシス・キャサリンを考えなおさせるのは簡単ではないとわかってきたようだ。「だが、ここではイングランド人を歓迎したためしがないのだ」ときっぱりいう。「その女を招けば、われわれもともに食事をしなければならないし――」

だれかがテーブルを拳でたたいた。癇癪《かんしゃく》を起こしたのは、ゲルフリッドだった。ゲルフリッドはグレアムをねめつけ、低くしわがれた声でいった。「こんなことをせがむとは、パトリックの女房はメイトランドを虚仮《こけ》にしている」

フランシス・キャサリンは涙を浮かべた。胸の内が乱れはじめるのを感じた。ゲルフリッドのいいがかりに、どうすれば冷静に反論できるのかわからなかった。

パトリックが妻をかばうように前に進みでた。長老に向かって発した声は憤りに震えていた。「ゲルフリッド、わたしにはいくら声を荒らげてもかまいません。ですが、妻の前で大声を出すのはやめていただきたい」

フランシス・キャサリンはそっと夫の肩越しにゲルフリッドの反応をうかがった。ゲルフリッドがうなずく。すると、グレアムが静かにと手を振った。

いちばん年長のヴィンセントが、その合図を無視した。「フランシス・キャサリンがここへ来るまで、女がふたつの名を持つなど聞いたことがなかったがな。国境あたりの妙な習慣だとばかり思っていたよ。ところが、ふたつの名を持つ女がまだいるとはなあ。グレアム、おまえはどういうことだと思う？」

グレアムはため息をついた。ヴィンセントの頭はしょっちゅうあちこちにさまよいだす癖がある。この癖にはだれもがいらだつ。「どういうことか、わたしにはわからん。だが、いま問題なのはそのことではない」

フランシス・キャサリンに視線を戻した。「もう一度訊くが、わざとわれわれの生活を壊そうとしているのではないのだな？」

フランシス・キャサリンは、臆病者に見られないよう、夫の陰から歩みでて答えた。「レディ・ジュディス・エリザベスが厄介ごとを引き起こすなど、まず考えられません。優しくて思いやりがある人なんです」

グレアムが目を閉じた。しばらくしてふたたび口をひらいたときには、声にいくぶんおもしろがっているような響きがあった。「フランシス・キャサリン、われわれはイングランド人を嫌っている。おまえもここへ来て何年かたつのだから、それはわかっているはずだ」

「この女は国境で育ったんだぞ」ゲルフリッドが口を挟んだ。ひげの生えた顎をかいた。「わかってないかもしれん」

グレアムがうなずく。そのとき突然、彼の瞳が輝いた。ほかの長老たちのほうへ向きなおり、身をかがめて小さな声でなにか話しかけた。話が終わると、ほかの四人が同意するようにうなずいた。

フランシス・キャサリンは気分が悪くなった。グレアムの勝ち誇った顔つきからすると、氏族長の意見を聞かずに彼女の願いを却下する方法を思いついたらしい。

パトリックも同じことを考えたようだ。怒りで顔がどす黒くなっている。一歩前に出た彼の腕を、フランシス・キャサリンはつかまえた。夫がなんとしても約束を守ろうとしてくれているのはわかるが、そのために長老たちの制裁を受けさせるわけにはいかない。制裁は、パトリックのように誇り高く頑健な男にもつらいほど厳しいだろうし、屈辱は耐え難いはずだ。

フランシス・キャサリンは夫の手を握った。「つまり、わたしには分別がないかもしれないので、どうするのがわたしにとって最善か考えてやるとおっしゃるつもりですね。そうですか？」

そのとおりだったので、グレアムはフランシス・キャサリンの賢さに驚いた。返事をしかけたとき、パトリックが割りこんだ。「いや、グレアムはそんなことはいわない。おれに対する侮辱になるからだ」

グレアムは長いあいだパトリックを見据えていた。それから、力強い声で命じた。「この会合で決まったことはかならず守るのだぞ、パトリック」

「メイトランドの者が約束したのです。約束は守らなければなりません」

広間に響きわたったのは、イアンの声だった。だれもが彼のほうへ振り向いた。イアンはグレアムだけを見ていた。「問題をすりかえないでください。パトリックが妻に約束したのなら、約束を実行すべきです」

しばらくのあいだ、だれもひとことも発しなかった。やがて、ゲルフリッドが立ちあがった。両の手のひらをテーブルにつき、身を乗りだしてイアンをにらみつけた。「おまえは意見を求められているにすぎんのだぞ」

イアンは肩をすくめた。「氏族長はおれです。そのおれが、弟の約束を尊重するよう意見をいってる。ゲルフリッド、約束を破るのはイングランド人であって、スコットランド人ではありません」

ゲルフリッドはしぶしぶうなずいた。「まあそうだ」

これでひとり落とした、あと四人、とイアンは思った。くそっ、駆け引きは好きじゃない。言葉より拳を使う戦いのほうが、ずっと得意だ。それに、自分たち兄弟のすることに、他人の許可をもらわなければならないというのも癪に障る。なんとかいらだちを抑えると、目下の問題に集中することにした。グレアムに向きなおる。「グレアム、このような些末な問題にそれほど気を揉《も》むとは、あなたも年を取ったんでしょうか？　イングランドの女が怖いとでも？」

「まさか」グレアムは怒気もあらわに低く答えた。「女が怖いものか」

イアンはにやりと笑った。「それを聞いて安心しました。一瞬、もしやと思ってしまいましたよ」

長老会の代表者たるグレアムもイアンの罠《わな》に引っかかり、苦笑した。「うまいこと餌を見せつけられて、自尊心が飛びついてしまったな」そのとおりだが、イアンは黙っていた。グレアムは笑みを浮かべたまま、フランシス・キャサリンのほうを向いた。「だが、おまえの願いはやはりわからない。なぜその女を呼びたいのか、説明してくれるとありがたい」

「それから、なぜ名前がふたつあるのかも訊いてくれ」ヴィンセントが口を挟んだ。

グレアムはその言葉を聞き流した。「さあ、説明してくれるかね？」

「母の名前フランシスと、祖母の名前キャサリンの両方をもらったんです、そのわけは――」

グレアムはいらいらと手を振ってさえぎった。それでも、腹を立てたと思われないように笑みは絶やさなかった。「いやいや、なぜ名前がふたつあるのか訊いたのではない。なぜイングランドの女を呼びたいのか、それを聞かせてほしいのだ」

フランシス・キャサリンは早とちりしたことに顔を赤らめた。「レディ・ジュディス・エリザベスは友人なんです。お産が始まったら、そばについていてほしい。彼女も来ると約束してくれました」

「イングランド人なのに友達だと？　またどうして？」ゲルフリッドが尋ねた。顎をこすりながら、いまの矛盾する話について考えこんでいる。

それがただの見せかけではないことは、フランシス・キャサリンにもわかった。ほんとうに理解できないようだ。説明しても、わかってくれないだろう。正直なところ、何年も前にジュディスと結んだ絆《きずな》がどんなに大切か、パトリックもほんとうにわかってくれているとは思えない。グレアムやほかの長老たちほど頑迷ではないパトリックでさえ、そうなのだ。それでもやはり、説明はしなければならない。

「ジュディスとは、国境で年に一度開かれるお祭で知り合ったんです」と切りだした。「ジュディスはまだ四歳、わたしは五歳でした。わたしたち、わかっていませんでした……その、ふたりは違うということが」

グレアムは息を吐いた。「だが、あとになって理解したのではないのか？」

フランシス・キャサリンはほほえんだ。「でも、あいかわらず仲はよいままでした」

グレアムはかぶりを振った。「まったく理解できん。だが、われわれは約束を決して破らないというイアンの言葉は正しい。友達を招くのを許そう、フランシス・キャサリン」

よろこびに体の力が抜け、フランシス・キャサリンはパトリックにぐったりとつかまった。それから、思いきってほかの長老たちに目をやった。ヴィンセントもゲルフリッドもダンカンも笑顔だったが、聴取のあいだずっと眠っていたはずのオウエンは、いまさら首を振っていた。

イアンがそれに気づいた。「オウエン、あなたは反対か？」

オウエンはフランシス・キャサリンをにらんだまま答えた。「いや、そうではないが、前もっていうべきことはいっておいたほうがよいと思う。いたずらに望みを抱かせてはならないからな。イアン、おまえのいったことは正しい。わたしは経験から、イングランド人は約束を守らないのを知っている。もちろん、王のひそみにならっているのだ。あの卑劣漢はころころ考えを変えるではないか。そのふたつの名を持つイングランド女も、パトリックの女房に約束したかもしれないが、まず守らないだろう」

イアンはうなずいた。いつになったら長老がそういいだすのだろうかと待っていたのだ。長老たちはいまや、ずっと満足そうな顔つきになった。ところが、フランシス・キャサリンもまだ笑みを浮かべている。友達が約束を破るかもしれないとは、すこしも考えていないのだ。イアンは、自分にはクランのひとりひとりを守る責任があると強く感じている。だが、厳しい現実から義妹を守ってやる手だてはないようだ。フランシス・キャサリンはたったひとりで失望に耐えなければならないだろうが、現実を思い知れば、信じられるのは親族だけとわかるはずだ。

「イアン、イングランド人の迎えにだれをやるのだ？」グレアムが尋ねた。

「おれが行きます」パトリックが声をあげた。

イアンは首を振った。「いまはフランシス・キャサリンのそばにいてやれ。出産が近い。おれが行く」

「だが、おまえは氏族長だ」グレアムが反対した。「氏族長の立場では――」

イアンはみなまでいわせなかった。「これは家族の問題です、グレアム。パトリックが妻のそばを離れられないのであれば、おれが行くしかない。気持ちは固まっていますので」これ以上の議論を封じるために、険しい顔でつけ加えた。

パトリックが顔をほころばせた。「イアン、おれもその妻の友達に会ったことはないが、兄さんの顔を見たとたん、ここに来るのをやめるといいだすのは容易に想像がつくな」

「あら、ジュディス・エリザベスなら、イアンに案内してもらうのをよろこぶわ」フランシス・キャサリンがあわてたようにいい、イアンに笑顔を向けた。「あの子なら、あなたのことをすこしも怖がったりしない。ほんとうです。迎えにいってくださって感謝します。あなたと一緒なら、ジュディスも安全だわ」

イアンは最後の言葉に片方の眉をあげた。そして、長いため息をついた。「フランシス・キャサリン、そのイングランド女はここへ来るのをいやがるかもしれないぞ。そうしたら、無理にでも連れてこいというのか？」

彼を見つめていたフランシス・キャサリンは、パトリックがすばやくうなずいたのには気づかなかった。「とんでもない、無理強いはしないでください。ジュディス・エリザベスはよろこんで来てくれるはずよ」

パトリックもイアンも、彼女に無駄な望みを抱かせないようにするのをやめた。グレアムが、もうさがってよいと丁重に告げた。パトリックは妻の手を取り、ドアへ向かった。

フランシス・キャサリンは早く外に出たかった。長老たちに立ち向かってくれた彼は、あなたと結婚してほんとうによかったといいたかった。パトリックを抱きしめ、とても……立派だった。もちろん、彼のことはずっと信じていたけれど、それでも賞賛の言葉をかけてあげたい。妻たる者、ときには夫をほめてあげなければならない、そうでしょう？

玄関の階段の前まで来たとき、グレアムがマクリーンという名を口にするのが聞こえた。足を止め、耳を澄ます。パトリックに引っぱられたので、わざと靴を蹴《け》り脱ぎ、拾ってきてくれないかと頼んだ。そそっかしいと思われてもかまわなかった。長老たちがなにを話し合っているのか、気になってしかたがなかったからだ。グレアムは激昂《げきこう》しているようだった。

長老たちは、フランシス・キャサリンのことなどもう目に入っていないらしい。ダンカンが発言した。「ダンバーと同盟を結ぶのに反対する。連中など必要ない」ほとんどどなるようにいった。

「ですが、もしダンバーがマクリーンと同盟したら？」イアンが怒りに震える声で訊き返した。「過去は忘れてください、ダンカン。これからのことを考えなければ」

次にヴィンセントが意見を述べた。「なにもダンバーでなくともよいのではないか？　濡れたサーモンのようにつかみどころがなくて、イングランド人のように卑劣な一族だぞ。おまえの考えには賛成できない。断固反対だ」

イアンは懸命に癇癪をこらえている様子だった。「いいですか、ダンバーの領地は、われわれとマクリーンに挟まれている。いま同盟を結ばなければ、間違いなくダンバーは防衛策としてマクリーンを頼る。そんなことを許すわけにはいきません。必要悪をとるか、それとも最悪の事態を覚悟するか、どちらかしかない」

それ以上は聞くことができなかった。パトリックに靴をはかせられ、ふたたび引っぱられた。

彼をほめることなどすっかり忘れてしまった。外に出て、玄関のドアが閉まったと同時に、彼に向きなおった。「マクリーンと敵対しているのはどうして?」

「きっかけはずいぶん昔にさかのぼる。おれが生まれる前のことだ」

「和解はありえないのかしら?」

パトリックは肩をすくめた。「なぜマクリーンのことが気になるんだ?」

もちろん、ほんとうのことはいえない。いえば、ジュディスとの約束を破ることになるし、彼女を裏切るつもりは毛頭ない。それに、ジュディスの父親がマクリーンの氏族長だと知れば、パトリックが心臓発作を起こしてしまうのはわかりきっている。そう、その心配もある。

「メイトランドがダンバーとマクファーソンと反目しているのは知ってるけど、マクリーンも敵だとは知らなかった。だから、どうしてかなと思ったの。よそのクランとうまくやっていけばいいのに」

　パトリックは声をあげて笑った。「うちの味方といえるクランはそうないんだがな」

　フランシス・キャサリンは話題を変え、先ほど思っていたとおり、パトリックをほめた。

パトリックは家まで送ってくれ、長いキスをしたあと、城の中庭へ戻ろうと背を向けた。

「パトリック、わたしはあなたを裏切らない、それはわかってるでしょう？」

　彼が振り向いた。「もちろん」

「わたしはいつもあなたの気持ちを考えてきたわ、ね？」

「ああ」

「だから、もしあなたを困らせるようなことを知っているとすれば、黙っていてもしかたがない、そうでしょう？」

「そうかな」

「あなたにしゃべれば、ある人との約束を破ることになるの。それはできないわ」

　パトリックがそばまで引き返してきた。「おれになにを隠している？」

　フランシス・キャサリンはかぶりを振った。「イアンにジュディスを無理やり連れてきてほしくないの」パトリックに真実がばれないよう、とっさにそういった。「ここへ来たくないというのなら、無理強いさせないで」

　約束するよう請われ、パトリックはしかたなくうなずいた。フランシス・キャサリンを安心させるためであって、いわれたとおりにするつもりはさらさらなかった。イングランド女のせいで妻が傷つくようなことがあってはならない。それでも、嘘をついたのがうしろめたく、むっつりと斜面を引き返していった。

イアンが外に出てくると、すぐに声をかけた。「話がある、イアン」

「なんだ、パトリック。まだほかに女房と約束したというのなら、先にいわせてもらうが、いまは聞きたい気分じゃない」

パトリックは笑った。兄がそばに来てから、話を始めた。「妻の友達のことだ。イアン、どんな手段を使ってもかまわない。引きずってでも連れてきてくれ、頼む。フランシス・キャサリンをがっかりさせたくない。ただでさえ、出産を控えて不安でいっぱいなんだ」

イアンは厩《うまや》へ向かった。背中で両手を握り合わせ、うつむいて考えをめぐらしているようだった。パトリックは兄の隣についた。

イアンが言った。「わかってるだろう、無理やりその女を連れてこようものなら、女の一族と一戦交えなければならなくなるおそれがある。そのうえむこうの王がしゃしゃりでてきたら、イングランドと戦うはめになるんだぞ」

そんなありえないことを本気で心配しているのかといぶかり、パトリックはちらりと振り向いた。イアンはほほえんでいた。パトリックはかぶりを振った。「なんの得にもならないのに、ジョン王が出張《でば》ってくるわけないさ。だが、家族は反対するだろうな。女を危険な旅に出すはずがない」

「たしかにひと悶着《もんちゃく》起きそうだ」

「それでもいいのか？」

「かまわん」

パトリックはため息をついた。「いつ出発する？」

「明日、日の出と同時に。今夜、フランシス・キャサリンと話をしたい。女の家族について、できるだけ知っておきたい」

「フランシス・キャサリンはおれになにか隠しごとをしているようなんだ」ためらいながらいった。「マクリーンとなぜ反目しているのかと訊かれたが……」

途中で口を閉じた。イアンがばかかという目つきでこちらを見ている。「おまえってやつは、なにを隠しているのか問いたださなかったのか？」

「そんな単純にいくもんか」と言い訳する。「妻には……気を遣うものだぞ。そのうち、むこうから話してくれるさ。こっちは辛抱するしかない。おれの勘違いかもしれないし。このごろ、あいつはなんでもかんでも気にするんだ」

パトリックはイアンの顔つきを見て、フランシス・キャサリンが妙な態度だったことを黙っておけばよかったと後悔した。

「イングランドへ行ってくれて礼をいいたいところだが、いえば気を悪くするんだろう」

「まあ、気乗りのする旅じゃないことはたしかだ。七日か八日はかかるだろう。ということは、帰りはぐずぐずうるさい女と八日も一緒にいなけりゃならない。くそっ、マクリーンの一団にひとりで立ち向かうほうがよっぽどましだ」

イアンのぼやきに、パトリックは笑いたくなった。もちろん我慢した。ちょっと頬をゆるめただけでも殴られるのは必至だ。

それからしばらくのあいだ、ふたりはそれぞれの思いに沈みながら、黙って歩きつづけた。

パトリックはふと足を止めた。「やっぱり無理強いはしないでくれ。女がいやがったら、そのまま帰ってきてくれればいいから」

「それではわざわざイングランドくんだりまで行く意味がないだろう？」

「フランシス・キャサリンのいうとおりかもしれないじゃないか」あわてていった。「レディ・ジュディス・エリザベスとやらは、来るのをいやがらないかもしれん」

イアンが眉間にしわを寄せてこちらを見た。「いやがらない？　本気でそんなことを思ってるのなら、どうかしてるぞ。相手はイングランド人なんだからな」うんざりしたように息を吐く。「いやがるに決まってるじゃないか」

2

レディ・ジュディス・エリザベスは、玄関で待ちかまえていた。

もちろん、あらかじめ知らせは受けていた。二日前にいとこのルーカスが、ホートン・リッジにほど近い、国境まですぐのところで、四人のスコットランド人を見かけたという。ルーカスは偶然そこにいあわせたわけではなく、ミリセントおばの指示に従い、一カ月近くあたりをうろつき、初夏の宵《よい》を幾晩もぼんやり過ごした結果、ようやくスコットランド人を見つけたのだった。生粋《きっすい》のハイランド人の姿に仰天したルーカスは、次にしなければならないことを忘れるところだった。それでもすぐに思い出し、訪問者たちに備えるよう伝えるべく、僻地《へきち》に住んでいるレディ・ジュディスのもとへもうもうと埃《ほこり》を舞いあげて馬を駆った。

もっとも、ジュディスにはいまさら用意するものなどほとんどなかった。フランシス・キャサリンが身ごもったという噂を伝え聞いたその日から、旅支度をし、親友への贈り物にきれいなピンクのレースのリボンをかけていたのだから。

それにしても、フランシス・キャサリンも間が悪い。ジュディスは、一年のうち半分はテケルおじの家に住むことになっているのだが、ルーカスが知らせに来たときは、ちょうどおじの家に着いたばかりだった。荷物をまとめてミリセントおばとハーバートおじ夫妻の家に戻るわけにはいかない。そんなことをすれば、テケルおじに、正直に答えられないような質問をされることになる。というわけで、ジュディスは荷物や贈り物を厩の中二階に隠し、めずらしく帰ってきている母親が退屈してふたたび出ていくのを待った。母親がいなくなったら、保護者であるテケルおじにスコットランドへ行かなければならないと打ち明けるつもりだった。

ジュディスの母親、レディ・コーネリアの兄であるテケルおじは、妹とは正反対で人当たりがよく、穏やかな男だった。ただし、しらふのときにかぎる。酒に酔うと、蛇のように陰険になった。ジュディスが覚えているかぎり、おじはもう何年も前から脚が不自由だったが、以前は我慢できないほど脚が痛む夜でさえ、めったに癇癪を起こすことはなかった。ジュディスはいつも、おじが脚をさすりだし、使用人に温めた葡萄酒を持ってくるよう命じると、脚が痛いのだろうと察した。使用人も心得たもので、杯ではなく水差しに葡萄酒を満たしてきた。ときには、おじが酔っぱらう前にこっそり寝室へ逃げることができたが、逃げられなければ、そばに座っているよう指示された。おじはひどく感傷的になり、若く勇壮な戦士と恐れられたころの話をするあいだずっと、ジュディスの手を握って放そうとしなかった。ひっくり返った荷車に膝を粉々に砕かれたのは、まだ二十二歳のときだったという。葡萄酒で痛みがやわらぎ、饒舌《じょうぜつ》になると、こんな不運な目にあうとはあんまりだと、さんざんこぼした。

おじはジュディスにも八つ当たりした。ジュディスは怖くてしかたがなかったが、そんな気持ちを隠した。おなかのあたりが締めつけられるような感じがし、その痛みはようやくおじが解放してくれるまで居座っていた。

テケルの飲酒癖は、年々ひどくなっていった。葡萄酒を求める時刻がどんどん早くなり、杯を重ねるごとにがらりと人が変わるようになった。日が暮れるころには、自己嫌悪にさめざめと泣いているか、ジュディスに理不尽な言葉をわめいているかどちらかだった。

だが、翌朝になれば、前の晩に自分がなにをいったか、すっかり忘れていた。ジュディスのほうは一言一句、覚えていたが、おじのむごい言動を許そうと努力した。自分よりおじの心の痛みのほうがずっと耐え難いにちがいないと思いこもうとした。おじを理解してあげなければならない、思いやってあげなければならない、と。

だが、ジュディスの母親であるレディ・コーネリアは、兄に対する思いやりなどすこしも持ち合わせていなかった。いつもひと月と兄の家にとどまらなかったのは、かえってよかったのかもしれない。コーネリアは、兄にも実の娘にも関心がなかった。ジュディスが幼く、母親から冷たくよそよそしくされるとすぐに傷ついていたころ、テケルおじはよくこういって慰めてくれた。おまえを見ると、お母さんはお父さんを思い出すのだよ、お父さんが死んで何年もたつけれど、お母さんはいまでも忘れられず、悲しみに暮れている。おまえを見るたびにつらい気持ちがこみあげてきて、胸がいっぱいになってしまうのだよ。そのころのおじはまだ酒に溺《おぼ》れてはいなかったので、ジュディスは当然、彼の言葉を信じた。だが、夫婦間の愛というものはよくわからず、母親に愛してほしい、受けとめてほしいと、ひそかに切ない望みを抱いていた。

ジュディスは、生まれてからの四年間、ミリセントおばとハーバートおじに育てられた。四歳になり、はじめてテケルおじと母親の住まいを訪ねたとき、うっかりハーバートおじをお父さまと呼んでしまった。母親は激怒した。テケルおじもいやな顔をした。おじはジュディスともっと一緒にいなければと考え、一年のうち半分はここに住まわせるようにとミリセントおばにいいわたした。

テケルは、姪《めい》がハーバートを父親と見なすようになるかもしれないと思うと不愉快だった。それで毎日、酒で頭がぼんやりしていない朝の一時間を特別にあけ、ジュディスにほんとうの父親について話して聞かせた。いわく、ジュディスの父親は、暖炉の上にかかっているあの反り返った長い剣で、おそれ多くもイングランドを正統な王から奪おうとしたドラゴンどもを斬りまくったあげく、王の命を守るために気高い命を失ったのだ、と。

話はえんえんとつづいた……そして、まことしやかな嘘にまみれていた。ジュディスが頭のなかで父親を聖人化するようになるまで時間はかからなかった。父親が五月一日に亡くなったと聞くと、毎年その日の朝はスカートいっぱいに春の花々を集め、墓石をおおった。それから、父親の魂のために祈りを捧げた。といっても、ほんとうは自分の祈りなど必要ではないと考えていた。お父さまはとうに天国にいて、この世で国王陛下に雄々しくつかえたように、いまごろは神さまにおつかえしているはずなのだから。

父親に関する真実を知ったのは十一歳のとき、国境の祭典へ向かう道中でのことだ。父親は祖国を悪人たちから守って死んだのではなかった。そのうえ、イングランド人でもなかった。母親も父親の死を悲しんではいなかった。長年のあいだずっと変わらず父親を激しく憎悪していた。テケルの話は半分だけ事実だった。ジュディスを見るたびに、母親は自分の犯した恐ろしい間違いを思い出していたのだ。

ミリセントおばはジュディスを座らせ、知っているかぎりのことを語った。ジュディスの母親は、思いを寄せていたイングランドのバロンとの結婚を国王と父親に反対され、腹いせにスコットランドの氏族長と結婚した。自分の思いどおりにならないことに慣れていなかったのである。ハイランド出身のその男と結婚したのは、ロンドンの宮廷で出会ってわずか二週間後だった。父親に仕返しするためだ。父親を傷つけてやるという目的は達成したものの、自分まで傷つけることになってしまった。

結婚生活は五年つづいた。その後、コーネリアはイングランドへ帰ってきた。兄のテケルの家に転がりこんだが、最初は帰ってきたわけをいおうとしなかった。のちに妊娠しているのがだれの目にも明らかになると、身ごもったのを知った夫に追いだされたと話した。おまえなどもういらない、赤ん坊もいらないといわれたのだ、と。

テケルは妹の話を信じたかった。孤独だったので、甥《おい》か甥と暮らせば楽しいかもしれないと思ったのだ。ところが、コーネリアはジュディスを産んだあと、育児に耐えられなかった。そこで、ミリセントとハーバートがテケルを説得し、ジュディスを引き取った。ジュディスにほんとうの父親の話をしないというのが条件だった。

ミリセントは最初からそんな約束など守る気はなかったが、ジュディスが理解できる年頃になったと思うまで待っていた。そして、ジュディスを座らせ、知っていることを洗いざらい話して聞かせたのである。

ジュディスは数えきれないほど質問した。だが、ミリセントに答えられることは少なかった。父親であるスコットランドの氏族長がまだ生きているか、それさえも知らなかった。それでも、名前だけはわかっていた。マクリーンだ。

ミリセントも彼に会ったことはないので、顔かたちを説明することはできなかった。けれど、ジュディスは母親と似たところがまったくないので、金髪と青紫の瞳は父親の血を受け継いでいるのだろうという。

ジュディスにとって、すぐには受け入れがたい話だった。長いあいだ聞かされてきた嘘ばかりが思い返された。裏切られたという思いに打ちのめされた。

祭の会場で、フランシス・キャサリンが待っていた。ふたりきりになると、ジュディスはおばに聞いたことを残らず打ち明けた。そして泣いた。フランシス・キャサリンは手を握り、一緒に泣いてくれた。

ふたりとも、なぜ大人たちが嘘をついていたのか理解できなかった。何日もかけて話し合ったあげく、いまさら理由などどうでもよいという結論にたどりついた。

そして、ふたりでこう決めた。ジュディスは母親にもテケルおじにも真実を問いつめないこと。ミリセントが事実をしゃべったのを知られたら、ジュディスはこれからずっとテケルおじの家に住まなければならなくなる。

考えただけでぞっとした。いまではミリセントおばとハーバートおじ、それにフランシス・キャサリンが家族なのだ。信じられるのはこの三人だけだ、母親に引き離されてはたまらない。

どんなにつらくても、我慢するしかない。大人になるまで待つのだ。大人になって、まだあきらめきれなかったら、なんとかしてハイランドへ行き、ほんとうの父親に会おう。そのときは手を貸すと、フランシス・キャサリンが約束してくれた。

早く大人になりたいと願う娘にとっても、それからの数年は飛ぶように過ぎた。もともとフランシス・キャサリンの許婚《いいなずけ》は、国境のスチュワート・クラン出身の男だったが、あと三カ月で結婚というときに、カーコルディ・クランはスチュワートの氏族長と決裂した。それに乗じたのがパトリック・メイトランドで、フランシス・キャサリンに結婚を申しこんだのは、二つのクランの同盟関係が壊れてわずか一週間後のことだった。

ジュディスは、フランシス・キャサリンがハイランド人と結婚したのを知り、運命が味方してくれたのだと感じた。以前から、フランシス・キャサリンが妊娠したら訪ねていくという約束をしている。ハイランドへ行ったら父親を捜すのだ。

そして明日、ジュディスはハイランドへ向けて出発する。いまごろ、フランシス・キャサリンの親族がここに向かっているはず。テケルおじにどう説明するか、それだけが問題だ。

とりあえず、母親はロンドンに帰ってくれた。母親がいるとなにかとうるさいが、いつも一週間もすればさびしい田舎暮らしに飽き、ロンドンへ帰っていく。レディ・コーネリアは、宮廷生活の混沌《こんとん》と噂話、堕落した道徳観念を好み、なにより色事につきものの陰謀と秘密に目がない。いまは親友の美貌の夫、バロン・リッチを狙っていて、二週間以内にベッドに誘いこむつもりらしい。ジュディスは、母親がテケルおじにそう豪語し、驚きあきれるおじに嘲笑《ちようしよう》を返すのを聞いた。

母親がなにをしようが、ジュディスはどうでもよかった。テケルおじだけを説得すればよいのはありがたい。出発前夜まで待ってから、スコットランドへ行くと告げることにした。おじが許してくれなくても出かけると決めているが、なにもいわずに出ていくのは失礼だ。

おじと対決するのは怖かった。おじの寝室へあがっていくうちに、いつものように胃がきりきりと痛みだした。今夜は酒がおじを感傷的にしていますように、意地悪にしていませんように、と祈る。

寝室は闇におおわれていた。湿ったかびくさいにおいが漂っている。この部屋に入ると、いつも息が詰まりそうになる。いまもそんな気がしたが、落ち着こうと深呼吸した。

ベッドの脇の箪笥《たんす》の上で、蠟燭《ろうそく》が一本だけともっていた。薄暗がりのなか、おじの顔だけがかろうじて見えた。ジュディスはつねに頭のどこかで、消し忘れた蠟燭がもとで火事になるのではないかと気にしていた。おじはたびたび、酔いつぶれて火を消す前に眠ってしまうからだ。

おじの名前を呼んだ。返事はなかった。部屋に入ると、おじはようやく気づき、こちらへ来なさいといった。

ろれつが怪しい。手招きされたジュディスが足早にベッドのそばへ行くと、手を伸ばして彼女の手を握った。

おじは弱々しい笑みを浮かべている。ジュディスは安堵の息を吐いた。今夜のおじは感傷的になっているようだ。

「おまえの父君とともに戦いへ出かけたときのことを思い出していたんだ。そこに座って聞きなさい。もう話したかな、父君は突撃のらっぱが鳴り響くといつも同じバラッドを口ずさんでいたよ。敵を相手にしているときもずっと歌いつづけていた」

ジュディスはベッドの脇の椅子に腰をおろした。「おじさま、その前に大事なことをお話ししたいの」

「父君の話は大事ではないのか？」

質問は無視した。「お話ししなければならないことがあるんです」

「なんだね？」

「怒らないと約束してくださいますか？」

「わたしがおまえに腹を立てたことがあるか？」おじはジュディスをどなりつけた数えきれ

ないほどの晩をすっかり忘れたかのように訊き返した。「ほら、話してみなさい、ジュディス。おまえの話を聞くあいだ、わたしはずっと笑顔でいるから」

ジュディスはうなずき、膝の上に両手を重ねた。「毎年夏はミリセントおばさまとハーバートおじさまが、国境のお祭にわたしを連れて行ってくれました。おじさまの親戚がそこに住んでらっしゃって」

「ああ、そうだ。話をつづける前に、その杯を取ってくれ。なぜいままで毎年祭に行っていたのを黙っていたのか、聞きたいのだが」

おじがたっぷり入っていた葡萄酒を飲み干し、おかわりを注ぐのを見てから、ジュディスは質問に答えた。

胃の痛みが強まった。「ミリセントおばさまが、おじさまやお母さまには黙っていたほうがいいとお考えだったから――スコットランド人と仲よくしているなんて聞いたら、おじさまたちがびっくりなさるって」

「そのとおりだ」テケルはまたがぶがぶと葡萄酒を飲んだ。「わたしはめったに人を憎んだりしないが、おまえの母親がスコットランド人を憎むのは無理もないと思うね。おまえが祭に行ったことを黙っていたのもしかたないな。毎年、国境では楽しい思いをしているようだった。それを忘れるほど、わたしは老いぼれていないぞ。だが、知ったからには許すわけにはいかない。二度と国境へ行ってはいかん」

ジュディスはいらだちを抑えるために深く息を吸った。「はじめてそのお祭に行ったとき、フランシス・キャサリン・カーコルディという子と知り合いました。すぐにいいお友達になったわ。フランシス・キャサリンが結婚して国境の村を出てからも、毎年夏のお祭で会ってた。そのフランシス・キャサリンと、ある約束をしたの。その約束を果たすときが来ました。しばらくここを離れなければなりません」ごく小さな声で結んだ。

おじは血走った目でジュディスを見つめていた。話が理解できていないのは明らかだった。「どういうことだ？　どこへ行くというのだ？」

「まず、十一歳のときに交わした約束についてお話しします」おじがうなずくのを待ってからつづけた。「フランシス・キャサリンのお母さまもおばあさまも、お産で亡くなったの」

「よくあることだ。子どもを産むときに死ぬ女はいくらでもいる」

おじの冷たい言い方に、いちいちむっとしてはいけない。「何年か前に、おばあさまはお産から一週間後に亡くなったと聞きました。それを聞いて、もちろんすこし安心したわ」

「どうして？」

「おばあさまが亡くなったのは、腰が小さいせいではないということですもの」

説明になっていないのはわかっていたが、おじが怖い顔をしているので集中できない。

テケルは肩をすくめた。「それでも、出産で死んだことに変わりはなかろう。おまえもそんな他人事《ひとごと》を気にするのはやめなさい」

「フランシス・キャサリンは自分もお産で死ぬかもしれないと思ってる。だから気になるんです」

「それより、その約束とやらがなんなのか、早く話してくれ。話しながらでいい、そのうまい酒をもうちょっと注いでくれんか」

ジュディスは二個目の水差しに残った葡萄酒を全部注いだ。「フランシス・キャサリンに、お産が近づいたらそばについていると約束してほしいといわれたんです。死ぬときにはそばにいてほしいって。無理な願いではないから、すぐに承知しました。もうずいぶん前のことだけど、毎年夏が来るたびに、かならず約束を守るっていいつづけてきた。フランシス・キャサリンを死なせたくない。だから、最新のお産について真剣に勉強してきました。時間をかけて準備してきた。ミリセントおばさまがほんとうに助けになってくれた。二年以上前から、評判のお産婆さんを何人も紹介してくれたわ」

テケルはジュディスの告白に仰天した。「おまえはその女の救いの主を気取るのか？　神がおまえの友達を天に召そうとするのなら、邪魔をすれば罪になるのだぞ。まったく、ただの小娘のくせに、そんな大それたことができると思っているのか？」冷笑とともにつけ加えた。

ジュディスはあえて反論しなかった。おじの侮辱には慣れている、もう傷つきはしない。それはわれながらたいしたものだと思うが、胃の痛みはどうにもならない。目を閉じてまた深呼吸し、話をつづけた。「フランシス・キャサリンのお産はもうすぐで、いまごろ親族がわたしを迎えにここへ向かってます。わたしなら大丈夫。すくなくともふたりの女性が付き添ってくれて、護衛が大勢つくはずだから」

テケルは枕にどさりと頭をあずけた。「なんということだ、また国境へ行かせてほしいというのか？　コーネリアが戻ってきて、おまえがいないのを知ったら、どう説明すればいいのだ？」

ジュディスはおじの許可など求めていなかったが、それはいわずにおくことにした。おじは目を閉じた。いまにも眠ってしまいそうだ。おじが酔いつぶれる前に、急いで最後まで話をしなければならない。

「国境へ行くのではありません。ハイランドというところへ行くんです。ずっと北の方、マリー・ファースに近い、辺鄙《へんぴ》な場所よ」

おじがさっと目をあけた。「そんな話は聞かんぞ」と吠える。

「おじさま――」

おじの手が飛んできた。だがジュディスは、とうに手の届かないところへ椅子をずらしていた。

「この話はおしまいだ」おじがどなった。腹立ちのあまり、首の血管が浮きでている。

おじの怒りように、ジュディスは自分の体を抱きしめた。「でも、わたしの話はまだ終わっていないわ」

テケルは言葉を失った。あのおとなしく内気なジュディスが。いままで口答えなどしたことがなかったのに。いったいどうしたのだ？「そんな偉そうな口のきき方はミリセントに教わったのか？」

「わたし、お父さまがだれか知ってます」

テケルはすっと目を細くしてしばらくジュディスをにらみ、また杯に手を伸ばした。ジュディスは、その手が震えているのに気づいた。

「そりゃあ知っているだろうさ。あの立派なバロンのことなら、わたしが何度も話してやったからな。おまえの父親は――」

「名前はマクリーン。ハイランドのどこかに住んでる。イングランドのバロンじゃない。スコットランドの氏族長よ」

「そんなでたらめ、だれに聞いた？」

「ずっと前にミリセントおばさまが教えてくれたの」

「そんな話は嘘っぱちだ」テケルはわめいた。「ミリセントのいうことを真に受けるとは。あれは――」

「嘘だったら、なぜわたしがハイランドへ行くのに反対なさるの？」

酒に酔った頭では、もっともらしい答は浮かばない。「だめといったらだめだ。いいな？」

「悪魔だってわたしを止めることはできないわ」ジュディスは静かな声でいいはなった。

「行けば、帰ってきても快く迎えはしないぞ」

ジュディスはうなずいた。「では、二度とここへは帰ってきません」

「この恩知らずが。見損なったぞ。父親のことで作り話をしたのだって……」

テケルは途中で口をつぐんだ。ジュディスは首を振った。「どうして作り話なんか？」

「おまえの心の支えにしてほしかったからだ。なんといっても、おまえは母親にうとまれている。それはわかっているだろう。おまえがかわいそうで、すこしでも慰めになればと思ったのだ」

不意に胃がきりきりとねじれ、ジュディスは思わず背中を丸めた。四方の壁が迫ってくるような気がした。「お母さまは、ハーバートおじさまは汚れた血が流れているからだめな人間だといってた。わたしもそうだと思ってるんだわ」

「わたしにはなんともいえん」テケルが答えた。打ちのめされたような弱々しい声だった。

「とにかく、おまえをすこしでも守りたかった」

「暖炉の上の剣……あれは、ほんとうはだれのものなの？」

「わたしのだ」

「この首にかけた鎖についたルビー、これは？」胸の谷間におさまっている指輪を持ちあげて尋ねた。「これもおじさまのものなの？」

テケルは鼻を鳴らした。「それはあのいまいましいマクリーンのものだ。石のまわりの凝った意匠は、一族にとってなにか意味があるらしい。コーネリアがマクリーンに仕返ししようと持って帰った」

ジュディスは指輪をきつく握っていた手をゆるめた。「お墓は？」

「からっぽだ」

それ以上、訊くことはなかった。ジュディスは膝の上で両手を握りしめ、しばらくじっと座っていた。ふとおじに目をやると、おじは眠りこんでいる。ほどなくいびきをかきはじめた。ジュディスはおじの手から杯を取り、ベッドの向こう側に置いてある盆をつかむと、蠟燭の火を吹き消し、部屋を出た。

そのとき突然、あることをしたくなった。嘘のひとつを壊すのだ。

日が沈むころ、跳ね橋を走って渡り、墓地へのぼっていった。からの墓の前まで、いっきに駆けた。しおれた花を蹴散らし、盛り土の上の麗々しく銘が刻まれた墓石に手を伸ばす。固い地面からなかなか墓石を持ちあげられず、石を粉々に砕くのはさらに時間がかかった。

翌朝は出発を待つばかりだった。おじに別れの挨拶をするために寝室へ行くことはなかった。

使用人の全員が、なにか手伝うことはないかと争うように集まってきた。ジュディスは、使用人たちがおじよりずっと自分に忠実でいてくれることにはじめて気づいた。みんながそろってあれこれ気を配ってくれるのが、ほんとうにありがたかった。調馬頭のポールが、背の曲がった荷馬に荷物を積んでおいてくれた。彼がジュディスの愛馬、脚に斑《まだら》のある牝馬《ひんば》グローリーに鞍《くら》をつけているあいだに、料理番のジェインがこれだけあれば旅のあいだ充分もつといいながら、食べ物を詰めた包みを持って外に走りでてきた。彼女がよろめきながら重たそうな包みを厩へ運んでいくのを見て、ジュディスは大の男数人分の食べ物が入っているに違いないと思った。

見張り番のサミュエルが、スコットランド人たちの到着を大声で告げた。ただちに跳ね橋がおりた。ジュディスはキープの玄関階段のいちばん上に立ち、体の脇に手をおろし、歓迎の笑みを浮かべた。もっとも、急にひどく緊張してきて、ほほえむのがやっとだった。

スコットランド人たちが木の跳ね橋にたどりつき、馬の蹄《ひづめ》で轟音《ごうおん》をたてて渡ってきたとき、ジュディスの笑顔は消えた。

背筋に不安の震えが走った。一団のなかに女はひとりもいない。男が四人、それだけで、しかもジュディスには野蛮な巨人のように見えた。男たちが近づいてきて、顔がよく見えたとたん、不安は胃袋に移動した。男たちはだれひとり笑ってはいない。それどころか、敵意をみなぎらせている。

四人は狩りの服装をしていた。ジュディスの知るかぎり、スコットランド人は二種類の格子柄を使い分ける。くすんだ黄色、茶色、緑の格子は狩猟用……つまり、戦士が好む柄だ。森の背景に溶けこみ、獲物に気づかれにくいからだ。狩りのとき以外は、もっと色がきれいなものを着用する。

男たちが膝を丸出しにしていることには驚かなかった。この風変わりな服装には慣れている。国境の祭に来る男たちは、だれもが膝丈のプレードをまとっていた。

驚いたのは、男たちの険しい顔つきだ。なにが気に入らないのか、さっぱりわからない。おそらく、ここまで来るのに疲れてしまったのだろう。疲れなど言い訳にもならないが、そうとしか思えない。

四人はジュディスの前まで来ても、馬を降りなかった。代表らしき男の後ろに、三人が横一列に並んだ。長いあいだ、だれも口をきかなかった。ただ、ぶしつけにジュディスを眺めているだけだ。ジュディスは我慢できずに、やはりぶしつけに見返してやったが、視線はただひとり、代表の男に向いていた。これほど美しいものを見たのははじめてだった。思わず見とれた。四人のうち、だれよりも体が大きいのは間違いない。広い肩が背後から照らす陽光をさえぎり、後光が差しているために、厳《おごそ》かでこの世のものではない感じがした。

もちろん、彼はこの世のものだ。ただの人間の男、粗野な美しさをたたえているというだけの男。でも、四人のなかでいちばんたくましい。ひらいたブレードから左の太腿がのぞいている。なめらかに盛りあがった筋肉は鋼《はがね》のように硬そうだ。そんなところをじろじろ眺めるのははしたないので、ジュディスは彼の顔にふたたび目をやった。顔つきから察するに、太腿を見ていたのは気づかれていないようだ。ほっとして息を吐いた。

ああ、この男なら、一日じゅう眺めていても飽きないだろう。髪はこっくりとした濃い茶色で、わずかに波打っている。むきだしの腕も顔も赤銅色。横顔がはっとするほど端正だ。ああ、ほんとうにたくましい。でもどこよりも長く見つめてしまうのは、彼の瞳だ。美しくきらめくグレーの瞳。

男の視線は真剣で、なんだか怖いほどだった。彼の全身から放たれた力強いオーラに、ジュディスは息が止まりそうになった。鋭い視線に顔が熱くなったが、なぜそんなふうにこちらを見るのかわからない。どうか、この男がフランシス・キャサリンの夫ではありませんように。ひどく気むずかしくて、厳格そうだ。めったに笑わないのではないだろうか。

それでも、なぜか彼に心を惹かれる。手を伸ばして触れたくなる。相手はスコットランドの男なのに、そんなふうに感じるなんて変だ。それより変なのは、彼の顔を見あげているうちに、だんだん不安が薄れてきたこと。

これからすてきな冒険が始まりそう。唐突にも、そんな予感がひらめいた。根拠のない予感だが、目の前の男になぜか惹かれる自分にとまどい、なぜそんなふうに感じるのか考える余裕がなかった。ただ、急に不安が消え去ったことだけはわかった。それから、彼を信用しても大丈夫だということも。男の顔つきから、彼が与えられた義務をいやがっているのはわかる。それでも、スコットランドまでの道中、なにがあっても守ってくれると確信できた。

お目付役の女性がいないことも心配ではなくなった。しきたりがなんだ。出発するのが待ちきれない。嘘と拒絶と心の傷、そして裏切りのすべてをここに置いていくのだ。いま自分に誓おう。ここへは二度と戻ってこない。たとえ一時的であっても帰ってくるものか。ハーバートおじとミリセントおばのもとに身を寄せよう。そして願わくば、ふたりをお父さま、お母さまと呼びたい。もうだれにも邪魔させない。

大きなよろこびに、大声をあげて笑いだしたくなった。だが、スコットランド人に不審がられるのはわかりきっているので、衝動をなんとか抑えた。どうしたのかと思われるに決まっている。自分でもそう思うのだから。

沈黙のまま何時間もたったように感じたが、実際にはほんの数分であるのは承知していた。やがて、ポールが厩の扉をあけた。油を差されたばかりの古い蝶番《ちょうつがい》が甲高くきしみながらあく音に、男たちがはっとした。代表の男を除く全員が厩のほうを向いた。ジュディスは、そのうちふたりが剣に手を伸ばしたのに目をとめた。はじめて気づいたが、スコットランド人たちはここを敵地と考え、そのため当然、攻撃を警戒していたのだ。

彼らが怖い顔をしているのも当たり前だ。いまになってやっとわかった。ジュディスは代表の男に目を戻した。「フランシス・キャサリンのご主人ですか？」

男は返事をしなかった。もう一度、ゲール語で質問しようとしたとき、彼の真後ろにいる男が答えた。「パトリックは女房のそばについている。われわれは親戚だ」

訛《なま》りがひどく、聞き取りにくかった。男は馬を前進させた。代表者の隣に並ぶと、ふたたび口をひらいた。「レディ・ジュディス・エリザベスとはあなたか？」

ジュディスはほほえんだ。フランシス・キャサリン以外の人がエリザベスとつけたしてくれたのははじめてだ。なつかしい日々がよみがえる。「ええ。でも、ジュディスで結構です。教えてください、フランシス・キャサリンはどうしています？」

「太った」

そっけない返事に、ジュディスは笑った。「それはしかたないわ。でも、体調はいいんでしょう？」

男はうなずいた。「あなたを迎えに長い道のりをやってきたが、一緒においでになる気がないのは承知のうえ。さっさとそうおっしゃってくれれば、われわれもすぐに引き返す」

ジュディスは驚いて目を見ひらいた。いま、さりげなくこちらを侮辱した男は、濃い赤褐色の髪と、きれいな緑色の瞳をしている。

ほかの男を見渡し、心外だとばかりに尋ねた。「みなさん、わたしがいやがるとお思いなの?」

男たちはひとり残らずうなずいた。

ジュディスは呆気《あっけ》にとられた。「それなのに、わざわざここまで来たと?」

ふたたび、男たちはいっせいにうなずいた。ジュディスはつい、おかしいのをこらえられず、声をあげて笑ってしまった。

「フランシス・キャサリンが無邪気にもあなたを信じていたのがそんなにおかしいか?」男たちのひとりが尋ねた。

「いいえ」よく考えずに答えていた。「あなたがたがおかしくて」

スコットランド人相手に、ばか正直に答えるのではなかった。男はいまにも襲いかかってきそうな顔つきになった。

ジュディスはなんとか真顔に戻った。「気を悪くなさったのなら謝ります。みなさんを笑ったのはたしかだけど、ちょっとおかしかっただけ。だって、おっしゃることが意外だったんですもの」

そう謝っても、男は機嫌を直したようには見えなかった。

しょっぱなから険悪な雰囲気になったことにジュディスはため息をつき、やりなおすことにした。「お名前はなんとおっしゃるの?」

「アレックス」

「お会いできて光栄です、アレックス」軽く腰をかがめた。

アレックスはいらいらと天を仰いだ。「時間の無駄遣いはよしていただきたい。行きたくないとおっしゃってくれれば、われわれはただちに出発する。あれこれ言い訳なさる必要はない。いやだというひとことで充分だ」

男たちはまたそろってうなずいた。ジュディスは、これ以上笑いをこらえたら息が詰まりそうだと思った。

「あいにくですけど、みなさんが聞きたがっているお返事を差しあげるわけにはいきません。なにがあってもフランシス・キャサリンとの約束を守るつもりですから。再会するのが待ちきれないくらいよ。わたしもできるだけ早く出発したいんです。みなさんは出発する前にすこし休憩したいでしょうから、もちろんお待ちしますけれど」

どうやら、いまの発言に男たちは驚いたらしい。アレックスはぽかんとしている。ほかの者はすこしだけ険しい顔をしたが、代表の男だけはあいかわらずすこしも感情を表さなかった。ジュディスは、声をあげて笑いこそしなかったが、頬をゆるめた。男たちをびっくりさせるためにゲール語で話したが、目を丸くしてこちらを見ている顔つきからして、大成功だったようだ。

連中の驚きぶりをよく覚えておいて、フランシス・キャサリンにことこまかに話してあげなければ。きっと、彼女もおもしろがってくれるはず。

「ほんとうに、一緒に来る気があるのか？」アレックスが尋ねた。

いまそういったでしょう？ ジュディスはいらだちを隠した。「ええ、ほんとうに行きます」力強く、断固とした口調で答えた。そして、ふたたび代表の男を見据えた。「ご承知おきください、みなさんがわたしを連れて行きたいのかそうでないのかは関係ありません。なにがあっても、わたしは約束を守ります。フランシス・キャサリンの住まいまで歩けとおっしゃるなら、そうする覚悟です。さあ」と、それまでよりずっとやわらかい口調でつけ加える。「これでわたしが本気だとおわかりいただけたかしら」

代表の男は返事もうなずきもしなかったが、片方の眉をぴくりとあげた。ジュディスは、それをわかったという意味だと受け取ることにした。

ポールが長い口笛を吹いたので、ジュディスは彼に向きなおった。そして、厩から馬を出すよう合図した。青いガウンの裾を持ちあげ、階段を駆けおりる。男たちの前を通り過ぎようとしたとき、だれかがつぶやくのが聞こえた。「イアン、この娘には手を焼きそうだぞ」

ジュディスは聞こえなかったふりなどしなかった。「そうね、たしかに手を焼くわよ」足を止めずに大声でいい、笑い声を残して厩へ向かった。

振り向かなかったので、強気な言葉に男たちが苦笑したことには気づかなかった。

イアンはどうしてもジュディスから目を離すことができなかった。もちろん、ジュディスが約束を守るつもりでいたことも意外だったが、まさか彼女に魅入られるとは。まさに不意打ちだ、女に目を奪われるとは。どう対処すればよいのかさっぱりわからない。

厩へ駆けていくジュディスの長い小麦色の髪が、そよ風になびいている。イアンはつい目をとめ、見とれてしまった……小さく揺れる彼女の腰のふくらみに。ジュディスの一挙一動が優美だった。そう、彼女は美しい。瞳はいままでに見たこともないほど鮮やかなすみれ色だ。だが、ほんとうに心惹かれるのは、あの魅力的な笑い声だ。実に楽しげだった。

連れの男たちには話していなかったが、イアンは無理やりにでもジュディスを連れて行くと決めていた。いざとなったら、男たちにそう指示するはずだった。ところが、レディ・ジュディスには驚いた。約束を守るという。イングランド人なのに。イアンはかぶりを振った。

「どうする？」

そう尋ねたのは、またいとこのゴウリーだった。ゴウリーは、イングランド娘の後ろ姿をじっと見つめながら、黒っぽい顎ひげをしきりにかいている。顎ひげをかけばなにかうまい考えが浮かぶとでも思っているかのようだ。「かわいい娘だな。なんだか興奮してきた気がする」

「それはいわずもがなのような気がするね」アレックスがぼそりといった。「ゴウリー、おまえはスカートをはいているものにはなんだって興奮するじゃないか」

ゴウリーはにやりとした。アレックスに侮辱されても、すこしも気を悪くした様子ではなかった。「あの娘、フランシス・キャサリンとの約束を守るんだと。おれがイングランド女なんかに興奮するとすれば、そのせいだ」

イアンはくだらないおしゃべりにうんざりしていた。早く出発したい。「さっさとここを出るぞ。イングランドにいるうちはまともに息もできない」

ほかの男たちも同意した。イアンは馬上で体の向きを変え、ブロディックを見やった。「女はおまえの馬に乗せていけ。荷物は鞍の後ろにくくりつけろ」

金髪のブロディックは首を振った。「それは無理な頼みというものだ、イアン」

「頼んでいるんじゃない」イアンは氷雨のように冷たい声で返した。「命令だ。それでもいやだというのか？」

威圧され、ブロディックはひるんだ。「くそっ。わかったよ」と、口をとがらせる。

「おれが乗せてやるよ」ゴウリーが口を挟んだ。「ちっともかまわん」

イアンはゴウリーをにらみつけた。「そうだろうさ。だが、女に指一本触れるな、ゴウリー。絶対にだ。わかったか？」

ゴウリーの返事も待たず、ブロディックに目を戻して命じた。「行け」

ブロディックは、愛馬に乗ったジュディスのそばへ行った。「おれの馬に一緒に乗ってくれ」声をかけ、馬の背にくくりつけられた大量の荷物を見て、一瞬口を閉じた。そして、かぶりを振った。「その荷物は置いていって――」

最後までいえなかった。「お申し出はありがたいんですけど、あなたの馬に乗せてもらわなくても大丈夫ですから。この子はとっても強いんです。旅に耐えられるだけの体力はあります」

ブロディックは女に断られたことがない。どうすればよいのかわからなかった。ジュディスに手を伸ばしかけ、途中でその手を止めた。

イアンはブロディックが困惑しているのを見てとった。こちらに振り向いたブロディックの顔つきは、途方に暮れていた。

「やっぱり手を焼くな」アレックスがつぶやいた。

「ああ、そのとおりだ」ゴウリーがくすくす笑った。「アレックス、おれは間違っていた。あの娘、かわいいんじゃない。すごい美人だ」

アレックスはうなずいた。「そうだな」

「ブロディックの顔を見てみろよ」ゴウリーがいった。「あいつのことを知らなかったら、気絶するんじゃないかと思いそうだ」

アレックスは大笑いした。イアンは首を振り、馬を前に出した。ジュディスはブロディックが困っていることに気づいていない。せっせとスカートで足首をおおっている。分厚い外套《がいとう》を肩にかけ、黒いひもを蝶結びにすると、ポールが辛抱強く差しだしていた手綱にやっと手を伸ばした。

イアンはブロディックにどけと合図し、ジュディスのそばへ馬を進めた。「荷物は一個だけにしてくれ」

有無をいわせぬ口調だった。ジュディスはいい返した。「全部持っていきます。ほとんどがフランシス・キャサリンと赤ちゃんのために用意したものです、置いていくわけにはいきません」

われながら勇ましいと思った。目の前の大男ににらみつけられ、魂を抜かれそうなのだから。彼は見るからに我が強そうだ。すばやく息を吸ってつけ加えた。「それから、そちらの方の馬に乗せてもらわなくても結構です。わたしの馬はちゃんと役に立ってくれますから」

大男は長いあいだ黙っていた。ジュディスは相手と同じように顔をしかめてみせたが、そのとき、彼が脇に差した鞘《さや》から剣を抜いた。ジュディスは小さく悲鳴をあげた。逃げる間もなく、男は剣を振りあげ、馬上でちょっと体をずらすと、大切な荷物をくくりつけているロープを切った。

胸の内で心臓が激しく打っていた。男が剣をしまうと、ようやく動悸《どうき》がおさまった。彼は連れの者たちに前へ出るよう合図し、いま解いた荷物をそれぞれの馬に乗せろと命じた。ジュディスは、男たちが不満そうに荷物を拾って自分の馬の背にくくりつけるのを黙って眺めていたが、不意に大男に抱きあげられそうになり、また悲鳴をあげた。そして、男の手をぴしゃりと払った。

相手は大男だ、無駄な抵抗だった。それに、抵抗されておもしろがっているらしい。その証拠に、瞳がきらめいている。「山道をのぼっていくのはきついぞ。おれたちのだれかと一緒に乗ったほうがいい」

ジュディスはかぶりを振った。正直なところ、この魅力的な男と密着していなければならないとしてもそんなにいやではないが、半人前だと思われたくなかった。いままでいやというほど半人前扱いされてきたのだから。

「体力ならあります」きっぱりといった。「ちゃんとついていきますから、心配しないで」

男はいらだちをこらえているようだった。「ときには敵地を通らなければならないんだ」

辛抱強くいった。「おれたちの馬は騒がないように調教してあるが――」

「わたしの馬だって騒いだりしません」ジュディスは割りこんだ。

不意に彼が笑った。「馬も飼い主も騒がないというのか？」

ジュディスは即座にうなずいた。

男はため息を漏らした。「そうは思えないが」

また彼の手が伸びてきて、ジュディスはやっと侮辱されたことに気づいた。今度は手を払いのけることもできなかった。まさに力ずくだ。荒っぽい手つきでジュディスを抱きあげ、膝に乗せた。慎みのない体勢とは思ってもいないようだ。ジュディスは男のように鞍にまたがる格好になった。それだけでも恥ずかしいのに、太腿の裏側が彼の太腿の上にぴったりと張りついている。顔が赤くなったのがわかった。

はしたない座り方を直したくても直せなかった。彼の左腕にウエストをがっちりと抱かれている。すこしも身動きできなかったが、かろうじて息はできたので、抵抗するのはあきらめた。醜態を見守っている使用人たちに、手を振って別れを告げた。

こんなふうに横暴なやり口で我を通そうとする男に、すこし腹が立った。それでも、彼の腕のなかにいるととても暖かい。それに、いいにおいがする。かすかに漂ってくる男らしいにおいは、なんともかぐわしい。

ジュディスは男の胸に背中をあずけた。ちょうど頭のてっぺんが彼の顎に届いた。あえて振り向かずに名前を尋ねた。

「イアン」

ぶっきらぼうにつぶやくような返事でも聞こえたと伝えるためにうなずいたが、その拍子に頭のてっぺんを彼の顎にぶつけてしまった。「フランシス・キャサリンとはどういう関係なの?」

「フランシス・キャサリンは弟の嫁だ」

一行は跳ね橋を渡り、ジュディスの一族の墓地がある斜面をのぼりはじめた。「では、パトリックは弟さんね?」

「そうだ」

どうやら、イアンはしゃべりたい気分ではないらしい。ジュディスは体を離して振り向いた。イアンはまっすぐ前を向き、こちらを見ようとしなかった。「もうひとつだけ質問したいの、イアン。そうしたら、考えごとの邪魔はしないと約束するわ」

イアンがやっとこちらを向いた。ジュディスは息が詰まった。ああ、なんてきれいな目をしているんだろう。彼の注意を引いたのは間違いだった。射抜くように見つめられると、なにも考えられなくなる。

でも、この人に魅力を感じても、なんの危険もないはず。それくらいで厄介なことになるはずはない。これからこの人の故郷へ行くとはいえ、自分はよそ者、客人にすぎない。むこうに着いてしまえば、彼はわたしに用はないし、それはこっちも同じこと。

それに、わたしはイングランド人だ。そう、こんなふうにちょっと魅力的だと思うくらいなら、厄介なことになるはずがない。

「あなたは結婚しているの？」口がすべった。

イアンより自分のほうが驚いているようだ。

「いや、していない」

頬がゆるんだ。

一方、イアンはどうしたものかはかりかねていた。訊かれたことを答えたのだから、あとは無視すればいいことだ。ところが、困ったことに彼女から目をそらすことができない。

「あとひとつだけ訊かせて」ジュディスが小さな声でいった。「そうしたら、今度こそ考えごとの邪魔はしないから」

ふたりは長いあいだ見つめあった。「訊きたいこととはなんだ？」

イアンの声はささやきのように低かった。ジュディスはその声にそっと撫でられたように感じた。そんな自分にとまどい、思わずハンサムな悪魔から目をそらし、なぜこんな気持ちになるのだろうかと考えた。

イアンはジュディスがとまどっているのに気づいた。「たいした質問じゃなさそうだな」

「あら、そんなことない」ジュディスはまたしばらく黙りこみ、なにを訊こうとしていたのか思い出そうとした。ぼんやりしないよう、イアンの顎を見つめた。「思い出したわ」笑顔でいった。「パトリックはフランシス・キャサリンに優しくしてくれているの？　よくしてくれている？」

「たぶん、優しくしていると思う」イアンは肩をすくめて答えた。そして、いま思いついたとばかりにつけ加えた。「あいつは女房に手をあげたりしないからな」

ジュディスが視線をあげて目を見返してきたので、いまの答をおもしろがっているのがイアンにもわかった。「それならもう知ってるわ」

「なぜ？」

「ご主人に殴られたりしたら、フランシス・キャサリンは家出するに決まってるもの」

大それた物言いに、イアンは絶句した。だが、すぐに平静を取り戻した。「家出して、どこに逃げこむというんだ？」

「わたしのところに」

真剣な口調に、本気でいっているのがわかった。こんな非常識な話は聞いたことがない。どんな事情があろうが、妻は夫を置いて出ていったりしないものだ。

「メイトランドの男は癇癪を起こして女を殴ったりしないんだ」

「イアン、こりゃひどいぞ」

そうどなってふたりの会話を止めたのは、アレックスだった。ジュディスが振り返ると、ゆうべ壊した墓石をアレックスが指さしているのが見えた。とっさに、尾根に並んでいる木立に目をそらした。

イアンは、腕のなかでジュディスの体がこわばったのを感じた。「だれがこんなことをしたのか知っているのか？」

「ええ」ジュディスはごく小さな声で答えた。

「いったいだれの墓――」

最後までいわせなかった。「わたしの父のお墓よ」

そう答えたと同時に、ふたりはアレックスの隣にたどりついた。緑の瞳の彼は、イアンをちらりと見やり、ジュディスに目を戻した。「止まって、墓石をもとどおりにしようか？」

ジュディスはかぶりを振った。「そういってくださるのはありがたいけど、もとどおりにしてもらったら、またこの手で壊さなければならないわ」

アレックスは驚きをあらわにした。「あんたがやったというのか？」

返事をしたジュディスの顔には、きまりの悪さがうっすらと表れていた。「ええ、わたしがやったの。手間がかかったわ。地面が岩のように固くて」

スコットランド人たちは呆然《ぼうぜん》とした。やがて、イアンがジュディスに声をかけた。親指の背で、ジュディスのおとがいを軽く持ちあげた。「なぜこんなことを？」

ジュディスは小さく肩をすくめた。「あのときはそうすべきだと思ったから」

イアンは首を振った。いまみずから認めたような狼藉《ろうぜき》をはたらくとは、ジュディスのことを見誤っていたようだ。穏やかで善良な娘だと思っていたのに。強情ではあるけれど。先ほど、自分の馬に乗るといって聞かなかったのが強情な性質を示している。それでも、聖なる墓地を破壊するような娘には見えない。

「父上の墓なんだろう?」あまり気になるので、もう一度尋ねた。

「ええ」ジュディスは小さくため息をついた。「いいのよ。からっぽだから」

「からっぽ」

「そう」

それ以上の説明はなかった。イアンは問いただすのをやめた。腕のなかで、彼女はすっかり硬直している。この話をいやがっているのは明らかだった。

イアンはアレックスにふたたび先頭に立って馬を出すよう指示し、後ろにつづいた。墓地から離れると、ジュディスは目に見えて落ち着いた。

それ以降、一行は黙って移動した。やがて日が沈みはじめ、野営の準備をする頃合いになった。長いあいだ休まず馬を進めてきた。けれど、国境を越え、故郷に戻ってきたスコットランド人たちは、ずいぶん陽気になっていた。

ようやく馬を止めたころには、ジュディスは疲れ果てていた。彼女を馬から降ろしたとき、イアンは彼女が疲れていることに気づいた。自分の足で立つのがやっとなのだ。脚に力が入るまで、両手でウエストを抱いて支えてやった。

体の震えが伝わってきた。じっとうつむいているジュディスの頭のてっぺんを見つめた。疲れているはずなのにそういわないので、イアンも黙っていた。しばらく腕にしがみついていた彼女が体を離したと同時に、イアンも手を離した。

そして、すぐに馬の世話を始めた。ジュディスはのろのろと馬のむこうへまわり、いまいる小さな草地に面した木立の奥に垣間見えた小川へ歩いていった。イアンは彼女の後ろ姿を見やり、今度も優美な物腰に見とれた。まるで王女のような身ごなしだ、と内心思った。

まったく、彼女は美しい。それに純真だ。ささいなことにすぐ赤くなるのがその証拠だ。そして、なんともいえない魅力がある。

この娘に心を奪われるかもしれない。不意にそう思い、イアンは動揺のあまり青ざめた。ジュディスが消えた木立をじっと見つめたが、その顔はもうしかめっ面ではなかった。

「なにを考えこんでるんだ？」背後からアレックスが尋ねた。

イアンは鞍に腕をあずけた。「つまらんことだ」

アレックスはちらりとジュディスが入っていった木立を見やり、イアンに目を戻した。

「ひょっとすると、そのつまらんこととは、きれいなイングランド娘に関係があるか？」

イアンは肩をすくめた。「まあな」

アレックスは賢明にもそれ以上は追及しなかった。イアンがばか正直に答えたのを後悔しているようだったからだ。「まだ先は長いぞ」ため息をつき、自分の馬の世話に戻った。

ジュディスはやっとのことでしっかりした足取りで歩きつづけたが、木立の奥深くまで来ると、体をふたつに折り、腰を押さえた。ああ、痛い。まるで、お尻と太腿を鞭《むち》で打たれたようだ。

こわばった脚がほぐれるまで、あたりをぐるぐると歩いた。それから、小川の冷たい水で顔と手を洗った。気分がよくなり、空腹も感じた。急いで草地へ戻った。男たちの話し声が聞こえたが、彼らはジュディスの姿を認めたとたん、いっせいに黙った。

すぐさま、イアンがそこにいないのがわかった。ジュディスは一瞬、度を失った。急に不安に襲われたせいで、胸がむかついてきた。そのとき、イアンの馬が目にとまった。とたんに恐怖はやわらいだ。わたしを置き去りにしても、大事な馬を置いていくわけがない、そうでしょう？

いまの自分は森のなかでたったひとり、赤の他人である男四人に囲まれている。こんなことが故郷のだれかの耳に入ったら、ジュディス・ハンプトンの名はずたずたになってしまう。それに、母親も激怒するにちがいない。ところが妙なことに、母親にどう思われようがすこしも気にならなかった。もはや、母親にはなんの感情も抱けなくなっているらしい。テケルおじは、母親がひとり娘であるジュディスに冷たいのは、顔を見るたびに失った最愛の男を思い出すからだと言い訳していたけれど、それは嘘だった。

嘘、なにもかも嘘。

「休んだほうがいいぞ」

背後からアレックスの低い声がして、ジュディスはびくりと跳びあがり、さっと胸を押さえた。何度か深呼吸して返事をした。「その前に、食事をしましょう。わたしの荷物はどこ？」

アレックスは草地のむこう側を指さした。ジュディスは急いでそちらへ向かい、食事の用意をした。ジェインが包みのいちばん上にきれいな白い布を入れておいてくれた。それをまず固い地面に広げ、食べ物を並べた。皮がぱりぱりとした大きな黒パン。三角形の赤いチーズに黄色のチーズ、塩漬けにした豚肉の大きな塊、それから新鮮なすっぱい青リンゴ。

すべてそろうと、男たちに声をかけた。そして待った。長いこと待ったあげく、男たちには一緒に食べる気がないのだとわかった。情けなくて、顔が赤くなるのを感じた。地べたに座りこみ、両脚を折ってスカートのなかに隠し、膝の上で手を重ねた。屈辱を感じているのを悟られないように、じっとうつむいていた。

スコットランド人に食べ物をすすめるなんて、ばかなことをしてしまった。しょせん、こちらはイングランド人だ。彼らにしてみれば、イングランド人と食事をともにするなど我慢ならないのだろう。

ジュディスは、なにも恥じることはないと自分にいい聞かせた。礼儀知らずの野蛮人みたいなふるまいをしているのはわたしじゃない。あの人たちだ。

一方、イアンは草地に戻ってきて、ぴたりと足を止めた。ジュディスをひとめ見て、様子がおかしいのに気づいた。顔が炎のように真っ赤だ。仲間の男たちを見やった。アレックスとゴウリーは、草地の反対側で木の幹に背中をあずけて座っている。アレックスは起きていたが、ゴウリーは眠っているように見えた。ブロディックはいつもと変わらず静かで、もう熟睡しているらしい。プレードにしっかりとくるまっているので、プラチナブロンドの頭のてっぺんしか見えない。

ジュディスの前に置かれた大量の食べ物を見て、なにがあったのかわかった。ため息をつくと、背中で両手を握り合わせて彼女のほうへ歩いていった。ジュディスはこちらを見ようとしない。だが、イアンがやってくるのに気づき、すぐさま食べ物を片づけはじめた。イアンは、袋に食べ物を詰めこんでいる彼女の前に腰をおろした。

イアンがリンゴを取った。ジュディスは取り返した。すかさず取り返された。厚かましいふるまいに驚き、ジュディスはイアンの顔を見あげた。瞳がおかしそうに輝いている。なにがそんなにおかしいのだろうか。そのままにらんでいると、彼はリンゴをひとくちかじった。そして、身を乗りだし、残りのリンゴを差しだした。ジュディスは知らず知らず、リンゴをかじっていた。

不意に、アレックスが隣に現れた。なにもいわずに腰をおろし、袋へ手を伸ばす。しまったばかりの食べ物を次々と取りだした。パンをちぎってイアンに放り、チーズを自分の口に放りこんだ。

しばらくしてゴウリーもやってきた。ジュディスはリンゴを一個膝にのせ、眠っている人に明日の朝食べてもらえるよう取っておくと、おずおずといった。

「夕食もとらないなんて、ブロディックはよっぽど疲れてるのね」

アレックスが愉快そうに鼻を鳴らした。「あいつは疲れてるんじゃない、意固地なだけだ。明日になってもそのリンゴは食わないぞ。あんたはイングランド人だもんな。絶対に――」

ジュディスのしかめっ面に、アレックスは口をつぐんだ。ジュディスはブロディックのほうへ向きなおり、頭のなかで距離を測ると、膝のリンゴを取った。「明日このリンゴを食べないのなら、いま食べさせてあげる」

石頭のスコットランド人にリンゴを投げつけてやろうと腕を振りあげたとたん、その手をイアンにつかまれた。

「やめておけ」

イアンは手を放してくれなかった。ジュディスはすこしだけ抗い、すぐにあきらめた。

「そうね。せっかくのおいしいリンゴが無駄になるわ。上等なイングランドのリンゴを偏屈なスコットランド人にあげるなんてね」言葉を切り、かぶりを振った。「あんな人がフランシス・キャサリンの親戚だなんて信じられない。ねえ、もう手を放しても大丈夫よ、イアン」

イアンはその言葉を信用していないようだった。手を放したものの、リンゴを取りあげた。彼が急に笑顔になったことに面食らい、ジュディスは文句をいうのも忘れた。

「ブロディックを敵にまわさないほうがいいぞ、ジュディス」アレックスがいった。

「むこうはとっくにわたしを敵視してるわ」イアンから目をそらすことができないまま、アレックスに答えた。「わたしに会う前から毛嫌いするつもりだったんでしょう？」

答える者はなかった。ゴウリーが話題を変えた。「ハイランドに着いたら、あんたを嫌うやつに会うたびに仕返ししようとすれば、一日じゅうリンゴを投げるはめになるぞ」

「上等なスコットランドのリンゴをな」アレックスがちゃかした。

ジュディスはアレックスをにらみつけた。「嫌われようが気にしないわ。フランシス・キャサリンにはわたしが必要なの。肝心なのはそれだけ。わたしはいやな思いをしようがかまわない」

「どうしてあんたが必要なんだ？」

大声でそう質問したのはブロディックだった。いきなり話しかけられ、驚いたジュディスはつい笑顔で振り向いてしまった。

返事をするまもなく、ブロディックがたたみかける。「フランシス・キャサリンにはパトリックがいるじゃないか」

「それからおれたちも」アレックスがいった。「おれたちみんな、親戚だ」

ジュディスはアレックスに向かって答えた。「そんなふうに応援してくれると彼女も心強いだろうけど、しょせんみなさんは男でしょう」

その言葉に、イアンが片方の眉をぴくりとあげた。どういう意味なのかはかりかねているようだ。とまどっているのは彼だけではなかった。ゴウリーとアレックスもいぶかしそうにしている。

「フランシス・キャサリンには女の親戚もいるぞ」ゴウリーがいった。

「それはそうでしょうけど」

「だったら、なぜあんたまで必要なんだ？」ゴウリーはまっすぐジュディスを見据えたまま、三個目の塩漬け豚に手を伸ばし、返事を待った。

「出産のためじゃないか」イアンがいった。

「つまり、難産になると思ってるのか？」

イアンはうなずいた。「そうらしい」

アレックスが鼻を鳴らした。ジュディスはかちんときた。「フランシス・キャサリンが不安になるのは当然でしょう。彼女のことを臆病者だと思ってるのなら、思い違いよ。あんなに強い人、ほかに知らないわ。気丈で——」

「まあまあ、そんなにかっかするな」アレックスがにやりと笑って口を挟んだ。「フランシス・キャサリンがしっかりしているってことは、おれたちだって知ってるさ。そんなふうにかばうことはない」

「まさか、フランシス・キャサリンは出産で死ぬと思ってるのか？」ゴウリーが尋ねた。たったいま思いついたかのように、目を丸くしている。

ジュディスが答える前に、ブロディックが声をあげた。「イングランド人、フランシス・キャサリンは死を覚悟しているのに、なぜあんたを呼ぶんだ？」

ジュディスは険しい目で格子模様の繭《まゆ》のほうへ振り返った。それから、顔の向きを戻した。あの失礼な男は無視してやる。質問を百回どなろうが、絶対に答えてやらないんだから。

男たちはみな、長いあいだジュディスの答を待った。ジュディスはふたたびせっせと食べ物を片づけていた。

結局、ブロディックはジュディスへの嫌悪より好奇心に負けた。ジュディスたち四人に加わっただけではない。アレックスを押しのけ、ジュディスの隣に座った。大柄なブロディックのためにジュディスは場所をあけたが、彼が座ると腕と腕が触れ合った。ブロディックはそのまま動こうとしない。イアンがどうするか、彼のほうに目をやった。だが、イアンの顔からはなにも読み取れなかった。彼はリンゴを取り、ブロディックに放った。ジュディスは、どうせブロディックはまだむずかしい顔をしているのだろうと思い、そっぽを向いていたが、彼がリンゴにかぶりつく音が聞こえた。

と、イアンがこちらを向いて片方の目をつぶった。ジュディスは笑みを返した。

「おれにもう一度、さっきの質問を繰り返させるのか？」ブロディックがリンゴをほおばったまま、ぼそりといった。

ジュディスはそうすることにした。「質問ってなにかしら、ブロディック？」さも聞こえなかったといわんばかりに訊き返した。

ブロディックのため息は、食べ物の器をひっくり返しそうなほど大きかった。ジュディスは唇を噛んで笑いをこらえた。

「おれを挑発しているのか？」とブロディック。

ジュディスはうなずいた。

アレックスとゴウリーが笑った。ブロディックはふたりをにらんだ。「とにかく、質問に答えろ。フランシス・キャサリンが死ぬ覚悟なら、いったいなんだってあんたを呼ぶんだ？」

「あなたにはわからないわ」

「スコットランド人だからか？」

ジュディスはわざとむっとした顔をしてみせた。「そうね、よく聞いたわ、スコットランド人には石頭が多いって。もちろん、そんな話は信じていなかったけど、あなたに会ったからには、やっぱりほんとうだったと思うしかないわね」

「こいつを怒らせないほうがいいぞ」アレックスがくすくす笑いながらいった。

「そのとおり、ブロディックは怒ると手がつけられなくなる」ゴウリーがつけ足した。

ジュディスは目を見ひらいた。「つまり、これでも怒ってないってこと？」

ゴウリーとアレックスは同時に首を縦に振った。ジュディスは声をあげて笑った。冗談だと受け取ったのだ。

一方、ゴウリーとアレックスは、ジュディスがおかしくなってしまったと受け取っていた。

「おれたちも、なぜフランシス・キャサリンがあんたを呼んだのか知りたいんだが」ジュディスの笑いがおさまると、アレックスはもう一度いった。

ジュディスはうなずいた。「わたしのことはまだよくわかっていないでしょうから、大きな欠点をいくつか、正直に教えておくわ。まず、ひどく強情で、偉そうにしてる。偉くもなんともないくせにね。それから、罰当たりなくらいに執着心が強くて……もういったかしら？」

イアン以外のだれもが首を振った。だが、ジュディスはイアンだけを見ていた。彼の瞳は熱い光を宿している。こんなふうに美しい男に見つめられると、なんだか落ち着かない。無理やり目をそらし、話に集中した。

じっと膝を見おろした。「そう、わたしは執着心が強い」とささやく。「フランシス・キャサリンは、わたしのそういう欠点をよく知ってる。それを逆手にとったのよ」

「どういうことだ？」

「フランシス・キャサリンは神さまに召されると思ってる」ジュディスは小さく息を吐き、つけ加えた。「でも、わたしはあの人をむざむざ神さまに渡すほど素直じゃない」

3

だれも笑わなかった。ジュディスの罪深い言葉に、イアンはかすかに笑みを浮かべたが、ほかの三人はなんの反応も示さなかった。それでも、ジュディスは頬が熱くなるのを感じた。気まずいのを隠すため、また食べ物を片づけようとした。

だが、しまうものはさほど残っていなかった。ブロディックはいったん食べはじめると、最後のひとくちがなくなるまで食べつづけた。

ジュディスは立ちあがって小川へ行き、リンゴの汁でべたつく手を洗った。それから、小川へつづく草の茂った斜面に座り、頭皮がひりひりするまで髪をとかした。体はくたびれていたけれど、ひとりきりになり、離れるのがもったいないほどきれいな景色と静かなひとときを楽しんだ。

日がほとんど沈んでしまい、オレンジ色の残照だけが輝きはじめたころ、イアンが呼びにきた。

ジュディスが笑顔で迎えると、イアンはびっくりしたようだった。いつもよりほんのすこしぶっきらぼうにいった。「ジュディス、睡眠はちゃんととったほうがいい。明日の行程は大変だぞ」

「あなたにとっても大変なのかしら？」ジュディスは立ちあがり、服のしわを伸ばすと、斜面をおりはじめた。急いでいたので、ブラシを拾い忘れていた。ブラシにつまずき、転びそうになった。とっさに、イアンが大柄な体格にしては意外なほど敏捷《びんしょう》に飛びでて、ジュディスが倒れる前につかまえた。

ジュディスは、みっともないことをしてしまったとあわてた。イアンに礼をいおうと目をあげたが、言葉が喉に引っかかったまま出てこず、ぼうっと彼を見つめるばかりだった。彼の強いまなざしに、下腹のあたりがぞくりとした。なぜそうなるのかまったくわからず、わからないので抑えることもできない。

「いや」

イアンがささやいた。ジュディスはなんのことかとまごついた。「いやって、なにが？」

とささやきを返す。

「おれにとっては、明日の行程は大変じゃない」

「だったら、わたしも大丈夫よ」

イアンはおもしろそうに目を輝かせた。そして、ほほえんだ。ジュディスの膝から力が抜けた。ああ、やっぱりこの人、ハンサムな悪魔だわ。ジュディスは思わず首を振った。無理やり目をそらす。イアンがかがみ、ブラシを拾おうとした。ジュディスも同じようにかがんでいた。ふたりのひたいがぶつかる。ブラシに先に手が届いたのはジュディスだった。その手にイアンの手が重なった。肌の温かさに、ジュディスはびくりとした。手の大きさに驚き、じっと見おろした。ジュディスの手の倍ほども大きい。どこから見ても、イアンは強い。彼がその気になれば、簡単に押しつぶされてしまいそうだ。そう感じるほど強烈な力を放っているのに、こうして触れ合うと、ごく優しい。手を引き抜こうと思えば、いますぐ引き抜ける。

イアンが立ちあがり、ジュディスも立った。だが、手は引っこめなかった。イアンも。そうして手を握り合っていた時間は、ジュディスには永遠とも思えたが、実際にはほんのしばらくのあいだであることはわかっていた。

イアンがとまどい顔でこちらを見おろしている。どうしたのだろうか。と、イアンが突然、手を引っこめた。ぶっきらぼうな手つきに、ジュディスは面食らった。

「困らせないで、イアン」

そういったのが自分だと、あとで気づいた。イアンから後ずさり、斜面を駆けおりた。

イアンは、走っていくジュディスの後ろ姿を見送った。背中で手を握り合わせて。ばかに緊張しているじゃないかと思い、意識して体の力を抜いた。

「くそっ」とつぶやく。おれは彼女を求めている。冷静にそう認めた。健康な男ならだれだって彼女に惹かれるはずだ、と言い訳のように自分にいい聞かせる。なんといっても、あれほどの美人だ、それに、信じられないくらいやわらかく、女らしい。

イアンが動揺しているのは、たったいま、ジュディスのほうもこちらに惹かれているのが伝わってきたせいだった。うれしさは感じなかった。自分の気持ちは抑えられても、彼女の気持ちを押しとどめるすべはない。

簡単な使い走りをするだけだったはずが、早くもややこしくなってしまった。

旅のあいだ、ジュディスとはできるだけ離れていたほうがよさそうだ。そして、取り合わないようにしよう。

そう決めると、気が楽になった。野営地に戻ると、ジュディスはもう、アレックスとゴウリーの用意した天幕に入っていた。イアンはブロディックの隣の木へ向かい、腰をおろして幹にもたれた。アレックスとゴウリーはとっくに熟睡している。ブロディックも眠っているものと思っていたが、彼は不意にこちらを向き、話しかけてきた。「あの娘はイングランド人だぞ、イアン。それを忘れないようにしろよ」

イアンはブロディックをにらんだ。「どういう意味だ?」

「あの娘が欲しいんだろう」

「そんなこと、どうしておまえにわかる?」

ブロディックは、イアンの怒りをはらんだ声にもたじろがなかった。イアンとは昔なじみだ。それに、イアンのためを思っていっているのであり、彼もそのことはわかっているはずだ。

「気持ちを隠さなければ、そのうちアレックスとゴウリーにも気づかれるぞ」

「ばかをいうな、ブロディック——」

「おれもあの娘が欲しい」

イアンはぎくりとした。「だめだ」とっさに口走っていた。

「自分のものみたいないい方だな、イアン」

そのとおりであり、イアンは黙りこんだ。ブロディックは長々とため息をついた。

しばしの沈黙のあと、イアンは口をひらいた。「おまえはイングランド人を憎んでいるんじゃなかったのか、ブロディック」

「ああ、憎んでいる。だが、あの娘を見たとたん、そんなことは忘れてしまった。あの目……あれは災いだ……」

「忘れろ」

語気が鋭くなってしまった。

その口調に、ブロディックはぴくりと片方の眉をあげた。イアンは話を打ち切った。目を閉じ、深く息を吸う。ブロディックもジュディスを求めているという告白を聞いて、なぜあんなふうに反応してしまったのだろう。激しい憤りを感じるとは。くそっ、いまも怒りがおさまらない。ブロディックがジュディスを欲しがろうが、どうでもよいではないか？　そう、自分には関係のないこと。それなのに、だれかが——正しくは、自分以外の男が——ジュディスに触れるのを思うと、血が沸き立つ。

ずいぶん長いあいだ、眠りは訪れてこなかった。そのあいだずっと、イアンは混乱した頭のなかを整理しようとしていた。

翌朝も気分は晴れなかった。出発間際までジュディスを起こさずにおいた。彼女はひと晩じゅう、身動きひとつしていない。それがわかるのは、ずっと見守っていたからだ。彼女はほとんど全身を天幕におおわれ、足首から先だけしか見えなかったが、夜のあいだ微動だにしなかった。

馬の準備ができてから、ジュディスを起こしに天幕へ向かった。支柱にかぶせた毛皮をアレックスに放り、片方の膝をついて、ジュディスの肩にそっと触れた。そして、名前を呼んだ。

ジュディスは動かなかった。もう一度、今度はちょっと強く肩を押した。

「やれやれ、眠りが深い娘だ」ゴウリーがいい、イアンの隣へやってきた。「息はしているのか？」

ようやくジュディスが目をあけた。立ちはだかっている大男ふたりを見あげ、悲鳴をあげようとした。なんとか叫び声は呑みこんだものの、小さなあえぎ声が漏れた。

イアンはジュディスが怖がっているのに気づいた。彼女に手を握られていることも。立ちあがり、彼女を助け起こした。

「そろそろ出発するぞ、ジュディス」その場に突っ立っている彼女にいった。「小川へ行って、顔を洗って目を覚ましてこい」

ジュディスはうなずいた。

そして、やっと歩きはじめた。ブロディックが背後からジュディスをつかまえた。両手で肩を押さえ、正しい方向へゆっくりと振り向かせる。ジュディスがぼんやり立ちつくしているので、ブロディックはそっと背中を押してやった。

男たちはジュディスの寝ぼけぶりがおかしくてたまらなかったが、彼女の姿が見えなくなるまで笑みをこらえていた。

「あれじゃあ、川に落ちるんじゃないか？」アレックスがいった。

「その前に目を覚ますさ」ゴウリーがくすくす笑った。

ジュディスは、川のほとりに着くころにははっきりと目を覚ましていた。川の水も頭をすっきりさせてくれた。できるだけ手早く身繕《みづくろ》いし、急いで野営地へ引き返した。

イアン以外の三人は馬に乗って待っていた。ジュディスは、今日はだれの馬に乗ればいいのだろうと考えた。アレックスとゴウリーが手招きした。イアンは草地のむこう側にいる。彼が馬にまたがるのを見ていたが、こちらを向こうとしないので、いちばんそばにいるアレックスに乗せてもらうことにした。

イアンは、前の晩にジュディスから離れていようと決めたはずだった。ところが、彼女がアレックスのほうへ歩いていくのを見たとたん、その決意を完全に忘れた。

ジュディスがアレックスの手を取ったと同時に、イアンは彼女を横取りした。馬を止めはしなかった。速度を落とさず、ジュディスのウエストに腕をまわし、膝に抱きあげた。

ジュディスには、しっかりつかまる余裕もなかった。イアンが先頭に立った。背後でだれかが大笑いする声が聞こえ、ジュディスは振り向いて声の主を確かめようとしたが、イアンにしっかりと抱きしめられ、動けなかった。

腕の力は痛いほどだった。だが、そんなに締めつけないでと頼む必要はなかった。彼の腕に触れ、胸にもたれると、すぐに力をゆるめてくれた。

それからの数時間は、ジュディスにとって苦しい試練となった。一行は北へ向かうジグザグ道からそれ、悪魔の軍団に追いかけられているかのように走りつづけた。すさまじいペースで走ったあげく、岩だらけの険しい山に入った。それからは、速度を落とすことを余儀なくされた。

しばらくして、イアンがようやく短い休憩をとらせてくれた。一行はアザミの藪《やぶ》に囲まれた狭い草地に馬を止めた。棘《とげ》だらけの藪は、鮮やかな紫と黄色の花をいっぱいにつけていた。ジュディスは、きれいなところだと思った。花を踏みつぶさないように気をつけながら、美しい風景のなかを歩きまわり、こわばった脚をほぐした。痛む腰をさすりたかったが、男たちに一挙一動を見られているので我慢した。

まわりにいるのが話し好きではない男ばかりなので、ジュディスはひまつぶしに、意外に丈夫な花にさわったり、独特な香りをかいだりして過ごした。

それから、ゴウリーに聞いた池へ行き、冷たい水をたっぷり飲んだ。草地に戻ると、アレックスが四角いチーズの塊と、大きくちぎった固いパンをくれた。

平らな岩に座り、昼食を膝に置いた。イアンが草地へ帰ってきて、男たちのなかに加わった。四人はそれぞれの馬のそばに立ち、話をしていた。ときどきイアンがこちらを向いた。ジュディスがちゃんとそこにいるか、確かめるかのように。

ジュディスはほとんどずっとイアンを眺めながら、ゆっくりと食事をした。食べ終えたとき、この男たちのことをなにも知らないのだと、ふと思いついた。わかっているのは、彼らがフランシス・キャサリンの親戚であること、それから、彼女のことをほんとうに大事にしていること。こんなふうに大事にしてくれる人たちに囲まれているのがどんなに幸せなことか、フランシス・キャサリンがわかっていますように。もちろん、男たちのほうもフランシス・キャサリンのような親戚がいて、すごく幸せだけれど。

はじめてフランシス・キャサリンと会ったときの記憶が、唐突によみがえってきた。まだ幼かったので、細かいところまでは覚えていないが、あのとき以来、フランシス・キャサリンの父親が一部始終を繰り返し話してくれた。蜂に刺された話を何度も聞かされたせいで、どこまでが自分の記憶で、どこからが聞いたことなのか、もはやわからなくなっている。

あのときのことを思い出す。フランシス・キャサリンのお父さまが話していたっけ、しつこい蜂がいて……。

「なにを笑ってるんだ？」

目を閉じて、思い出すのに集中していたので、アレックスが近づいてきたことに気づいていなかった。目をあけると、すぐ前にアレックスが立っていた。

「はじめてフランシス・キャサリンと会ったときのことを思い出していたの」

「いつのことだ？」

ほんとうに興味があるようだった。きっと、フランシス・キャサリンの子ども時代について聞きたいのだろう。ジュディスは出会いのいきさつを話した。話を終えるころには、ゴウリーとイアンも一緒に聞いていた。アレックスは、何度か質問もした。ジュディスはごく簡単に返事をしていたが、フランシス・キャサリンの父親の話になると、饒舌《じょうぜつ》になった。尊敬する彼とはじめて会ったときのことをえんえんと語り、外見まで詳しく説明した。その声はいつもよりやわらかく、愛情に満ちていた。

イアンは、ジュディスの口調が変わったのを感じ取った。また、フランシス・キャサリンの父親がほんとうに優しくしてくれたと三度も繰り返したことにも気づいていた。まるで、何年もたったいまでも感激しているような口ぶりだ。

「フランシス・キャサリンもあんたの父上が好きになったのかな？」ゴウリーが尋ねた。

「わたしの父は来てなかったから」

声から明るさが消えた。ジュディスは立ちあがり、だれもいない木立へ向かった。「すぐに戻るわ」肩越しにいう。

それ以降、ジュディスはあまりしゃべらなくなった。夕食のあいだも静かだった。一行のなかでいちばんおしゃべりなゴウリーが、具合でも悪いのかと尋ねた。ジュディスはほほえみ、心配してくれてありがとう、ちょっと疲れただけだと答えた。

一行は、その晩から五夜つづけて野営した。そして六日目、ジュディスの疲労は極限に達した。夜の寒さもいけなかった。北へ進むほどに風が冷たくなっていく。よく眠れず、せいぜいほんの何分かうとうとすれば目が覚めてしまう。貸してもらった天幕も厳しい風には歯が立たず、夜になると寒さに骨を切られているような気がした。

イアンも口数が少なくなった。あいかわらずジュディスを自分の馬に乗せたが、話しかけてくることはほとんどなくなった。

ジュディスは、イアンが氏族長に選ばれたばかりであることをアレックスから聞き、それも当然だと思っていた。イアンは生まれながらに指導者の素質を持っている。ジュディスにいわせれば、幸運なことだ。他人の命令におとなしく従うような人ではないのだから。なんでも自分の思いどおりにしたがる。そう、そういう人だとすぐにわかった。

「あちらに心配ごとでも残してきてるの？」長い沈黙に耐えられなくなり、ジュディスは尋ねた。

一行は、ゆっくりしたペースで険しい山道をのぼっていた。ジュディスは振り返り、イアンの顔を見あげて答を待った。

「いや」

彼はそれ以上、なにもいわなかった。

またしばらく静かな時間が流れた。やがて、イアンが身をかがめて尋ねた。「そっちはどうなんだ？」

なにを訊かれたのか、ジュディスにはわからなかった。もう一度、振り向いてイアンを見た。彼の唇がすぐ目の前にあった。イアンがさっと身を引いた。ジュディスは急いで前を向いた。「どうって、なにが？」張りつめた小さな声で訊き返した。

「うちに心配ごとを残してきたのか？」

「いいえ」

「旅に出るのを家族がよく許してくれたな」

ジュディスは肩をすくめた。「このあたりは、夏になるとすこしは暖かくなるのかしら、それとも一年じゅうこんなに寒いの？」話を変えようと尋ねた。

「これでも暖かいほうだ」どういうわけか、愉快そうな声だった。「故郷《くに》に親しくしている男はいないのか？　許婚は？」

「いないわ」

立ち入った質問はつづいた。「どうして？」

「込み入った事情があるのよ」ジュディスはあわててつけ加えた。「この話はしたくないの。それより、どうしてあなたは結婚していないの？」

「そんなひまはなかったし、その気もなかった」

「その気がなかったのはわたしも同じ」

イアンが声をあげて笑った。ジュディスは面食らい、もう一度振り返った。「なにがおかしいの？」

ああ、楽しそうな彼はなんてすてきなんだろう。目尻にしわが寄って、瞳が銀色に輝いている。「おや、冗談じゃなかったのか？」

ジュディスはかぶりを振った。イアンの笑い声がさらに大きくなった。なにを笑っているのか、わからない。ゴウリーもそうらしく、どうしたのかといわんばかりに馬上からこちらを眺めている。それに、ちょっと驚いているようだ。きっと、イアンの笑い声が珍しいのだろう。

「ハイランドでは、女に結婚する気があってもなくても関係ない」イアンがいった。「イングランドでもそうだと思っていたが」

「ええ、そうよ。女に自分の将来を選ぶ権利はないわ」

「だったら――」

「いったでしょう。込み入った事情があるのよ」

イアンは黙りこみ、あれこれ尋ねるのをやめた。ジュディスは、家族の話をしたくなかった。自分の将来など、真剣に考えたことはなかった。もっとも、母親に結婚相手を決める権利はないはずだ。母親も自分も、まだマクリーンの氏族長のものであるのは事実だ……まだ本人が生きていれば、だが。死んでいれば、テケルおじが後見人となる……いや、もう違うのだろうか？

そう、ほんとうに込み入っている。くたびれて、もう考える気力もない。イアンの胸にもたれ、目を閉じた。

ほどなく、イアンが身をかがめてささやいた。「あと一時間ほどで敵地に入るぞ、ジュディス。おれがいいというまで静かにしていてくれ」

身の安全はイアンにかかっているので、ジュディスはすぐさまうなずいた。その数分後には眠っていた。イアンはジュディスを抱きなおし、片方の膝にジュディスを横向きに座らせ、頭を自分の肩に寄りかからせた。

ゴウリーとアレックスを前に行かせ、ブロディックにしんがりを務めるよう指示した。一行は、緑濃く夏の花が咲き乱れたひとけのない森を進んだ。深い絶壁を落ちる滝の轟音が、馬の蹄の音をかき消した。

突然、ゴウリーが馬を止め、拳を宙に突きあげた。イアンは即座に東を向き、馬を木立の奥へ入れた。ほかの者もつづいて木陰に隠れた。

ジュディスとイアンが隠れているところからさほど離れていないでこぼこ道で、大きな笑い声があがった。別の笑い声もした。イアンは滝の音に負けないよう耳を澄ませた。マクファーソンの者が少なくとも十五人、そばにいるようだ。剣をつかみたくて手がむずむずする。くそっ、いまここで不意打ちをかけられたらいいのだが。勝算は充分にある。ゴウリーとアレックスとブロディックがいれば、マクファーソンの腰抜け二十人が相手でも、自慢話の種にもならないくらい簡単に片がつく。

だが、いまはジュディスの安全が最優先だ。イアンは思わず彼女を抱いた手に力をこめた。ジュディスはすり寄ってきて、小さくため息をつこうとした。とっさにその口をふさぐと、彼女は目を覚ました。目をあけ、こちらを見あげる。イアンは首を振った。口をふさいだ手はどけなかった。それで、ジュディスも敵地にいるのを察したようだ。一瞬、不安そうに目を見ひらいたものの、すぐに落ち着きを取り戻した。

ジュディスは、イアンがいれば大丈夫だと感じていた。なぜそこまで信頼しているのか自分でも不思議だが、直感でわかる。彼ならどんな相手からも守ってくれる。

たっぷり二十分はたってから、イアンはやっと口から手を離してくれた。そのとき、彼の親指が下唇をそっと撫でた。なぜ彼がそんなことをしたのかはわからなかったが、心地よさに全身がぞくりとした。ふたたび、イアンが首を振った。静かにしていろという合図だろう。うなずいて、了解したのを伝えた。

ともかく、イアンから目をそらさなければならない。おなかのあたりがざわざわする。胸の鼓動も激しい。しっかりしなければ、いまにも顔が赤くなりそうだ。彼と目を合わせるたびにこんなふうでは、そのうち死んでしまうかもしれない。目をつぶり、イアンの胸に顔をうずめた。彼の両腕がしっかりと腰を抱いている。このままでは、イアンもこうしていたがっているのだと思いこんでしまう。このハンサムな氏族長を相手に、かなうはずのない夢を抱いてしまう。

ばかげたことを考えてはだめ、と自分にいい聞かせた。わたしはもっと強い人間で、感情も考えることもちゃんと制御できるはず。

一行はさらに待った。しばらくして、イアンはやっとマクファーソンが遠くへ行ったと判断すると、ジュディスを抱いた手をゆるめた。彼女のおとがいに親指を当て、そっと上向かせて目を合わせた。

もう大丈夫だといってやるつもりだったが、目が合ったとたんに忘れた。いままでに感じたことのない欲望のとりこになっていた。自制心はどこかへ行ってしまった。ジュディスの魅力の前では無力になってしまう。もう我慢できない。ジュディスがいやなら逃げる余裕を与えるため、ゆっくりと身をかがめたが、彼女は逃げなかった。唇が軽くこすれ合う。一度。そしてもう一度。それでもまだ、ジュディスは逃げなかった。

もっと欲しい。イアンはジュディスの顎をつかみ、有無をいわせず唇を奪った。彼女がはっとあえぐのがわかったが、無視した。ただ一度だけ、心ゆくまでキスをして、欲望を断ち切るつもりだった。これで好奇心は満たされるはずだ。彼女がどんな味わいか、唇がどんなにやわらかいのか、わかればそれでいい。満足だ。

ところが、そうはいかなかった。すぐにそれはわかった。どんなにキスをしても満足できないのだ。ああ、なんというすばらしい味わいだ。やわらかく、温かく、腕のなかですべてを差しだしてくる。それでもまだ足りない。口をあけさせ、考える間も与えず舌を絡めた。

ジュディスは身を引こうとしたが、それもつかのまのことだった。イアンの腰に腕をまわし、しがみついてきた。舌を絡め合っているうちに、イアンの体は欲望に震えはじめた。いまやジュディスにおどおどしたところはない。それどころか、ひたむきにキスを返してくる。

イアンは喉の奥で低くうなった。ジュディスが小さく声をあげる。ふたりのあいだで情熱が燃えあがった。イアンは何度もジュディスの唇をむさぼった。そのうち、このままでは最後までいかなければ我慢できなくなってしまうと気づき、なんとか唇を離した。

イアンはとまどい、腹を立てていた。ただし、自分自身に。自制心をあっさり失った自分にぞっとしていた。ジュディスが途方に暮れた顔でこちらを見あげている。はれぼったい唇……もう一度、キスをしたい。

イアンはジュディスの頭を荒っぽく自分の肩に押しつけると、手綱をぐいと引き、本道へ戻った。

ジュディスは、いまだけは彼のぶっきらぼうさがありがたいと思った。いまのキスにまだ体が震えている。自分があんなに熱く反応したのが信じられなかった。あんなにすてきで、なのに怖い体験ははじめてだ。

もっとしてみたい。けれど、イアンも同じ気持ちだとは思えなかった。なにもいわないけれど、さっきあんなふうにいきなり唇を離し、一瞬怖い顔をした。つまり、イアンはいまのキスが気に入らなかったのだ。

不意に、自分がだめな女のような気がしてきて、恥ずかしくてたまらなくなった。そして、こんなふうに自分の気持ちと自尊心を傷つけたひどい男をどなりつけてやりたくなった。涙があふれそうになり、落ち着きを取り戻そうと深呼吸した。やがて、体の震えがすこしおさまり、混乱した心をなんとか静めることができたと思ったとたん、またイアンが気持ちを逆撫でするようなことをした。彼は、アレックスの茶色の馬の隣に自分の馬を止めた。どうしたのだろうといぶかしむいとまもなく、ジュディスは気がつくと、アレックスの膝にどさりとおろされていた。

なるほど、そういうことね。もうわたしと関わりたくないのなら、そうしてあげる。ジュディスはイアンのほうをちらりとも見なかった。視線を落として服の裾をきちんと整えながら、顔が赤くなっているのがイアンにばれませんようにと祈った。頬が燃えるように熱い。イアンが先頭に立った。ゴウリーがその後ろにつき、アレックスとジュディスがつづいた。ブロディックがまたいちばん最後だった。

「寒いのか?」

アレックスが耳元でささやいた。ほんとうに心配しているような声だった。

「いいえ」

「震えているが」

「寒いからよ」

つじつまの合わないことをいったと気づき、ジュディスは小さくため息をついた。アレックスもあきれただろうが、親切にもなにもいわずにいてくれた。長い午後のあいだずっと、アレックスは沈黙を守り、ジュディスも話しかけなかった。

けれど、アレックスの腕のなかではなかなか落ち着けなかった。何度か背中が彼の胸に触れたが、寄りかかる気にはなれなかった。

日が暮れるころには、目をあけていられないほどくたびれてしまった。一行は、山腹にひっそりと立っている、草葺《ぶ》き屋根のきれいな石造りの家の前で止まった。家の南側の壁は蔦《つた》にびっしりとおおわれ、玄関から隣の納屋とは石畳の小道でつながっている。灰色の髪に濃い顎ひげをはやした、肩幅の広い男が玄関に立っていた。男は笑顔で出てきた。

ジュディスは戸口にたたずんでいる女に気づいた。夫の後ろに立っていたが、彼が外に出ると、家の奥へ入ってしまった。

「今夜はここに泊まる」アレックスがいった。馬を降り、ジュディスに手を伸ばす。「屋根があるから、よく眠れるぞ」

ジュディスはうなずいた。アレックスはほんとうに思いやりのある人らしい。馬から降ろしてくれたあとも、しばらく手を離そうとしなかった。離せば、ジュディスが顔から倒れこむのがわかっているのだ。それでも、ジュディスのみじめなありさまについてはなにもいわず、脚の震えがおさまるまで腕につかまらせていてくれた。腰を支えてくれているので、震えているのはわかっているようだ。

「手を離せ、アレックス」

背後からイアンの厳しい声がした。アレックスはすぐに手を離した。ジュディスは転びそうになった。地面に倒れこむ直前、後ろからイアンにつかまえられた。左手でしっかりとウエストを抱かれ、荒っぽく引き寄せられる。アレックスはイアンににらまれて後ずさり、くるりと身を翻すと、家のほうへ歩いていった。

イアンはしばらくジュディスを背後からきつく抱いたまま、そこに立っていた。ジュディスはずっとうつむいていた。もうくたくただ。このままここで眠り、イアンに家のなかへ運んでほしいほどだ。もちろん、そんなことはできないけれど。

こんなに長いあいだ馬に乗っていたのに、いいにおいがする人がいるなんて。イアンのにおいは、すがすがしい野の香りと……男のにおいが混じっている。熱も放っている。この温かさからは離れられない。そう思ったとたん、離れなければと気づいた。

イアンは南で吹き荒れている嵐と同じで、わたしとはなんの関係もない。いまは支えていなければわたしが倒れてしまうから、抱いているだけ。責任感からそうしているだけのこと。

「支えてくれてありがとう。もう離しても大丈夫よ。力が戻ったから」

イアンを押しのけようとした。だが、彼は反対のことをした。ジュディスを抱いたまま振り向かせ、顎をそっと持ちあげた。

その顔はほほえんでいた。どういうことだろうか。ついさっきまで、機嫌の悪い熊のようだったのに。といっても、不機嫌の矛先《ほこさき》はアレックスだったのだけれど。

「離したくなったら離す」イアンはささやいた。「ジュディス、きみに指図されるまでもない」

とんでもなく傲慢《ごうまん》なものいいだ。「で、いつになったら離したくなるの？　それとも、訊いてもいけないのかしら?」

ジュディスの剣幕に、イアンは片方の眉をひょいとあげ、かぶりを振った。「おれに腹を立てているらしいな。わけをいってみろ」

ジュディスは顎から彼の手を振り払おうとしたが、反対に強くつかまれ、あきらめた。

「なぜ怒っているのかいうまでは離さない」イアンはいった。

「わたしにキスしたわ」

「そっちこそ」

「ええ、たしかに。でも、謝らないわよ。いい?」

ジュディスの声もまなざしも挑戦的だった。この美しさに油断したら、なにも考えられなくなってしまう。そう思いながら、イアンは答えた。「おれも謝らない」

ジュディスは険しい顔でイアンをにらんだ。「あのときは悪かったと思わなかったかもしれないけど、いまは違うんじゃないの?」イアンが肩をすくめる。蹴りつけてやりたい。

「二度とわたしにさわらないで、イアン」

「おれに命令するな」

彼の声が厳しくなった。かまうものか。「キスされたのはわたしよ、命令するのは当然でしょう。わたしはあなたのものじゃない」ひときわ穏やかな声でつけ加えた。

イアンはいまにも飛びかかってきそうな顔をした。ちょっと高飛車に出すぎたかしら。この人、短気みたいだし。

「偉そうなことをいうつもりじゃなかったの。あなたがなんでも自分の思いどおりにしているのは知ってるわ、なんといっても氏族長ですものね。でも、わたしはよそ者よ、あなたの命令に従う筋合いはないわ」いかにも、ものわかりがよさそうな口ぶりでつづける。「いまだって――」

そこで口をつぐんだ。イアンがかぶりを振っている。「ジュディス、おれの弟の家にいるあいだは、あいつの保護下に入るのはわかっているな?」

「ええ」

イアンがうなずいた。笑みも浮かべている。まるで大論争に勝ったような顔つきだ。論争の主題がなんなのか、ジュディスには見当もつかない。

イアンはジュディスを放し、歩きはじめた。ジュディスはあとを追った。彼の隣に追いつくと、手をつかんだ。彼はすぐに足を止めた。

「どうした?」

「なにをにやにやしているの?」

「きみがおれのいうことに同意したからだ」

「え?」

イアンはジュディスの視線にとまどいを見てとった。ほんとうにわかっていないんだな。

「きみがイングランドに帰るまで、おれが保護者だ。つまり、おれの指示に従ってもらわなければならない」うなずいてつけ加える。「そのことに、きみも同意したってことだ」

ジュディスは首を振った。この人、おかしいんじゃないの。二度とキスしないでという話から、どうすればこのねじくれた結論に達するわけ？

「そんな同意はしてないわ」

ジュディスはイアンの手をまだ握っている。イアンは、どうせ気がついていないのだろうと考えた。振り払ってやってもいいのだが。でも、そうはしなかった。

「さっき、わたしはパトリックの保護下に入るといったじゃないの。ということは、わたしの保護者はパトリックだわ、イアン、あなたじゃない」

「そのとおり。だが、おれは氏族長だ、ということは、パトリックはおれの指示に従う。これでわかったか？」

ジュディスは手を離した。「あなたとパトリックはわたしにあれこれ指示できる、そう考えてるんでしょう。わたしはそう理解したわ」

イアンは頬をゆるめ、うなずいた。ジュディスがいきなり笑いだした。なにがおかしいのだろうか。

そのわけはすぐにわかった。

「つまり、あなたとパトリックがわたしの行動に責任を持つってことよね？」

イアンはうなずいた。

「わたしの罪はあなたの罪になるのよ？」

イアンは背中の後ろで両手を握り合わせ、怖い顔でジュディスを見おろした。「なにかばかなことをしでかそうと思ってるのか?」

「あら、まさか、とんでもない」ジュディスはすかさず答えた。「あなたの故郷へ行くのを許してくれて、ほんとうに感謝してるのよ。問題を起こす気はないわ」

「そのにやにや顔じゃあ、本気でいってるのかどうか、怪しいもんだ」

「にやにやしてるわけは、ぜんぜん別のこと。あなたがどんなにとんちんかんか、よくわかったからよ」イアンのいぶかしそうな顔に、うなずいてつけ加えた。

「おれはとんちんかんなんかじゃない」イアンはぴしゃりといった。

ジュディスのほうは、イアンを侮辱したつもりはなかった。「いいえ、とんちんかんよ。わたしが二度とキスをしないでといったことから、どうすればこんな変な話になるのか、ちゃんと説明できる?」

「キスをするなといわれたこととは関係ない。そんなのはどうでもいいことだ」

ジュディスは平手打ちを食らったような衝撃を受けた。イアンがこともなげに発した言葉は、それくらい心に痛かった。けれど、傷ついたのを悟られるわけにはいかない。ジュディスはうなずくと、さっと身を翻し、彼とは別の方向へ歩いていった。

イアンはその場に立ったまま、長いあいだジュディスの後ろ姿を見送った。

それから、疲れたため息をついた。わかっていないようだが、ジュディスはとっくに問題を起こしている。仲間たちは彼女に目を奪われている。そして、この自分も。

ジュディスは美しい、男ならだれだって目をとめる。そう、それはしかたがない。不可抗力だ。だが、彼女を自分のものにしたいという激しい欲望、これはまったくの別問題だ。不可抗力じゃすまない。

さっきジュディスにこういった。保護者はおれだ……イングランドへ帰るまでは、と。あのとき、つい言葉に詰まりそうになった。いずれは彼女を帰さなければならないと思うと、いてもたってもいられない。おれはいったいどうしたんだ？

ほんとうに、彼女を帰せるのだろうか？

4

早くイアンと離れたい。ジュディスは、いまの自分が冷静ではなくなっているのをわかっていた。長く果てしない旅のせいで疲れているから、頭が働かないのだ。イアンの冷たい言葉に過剰反応するのも当然だ。乱れた気持ちが邪魔をして、頭のなかを整理できない。イアンの言葉の棘がまだ痛いような気がする。

「ジュディス、キャメロンを紹介しよう」アレックスに呼ばれた。

その場のだれもがこちらを向いた。ジュディスは家の主人の前へ急いだ。短くお辞儀をし、無理に笑みを浮かべた。笑顔を作るのはむずかしかった。キャメロンに、悪魔……いや、もっと汚《けが》らわしいものを見るような目を向けられていたからだ。その顔つきから、彼がどう感じているのかは明らかだ。ジュディスの存在そのものにぞっとしているのだ。

ああ、いまはこんな仕打ちに耐える気力はない。小さくため息をついて挨拶した。「はじめまして」

「この娘はイングランド人じゃないか」

キャメロンは、ひたいの血管が浮きでるほどの剣幕でどなった。ジュディスの挨拶はゲール語だったが、イングランド風のアクセントになっていた。それにもちろん、服装もイングランド人であることを示している。スコットランド人とイングランド人が残念ながら憎み合っているのは理解しているジュディスも、キャメロンの敵意は理不尽で嫌悪に満ちていて、恐ろしくなった。無意識のうちに、彼の憎悪から逃げようと一歩後ずさった。

背中がイアンにぶつかった。彼の隣へ行こうとしたものの、両手で肩をつかまれた。その手がきつく締まり、彼の胸に引き寄せられた。

そのまましばらく、イアンはなにもいわなかった。アレックスが彼の脇についた。その反対側に、ゴウリーがのんびりした足取りでやってきた。最後に、ブロディックが来た。イアンを見つめて指示を待つ。イアンがやっとキャメロンから目を離してうなずいてみせると、ブロディックはジュディスのすぐ前に立った。

ジュディスはふたりの男にぴったりと挟まれた。ブロディックの肩越しに前をのぞこうとしたが、イアンに引き戻されて動けなかった。

「キャメロン、この娘がイングランド人であることはわれわれも先刻承知」ブロディックが低いけれど力強い声でいった。「レディ・ジュディスをあなたの保護下に置くことをご了承いただきたい。われわれは彼女を故郷へ連れて行くところなのだ」

キャメロンは、なんとかわれに返った。「いや、それはわかっている」あわてて答えた。

「ただ、ちょっと驚いただけだ、その娘が……話すのを聞いて」

メイトランドの氏族長の目つきに、キャメロンは怖《お》じ気《け》づいた。できるだけ早く、いまの粗相《そそう》の埋め合わせをしたほうがよさそうだ。イングランド人の娘に正面から謝罪しようと、一歩左側へ出た。

ところが、ブロディックが妨害するようにさっと同じ方向へ動いた。「われわれを快く泊めていただけるのか？」

「もちろんだ」キャメロンは答えた。白髪まじりの髪をそわそわとなでつけ、その手が震えているのをメイトランドの氏族長が気づいていないようにと、真剣に祈った。大変なしくじりを犯してしまった。これほど強く、容赦ない男は怒らせたくない……イアンを怒らせれば、それがこの地上でなす最後のことになるのは間違いない。

十字を切りたくてたまらなかったが、なんとかこらえた。イアンの険しい視線に耐えきれず、ブロディックだけを見るようにした。咳払いをしてから、言葉を継いだ。「ひとり娘をあんたの兄さんに嫁がせた日から、あんたがたメイトランドの者たちならいつでも歓迎する。もちろん、氏族長の大事な人もだ」と、急いでつけ加える。肩越しに、妻にどなった。

「マーガレット、客人に夕食をお出ししろ」

ジュディスはなぜイアンが黙っているのか不思議に思っていたが、キャメロンが自分の娘をブロディックの兄に嫁がせたといったのを聞き、この場をおさめる役目をブロディックにまかせた理由が呑みこめた。

キャメロンは全員を家のなかに招き入れた。ジュディスは手を伸ばし、ブロディックのプレードをつかんだ。すぐに振り返った彼に、小さな声でいった。「かばってくれてありがとう」

「礼には及ばん、ジュディス」照れくさいのを隠すような、ぶっきらぼうな口ぶり。

「それでもやっぱりお礼をいうわ。ブロディック、わたしはイアンの大事な人じゃないって、キャメロンに説明してくれない？　あの人、勘違いしてるみたい」

ブロディックはなにもいわずにしばらくジュディスを見返し、ちらりとイアンに目をやった。

なにをためらっているのだろう？「わたしはただ、あの人の勘違いを正してほしいだけなんだけど」

「だめだ」

「だめ？　いったいどうして？」

ブロディックは笑いこそしなかったが、目尻にしわが寄ったということは、おもしろがっているらしい。「だって、あんたはイアンの大事な人だ」ゆっくりといった。

ジュディスはかぶりを振った。「そんなばかげたこと、よくも思いつくわね。わたしはただの客で――」

だが、ブロディックはくるりとむこうを向き、家のなかへ入ってしまった。ジュディスは気むずかしい彼の後ろ姿を黙って見送った。アレックスとゴウリーがあとにつづいた。ふたりは露骨ににやにやしている。

ジュディスはその場に突っ立っていた。しばらくして、やっと肩からイアンの手が離れ、そっと前に押された。

それでも動かなかった。イアンが隣へ来て、ジュディスのほうに首を傾けた。「さっさと入るんだ」

「キャメロンがわたしのことをあなたの大事な人といったとき、なぜ訂正しなかったの？」

イアンは肩をすくめた。「べつに、訂正しようとは思わなかった」

もちろん、イアンは嘘をついていた。キャメロンは勘違いをしている。ジュディスは自分の女ではない。でも、そういわれて悪い気はしなかった。やれやれ、そんなふうに感じるとは、よほど疲れているようだ。「なかに入れ」もう一度、ジュディスにいった。思ったより邪険な口調になってしまった。

ジュディスは首を振ってうつむいた。

「どうした？」イアンはジュディスの顎に手の甲をあて、上を向かせた。

「入りたくない」

なんともしょんぼりした声。イアンは笑みをこらえた。「どうして？」

ジュディスは肩をすくめた。顎をイアンにそっとつかまれた。答えるまで放してくれそうにない。「入りたくないから入りたくないのよ」小さな声で答える。イアンが優しい笑みを浮かべた。不意に泣きたくなった。早くも目がかすんでいる。「今夜はくたびれてるみたい」

と言い訳する。

「だから外にいたいわけじゃないだろう？」

「そうじゃなくて……さっきは傷ついたわ」思わず口走った。「あの人に嫌われようが気にすることはないって、頭ではわかってる。ハイランド人はだれでもイングランド人を憎んでるもの、それに、たいていのイングランド人もスコットランド人を憎んでる。国境の人たちもね……でも、わたしは憎み合うのは嫌い。憎しみは……無知から生まれるのよ、イアン」

イアンはそのとおりだとうなずいた。ジュディスはすこし落ち着いた。こんなふうにイアンが黙って話を聞いてくれると、いつまでも腹を立ててはいられない。

「キャメロンが怖かったか？」

「あんなふうにどなられるのはね。あんまりだわ。それとも、これも過剰反応かしら？もうくたくたで、よくわからない」

ジュディスは見るからにくたびれていた。イアンはそのときはじめて気づいたが、目の下にくまができている。傷ついたと打ち明けたとき、イアンの手を握り、そのまま握りしめていた。

ほんとうに、ジュディスは疲れはて、そのうえうちひしがれた様子だったが、イアンにはこのうえなくきれいに見えた。

突然、彼女は背筋を伸ばした。「あなたは入って。わたしはここで待ってたほうがいいから」

イアンはほほえみ、つないだ手を離した。「おれはきみが一緒に来てくれたほうがいいんだが」

この話はこれで打ち切りだ。ジュディスの肩を抱き、玄関へ連れて行った。

「さっき、『これも過剰反応か』といったな」ジュディスを無理やり引きずりながらいった。彼女が板のように体をこわばらせていることはあえて無視した。まったく、彼女は頑固だ。でも、そこがおもしろい。この自分に堂々と反抗する女などほかにいない。ジュディスはほかの女とはまったく違う。いつもまっすぐにこちらをにらみつけてくる。いや、そんなふうに見える。すがすがしいほど正直だ。こちらに媚《こ》びることなく、決して畏縮《いしゅく》しない。妙な話だが、彼女のそういう率直なところに、自分まで解放された気がする。ジュディスには、氏族長らしくふるまわなければならないと気負わずにすむ。それに、彼女はよそ者だ。だからこそ、クランの長である自分を縛るしきたりというものから自由になれるのかもしれない。

そこまで考えたところで、さっきから気になっていたことを尋ねた。「前にも、なにか過剰反応するようなことがあったのか?」

「あなたにキスされた」

ジュディスが小声でそういったとき、玄関に着いた。イアンはぴたりと足を止め、ジュディスの肩に添えた手に力をこめた。「どういうことだ。過剰反応とは?」

ジュディスは顔が熱くなるのを感じた。肩をすくめ、彼の腕を振り払った。「……あのあと、あなたは不機嫌になったでしょう。それで、こっちも腹を立ててしまったの。あんなにむきになることはなかったわね」とつけ足し、きっぱりとうなずいた。

正直な答にイアンがなにかいう前に、急いで家のなかに入った。先ほど、玄関の暗がりに立っていた初老の女が出迎えてくれた。その心のこもった笑顔を見て、ジュディスは肩の力を抜き、笑みを返した。

マーガレットは美人だった。目尻と口元に小じわが寄っているけれど、それでも美しさは損なわれていない。金色の斑点《はんてん》が浮かんだきれいな緑色の瞳で、豊かな茶色の髪には、ちらほらと白髪がまじっている。その髪を、うなじでまとめて三つ編みにしていた。ジュディスより頭ひとつ背が高いが、まったく威圧的な感じがしない。全身から優しさを放っている。

「お宅に入れてくださってありがとうございます」ジュディスはお辞儀をしてからいった。

マーガレットは腰に巻いた白いエプロンで手を拭き、お辞儀を返した。「食卓へどうぞ。すぐに用意できるわ」

男たちと同席するのは気が進まなかった。イアンはもう席に着いていて、キャメロンがテーブルのむかい側から身を乗りだし、杯に葡萄酒を注いでいる。とたんに、胃が締めつけられた。すばやく深呼吸する。たかが葡萄酒一杯で、イアンは酔っぱらったりしない……そうよね？　不安になるなんてばかげている。でも、どうしようもない。炎を呑みこんだかのように胃が痛む。イアンはテケルおじとは違う。酔って怒りっぽくなったりしない。絶対に。

イアンはちらりと目をあげた。ジュディスをひとめ見て、様子がおかしいと気づいた。顔が真っ青だ。ひどく狼狽《ろうばい》しているらしい。立ちあがり、どうしたのか尋ねようとしたとき、彼女が葡萄酒の入った水差しを凝視しているのがわかった。

「ジュディス？　葡萄酒はどうだ――」いったいどうしたんだ？

ジュディスは激しくかぶりを振った。「水のほうが……長い一日のあとにはいいんじゃないかしら？」

イアンは背筋を伸ばした。ジュディスは自分たちの飲み物が気に入らないようだ。なぜなのかは見当もつかないが、理由はどうでもいい。ジュディスは見るからに動揺している。水を飲めというのなら、そうしよう。

「そうだな。水のほうがよさそうだ」

安心したのか、ジュディスの肩が落ちた。

ブロディックもジュディスの妙な態度に気づいていた。「キャメロン、明日は朝早く出発するので」ジュディスを見据えたままいった。「葡萄酒は家に着くまで我慢します」

マーガレットも男たちの会話を聞いていた。泉からくんできたばかりの水を急いで持ってきた。ジュディスは新しい杯を運んだ。

「ほら、座ってゆっくりなさい」マーガレットがいった。

「お手伝いさせてください」ジュディスは答えた。

マーガレットはうなずいた。「では、暖炉の前に腰掛けを持っておいき。わたしがパンを切るから、シチューをかきまぜてちょうだい」

ジュディスはほっとした。男たちはもう会話に夢中だ。真剣な顔つきからして、深刻な話題なのだろう。邪魔はしたくない。なによりも、キャメロンの隣に座りたくない。あいている席はキャメロンの隣だけだ。

ジュディスはマーガレットにいわれたとおり、壁際の腰掛けを取って暖炉へ向かった。マーガレットがこちらをちらちら見ているのはわかっていた。なにか話しかけたいようだが、夫を気にしているのだろう。キャメロンが見ていないか確かめるように、テーブルのほうをしきりにうかがっている。

「うちにお客さんは珍しいのよ」マーガレットが声をひそめていった。

ジュディスはうなずいた。マーガレットがまたキャメロンのほうを見やり、こちらを向くのを見守った。

「どうしてあんたはメイトランドの土地へ行こうなんて考えたの？」マーガレットが今度もごく小さな声でいった。

ジュディスはほほえんだ。「友人がメイトランドの人と結婚したんです。はじめてのお産に付き添ってほしいと頼まれて」マーガレットと同じくらい小さな声で答えた。

「そのお友達とはどうして知り合ったの？」

「国境のお祭で」

マーガレットはうなずいた。「ハイランドでも同じような祭をするんだよ。春じゃなくて秋だけれどね」

「行ったことはあります？」

「娘のイザベルがここにいたころは、ふたりでよく行ったもんよ。キャメロンは忙しくて行けなかったけど」と、肩をすくめてつけ加える。「いつ行っても楽しかった」

「イザベルはブロディックのお兄さんと結婚したそうですね。最近のことですか？」

「いいえ、もう四年になるわ」

悲しみがはっきりと聞き取れた。ジュディスは肉のシチューをかきまぜる手をとめ、体を起こしてマーガレットを見た。会ったばかりの他人なのに、慰めてあげたくなった。マーガレットはひどくさびしそうだ。さびしい気持ちはよくわかる。

「お嬢さんを訪ねたことはないんですか？」

「あの子が嫁いでからというもの、一度もないね」マーガレットは答えた。「メイトランド・クランは孤立してるから。よそ者を受け入れないの」

ジュディスは耳を疑った。「でも、あなたはよそ者じゃないわ」

「イザベルはもうウィンズロウの家の人間なの。たまには帰っておいでとはいえないし、こっちからも訪ねていくことはできないんだよ」

ジュディスはかぶりを振った。そんなばかげた話は聞いたことがない。「手紙は来ないんですか？」

「だれが持ってきてくれるのかい？」

長い沈黙がおりた。「わたしが持ってきます」ジュディスはささやいた。

マーガレットは夫を見やり、ジュディスに目を戻した。「ほんとうに？」

「ええ」

「そんなことしていいのかねえ？」

「いいに決まってます」ジュディスはきっぱりと返した。「むずかしいことじゃありません。イザベルに手紙を持っていってほしければ、かならず探してお渡しします。イングランドへ帰るときに、イザベルからの返事を持ってきます。ひょっとしたら、あちらへ来てという手紙かもしれないわ」

「おい、おれたちは馬の世話をしてくる」キャメロンが大きな声でいった。「すぐに戻る。食事はできてるのか？」

「ええ、キャメロン」マーガレットは答えた。「あんたたちが戻ってくるころには、テーブルに並べておくわ」

男たちは外に出ていった。キャメロンがドアを閉めた。「ご主人、機嫌が悪そうですね」ジュディスはいった。

「あら、そんなことはないんだよ」マーガレットがあわてて答えた。「ちょっと緊張してるだけ。メイトランドの氏族長をおもてなしするなんて名誉なことだもの。キャメロンはきっと、ひと月かふた月は自慢するよ」

マーガレットはテーブルに新しい水を置いた。パンはくさび形に切ってある。ジュディスは大きな木の鉢にシチューを注ぐのを手伝い、鉢を長テーブルの真ん中に据えた。

「食事のときに、イザベルはどうしてるかブロディックに訊いてみたらどうですか？」

マーガレットはぎょっとした。「それはあの人たちをばかにすることになる。娘が幸せかなんて訪ねたら、大事にしていないんじゃないかって疑ってると思われる。ね、むずかしいだろう？」

ジュディスにいわせれば、むずかしいのではなくて、ばかげている。マーガレットが気の毒で、腹が立った。そんなに思いあがってるなんて、メイトランドの人たちには人情ってものがない。奥さんの親に対する思いやりをだれも持っていないのだろうか？

もし、ミリセントおばとハーバートおじに二度と会ってはいけないなどといわれたら、どうすればよいのだろう。考えただけで目が潤んでしまう。

「でも、あんたが訊いてくれれば……」マーガレットはにっこりし、ジュディスが理解するのを待った。

ジュディスはうなずいた。「イングランド人だからしかたないと、ブロディックも思うでしょうね」

「そのとおり」

「わたしから訊くわ、マーガレット。ハイランドのクランは全部、メイトランドみたいなんですか？　よそのクランとつきあわないの？」

「ダンバーとメイトランドはそうだね。争いごとがなくても、孤立してる。ダンバーの領地はメイトランドとマクリーンの領地に挟まれてる。このふたつのクランは領地をめぐってしょっちゅう争ってるって、キャメロンの話だけれど。どっちも祭に参加しないんだよ。ほかのクランは残らず集まるのにね。ところで、イングランド人って、みんなあんたみたいなのかい？」

ジュディスは、マーガレットに訊かれたことにきちんと答えようとしたが、集中できなかった。質問の前にマーガレットがなにげなくいったことに、動揺していたからだ。マクリーンとメイトランドが敵対しているという。

「どうしたの？」マーガレットが尋ねた。「気分でも悪い？」

「いいえ、大丈夫です。ええと、イングランド人はみんなわたしみたいなのかっておっしゃいましたよね」

「そうだよ」マーガレットは、急に青ざめたジュディスの顔を見て眉をひそめた。

「みんながそうなのかどうか、よくわからないんです。あまりよその人とは会わずに暮らしてきたので。それよりマーガレット、メイトランドの人たちはほかのクランとつきあわないのに、どうやって結婚相手を見つけるの？」

「ああ、あの人たちなりのやり方があってね。ウィンズロウは交換の品として、ぶちの牝馬を連れてここへやってきたんだよ。イザベルと会ってすぐに、結婚を申しこんできた。わたしは反対したよ、メイトランドに娘をやったら二度と会えないのはわかってたからね。だが、キャメロンは聞く耳を持たなかった。メイトランドの者にはいやといえないんだよ。わたしの知るかぎり、いままでそんなばかなことをした人間はいないね。それに、イザベルがウィンズロウと結婚すると決めていたし」

「ウィンズロウって人はブロディックに似てるの？」

「ああ、似てる。ずっと静かだけど」

ジュディスは声をあげて笑った。「まさか、死人じゃあるまいし。ブロディックはめったに口をきかないのよ」

マーガレットもこらえきれずにくすくす笑った。「ほんとうに変わった連中だよ、メイトランドはね。でもね、もしキャメロンが襲われたり、助けを必要としたりすれば、氏族長のイアンは頼りになる。

まだ娘が嫁ぐ前のことだけど、うちの羊がしょっちゅう盗まれてた。ところが、イザベルがメイトランドの者と結婚したという噂《うわさ》が広まったとたん、ぴたりと盗みがやんだんだよ。キャメロンも一目置かれるようになったし。まあ、さっきあんたにあんな態度を取るようじゃあ、軽蔑されてもしかたがないけどね」

「わたしがイングランド人と知って驚いたのが？」

「そのとおり、仰天してただろう」

ふたりは顔を見合わせ、そろって大笑いした。そのとき、男たちが家に戻ってきた。最初に入ってきたのはイアンだった。マーガレットに会釈し、立ち止まってジュディスにしかめっ面を向けた。楽しそうにしているのが気に入らないのだろう。そう思うと、ますます笑ってしまった。

「さあ、テーブルへ行って好きな場所にお座り」マーガレットがいった。

「あなたは？」

「まずは給仕、それからご一緒するよ」

知ってか知らずか、マーガレットはジュディスにキャメロンの隣に座らなくてもいいといってくれたことになる。男たちはさっきと同じ席に着いていた。ジュディスは暖炉の前から腰掛けを取り、テーブルのむこう側へ持っていった。それから、イアンとブロディックのあいだに割りこんだ。

その図太さに、男たちはあきれたとしても顔には出さなかった。ブロディックは場所をあけてくれた。

みな、黙々と食事をした。ジュディスは、男たちが食べ終えてからイザベルについて尋ねることにした。

そろそろ、すこしずつ話を始めよう。「マーガレット、このシチューとってもおいしいわ」

「ありがとう」マーガレットはかすかに頬を赤らめて答えた。

ジュディスはブロディックのほうを向いた。「お兄さんにはしょっちゅう会うの？」

ブロディックはジュディスをちらりと見おろし、肩をすくめた。

「奥さんのイザベルには会うの？」さらに突っこむ。

ブロディックはまた肩をすくめた。ジュディスはテーブルの下で彼の足をそっと蹴《け》った。

彼はぴくりと眉をあげた。「いま、おれを蹴ったか？」

ああもう、鈍いわね。「ええ、蹴ったわ」

「どうして?」

尋ねたのはイアンだった。ジュディスはにっこりして振り向いた。「また肩をすくめられたのがいやだったから。イザベルの話をしてほしいの」

「イザベルのことは知らないだろうが」

「だから知りたいの」

イアンは、わけがわからないという目でこちらを見ている。ジュディスはため息をつき、テーブルを指先でかたかたとたたきはじめた。

「お願い、イザベルの話をしてちょうだい」もう一度、ブロディックに頼んだ。

無視された。

また息を吐く。「ブロディック、ちょっと外に来てくれる? ふたりきりで、すごく大事な話をしたいの」

「いやだ」

もう我慢できない。またブロディックを蹴った。それから、イアンに向きなおった。ブロディックがにやりとしたことには気づかなかった。「イアン、ブロディックにわたしと一緒に外へ行くようにいって」

「いやだ」

ふたたびテーブルを指先でたたきながら、次の手を考えた。顔をあげると、マーガレットがしょんぼりとした顔でこちらを見ている。それで心が決まった。道化みたいに見えようが、絶対に聞きだしてやる。

「わかったわ。明日、出発したあとでブロディックと話すことにしましょう。一緒に乗せてもらうわね」にっこり笑ってつけ加えた。「たぶん、朝から晩までかかるから、今夜はよく眠っておいてね、ブロディック」

脅しが効いたようだ。ブロディックはテーブルに手をつき、立ちあがった。しかめっ面から火を噴きそうだ。テーブルについている全員にわかるほど怒りをあらわにしている。

ジュディスは、怒るどころではなかった。むちゃくちゃに腹が立っていた。ああ、このわからず屋をさっさと外に連れだしたい。無理に笑顔を作ると、キャメロンにお辞儀までしてから、くるりと向きを変え、外に出た。振り向いてドアを閉めたときも、笑みは絶やさなかった。

早くブロディックをどやしつけてやりたくてたまらず、ドアの両脇に窓があることは忘れていた。

マーガレットとゴウリーはドアに背を向けて座っていたが、イアンとアレックスからは、窓の外の草地がよく見えた。

いうまでもなく、だれもが興味津々だった。ゴウリーは椅子の上で上体をひねり、なりゆきを見守った。

イアンはブロディックを見ていた。ブロディックはこちらを向いている。両脚を広げて踏んばり、背中の後ろで両手を握っている。ジュディスへのいらだちを隠そうともしていない。ブロディックは短気だ。どんなに怒っても、ジュディスに手をあげたりはしないはずだが、ひどい言葉を投げて傷つけるかもしれない。

イアンは仲裁に入るべきかどうか、様子を見ることにした。今夜は泣く女を相手にする気分ではないが、ブロディックも自分と同じくらい、女を怯《おび》えさせるのは得意だ。

そのとき、イアンは思わず微笑した。自分の目が信じられなかった。アレックスもそうらしい。「あれを見ろ」とつぶやく。

「見てる」ゴウリーがいった。「信じられない。あのブロディックがたじたじじゃないか」おもしろそうに鼻を鳴らした。「あいつがあんな顔をするのは見たことがない。あの娘、ブロディックになんといってるんだと思う？」

すごい剣幕だな、とイアンは思った。ジュディスは腰に両手をあてている。一度も躊躇《ちゅうちょ》せず、ブロディックに詰め寄った。ブロディックは文字どおりたじたじと後ずさりした。それから……呆気にとられているようだ。

風と距離のせいでジュディスの声はよく聞こえなかったが、小さな声ではないことはイアンにもわかった。いや、ジュディスは大声でどなっている。ときどき、ブロディックがびくりとした。

イアンはマーガレットのほうを向いた。マーガレットは両手を口にあてていたが、イアンに見られているのに気づくと、さっとテーブルに目を落とした。だが、間に合わなかった。

イアンは彼女の目がうろたえているのを見てとり、この騒ぎになんらかの関係があるようだと察した。

ドアがあいた。ジュディスが引きつった笑みを浮かべ、足早にテーブルへ戻ってきた。腰をおろし、両手を膝に重ねて息を吐く。ブロディックものろのろと入ってきた。腰掛けに座った彼に、だれもが注目した。ジュディスはほっとした様子でマーガレットにうなずいた。そして、片方の目をつぶってみせた。

イアンはジュディスのウインクを見て、好奇心をそそられた。

ブロディックが咳払いをした。そして、ぼそぼそといった。「イザベルとウィンズロウは、ここくらいの広さの家に住んでいる」

「おお、それはよかった」キャメロンが応えた。

ブロディックはうなずいた。ひどくもじもじしている。「それから、もうすぐ子どもが産まれる」

マーガレットが息を呑んだ。その目に涙があふれた。手を伸ばし、キャメロンの手を握る。「わたしたち、孫ができるのよ」とささやく。

キャメロンはうなずいた。彼の目も潤んでいることにジュディスは気づいた。彼は杯に目を落とした。

イアンはついに、ジュディスの意図を理解した。恥をかくのもいとわず癇癪《かんしゃく》を爆発させたのも、すべてマーガレットに娘の近況を知らせたかったからだ。優しい娘ではないか。イザベルの両親が娘の様子を知りたがっているとは、イアンは思いもしていなかった。それなのに、よそ者のジュディスが察し、手を差しのべたのだ。

「イザベルのことで訊きたいことは？」ブロディックが尋ねた。

マーガレットの質問はひとつではすまなかった。訊きたいことはいくらでもあった。ブロディックだけではなく、アレックスとゴウリーもいくつかの質問に答えた。

ジュディスはこのうえなく満足だった。ただ、ブロディックが協力してくれたのが、あなたの馬に乗せてもらうと脅したせいであるのは癪にさわる。ブロディックは、ジュディスとくっついていなければならないと思っただけで、家族の私的な話をする気になったようだ。けれど、そんなことはどうでもいい。マーガレットの幸せそうな顔は、ブロディックの腹立たしい態度をおぎなってあまりある。

家のなかは心地よく、ほかほかと暖かかった。ジュディスは話に耳を傾けようとしたが、疲れているせいでつづかなかった。見ていると、キャメロンがブロディックの杯に水を注ごうとしたが、水差しがからららしい。

ジュディスは座っていた腰掛けを暖炉のそばの壁際に戻し、水差しを取りにテーブルへ引き返した。キャメロンが感謝するようにうなずいた。

ああ、もうくたくた。いままで座っていた場所はもう埋まっているし、どっちにしろ腰が痛くてテーブルについていられない。ジュディスは暖炉のそばへ行き、腰掛けに座って冷たい石壁に寄りかかった。目を閉じると、いくらもたたないうちに眠りこんでいた。

そんなジュディスに、イアンは目が釘付けになっていた。なんと愛らしいのだろう。まるで天使のような寝顔だ。長いあいだじっと眺めているうちに、ジュディスが腰掛けからすべり落ちそうになっているのを見てとった。

ブロディックに話をつづけるようううなずいてみせてから、ジュディスのかたわらへ行った。壁にもたれ、胸の前でゆったりと腕を組み、ブロディックがウィンズロウとイザベルについて語るのを聞いた。マーガレットとキャメロンは、一言一句、聞き逃さないようにしている。ブロディックが、イザベルは失敗に寛大だというと、マーガレットとキャメロンは目を細めた。

ジュディスがバランスを崩した。イアンは、彼女が倒れる前につかまえた。壁に寄りかからせ、彼女の上体をそっと横にした。そのまま、自分の膝を枕がわりにしてやった。

たっぷり一時間後、イアンはそろそろ休もうと声をあげた。「キャメロン、明日は日の出とともに出発する。領地まで、あと丸二日はかかるのでね」

「あなたの大事な人には、ベッドをお貸ししよう」キャメロンがいった。大声を出しかけて振り向き、ジュディスが眠っているのに気づくと、すぐに声をひそめた。

「いや、われわれと一緒に外で寝かせる」イアンはいい、きつく拒絶したと思われないように、穏やかな口調でつけ加えた。「ジュディスもあなたのベッドを取りあげたくはないだろうから」

マーガレットもキャメロンも異は唱えなかった。イアンは身をかがめてジュディスを抱きあげ、立ちあがった。

「気絶してるみたいだな」アレックスがにやりと笑った。

「毛布をお貸ししましょうか？　今夜は風が冷たいですよ」マーガレットがいった。

ゴウリーがイアンにドアをあけてやった。「必要なものはそろってるので」

イアンはジュディスを抱いて外に出て、ふと足を止めた。「食事をごちそうさま、マーガレット。じつにうまかった」

われながらつまらないほめ言葉に思えたが、マーガレットはうれしそうだった。暖炉の炎のように顔を真っ赤にしている。キャメロンも、自分がほめられたような様子だった。いまにも張り裂けんばかりに胸を張っている。

イアンは納屋の向かいの木立へ歩いていった。ここなら繁った葉が風から守ってくれ、人目をさえぎってくれる。ジュディスを抱いたまま、アレックスに毛皮張りの小さな天幕を立てさせ、用意ができると、ゴウリーが敷いたプレードの上に彼女を横たえた。

「さっき、この娘に今夜は温かいベッドで眠れると請け合ってしまったんだがな」アレックスがいった。

イアンは首を振った。「おれたちのそばで眠らせる」

その言葉に反対する者はいなかった。イアンがジュディスを二枚目のプレードでくるみはじめると、男たちは身を翻してその場を離れた。ジュディスは目をあけなかった。イアンは手の甲で彼女の頬をそっとなでた。

「おれたち、どうすればいいんだ？」とつぶやく。

返事が返ってくるとは思っていなかったし、返ってくることもなかった。ジュディスはプレードの下で心地よさそうに体を丸め、小さく声を漏らした。

イアンは、なかなかジュディスのそばを離れられずにいた。しぶしぶ立ちあがり、手近な木へ歩いていきがてら、アレックスからプレードを受け取った。幹に背中をあずけてずるずると腰をおろし、目をつぶった。

真夜中、イアンは聞いたことのない音で目を覚ました。男たちもその音を聞きつけていた。

「いったいなんの音だ？」ブロディックが低い声でいった。

音をたてているのはジュディスだった。はっきりと目を覚ましていたが、いまにも死にそうな気分だった。凍死の一歩手前ではないだろうか。体の震えが止まらない。歯がかちかち鳴っている。男たちが聞いたのは、その音だった。

「起こすつもりはなかったの、ブロディック」文字どおり、最初から最後まで声が震えた。

「寒くてつい声が出ちゃった」

「このくらいでそんなに寒いのか？」アレックスが尋ねた。あきれているのがはっきりとわかる声だった。

「いまそういったでしょう」

「こっちへ来い」イアンがすこしぶっきらぼうにいった。

ジュディスも同じくぶっきらぼうに答えた。「いやよ」

イアンは闇のなかで苦笑した。「じゃあ、おれがそっちへ行く」

「来ないで、イアン・メイトランド」ジュディスはきっぱりといった。「じゃあ寒がるなというつもりなら、その前にいわせてもらうわ――そんなの無理ですからね」

イアンが天幕の前へ歩いてきた。ブーツのつま先が見えたかと思うと、毛皮のおおいを引っぺがされた。あっというまに、プレードの繭も奪われた。

「なにするのよ」ジュディスは体を起こし、イアンをねめつけた。

イアンに押し戻された。イアンは隣に寝そべり、横を向いて温かい背中をぴったりとくっつけてきた。

不意に、反対側にブロディックがやってきた。彼もそこに横たわり、背中をジュディスに当てた。ジュディスはとっさにイアンのほうへ体をずらした。ブロディックはさらに背中を押しつけてきた。

とにかく、これで寒くはなくなった。大男ふたりから、驚くほどの温かさが伝わってくる。

ほんとうに心地よい。

「まるで氷だな」ブロディックがいった。

ジュディスは笑いだした。その声に、イアンもブロディックもほほえんだ。

「ブロディック？」

「どうした？」

またそっけない声。けれど、ジュディスは気にしなかった。ようやく、彼はこういう人なのだとわかってきた。ぶっきらぼうな態度は見せかけにすぎない。無愛想な態度の裏には、優しい心が隠れている。「ありがとう」

「なんのことだ？」

「イザベルのことをたくさん話してくれて」

ブロディックはうなった。ジュディスはまた声をあげて笑った。

「ジュディス？」

イアンの背中にすり寄って返事をした。「なあに、イアン？」

「もぞもぞするのをやめて、さっさと寝ろ」

おとなしくいいなりになってもかまわない気分だった。それからすぐに、眠りは訪れた。しばらくして、ブロディックはふたたびうなった。「この娘、これからいうことをジュディスに聞かれないよう、眠っているのか確かめたかった。「この娘、おまえとおれのどちらかを選ぶ段になると、かならずおまえを選ぶ」

「どういうことだ、ブロディック？」

「いまもおまえの背中に張りついているだろう。それに、おまえの馬に乗りたがる。おまえにアレックスの馬に乗れといわれたとき、しょんぼりしてたのを知らないのか？　さびしそうだったぞ」

イアンは頰をゆるめた。「知ってる。だが、おれを選ぶのはパトリックの兄だからにすぎん」

「それだけなもんか」

イアンはなにも答えなかった。

それからすこしして、またブロディックが口をひらいた。「教えてくれ、イアン」

「なんだ?」

「この娘をおまえのものにする気か?」

「そんな気はないといったら?」

「そのときはおれがもらう」

5

二日後、一行はメイトランドの領地に入った。旅の最後の夜はグレンデン・フォールズという美しい森に野営した。あたりは樺《かば》や松、オークの木が鬱蒼《うっそう》と繁り、道はごく細く、馬がやっと通れるくらいだった。ほとんど白に近い灰色の靄《もや》が木々のあいだを漂い、ところによっては腰の高さまでたちこめていて、この楽園のような地に神秘的な雰囲気を醸《かも》していた。ジュディスはすっかり魅せられていた。靄のなかへ歩いていき、完全に身を浸した。イアンがこちらをじっと見ている。ジュディスは振り向き、彼と目が合うと、畏怖《いふ》に満ちた声で、ここはきっと世界でいちばん美しい場所だとささやいた。

「天国ってこういうところだと思うの、イアン」

イアンは意外そうな顔であたりを見まわしてから、得意気にいった。「そうかもな」

どうやら、イアンは自分のまわりにある美しさをじっくりと味わうことなどないようだ。ジュディスがそういうと、イアンは長いあいだ、彼女の頭のてっぺんから靴の先までまじまじと眺めた。それから近づいてきて、そっと頰に触れた。「この美しさならちゃんとわかっている」

ジュディスは頰が赤くなるのを感じた。イアンはいま、わたしのことをいったのだ。本気でそう思ってくれているのだろうか？　気になったが、気恥ずかしくて訊けなかった。そのとき、イアンが体を洗える場所があると教えてくれ、ジュディスはわれに返った。

胸が高鳴った。ゆるやかな斜面を流れ落ちる川の水は冷たかったが、思う存分、全身を洗えるのがありがたくて、つらくはなかった。髪も洗った。濡れたまま編まなければならなかったが、それでもよかった。

親友と再会するときはできるだけきれいにしていたい。フランシス・キャサリンと再会するのは、すこし不安だった。最後に会ってから、もう四年近くたつ。ずいぶん変わったと思われるかもしれない……だとすれば、きれいになったと思ってくれるだろうか、それとも、その反対？

それでも、心配は長くはつづかなかった。よろこびの再会になるのは間違いないと、ほんとうはわかっている。ばかげた不安を押しやると、たちまち興奮がこみあげてきた。夕食が終わるころには、ジュディスは焚《た》き火《び》のまわりを文字どおりぐるぐるまわっていた。

「ゆうべ、キャメロンの奥さんがひと晩じゅうわたしたちのために料理をしてくれてたのを知ってる？」だれにというわけでもなく問いかけた。「イザベルの大好きな甘いビスケットを持っていってほしいって、でもわたしたちの分まで作ってくれたのよ」

焚き火のまわりには、アレックス、ゴウリー、ブロディックが座っていた。イアンは太い樺の木に寄りかかり、ジュディスを見ていた。ジュディスの言葉に応える者はなかった。だが、ジュディスはおかまいなしだった。少々のことでは、この浮き立った気分は萎《な》えたりしない。「今夜はなぜ火を焚くの？　こんなこと、いままでしたことなかったのに」

ゴウリーが答えた。「ここはもうメイトランドの領地だからな。ゆうべまではそうじゃなかった」

ジュディスは息を呑んだ。「このすばらしい土地があなたたちのものなの？」

アレックスとゴウリーはほほえんだ。ブロディックは顔をしかめた。「おい、うろうろするのはやめてくれないか？　見ていると頭痛がする」

ジュディスはブロディックの前をゆっくりと歩きながら、笑みを投げかけた。「だったら、見なければいいじゃない？」

ブロディックをむっとさせるつもりが、意外にも彼はにやりとした。

「どうしてうろうろしてるんだ？」イアンが尋ねた。

「明日のことを考えると、じっと座ってなんかいられないもの。フランシス・キャサリンと最後に会ってからずいぶんたつの。積もる話があるのよ、なにから話そうかって、頭のなかがいっぱい。賭《か》けてもいい、今夜は絶対に眠れないわ」

イアンはひそかに、眠れるほうに賭けた。彼の勝ちだった。ジュディスは目を閉じたとたんに眠りに落ちた。

朝が来ると、ジュディスはあえて急がなかった。時間をかけて準備するからと男たちにいい残して野営地を離れた。イアンたちが馬上でいらいらしながら待っていると、ジュディスは周囲の風景に負けないほど美しくなって戻ってきた。みごとな紫色の瞳が映える、明るいブルーのガウンをまとい、髪はほどいている。身動きするたびに豊かな巻き毛が肩のあたりでふわりと揺れた。

イアンは胸を締めつけられた。ジュディスから目をそらすことができない。我慢ができなくなっている自分にぎょっとした。情けなさに首を振り、自分を動揺させた張本人を怖い顔でにらんだ。

ジュディスは草地に入ってくると、立ち止まった。イアンはなにをためらっているのだろうといぶかり、振り返ってその理由がわかった。男たちがひとり残らずジュディスに手を差しのべ、手招きしている。

「おれが乗せる」

有無をいわせぬ口ぶりだった。ジュディスは、朝のしたくに手間取ったのを怒っているのだろうと考えた。

のろのろとイアンの隣へ行った。「いったでしょう、今日はいつもより時間がかかるって。だから、そんなに怖い顔をしないでちょうだい」

イアンはため息をついた。「おれに向かってそんなふうにものをいうな、女らしくない」

ジュディスは目を見ひらいた。「そんなふうって、どんなふうなの？」

「命令口調だ」

「命令なんかしてない」

「つべこべいうのもやめろ」

　ジュディスはいらだちを隠そうともしなかった。腰に両手をあてる。「イアン、あなたは氏族長だから人にあれこれ指図するのに慣れてるんでしょうけど、でも――」

　最後までいえなかった。イアンが身をかがめたかと思うと、腰のあたりをつかまれ、膝に乗せられた。甲高い悲鳴が漏れた。もっとも、痛い思いをしたわけではない。イアンのすばやさにびっくりしたのだ。

「おれときみで、ちょっと話をしなければならないな」イアンは、口答えは許さないとばかりにきっぱりといった。

　それから、男たちに声をかけた。「先に行け。すぐに追いつく」

　彼らが出発するのを待つあいだ、ジュディスはイアンと向き合おうと彼の膝の上でもがいた。だが、イアンにウエストをつかまれた。じっとしていろという無言の命令だ。

　放してもらおうと腕をつねった。イアンは、だれにも聞かれずにジュディスとふたりで話ができるようになるのを待っているのか、男たちが去っていくのを見ていたが、そのあいだも腕の力をゆるめなかった。ジュディスはじきにもがくのをやめた。

　振り向いてイアンの顔を見あげた。今朝はひげの手入れをしていない。ちょっとだらしなくて、でも、とても、とても男らしい。

イアンはふと、ジュディスを見おろした。そのまましばらく見つめ合った。イアンは、城に着いたあと、どうすればこの娘と離れられるのだろうかと考えた。

ジュディスは、どうすればこんなに整った、完璧な顔かたちをした人が生まれるのだろうと考えていた。彼の口元に目をやる。なんだか息苦しい。どうしよう、キスしてほしくてたまらない。

イアンのほうもジュディスにくちづけしたかった。深呼吸して、厄介な衝動を抑えた。

「ジュディス、おれたちはたしかに惹《ひ》かれ合ってる、だがそれは、不本意ながら一週間も一緒にいなければならなかったからだ。四六時中、そばにいるせいで――」

ジュディスはすかさずイアンの言葉尻をとらえた。「ちょっと、不本意ながらって、そっちは我慢してたってこと？」

イアンは聞き流した。「城に着いたら、状況は変わる。命令系統というものが決まっていて、メイトランドの者たちはみんなこのしきたりに従う」

「どうして？」

「混乱を防ぐためだ」

イアンはジュディスがうなずくのを待った。魅惑的な唇からつとめて目をそらした。

「旅のあいだは、やむをえずこのしきたりを……というか、命令系統を押しつけなかった。でも、城に着いたら、こんな無秩序な関係をつづけるわけにはいかない」

イアンはそこでふたたび口をつぐんだ。ジュディスは、そのとおりだという言葉を待っているのだろうと思った。とりあえず、従順にうなずいた。イアンはほっとした顔になったが、それもジュディスがこう訊き返すまでのことだった。「でも、どうして?」

イアンはため息をついた。「おれは氏族長だからだ」

「それは知ってるわ。それに、頼もしい氏族長だってこともね。でも、なぜこんな話になるのかわからないの。前にもいったはずだけど、わたしはあなたのクランの一員じゃないわ」

「客人としておれの領地で過ごすあいだは、クランのしきたりに従ってくれといったはずだが」

ジュディスはイアンをなだめるように腕を軽くたたいた。「まだわたしが厄介ごとを起こすと思ってるのね」

イアンはにわかにジュディスの首を絞めてやりたくなった。

「ほかの人とうまくやっていくように気をつけるから」ジュディスは穏やかにいった。「厄介ごとなんか起こさない」

イアンは苦笑した。「それはどうかな。きみがイングランド人だと知ったら、クランの者は反発するぞ」

「そんなの不当な反発だわ、そうでしょう?」

反論する気もなかった。「そういう問題じゃない。とにかく心構えをしてほしいといってるんだ。みんな、最初はぎょっとするだろうが、それがおさまったら――」

「クランの人たちは、わたしが行くのを知らないの?」

「おれが話をしているときに口を挟むな」

ジュディスはまたイアンの腕をたたいた。「はいはい、すみませんでした」すこしも反省している口調ではなかった。イアンは息を吐いた。「パトリックとフランシス・キャサリンと、長老たちは知っている。ほかの連中は、到着してはじめて知ることになる。ジュディス、きみには……なかなかなじめずにつらい思いをさせたくないんだ」

本気で心配だった。だが、本心を隠すために、あえて仏頂面でぶっきらぼうにいった。

ジュディスは感激にかすれた声でいった。「優しいのね」

すると、イアンは侮辱されたかのように吐き捨てた。「やめてくれ」

ジュディスは思った。この人のことは永遠に理解できそうにない。髪を肩の後ろに払い、ため息をついてからいった。「なにを心配しているのか、はっきりいってちょうだい。クランの人たちがわたしをさげすむんじゃないかって思ってるの?」

「最初はたぶんそうだろう。だが――」

ジュディスはふたたび彼の言葉をさえぎった。「そんなの気にしないわ。いままでだってさげすまれてたもの。ぜんぜん気にしない。そのくらいじゃわたしは傷つかないわよ。だから心配しないでちょうだい」

イアンはかぶりを振った。「いいや、傷つくさ」最初の晩の食事時、男たちになかなか相手にされなかったときの、ジュディスのしょんぼりした顔は覚えている。そこでふと口をつぐみ、なんの話をしていたのか思い出し、大声でいった。「おい、さげすまれてたって、だれに？」

「母に」ジュディスはうっかり口走った。「家族の話はしたくないの」きっぱりとうなずきながらつけ加えた。「それより、もう出発しましょう」

「ジュディス、とにかくどんな些細《ささい》なことでもいい、困ったことがあったらパトリックに相談しろ。パトリックはおれに相談にくるから」

「あなたに直接相談してはいけないの？　フランシス・キャサリンのご主人をわずらわせなくてもいいでしょう？」

「命令系統とは——」にわかに顔をほころばせたジュディスを見て、イアンは口をつぐんだ。「なにがおかしい？」

ジュディスはかわいらしく肩をすくめた。「あなたがわたしのことを心配してくれてるのがわかってうれしいの」

「おれが心配してるかどうかは関係ない」イアンは冷たくいった。あえて厳しい口調にしたのは、ジュディスにこれが大事な話だとわかってほしいからだ。のちのち傷つかないよう、守ってやろうとしているのに。パトリックの言葉を信じるなら、女は傷つきやすいものらしいから。ジュディスには悲しい思いをさせたくない。できるだけすんなりクランになじんでほしい。でも、彼女が行動に気をつけなければ、たちまちつまはじきにあうのはわかりきっている。一挙一動が見張られるのだ。たしかに、ジュディスのいったことは正しい。わけもなく毛嫌いするのは不当だ。だが、そんなことを本気でいいきるとは、なんという世間知らず。こちらはあいにく現実主義者だ。正当かどうかという問題ではない。肝心なのは、負けないこと。どんなことをしてもジュディスを守ってやりたい。いまここで脅しつけなければ自分の立場がわからないのなら、脅しつけるまでだ。

「そんな顔をしてもちっとも怖くないわよ、イアン。わたしはなにも間違ったことをしてないもの」

イアンは観念して目を閉じた。なにをやってもジュディスには通じない。ああ、なんだかおかしくなってきた。「きみにわかるように話すのは、まったく骨が折れる」

「わたしがよそ者だから、それとも女だから?」

「たぶん、その両方だ。女とはあまり話したことがない」

ジュディスは信じられないといわんばかりに目を丸くした。「どうして?」

イアンは肩をすくめた。「べつに話したくもない」

ジュディスは耳を疑った。「女と話すのなんか面倒だといいたそうね」

イアンはにやりと笑った。「そのとおりだ」

失礼なことをいわれたのかもしれないが、ジュディスは怒らなかった。彼の笑みのせいだ。「話していて楽しい女性はそばにいないの?」

「いまはそんな話をしてるんじゃないだろう」

元の話に戻そうとするイアンをさえぎった。「はいはい、わかってます。わたしはそちらのしきたりを守らなくてもいいと思うけど、客としてあなたの領地にいるあいだは、守るようにします。ほら、これで安心した？」

「ジュディス、生意気な態度は許さないぞ」

その声は穏やかで、怒りのかけらもなかった。当たり前のことをいうような口ぶりだった。ジュディスも同じ口調で返した。「生意気な態度なんか取ってないわ。とにかく、わざとじゃない」

真摯《しんし》にそういったのは伝わった。イアンは納得し、うなずいた。そして、もう一度ジュディスの立場について念を押した。「おれの領地にいるあいだは、おれの指示に従ってもらうぞ。最後の最後にきみの責任を負うのはおれだからな。わかったか？」

「あなたが罰当たりなくらい自分のものに執着するってことはわかったわ。ああもう、この話はもうたくさん」

イアンが顔をしかめた。思わず漏れた本音が気に入らなかったらしい。

ジュディスは話を変えることにした。「イアン、あなたの領地にお客さんが来ることはあまりないみたいね」

また生意気な口をきくつもりか？　そうじゃないようだ。イアンは正直に答えた。「よそ者はめったに入れない」

「どうして？」

答に詰まった。正直なところ、なぜよそ者を入れないのか、知らなかった。わざわざ考えたこともなかった。「昔からそうだからだ」

「イアン？」

「なんだ？」

「なぜわたしにキスをしたの？」

いきなり話が変わり、イアンはぎょっとした。「知るか、そんなこと」

ジュディスはかすかに頰を染めた。「どうしてもわからない？」質問の意味がイアンには伝わらなかったようだ。いかにもとまどった目をしている。ジュディスは恥ずかしさを振り払った。ふたりきりになるのはこれで最後だろうから、思いきって大胆になろう。手をのばし、指先でイアンの頰に触れた。

「なにをするんだ？」手をつかまれたが、振り払われたりはしなかった。

「あなたにさわったの」さりげなくいうつもりが、うまくいかなかったのはわかっていた。イアンの真剣な顔に、鼓動が速まった。「ひげがどんな手触りなのか知りたかったの」と、にっこりしてみせる。「もうわかったわ」手を引いて、膝の上に戻した。「くすぐったかった」

なんだかばかみたい。イアンも、この気まずさを取り繕《つくろ》おうともしてくれない。言葉もないようだ。あきれているのだ。小さなため息が漏れた。きっと、身持ちの悪い恥知らずな女と思われたにちがいない。たしかに、いまの自分は恥知らずそのものだ。どうかしている。ふだんはこんなにずうずうしくないのに。

そんなことをくよくよ考えるあいだ、ジュディスは指先で彼の二の腕を撫でていた。もっとも、自分がそんなことをしているとは気づいてもいなかった。

イアンのほうは気づいていた。蝶《ちょう》の羽ばたきのような軽くやわらかい指先の感触に、口もきけなくなっていた。

ジュディスは彼の顎《あご》を見あげ、遠まわしに謝った。「いつもはばかなことを訊いたりしないし、それほどずうずうしくもないんだけど」

「試してみるか？」

びっくりして、ジュディスはさっと目をあげた。イアンは、見るからにおもしろがっているような目をしている。からかっているのだろうか？

ジュディスは胸をつぶされたような顔をしていた。「まじめにいったつもりだが」今度は、イアンがジュディスの頬を撫でていた。彼女の反応がうれしい。子猫が自分を撫でてくれる手にすり寄るように、もっと撫でてくれとばかりに頬を押しつけてくる。

「あなたのキスが忘れられなくて、もう一度キスしてほしい。でも、こんなことをいうなんて恥知らずよね。人付き合いなしで育ってきたせいで――」

言い訳は、彼の唇にさえぎられた。ごく軽く穏やかなキス。だが、それも、ジュディスがイアンの首に腕をまわし、力を抜いて身をまかせるまでのことだった。イアンは自制を忘れた。キスは激しく燃えるように熱いものになった。そして、このうえなく官能をそそるものに。ジュディスは、イアンの腕のなかで溶けてしまいそうだった。彼はすてきな味がし、舌がこすれあう感覚も、何度も唇がすべるさまも心地よい。彼が喉の奥から漏らす低いうなり声も、ぎこちなくも優しい手つきも好ましかった。はじめてキスをしたとき、唇を離したとき、イアンがこちらを見る目は好きになれなかった。イアンはキスをした自分に怒っている。そしてたぶん、嫌気がさしている。

イアンがこんな顔をするのを見たくはない。ジュディスは目を閉じ、彼の胸に顔をうずめた。心臓が胸をたたいている。そして、イアンの心臓も。とどろくような鼓動の音が聞こえた。彼も同じくらい、いまのキスに感じているのだ。だから怒っているのだろうか？ 感じた自分が許せないから？

そう思うと、悲しくなった。それに、恥ずかしかった。不意に、イアンと距離を置きたくなった。彼の膝の上で体の向きを変え、胸に背中をあずけた。それから、膝からおりようとした。だが、イアンは放してくれなかった。腰の両脇をつかまれ、荒っぽく引き戻された。

「そんなふうに動かないでくれ」という声はいらだたしげにざらついていた。気分を害しているのだ。「ごめんなさい」ジュディスはうつむいたままいった。「キスしてほしいなんていうんじゃなかった。もう二度といわない」

「ほんとうか？」

思わずイアンは、いまにも笑いだしそうな声で訊き返してしまった。ジュディスの体が急に硬くなった。まるで氷を抱いているようだ。「ジュディス、どうかしたのか？」ぶっきらぼうに尋ねた。

イアンが身をかがめ、彼の顎が頬をかすったせいで、ジュディスは答えられなかった。肩をじんわりとした快感がおおう。ああ、自分がいやになる。なぜこの人にはこんなふうに反応してしまうの？

「答えろ」

「わたしたちが一緒になるのは無理だってわかってる」震える声で切りだした。「自分がばかみたいなことをしてるのは重々承知してる、でも、救いようのないばかじゃないわ。ただ、あなたに惹かれても大丈夫だと思ったのよ。一緒になれないのと同じ理由でね」われながら、どういう意味かさっぱりわからない。いらいらしてきた。もどかしくて、両手を握り合わせた。

「〝同じ理由〟とはなんだ？」

「だから、わたしがイングランド人で、あなたがそうじゃないからってこと。でも、いまとなっては危険な気がしてきた」

「おれといると危険な気がするのか？」

心外だといわんばかりだ。ジュディスはつぶやいた。「あなたにはわからない」恥ずかしさを隠すためにずっと視線を落としていた。「あなたに惹かれても大丈夫だと思ったのは、あなたがスコットランドの氏族長で、わたしがイングランド人だから。でも、いまは危険だと思ってる。油断すればあなたに心をめちゃくちゃにされるわ、イアン・メイトランド。だから約束して、これ以上わたしにかまわないって。どうしても……無理なのよ」

イアンはジュディスの頭のてっぺんに顎をのせた。甘くさわやかな香りを吸いこむ。彼女の抱き心地のよさが思い出されたが、つとめて忘れるようにした。「無理じゃない。まあ、おそろしくややこしいことになりそうだが」

そう声に出してはじめて、とんでもないことをいってしまったと気づいた。とっさに、これからどんな厄介な問題が持ちあがるか想像した。ことは深刻だ。時間が欲しい。ジュディスと距離を置いて、じっくり考えなければ。

「おたがいに無視しあうほうがいいと思うの」ジュディスがいった。「むこうに着いたら、あなたは氏族長という大事な務めに専念して、わたしはフランシス・キャサリンの相手をすることに打ちこむ。そう、そのほうがいいと思わない、イアン？」

イアンは返事をしなかった。手綱を取り、馬をいきなりギャロップで発進させた。片方の腕で枝をよけながら、狭い道を走る。ジュディスが震えているのが伝わってきた。城のある山のふもとの草地へたどりつくと、イアンは鞍《くら》の後ろからジュディスの外套《がいとう》を取り、彼女をくるんでやった。

それからしばらく、ふたりとも黙りこくっていた。アブラナの咲く美しい野原を走り抜ける。花の黄色が目にまぶしいほどで、ジュディスは目を細めずにはいられなかった。前方の松の木がこんもりと繁る山に、小さな家が何軒も寄り添うように建っていた。山の斜面は、エメラルド色の分厚い草の絨毯《じゅうたん》にばらまいたように、虹の七色の花々が咲き乱れている。きらめく清流にかかったアーチ形の橋を渡り、急斜面をのぼった。あたりは夏のにおいがたちこめている。花の香りと、清浄な土のにおいが混じっていた。

家々から男女のスコットランド人たちが出てきて、通り過ぎる一行を眺めた。だれもがプレードをまとっている。ジュディスは、ようやくイアンの故郷に着いたのを知った。にわかにフランシス・キャサリンに早く会いたくてたまらなくなり、じっと座っていられなくなった。振り向いてイアンにほほえみかけた。だが、彼は気づかないふりをしてまっすぐ前を向いている。

「フランシス・キャサリンの家に直行するの？」

「頂上の城の中庭で待っているはずだ」

イアンはそう答えるあいだも、ジュディスに一瞥《いちべつ》もくれなかった。ジュディスは前に向きなおった。イアンにそっけなくされてしょんぼりしている場合ではない。周囲の野性的な美しさはすばらしく、フランシス・キャサリンにそういうのが待ちきれなかった。

そのとき、イアンの城のキープが視界に入ってきた。なんとも奇怪な眺めだった。その大きな石造りの建物は、まさに頂上にそびえていた。まわりに城壁はない。敵に襲撃される心配がないのだろう。城に侵入しようとすれば、かなり急斜面をのぼらなければならないから、そのあいだに防御を固めればよい。

巨大なキープの屋根に、灰色の靄がたれこめていた。居館は四角く、頭上の空と同じように寒々しい薄墨色だった。

中庭も似たようなものだった。土がむきだしになっていて、キープ入口の古びた両開きのドアと同じく、でこぼこだった。

集まってきた群衆に目を向ける。男たちはイアンに会釈したが、女たちはなんの反応も見せない。ほとんどは男たちの後ろで、黙って様子を見ている。

ジュディスはフランシス・キャサリンを探した。ようやく見つけ、その顔をよく見たとたん、急に不安に駆られた。

フランシス・キャサリンはいまにも泣きだしそうな顔をしていた。死人のように真っ青だ。怯えているようだ。なぜ怯えているのかわからず、ジュディスも急に怖くなった。

イアンが馬を止めた。ゴウリーとアレックスとブロディックもただちに止まった。フランシス・キャサリンが一歩前に踏みでる。隣に立っている男がフランシス・キャサリンの腕をつかんで制止した。

パトリック・メイトランドだ、とジュディスは思った。フランシス・キャサリンの夫に間違いない。イアンにそっくりで、兄にくらべてやせているものの、しかめっ面は同じくらいいかめしい。

そのうえ、見るからに心配している。フランシス・キャサリンを見やる視線に、妻のことを心から気遣っているのが、ジュディスにも感じ取れた。

フランシス・キャサリンは両手を揉み絞っている。長いあいだジュディスをじっと見つめていたが、おずおずともう一歩前に出た。今度はパトリックも止めなかった。

大勢の人々にじろじろと見つめられ、ジュディスはひどく気後れがした。「フランシス・

キャサリンはなにを怯えているの?」

そのひそやかな質問は、イアンに向けられていた。イアンはジュディスの耳元に唇を寄せ、質問に質問で返した。「そっちこそなにを怯えているんだ?」

ジュディスが否定しようとしたとき、イアンの腕をつかんでいた手をそっとはずされた。

ああ、いつのまにか彼にしがみついていたなんて。

イアンはジュディスの手を軽く握ってから馬を降りた。パトリックにうなずいてみせ、また馬のほうを向いてジュディスを降ろした。

今度は、ジュディスもイアンをちらりとも見なかった。フランシス・キャサリンのほうを向き、ゆっくりと歩いていった。数歩手前で足を止める。

なんといえばフランシス・キャサリンの不安を取り除くことができるのだろうか。そして、自分の不安も。小さいころ、どちらか一方が泣くと、たちまちもう一方も泣きだしたのを覚えている。記憶が次々とよみがえる。そのときふと、このなつかしい友達に、挨拶がわりにどんな言葉をかければよいのかがわかった。

フランシス・キャサリンのふくらんだおなかを見据える。もう一歩進み出て、彼女の目を見た。ほかの人に聞こえないよう、声をひそめていった。「わたしは忘れてないわよ、男の人の杯から葡萄酒は飲まないって約束したでしょう。それなのに、その様子からすると、あなたは約束を破ったわね、フランシス・キャサリン」

6

フランシス・キャサリンは小さく息を呑んだ。驚きに目を見ひらく。そして、いきなり笑い声をあげてジュディスの腕に飛びこんだ。男の杯に入った葡萄酒を飲んだら妊娠するとジュディスに話したとき、自分がどんなに確信に満ち、大まじめだったか思い出した。ジュディスを呑みこまんばかりに抱きしめた。ふたりは泣き笑いしていた。まわりの群衆には、ふたりが正気を失ったかのように見えた。

パトリックの肩から力が抜けた。イアンのほうを向き、ゆるゆるとうなずいた。イアンもうなずき返した。

わざわざイングランドまで行ってもらった甲斐があった、とパトリックは思った。背中の後ろで両手を握り合わせ、妻が落ち着きを取り戻すのを待った。だが、こんなによろこぶのなら、少々はしゃぎすぎてもかまわないくらいだ。彼女の笑い声をどんなに聞きたかったことか。心の一部では、妻と同じくらい、あのイングランド娘を強く抱きしめ、約束を守ってくれて心から感謝していると伝えたいと思っていた。

フランシス・キャサリンが夫の存在を思い出すまでさらに五分、パトリックは待たされた。フランシス・キャサリンとジュディスは、同時に質問をしては答えていた。ふたりは周囲に幸福の渦を引き起こしていた。

パトリックだけではなく、イアンもふたりの再会をよろこんだ。すこし驚いてもいた。いまになってやっと、ふたりがどんなにたがいを信じていたか思い知った。ジュディスとフランシス・キャサリンは、まれに見るほど強い絆《きずな》で結ばれている。じつに興味深い。ジュディスがいうには、幼くて敵同士だとわからないうちに友達になったらしい。だからいっそう、イングランドとスコットランドが疑り合い……憎しみ合っているのを知っても、たがいを信頼しつづけたということがすばらしいと思えた。

ジュディスは、フランシス・キャサリンより先に周囲に人が大勢いるのを思い出した。

「話はまだまだあるわ。でも、まずはイアンたちにここへ連れてきてくれたお礼をいわなければ」

フランシス・キャサリンはジュディスの手をつかんだ。「それより先に、夫を紹介するわ」パトリックへ笑顔を向ける。「ジュディスよ」

パトリックの笑顔はイアンと生き写しだった。「もう知ってるさ。会えてうれしいよ、ジュディス」

ジュディスは正式なお辞儀をしたかったが、フランシス・キャサリンが手を離してくれなかったので、かわりにほほえんだ。「わたしもここに来られてうれしいわ、パトリック。お招きくださってありがとう」

それからイアンのほうを向いた。イアンは馬の手綱を引き、厩《うまや》へ向かっていた。ジュディスはフランシス・キャサリンに手を放してもらい、すぐに戻るといい残すと、イアンのあとを追いかけた。「イアン、待って。お礼をいいたいの」

イアンは足を止めなかったが、肩越しにこちらを見た。無愛想にうなずくと、そのまま歩きつづけた。ジュディスは、次々に自分を追い越していくアレックス、ゴウリー、ブロディックにも礼をいった。三人とも同じ態度で応じた。無愛想で、よそよそしい。

しかたがない、とジュディスは自分にいいきかせた。四人はようやく任務を果たし、解放されたところなのだから。無理やり笑顔を作り、くるりと身を翻す。女たちの一団の前を通ったとき、だれかが小声でこういうのが聞こえた。「まさか、あの女はイングランド人じゃないわよね?」ジュディスの服装か、そうでなければ訛《なま》りでわかったにちがいない。

フランシス・キャサリンのほうへ歩きながら、こちらをじろじろ見ている女たちにほほえみかけた。「ええ、わたしはイングランド人よ」

ひとりの女があんぐりと口をあけた。ジュディスは笑いたいのをこらえた。仰天している人を露骨におもしろがるのは、失礼きわまりないような気がした。

フランシス・キャサリンのそばへ戻ってくると、こういった。「みんな、わたしが来てよろこんでるみたいね」

フランシス・キャサリンは声をあげて笑った。パトリックは正反対の反応を見せた。どうやら、ジュディスがまじめにそう思っていると勘違いしたらしい。「ジュディス、よろこんでるとはいえないと思うが。正直……」

どういえば角が立たないか教えてくれとばかりに、フランシス・キャサリンを見やった。だが、彼女は助け船を出すどころか、笑いつづけた。

ジュディスはにこやかにパトリックを見あげた。「〝ぎょっとしてる〟っていうべきかしら？」

「いいえ」フランシス・キャサリンがいった。「むっとしてる、むかむかしてる――」

「やめなさい」パトリックが低くうなった。だが、目がきらめいているので、本気で怒っているのではないようだ。「つまり、いまのは冗談だったと――」

ジュディスはうなずいた。「ええ、冗談よ。歓迎されていないのはわかってる。イアンにあらかじめ聞いてるわ」

ひとことも返せないうちに、パトリックは年長の男に呼ばれた。フランシス・キャサリンとジュディスにうなずいてみせると、キープ入口の階段そばに集まっている男たちのほうへ歩いていった。フランシス・キャサリンは、ジュディスの腕に腕をからめ、斜面をおりはじめた。

「わたしたちの家に泊まってね。ちょっと狭いけど、そばにいてほしいの」

「部屋はいくつかあるの？」

「いいえ。パトリックは、赤ちゃんが生まれたら、もうひと部屋欲しいっていってる」

パトリックが斜面をおりてきた。むずかしい顔をしている。ジュディスは、自分が来たことで早くも男たちに責められたのだろうと考えた。

「パトリック、わたしをここに招いたせいで、いろいろいわれるんじゃないの？」

パトリックは遠まわしに答えた。「みんな、そのうち慣れるさ」

三人はパトリックの家に着いた。家は小道の入口にあった。ピンクや赤の花に囲まれ、石壁はしみひとつなく磨きあげられていた。

ドアの両脇には、四角い大きな窓があった。外見同様、室内も感じがよい。壁の真ん中に大きな石の暖炉があった。反対側の壁際に、いろいろな色のきれいなカバーがかかったベッド。残りの空間は丸いテーブルと、そのまわりに置いた六脚の腰掛けでいっぱいだった。ドアの脇に洗面台がある。

「夜になる前に、寝台を運んでくるわ」フランシス・キャサリンがいった。

パトリックもうなずいたが、心ならずもという感じだった。というより、あきらめ顔だった。

むずかしいが、できるだけ早く決着をつけておいたほうがよい問題だ。ジュディスはテーブルのそばへ行き、腰をおろした。「パトリック、ちょっと待って」ドアへ向かおうとした彼を呼び止める。「寝場所のことだけど、話があるの」

パトリックは、振り向いてドアに寄りかかり、胸の前で腕を組んで身構えた。きっと、ジユディスは自分がここに泊まるあいだはどこか別の場所で寝てくれといいだすにちがいない。いやだといえば、フランシス・キャサリンががっかりするのは目に見えている。だが、こっちとしては、いまは添い寝するくらいしかできないが、夜ごと寄り添って眠るだけでもうれしい。その楽しみをあきらめたくない。けれど、また妻に泣かれるくらいなら、彼女の不安をやわらげるためなら、なんだってあきらめてやる。

ジュディスは、パトリックのしかめっ面にひるんだ。まるでイアンのように不機嫌だ。それでも、もちろん嫌いにはなれない。フランシス・キャサリンを見守る様子から、心から愛しているのがわかるから。

両手を組み合わせた。「ここに泊めてもらうのはよくないと思うの」フランシス・キャサリンが反対しようとしたので、あわててつけ加えた。「夜はあなたたちふたりきりにならなきゃ。悪く取らないでね。やっぱり夫婦には夫婦だけの時間が必要よ。近所にわたしが泊まれるようなところはないかしら？」

フランシス・キャサリンはしきりに首を振ったが、パトリックが口をひらいた。「二軒隣が空き家だ。ここより狭いが、用は足りると思う」

「パトリック、わたしはジュディスにここに泊まってほしいわ」

「本人がいやだといってるじゃないか。好きなようにさせてあげよう」

ジュディスはきまりが悪くなった。「いやというわけじゃないのよ――」

「ほらね。やっぱりここに――」

「フランシス・キャサリン、この件に関してはゆずれないわ」ジュディスはきっぱりといった。いいながら、うなずいてみせる。

「どうして？」

「あなたがゆずる番だから。次はわたしがゆずる」

「もう、ほんとうに頑固なんだから。わかったわ。エルモントの家に泊まりなさいよ。気持ちよく泊まれるように準備してあげる」

「だめだ」パトリックが割りこんだ。「おまえは休んでいなさい。おれがやるから」

パトリックは先ほどよりずっと機嫌がよさそうになった。ジュディスは、自分が別の場所で寝ると決まり、ほっとしているのだろうと思った。彼は笑顔さえ見せてくれた。ジュディスもほほえみ返した。「エルモントという人はもうそこに住んでいないんでしょう、だったら許してくれそうね」

「もうこの世にいない」とパトリック。「許すも許さないもないさ」

フランシス・キャサリンはあきれたようにかぶりを振った。パトリックはウインクしてみせ、外に出ていった。「あの人、あんなひどいことを本気でいったわけじゃないのよ。エルモントはかなり年を取ってから亡くなったの、穏やかな最期だったわ。パトリックはちょっとふざけただけ。あなたのことを気に入ったんだわ、ジュディス」

「彼のことを心底愛してるのね、フランシス・キャサリン」

「ええ」フランシス・キャサリンはテーブルに着き、たっぷり一時間は夫の話をした。出会ったいきさつ、ねばり強く口説かれたこと、それから最後に、彼のすばらしいところをほんの百個ばかり。

パトリックにできないことは、水面を歩くことくらいかしら……それも、そのうちできるようになりそう。ジュディスは、フランシス・キャサリンが息を継いだ隙にそういった。

フランシス・キャサリンは笑った。「あなたが来てくれてうれしい」

「わたしが別の場所に泊まるといったせいで、気を悪くしなかった?」

「あら、ぜんぜん。それに、叫べば聞こえる距離よ。パトリックを仲間はずれにしないよう、気をつけるわ。あの人、わたしにかまってもらえないと感じたら、いじけちゃう」

ジュディスは笑いをこらえた。パトリックときたらあんな大きななりをして、手のかかる人。彼がいじけるのを想像するとおかしくてたまらないが、なんともほほえましい。

「彼、お兄さんによく似てるわね」

「まあ、すこしはね。パトリックのほうがずっとハンサムよ」

ジュディスはその反対だと思っていた。イアンのほうがパトリックよりずっとすてきだ。愛とは人に色眼鏡をかけさせてしまうものらしい。

「パトリックは信じられないくらい優しくて、情が厚いのよ」

「イアンもね」うっかり口走ってしまった。

いまの言葉に、フランシス・キャサリンがすかさず飛びついた。「どうしてそう思うの?」

「あの人にキスされたの」ジュディスは小声で白状し、赤面するのを感じてすぐさま目を伏せた。

フランシス・キャサリンはぎょっとした。「あの人にキス……それも二度？」

「それも二度」

「ええ」

「へえ」

ジュディスは首を振った。「へえ、じゃないわ。わたしたち、おたがいに惹かれてた。どうしてかはわからないけど、もういいの。終わったんだから。ほんとよ」信じられない様子のフランシス・キャサリンを見て、つけ加えた。

たしかに、フランシス・キャサリンはジュディスの言葉を信じていなかった。かぶりを振っていった。「あの人があなたに惹かれるのも当然ね」

「どうして？」

フランシス・キャサリンは天を仰いだ。「まったく、あなたってすこしもうぬぼれたところがないわね。鏡に映った自分を見たことがないの？　そんなに美人なのに」大げさにため息をつく。「だれにもそういわれたことがないみたいね」

「そんなことないわ。ミリセントおばとハーバートおじが、何度もおまえはきれいだといってくれた。愛情のしるしにね」

「そうでしょうよ。でも、あなたがだれよりも愛情を求めた相手は、あなたに背を向けた」

「その話はしないで、フランシス・キャサリン」ジュディスはいった。「母がああいう人なのはしかたがないのよ」

フランシス・キャサリンは鼻を鳴らした。「テケルおじさまもあいかわらず毎晩飲んでは騒ぐの？」

ジュディスはうなずいた。「いまでは昼間から飲んでるわ」

「まだあなたが小さくて非力な子どもだったころ、ミリセントおばさまとハーバートおじさまという味方がいなかったら、どうなっていたかしらね。子どもを授かってから、そういうことを考えるの」

ジュディスはなんと答えればよいのかわからなかった。黙っていると、フランシス・キャサリンは話を変えてくれた。

「ここへ来るのは大変だったんじゃない？　心配してたのよ、あなたはたぶんテケルおじさまのところにいるんだろうと思ってたから。一年の半分はおじさまと暮らすきまりだったでしょう。いつごろミリセントおばさまたちの家に戻るのか、思い出せなくて。気を揉《も》んだのよ」

「たしかにテケルおじのところにいたけど、出てくるのは簡単だった。母はもうロンドンに戻ってたし」

「おじさまは？」

「酔っぱらってるときに、旅に出るって話をしたの。次の朝には忘れてたかもね。もしそうでも、そのうちミリセントおばとハーバートおじに聞くでしょうよ」

家族の話はこれで打ち切りたい。フランシス・キャサリンがひどく悲しげな目をしている。その理由を聞かなければ。

「それより、気分はどう？　お産の予定はいつ？」

「ぶくぶく太った気分」フランシス・キャサリンはいった。「あと八週間か九週間で産まれるはず」

ジュディスは彼女の手を握った。「なにを悩んでるのか、話して」

そっと尋ねた言葉の意味を説明する必要はなかった。フランシス・キャサリンは、質問の意図を理解していた。「パトリックがいなければ、こんなところ、大嫌いになってた」

口調の激しさに、フランシス・キャサリンが本気でいっているのがわかった。「お父さまや兄弟が恋しいの？」

「それはもう。いつも恋しいわ」

「だったら、パトリックに頼んで、ここへ呼んで、何日か泊まってもらえばいいじゃないの」

フランシス・キャサリンは首を振った。「これ以上のお願いなんてできない」とささやく。「あなたを連れてくるのに、長老会の許可をもらわなければならなかったのよ」

ジュディスに促され、フランシス・キャサリンは長老会がどれほど大きな権限を持っているか、話して聞かせた。長老たちが彼女の頼みを却下しようとしたとき、イアンが取り持ってくれたこと、会合のあいだずっと怖くてたまらなかったことも話した。

「長老会の許可をもらわなければならないなんて、解せないわね」ジュディスはいった。「たしかにわたしはイングランド人だけど、それにしてもなぜそんな必要があるのか、まったくわからない」

「メイトランドのほとんどの人は、イングランド人を憎むもっともな理由がある。イングランドとの戦いで、家族や友達を失ったのよ。イングランドのジョン王のことも憎んでるわ」

ジュディスはひょいと肩をすくめた。「正直いって、イングランドのバロンたちだってジョン王を嫌ってる」君主の名誉を傷つけた罪で煉獄《れんごく》の業火に焼かれないよう、十字を切りたかったが、我慢した。「自分勝手で、おそろしい間違いも犯した。ハーバートおじに聞いたことだけど」

「ジョン王がスコットランドの女性と婚約しておいて、あとで取りやめたってこと、知ってる？」

「それは知らないけど、驚きはしないわね。それよりフランシス・キャサリン、パトリックにこれ以上のお願いはできないってどういうこと？　なぜお父さまを連れてきてもらえないの？」

「メイトランドの人たちはよそ者を嫌うから。わたしのことも嫌ってる」

そう吐き捨てたフランシス・キャサリンは、子どものように心細そうだった。ジュディスは、妊娠しているために感情が不安定になっているのかもしれないと考えた。「大丈夫よ、あなたはみんなに好かれてる」

「わたしの思いこみじゃないわ。女の人たちは、わたしが甘やかされていて、いつも我を通すって思ってる」

「どうしてわかるの？」

「助産婦さんがそういったの」フランシス・キャサリンの頬に涙があふれた。手の甲でぬぐう。「内心、怖くてたまらない。あなたが来ることも怖かった。わかってたの、こんなところまで来てほしいなんて、勝手な頼みだって」

「約束したのは何年も前よ。いまになって迎えをよこしてくれなかったら、こっちこそ悲しんでたわ。勝手な頼みだなんていわないで」

「でも、約束してもらったのは……ここへお嫁に来るなんて思ってもいないころのことよ」フランシス・キャサリンは口ごもりながらいった。「ここの人たちは……とっても冷たいわ。あなたにもつらく当たるんじゃないかって心配だった」

ジュディスはほほえんだ。フランシス・キャサリンがこれほど気遣ってくれるのがありがたかった。「フランシス・キャサリン、前からここが嫌いだったの、それとも妊娠に気づいてからそんなふうに感じるようになった？」

答が出るまでにしばらくかかった。「最初は幸せだったわ、でもじきに、ここにはなじめないって思うようになったの。よそ者みたいな気がする。結婚して三年もたつのに、まだメイトランドの一員とは見なされてないの」

「なぜ？」

「たぶん、わたしが国境で育ったからじゃないかしら。とにかく、それが理由のひとつね。パトリックはほかの人と結婚するはずだったの。正式に申しこんではいなかったけれど、いずれそうすると思われてた。でも、わたしと出会ってしまった」

「パトリックにこの話はしたの？」

「何度か。動揺してたわ。でも、あの人にも、わたしを受け入れるよう、女の人たちを説得することはできなかった。わたし、ここで死にたくない。お産までに、パトリックにお父さまのところへ連れて帰ってほしい。そして、すべて終わるまで、そばにいてほしいの」

「あなたは死んだりなんかしない」ジュディスはほとんどどなるようにいった。「わたしはここへ来るまでさんざん苦労して、恥ずかしい思いをしたんですからね。あなたを死なせるもんですか」

その剣幕に、フランシス・キャサリンは勇気づけられたらしい。「どんな苦労をしたのか、聞かせてちょうだい」熱のこもった声で頼んだ。

「この二年で、すくなくとも五十人の助産婦さんに会ったのよ。聞いた話は一言一句、忘れてない。もちろん、ミリセントおばも協力してくれた。助産婦さんを探して、使用人に田舎を探しまわらせてくれたのよ。おばの助けがなければ、こんなに勉強できなかった」

「ほんとうにいい方ね」

「ええ。あなたによろしく伝えてくれっていってた」

フランシス・キャサリンはうなずいた。「勉強してどんなことを知ったの？」

「正直いって、最初はみんないうことが違うから、途方に暮れちゃった。お産のあいだ、寝室は煉獄みたいに暑くしなさいっていう人がいれば、その正反対のことをいう人もいた。ほんとに、どっちなのって感じよね。そうしたら、奇跡が起きたのよ。ある朝、モードっていうお産婆さんがいきなり城に入ってきた。まるで自分の家みたいにね。年を取っていて、よぼよぼなの。背中は丸まってるし、両手はねじれてるし。見るからに頼りない。この人の知識は役に立ちそうにないって、ひとめで決めつけたわ。でも、それがいかに愚かな決めつけだったか、すぐにわかった。あんないい人はいないわ、フランシス・キャサリン。客観的で、自分の考えはただの直感にもとづいたものにすぎないけれどっていうの。長年、助産婦をやっているけれど、最新の手法を使ってる。変化に順応して、つねに新しい技術を覚えるようにしてきたんですって。仕事熱心なの。もうすこし若くて、あんなによぼよぼじゃなければ、ぜひ一緒に来てほしいとお願いしてたんだけど。ここまでの旅は、あの人には厳しいわ」

「ここの女の人たちが許さなかったわ。あなたにはわからないでしょうけど、ジュディス」

「だったら、わかるようにして。助産婦さんに、不安でたまらないって話はしたの?」

「まさか」フランシス・キャサリンはすかさず答えた。「不安だなんていえないわ。助産婦さんはアグネスっていうんだけど、あの人にお産の介助をしてもらうのはいやよ。このあたりで助産婦さんといえば、アグネスとヘレンっていう人のふたりだけなんだけど、どっちも偉そうでね。イアンの結婚相手の第一候補が、アグネスの娘のセシリアと見なされてるの。

だから、アグネスはいつもあんなにいばってるんだと思う。氏族長の義理の母親になるつもりなのよ」

ジュディスは、心臓がおなかの底に落ちこんだような気がした。動揺をフランシス・キャサリンに悟られないように、テーブルに目を落とした。

フランシス・キャサリンは気づいていない。話をつづけている。「アグネスがそう考えてるだけで、結婚するって決まってるわけじゃないの。パトリックは、イアンがセシリアに求婚するわけがないといってる」

「だったら、なぜアグネスは自信満々なの？」

「セシリアは美人なの。クラン一の美女といってもいいわ。あさはかだけど、アグネスは、セシリアほどきれいな娘なら、いずれイアンに結婚を申しこまれると思ってる。セシリアなんて、ノミくらいの頭しかないおばかさんなのにね」

ジュディスはかぶりを振った。「そんなことをいうもんじゃないわ」まじめな口ぶりでいうつもりが、思わず大笑いしてしまった。「ノミですって、フランシス・キャサリン？」

フランシス・キャサリンはうなずいた。それから、やはり笑いだした。「ああジュディス、あなたが来てくれてほんとうにうれしい」

「わたしもよ」

「わたしたち、どうすればいいの？」

フランシス・キャサリンの機嫌がころころ変わるので、ジュディスは面食らった。たったいま大笑いしていたのに、またいまにも泣きだしそうな顔をしている。

モードによれば、妊娠中は感情が不安定になるものらしい。だが、心穏やかに落ち着いていることが、安産にはなにより大事とのこと。妊婦の不安はできるだけ取り除いてやらなければならない。

いまこそその教えを実行するときだ。ジュディスはフランシス・キャサリンの手をそっとさすり、ほほえみかけた。なるべく自信たっぷりにふるまう。「どうするって？　なにも心配はいらないわ、フランシス・キャサリン」

「お産が始まったら、アグネスはあなたを追い払うに決まってる。でもわたしは、あんないやな人をそばに寄せつけたくない。どうすればいいの？」

「ヘレンって人がいるんでしょう？　この人はどうなの？」

「アグネスの弟子なの。やっぱりそばにいてほしくない」

「ほかにも助産婦はいるはずよ。ここに着いたときに見た家の数や集まった人の規模からして、五百人くらいが住んでると思うけど」

「その二倍はいるわ」とフランシス・キャサリン。「山の裏側にも家があるのよ。男の人だけでも六百人以上はいる」

「だったら、間違いなくほかにも助産婦がいるわ」

フランシス・キャサリンは首を振った。「どっちにしても、アグネスが仕切ってるから。わたしは氏族長の義理の妹でしょう、だから、アグネスは自分が受け持ってゆずらないわ。ほかに助産婦がいても、口出しできない。アグネスの機嫌を損ねたくないのよ」

「なるほどね」

ジュディスは急に気分が悪くなった。パニックがこみあげてくる。どうしよう、こんな大仕事、わたしには無理。たしかに最新のお産の介助法を勉強してきたけれど、実際のお産に立ち会ったことはないのだ。フランシス・キャサリンのお産を介助するには、あまりに未熟だ。

なぜこんなに大変なことになってしまったのだろうか？　介助そのものは熟練の助産婦にまかせ、自分は苦しんでいるフランシス・キャサリンのひたいの汗をぬぐい、ときどき「がんばって」と声をかければよいと思っていたのに。

ふたたび、フランシス・キャサリンの頬に涙があふれた。ジュディスは小さく息を吐いた。「ひとつだけ、たしかなことがあるわ。あなたは赤ちゃんを産む。わたしはあなたを手伝うためにここへ来た。ふたり一緒なら、どんなことでも解決できる。どんなにむずかしそうなことでもね」

きっぱりとした口ぶりが、フランシス・キャサリンを落ち着かせた。「そうね」

「アグネスを説得して身を引いてもらうのは無理かしら？」

「無理ね。絶対に自分のやり方を変えないもの。あの人には思いやりってものがないのよ、ジュディス。ことあるごとに、お産がどんなにつらいかって話をするの。難産の話もよくするわ」

「聞いちゃだめよ」ジュディスは怒りに声を震わせた。こんなあきれた話は聞いたことがない。たしかに思いやりに欠けている。やりきれなさに、かぶりを振った。

「あなたの考えはわかってるわ」フランシス・キャサリンがつぶやいた。「アグネスのことを理解しようとしてるんでしょう？　あの人がなぜこういう人なのかわかれば、変える方法も思いつく。でも、わたしはそんなこと、どうでもいいの。あの人が天使に変わろうが、同じことよ。そばに寄りたくない」

「そうじゃないわ。アグネスがなぜそんなふうなのか、もうわかってる。つまり、権力が欲しいのよ、フランシス・キャサリン。女性の不安と恐怖を利用して、権力を得ようとしてるの。女性の弱みにつけこんでるんだわ。モードに聞いたわ、そういう助産婦がときどきいるって。わたしにアグネスを変えることはできない。でも、心配しないで。わたしがいるかぎり、あなたには近づけないって約束する」

フランシス・キャサリンはうなずいた。「もうひとりぼっちの気分じゃなくなったわ。お産の話をすると、パトリックはいつも動揺するの。怖いのね。結局、わたしが彼をなぐさめることになる」

「あなたを愛してるから、不安になるのよ」

「よくわたしなんかを愛してくれるものね。最近のわたしときたら、おそろしく扱いがむずかしいのよ。しょっちゅう泣きだしたりして」

「それは無理もないことよ」

フランシス・キャサリンは微笑した。ジュディスはいつだってかばってくれる。彼女のような友達がいて、ほんとうに幸せだと思った。「わたしのことばかりしゃべっちゃったわね。今度は、あなたの話をしましょう。ここにいるあいだ、お父さまを探すの?」

ジュディスは肩をすくめた。「思ったよりむずかしいみたい。まず、ここに来るまで、ハイランドがいかに広いか、よくわかってなかった。それから、マクリーンはメイトランドと敵対してるそうね」

「なぜ知ってるの?」

ジュディスはイザベルの母親に聞いたいきさつを説明した。聞いているうちに、フランシス・キャサリンは顔を曇らせた。

「たしかにその人のいうとおりよ。マクリーンは敵なの」

「父はもう亡くなってるかもしれない」

「それはありえない」

「どうしてわかるの?」

「パトリックに訊いたの、ちょっと興味があるだけってふりをして、マクリーンの氏族長はどんな人かって。初老の男で、もう何年もクランを束ねてるそうよ」

「ほかにもなにか聞いた?」

「それだけなの。パトリックに怪しまれたくなかったから。根掘り葉掘り訊いたりすれば、なぜそんなにマクリーンに興味があるのか、反対に問いつめられてしまう。あなたのお父さまがだれか、他人にはいわないって約束したでしょう。約束したのはパトリックと結婚する前だったから、彼にもいえない。いえば心臓発作を起こすわよ。あなたがここにいるあいだは、だれにも知られないようにしなければならないわ、ジュディス。知られたらどんなことになるか」

「イアンが守ってくれる」

「あの人もマクリーンのことを知らないでしょう」フランシス・キャサリンは反論した。「ほんとうのことを知ったらどうするかわからないわよ」

「それでも守ってくれるわ」

「あら、やけに自信たっぷりね」

ジュディスはほほえんだ。「ええ。でも、どっちにしろ関係ないわ。イアンが知ることはないんだもの。それに、父に会いたいのかどうか、自分でもわからない。まあ、遠くから姿を見たいとは思うけれど」

「姿を見たらどうするの？」

「それで満足するわ」

「会って話をするべきよ」フランシス・キャサリンはきっぱりといった。「お父さまがお母さまを追いだしたのかどうか、ほんとうのところはわからないじゃないの。お母さまの言葉を鵜呑《うの》みにはできないわ、さんざん作り話を聞かされたんでしょう」

「それでも、父がイングランドまでわたしたちを迎えにこなかったのは事実よ」ジュディスは知らず知らず胸を押さえていた。ちょうどそのあたり、ドレスの下に、金色の鎖に通した父親の指輪がある。こんな指輪は置いてくれればよかったのに、どうしてもそうできなかった。なぜかはわからない。ああもう、頭がこんがらがってくる。

テーブルに手を戻した。「約束して、なりゆきにまかせて、あなたはなにもしないって。いい？」

ジュディスを安心させるために、フランシス・キャサリンはとりあえず約束した。この話がジュディスにとってつらいのはわかる。話題を変えることにして、ジュディスと祭の思い出をあれこれ語りはじめた。

ほどなく、ふたりは声をあげて笑っていた。

パトリックは外で妻の笑い声を耳にした。思わず顔をほころばせた。ジュディスはもう役に立ってくれているようだ。隣をブロディックが歩いていた。彼も笑みを浮かべている。

「フランシス・キャサリンは、ジュディスが来てくれてよろこんでいるな」

「ああ、とても」パトリックは答えた。

家に入っていくときも、彼はまだ笑顔だった。今度は、フランシス・キャサリンもきちんと作法を思い出した。すぐに立ちあがり、彼のほうへ歩いてきた。ジュディスも席を立った。両手を組んで、入ってきた男たちに挨拶した。

ブロディックがジュディスの荷物を入れた袋を三個、運んできた。パトリックは二個だ。ふたりはベッドに袋を置いた。「どのくらいここにいてくれるのかい？」

心配そうな声に、ジュディスはついからかいたくなった。「二、三年かな」パトリックはなんとか平静を装っている。ジュディスは笑った。「冗談よ」

「ブロディック、一緒に夕食を食べていって」フランシス・キャサリンがいった。「ジュディス、パトリックをからかわないで。顔が真っ青になっちゃったじゃないの」

ふたりはおかしくてたまらなくなった。声をあげて大笑いしていると、アレックスとゴウリーが開いたドアのむこうに現れた。ふたりとも、なにやら遠慮がちにしている。フランシス・キャサリンはさっそくふたりも夕食に誘った。

パトリックは、急に客が増えたことに面食らっているようだった。ジュディスは夕食の準備を手伝った。フランシス・キャサリンはラムのシチューを煮こみ、丸く香ばしい黒パンを焼いた。

男たちが窮屈そうにテーブルを囲んだ。ジュディスとフランシス・キャサリンは料理を出し終えると、パトリックの隣になんとか割りこんだ。

ジュディスもフランシス・キャサリンも、さほど食欲はなかった。食事のあいだずっと、ふたりでしゃべりつづけた。パトリックの見たところ、アレックスは食べるよりジュディスを眺めている時間のほうが長く、ゴウリーも料理に手をつけていない。ふたりがいきなりやってきた理由は明らかだ。

ジュディスに惚《ほ》れているのだ。パトリックは笑いたいのを我慢した。女ふたりは男たちなど眼中にない。さっさとテーブルを離れると、寝床へ行ってしまった。ジュディスは持ってきた贈り物をフランシス・キャサリンに渡し、よろこぶ顔を見て、うれしそうに頰を紅潮させた。ひとつを除いてすべて赤ちゃんのものだったが、フランシス・キャサリンにも、襟《えり》ぐりにピンクとブルーの薔薇《ばら》を刺繡《ししゆう》した、真っ白な美しい寝間着を持ってきていた。何日もかけて縫ったものだという。苦労した甲斐はあった。フランシス・キャサリンは、こんなすてきな寝間着はないとほめた。

女たちが自分たちの話に夢中なので、男たちは好奇心を隠すことはないと考えた。だれもがジュディスを見つめていた。パトリックは、ジュディスが笑うたびに男たちも相好を崩すことに気づいた。だれよりもブロディックのことが意外だった。いつもは決して心の内を表に出さない男なのだ。

「なにがおかしい？」突然、ブロディックに訊かれた。

「おまえだよ」

ブロディックがいきりたつより先に、ジュディスが声をかけてきた。「ブロディック、あのビスケットをイザベルに持っていくのを忘れてたわ」

「おれが持っていく」ブロディックは答えた。

ジュディスは首を振った。「イザベルに会いたいの」立ちあがり、テーブルへ戻ってきた。

「お母さまから伝言をことづかってるから」

「じゃあ、おれが案内してやる」アレックスが申し出た。

「おれがやる」ゴウリーがさらに大きな声をあげた。

ブロディックはかぶりを振った。「イザベルはおれの義姉だ」と切り捨てる。「おれがジュディスを案内する」

一方、イアンは先ほどから入口のドアをあけ、なかの会話に耳を傾けていた。自分の耳を……そして、目を疑った。配下の立派な男たちが、恋わずらいの若造よろしく、だれがジュディスを案内するかでもめているとは。

だが、ジュディスは彼らがやりあっている理由をわかっていないようだ。注目されて、すっかり困惑している。

イアンはアレックスに目をとめた。テーブルに両手をついて身を乗りだし、ブロディックをにらみつけている。「イザベルの家はおれのおじきの家の近所だ。どっちみち、おれはこれからおじきに用がある。だから、おれがジュディスを案内する」

とうとうパトリックは声をあげて笑った。同時に、全員がイアンに気づいた。ジュディスの反応に、パトリックはぴんと来た。彼女の顔に浮かんだよろこびは、見まがいようがなかった。

イアンはいらいらしているようだった。ジュディスにはほとんど一瞥もくれず、パトリックを見据えた。「おれのいったとおりだろうが」

パトリックはうなずいた。

ジュディスとフランシス・キャサリンは顔を見合わせた。フランシス・キャサリンが尋ねた。「なにがいったとおりなんですか、イアンさま?」

「イアンさま?」ジュディスはイアンが返事をするより先に尋ねた。「なぜイアンと呼び捨てしないの?」

フランシス・キャサリンは膝の上で両手を組んだ。「だって、氏族長だもの」

「でも、あなたのお義兄さんでしょう。そんなに気を遣うことはないわ」

フランシス・キャサリンはうなずき、イアンを見あげて無理やり笑みを浮かべた。彼が怖くて、目を合わせるには大きな勇気がいるのだ。イアンは入口をふさいでいる。ひょいと身をかがめて戸口をくぐり、家のなかに入ると、くつろいだ様子で壁の隅にもたれ、胸の前で腕を組んだ。

「イアン」フランシス・キャサリンはいいなおし、声が震えてしまったことに顔をしかめた。「なにがいったとおりなの?」

イアンはやはり義妹に怖がられているのを知った。心外だ。彼女の恐怖をやわらげようと、できるだけ穏やかな声で答えた。「ジュディスを空き家に泊めていいかと、パトリックに訊かれたんだ。おれは却下した。いま、パトリックもその理由がわかったはずだ」

フランシス・キャサリンはすぐさまうなずいた。氏族長に逆らう気はない。それに、イアンの命令はかえって好都合だった。ジュディスにはこの家に泊まってほしいのだから。

「さて、客はそろそろ帰るぞ」イアンがパトリックにいった。

アレックスとゴウリーとブロディックは、そそくさと席を立った。イアンは道をあけて男たちを通してやってから、また入口の脇に立った。出ていく男たちになにやらささやいたが、その声はとても低く、ジュディスにもフランシス・キャサリンにも聞き取れなかった。だが、パトリックは聞きつけ、いかにもおもしろそうに頬をゆるめた。

「イアン、ちょっとふたりで話ができないかしら？」ジュディスは尋ねた。

「だめだ」

ジュディスはひるまなかった。魚の皮をはぐ方法はひとつではない。「パトリック？」

「なんだ？」

「氏族長とふたりで話がしたいの。あなたがなんとかしてくれないかしら？」

パトリックは、なにをいっているんだとばかりにこちらを見た。ジュディスはため息をついた。肩の後ろに髪を払う。「わたしはここの命令系統とやらに従ってるのよ。まずあなたにお願いして、あなたからイアンにお願いするんでしょう」

パトリックはあえてイアンに目を向けなかった。兄が早くもいらだっているのはわかっている。アレックスたちがジュディスを凝視しているのを眺めていた兄の目つきは、パトリックも見たことがないものだった。兄のことをよく知らなければ、嫉妬《しっと》していると思っただろう。

「イアン――」パトリックは切りだした。

「だめだ」イアンはにべもなくいった。

「もう、ほんとにむずかしい人ね」ジュディスがぼやいた。

フランシス・キャサリンは、鼻を鳴らすような、あえぐような音をたてた。まだベッドの端に腰かけている。手を伸ばしてジュディスの腕に触れた。「イアンにけちをつけないほうがいいわ」と声をひそめていう。

「どうして？」ジュディスはやはり小声で訊き返した。

「ラムジーがいってたもの、怒ったときのイアンはそりゃあ恐ろしいって」

ジュディスは声をあげて笑った。もう一度イアンのほうを向くと、いまのフランシス・キャサリンの言葉を聞いていたのがわかった。だが、怒ってはいない。それどころか、おもしろがっているらしい。目が輝いている。パトリックのほうが、妻の言葉にぎょっとしているようだ。

「フランシス・キャサリン、いったい――」

「ラムジーはほめるつもりでいってたのよ。それに、あなたもわたしたちの内緒話に口を出さないで」

「ラムジーって？」ジュディスは尋ねた。

「すごくハンサムな人」とフランシス・キャサリン。「パトリック、そんな怖い顔をしないでちょうだい。ラムジーはたしかにハンサムでしょう。ジュディス、あなたもひとめでわかるわ」ジュディスのほうをちらりと見てつけ加える。「いつも若い娘に囲まれてる。注目を浴びるのは好きじゃないそうだけど、しかたないわ。あなたも好きになるわよ」

「そんなことはない」

そういったのはイアンだった。一歩前に踏みでる。「ラムジーには近づくなよ、ジュディス。わかったか?」

ジュディスはうなずいた。イアンのいばった口ぶりは気に入らなかったが、いまは黙っておくことにした。

「どうやってラムジーをジュディスに近づけないようにするんだ?」パトリックが尋ねた。

イアンは答えなかった。ジュディスは、暗くなる前にしておきたかったことを思い出し、マーガレットからあずかった、ビスケットの詰まった袋を取った。

「パトリック、イアンにイザベルの家まで案内してほしいって頼んでくれない? イザベルのお母さまから贈り物と伝言をことづかってるの」

「ジュディス、イアンはあなたの目の前にいるじゃないの。直接頼んだら?」フランシス・キャサリンがいった。

「だって、これが命令系統なんでしょう」ジュディスは手をひと振りして答えた。「従わなきゃいけないの」

「ジュディス、こっちへ来い」

静かだが、ぞっとするような声だった。ジュディスはなんとか落ち着いた笑みを浮かべ、イアンのほうへ行った。「なにかしら、イアン?」

「わざとおれを挑発しているんだろう?」

イアンは否定されるのを待ちかまえた。それから、謝罪も。だが、どちらも返ってこなかった。

「そうよ、わざと挑発したの」

イアンは一瞬ぽかんとし、じわじわと顔をしかめた。もう一歩、ジュディスににじり寄る。ジュディスは引かなかった。それどころか、一歩前に出た。

もうすこしでぶつかるほど、ふたりの距離は縮まった。ジュディスは顔をあげ、イアンの目をにらみ返した。「いわせてもらうけど、あなたのほうが先にわたしを挑発したのよ」

なんてきれいな娘だ。イアンは、ジュディスがなにをいっているのかわからなくなった。どうしても口元に目がいってしまう。ジュディスの生意気さより、自分のこのていたらくにあきれる。

ジュディスから離れているのは無理だ。彼女が弟の家に落ち着いてもいないうちから、こうして訪ねてきてしまった。

一方、ジュディスはイアンがなにかいい返してくれないかと待っていた。なにを考えているのか、さっぱりわからない顔をしている。不意に、緊張してきた。イアンが大きくて、まわりの空間を呑みこんでしまいそうに見えるからだ、それだけのこと、と自分にいいきかせた。それに、こんなにそばにいるせいで、ますます気詰まりなのだ。

「時間をすこしだけくださいと丁寧にお願いしたのに、あなたはつっけんどんにだめだというだけ。ほら、あなたのほうから挑発したんじゃない」

ジュディスの首を絞めてやるか、それともキスをしてやるか、イアンは決めかねた。だが、ジュディスがかわいらしく無邪気な笑みを浮かべるのを見て、今度は笑いたくなった。

だめだ、彼女に手をあげることなど絶対にできない。

むこうもそれを知っているのだ。

ジュディスのほうは、イアンの頭のなかがわかればいいのに、と思っていた。こんな言い争い、始めなければよかった。野生の狼《おおかみ》を挑発するのは危険だ。しかも、イアンは物腰こそ穏やかだけれど、野生の獣より危ない。彼が発散する力には勝てそうにない。

床に視線を落とす。「あなたがしてくれたことには心から感謝してるのよ、イアン。挑発したと思ってるのなら謝るわ」

ちゃんと反省しているようにいったつもりだった。ちらりと目をあげ、イアンが笑っているのを見て驚いた。

「おれを挑発したと認めるんだな、ジュディス」

「ええ。でも、悪かったと思ってる」

そのとき、ビスケットの袋を抱えていたことを思い出した。イアンに悟られないうちに、彼の脇をすりぬけてドアの外へ出た。

「ジュディスったら、イザベルの家がわかるまで、一軒一軒ノックしてまわるつもりよ」フランシス・キャサリンがいった。「パトリック、追いかけていって――」

「おれが行く」イアンはぼそりといった。

止められる前に動いた。ドアを閉めると同時に、バタンという音に負けないほど大きなため息が漏れた。

斜面をおりていこうとするジュディスに追いつくと、声をかけずに、いきなり腕をつかんで止めた。

「マーガレットと約束したのよ、イアン、約束は守るわ」

そんなに食ってかからなくてもいいものを。イアンはわかっているとうなずいた。「そっちじゃない。ウィンズロウの家は城の中庭のむこうだ」

ジュディスの手から袋を取りあげ、斜面をまたのぼりはじめた。ジュディスがついてきた。腕が触れ合ったが、どちらも自分から離れようとはしなかった。

「イアン、やっとふたりきりになったから——」

彼の笑い声に、ジュディスはいいかけてやめた。「なにがおかしいの?」

「ふたりきりじゃない。賭けてもいい、うちのクランの連中が、少なくとも二十人はおれたちを見ている」

あたりを見まわしたが、人影は見えない。「ほんとうに?」

「間違いない」イアンはきっぱりといった。

「なぜ見てるの?」

「詮索《せんさく》好きなんだ」

「イアン、まだわたしに怒ってるの? 挑発したことは謝ったでしょう」

むっとしているような口ぶり。イアンは息を吐いた。いらいらしている理由を話すわけにはいかない。まったく、彼女がそばにいると心が乱れる。触れたくてたまらなくなるから。

でも、正直にそういうわけにもいかない。

「べつに怒ってはいない。うぬぼれるんじゃないぞ、弟のかわりに送ってやってるだけだ」

ジュディスは、殴られたような気がした。いまの残酷なほど率直な言葉に、どう返せばよいのかわからない。彼が正しいのはわかっている。彼が心配して追いかけてきてくれたと思いこむなんて、うぬぼれていた。ちょっと興味を持つのと、心から相手を思うのとは、まったく違う。

涙がにじんだ。ありがたいことに、日が暮れかけているから、イアンにこんな顔を見られずにすむ。うつむいて、じわじわと彼から離れ、馬二頭分ほどの距離をあけた。

イアンは、蛇にも劣る卑怯者《ひきょう》になった気がしていた。あんなひどいい方をするとは、われながらあんまりだ。頼む、傷つかないでくれ。

謝ろうとしたが、とっさに考えなおした。たしかにしくじったが、男たるもの、頭をさげるべきではない。それは女のやることだ。

「ジュディス……」

返事がなかった。

やっぱりだめだ。相手が男だろうが女だろうが、詫《わ》びたことはないのだ、今度も謝るもんか。

「きみを傷つけるつもりじゃなかった」

ぼそりといったあと、謝罪の言葉が勝手に口から出たことにようやく気づいた。自分でもなにをしているのかわからず、かぶりを振った。

答はなく、イアンはありがたく思った。絞りだすような声を聞いて、謝ることが自分にとってどんなにむずかしいことか、ジュディスもわかってくれたのだろう。

ところが、ジュディスはイアンが本気で謝罪したとはつゆほども信じていなかった。どっちみち、許すも許さないもない。たしかに傷ついたけれど、彼は本心をいっただけなのだから。

イザベルの家に着くと、イアンは心底ほっとした。だが、戸口でいったん足を止めた。イザベルの泣き声が聞こえたからだ。ウィンズロウの声も聞こえた。なにをいっているのか、はっきりとは聞き取れないが、なだめるような声であるのは間違いない。

ジュディスは、明日の朝に出なおしてこようと考えたが、そういいかけたときには、もうイアンがドアをノックしていた。

ウィンズロウがドアをあけた。不機嫌な顔に、邪魔されていらだっているのがわかる。だが、イアンを認めたとたん、しかめっ面は消えた。

ブロディックの兄だが、似ているのは瞳の色だけだった。鮮やかなブルー。ブロディックより背が低く、さほどハンサムでもない。髪は濃いブロンドで、くしゃくしゃの巻き毛だった。

イアンが訪問の理由を説明すると、ウィンズロウは肩をすくめ、ドアを大きくあけてふたりを招き入れた。

パトリックの家と同じくらいの広さだが、そこらじゅうに服が散らかり、テーブルには食事をしたあとの器が積まれたままになっている。

イザベルは家事があまり得意ではないようだ。いまはベッドのなかで、積みあげた枕に寄りかかっている。まぶたが泣きすぎて腫《は》れていた。

ジュディスは、具合が悪いのだろうと思った。茶色の髪はぺたりと肩のあたりに垂れ、顔色は月のように真っ青だ。

「お邪魔はしたくないの」ジュディスは切りだした。イアンから袋を受け取り、テーブルに置こうとして、あいている場所がないことに気づいた。二脚の腰掛けも服が山積みになっているので、しかたなく床に袋を置いた。「お母さまからの贈り物よ、イザベル。伝言もあずかってるわ。お加減のいいときに出なおしてきてもいいけれど」

「具合が悪いわけじゃないんだ」ウィンズロウがいった。

「だったら、なぜベッドにいるの？」

ウィンズロウはぎょっとした。質問のしかたがぶしつけだったのだろうか。

「子どもが産まれそうなんだ」

ジュディスはイザベルのほうを向いた。涙をいっぱいにためているのがわかる。「陣痛が始まったの？」

イザベルは激しく首を振った。ジュディスは眉をひそめた。「だったら、なぜベッドにいるの？」わけを知りたくて、もう一度尋ねた。

ウィンズロウは、このイングランド女はなぜこんなわかりきったことを訊くのだろうかと思った。なんとか抑えた声で答えた。「体力を温存するためだ」

ジュディスの信頼する助産婦がそんなばかげた論理を聞こうものなら、あきれ返るだろう。ジュディスはイザベルにほほえみかけ、ウィンズロウに向きなおった。

「だったら、男の人も戦いに出かける前は体力を温存するの？」

ウィンズロウは片方の眉をぴくりとあげた。イアンはにやりとした。「男は戦闘に備えて、訓練を怠らないものだ」ウィンズロウが答えた。「さぼると、能力が落ちて戦えなくなる。イングランド人はそうしないのか？」

ジュディスは肩をすくめた。興味はもうほかに向いていた。ドアのそばの壁際に、出産用の椅子を見つけたのだ。すぐさま、その目新しい道具をもっとそばで見ようと、歩いていった。

ウィンズロウはそれを見て、いましなければならないことを思いついた。「イアン、そいつを外に出すのを手伝ってくれないか？　あんなものを見たら、イザベルが怯える」声をひそめていった。「朝になったら、アグネスに返しにいく」

ジュディスは、椅子の設計にも、職人の仕事ぶりにも感心した。椅子の座面は馬蹄《ばてい》形で、背が高く頑丈そうな丸い背がついている。座面の幅は、ちょうど女性の太腿がのるくらいだ。木の持ち手と椅子の側面は金で装飾され、側面には職人の器用な手で天使が描かれていた。

できるだけ好奇心を隠し、イザベルに尋ねた。「お母さまからあずかったものを見せましょうか、イザベル？」

「ええ、お願い」

ジュディスは袋をベッドに持っていった。ベッドの脇に立ち、イザベルのよろこぶ顔をほほえみながら見守った。

「ご両親ともに元気よ。マーガレットから伝言。いとこのレベッカがスチュアート・クランの人と秋に結婚するんですって」

イザベルは、四角い麻布で目の縁を押さえた。と、両手で上掛けをつかみ、顔をしかめて低くうめいた。ひたいに汗の玉が浮かんでいる。ジュディスは、イザベルが取り落とした麻布を広い、身をかがめて汗を拭いてやった。

「気分が悪いの？」とささやきかける。

イザベルは首を振った。「ウィンズロウが作ってくれた食事を食べすぎただけ」とささやき返す。「食べすぎてはいけないんだけど、とってもおなかがすいてて。ベッドから出してくれればいいのに。それより、あなたはなぜここに？」

なにげなく訊かれ、ジュディスははっとした。「お母さまからの贈り物を渡して、ふるさとのニュースを伝えに」

「そうじゃなくて、なぜハイランドに来たのかってこと」

「友達のフランシス・キャサリンに頼まれたの。なぜそんなに小さな声で話すの？」

イザベルはにっこりした。ところがそのとき、ウィンズロウがイアンにドアをあけてもらい、出産用の椅子を運びだそうとした。せっかく元気を取り戻しかけていたイザベルは、たちまちふたたび涙をためた。イアンがドアを閉めるのを待ち、ジュディスに尋ねた。「フランシス・キャサリンもお産を怖がってるのね？」

「イザベル、お産を控えた女の人はだれでもすこしは怖くなるものよ。あの椅子のせいで怖くなるの？」

イザベルはうなずいた。「あんなもの、使いたくない」

お産の話になると、イザベルもフランシス・キャサリンのように興奮しはじめた。親しい友人ではないとはいえ、やはりかわいそうだ。見るからに怯えている。

「拷問道具じゃないのよ。モードがいってたわ、便利な椅子ができて、いまの産婦は幸せだって。ここにあの椅子があるなんて、運がいいじゃないの」

「便利？」

「そうよ。産婦の背中と脚をきちんと支えるように設計されてるんですって」

「モードってだれ？」

「知り合いの助産婦さん」

「ほかにはなんていってた？」イザベルは上掛けの端をひねるのをやめた。

「モードはわたしの家に六週間もいてくれたの。フランシス・キャサリンのために役に立つことをどっさり教えてくれた」

室内の散らかりようが気になり、ジュディスは話をしながら服をたたみ、ベッドの足元にきちんと積みあげた。

「寝てばかりいてはだめよ」テーブルの食器の山に取りかかりながらいった。「新鮮な空気を吸ってゆっくり散歩するのも、穏やかな心と同じくらい大切なんだから」

「転ぶんじゃないかって、ウィンズロウが心配するの」

「だったら、一緒に散歩するよう頼むのよ。一日じゅう、家にこもってたら、わたしならおかしくなるわ、イザベル」

イザベルの笑い声が室内を満たした。「わたしもおかしくなりそう」上掛けをめくり、両脚を床におろした。

「あなたはイングランドで助産婦をしてるの？」

「とんでもない」ジュディスは答えた。「結婚もしてないのよ。フランシス・キャサリンの役に立ちたくて、経験を積んだ助産婦さんからできるだけ知識を学んだの」

「イングランドでは、未婚の娘でも堂々とこんな話をしていいの？」

信じられないという口ぶり。ジュディスは笑った。「いいえ、話さないわね。わたしがこんな勉強をしてたなんて母が知ったら、かんかんになったでしょうよ」

「あなたを罰するかしら？」

「そうね」

「お友達のために、危険を冒したのね」

「フランシス・キャサリンもわたしのためなら同じことをするわ」

イザベルはしばらくジュディスを見つめていたが、ゆっくりとうなずいた。「女の友情ってよくわからないけれど、あなたがそこまでフランシス・キャサリンを信頼してるのはうらやましい。相手のためなら危険を冒すし、むこうもそうだっていいきれるなんて。ほんとうにうらやましいわ」

「幼なじみはいないの？」

「親戚だけ。それから、母もね。大人になって、母の手伝いができるようになってから、友達みたいになったわ」

イザベルは立ちあがり、ブレードに手を伸ばした。頭のてっぺんがジュディスの顎にやっと届くくらいなのに、おなかはフランシス・キャサリンの二倍は大きい。

「ここに友達はいるの？」

「ウィンズロウがいちばんの友達ね」イザベルは答えた。「女の人たちも親切にしてくれるけど、みんな家事で忙しくて、親しくつきあうひまがないの」

ジュディスは、イザベルが細長い格子の布を手早く体に巻きつけるのを驚きの目で見守った。作業が終わると、イザベルは肩から足首まで、ふくらんだおなかの部分だけ幅を広くし、完璧にひだをそろえたブレードに包まれていた。

「あなたは話しやすい人ね」イザベルはおずおずと小声でいった。「あなたが来てくれて、フランシス・キャサリンもよろこんでるでしょうね。パトリック以外の話し相手が欲しそうだったもの。なかなかここになじめないみたい」

「どうしてそう思うの？」ジュディスは尋ねた。

「年かさの女の人のなかには、フランシス・キャサリンが気取ってるっていう人もいるの」

「どうして？」

「みんなとつきあわないから。たぶん、家族が恋しいのね」

「あなたは恋しくならない？」

「ときどきね。でもウィンズロウのおばさまたちがよくしてくれるから。ね、あなたの知り合いの助産婦さんがほかにどんなことをいってたか、教えてくれる？　お産用の鉤《かぎ》はいっていってた？」イザベルは背中を向け、ベッドの上掛けを直しはじめたが、ジュディスはその目に浮かんだ怯えを見逃さなかった。

「なぜそんなものがあるのを知ってるの？」

「アグネスが見せてくれた」

「なんてことを」ジュディスは知らず知らずつぶやいていた。深く息を吸い、怒りを静めた。問題を起こすためにここへ来たわけではないし、ここの助産婦のやり方にけちをつけるべきではないのも承知している。「モードは、そんなものは使わなくてもいいって考えてた」なるべく平静に、明るく答えた。「野蛮だって」

　いまの答に、イザベルはなにもいわなかった。さらに、たてつづけに質問し、ときどき下唇を嚙《か》み、ひたいに汗をにじませた。きっと、不安でたまらないのだ。

ウィンズロウとイアンはまだ戻ってこない。イザベルにそういうと、彼女はふたたび笑った。「あの人、いまごろ外でひと息ついてるのよ。最近のわたしときたら、ほんとうに手がかかるから」

ジュディスも笑った。「どこもそうなのね、イザベル。フランシス・キャサリンも、たった一時間前にまったく同じことをいったわ」

「フランシス・キャサリンもアグネスを怖がってる？」

「あなたは？」

「怖いわ」

ジュディスはうんざりしてため息をついた。自分までアグネスが怖くなってきた。まるで怪物みたいだ。思いやりのかけらもないのだろうか。

「お産までどれくらいあるの？」

イザベルはジュディスのほうを見ずに答えた。「一、二週間」

「明日、もう一度相談しましょう。フランシス・キャサリンの家まで来てくれる？　三人のほうが、うまい対処法を思いつくかもしれないわ。イザベル、わたしは実際にお産を介助したことはないの。立ち会ったこともないわ、でも、知識を増やせば増やすほど、不安を抑えられるはずよ。そうでしょう？」

「わたしにも手を貸してくれるの？」

「もちろん。これから外に出ない？　新鮮な空気を吸えば、気分がよくなるわ」

イザベルに異論はなかった。ジュディスがドアへ手を伸ばしたとき、ウィンズロウが外からあけた。ジュディスにうなずき、妻に目をやって顔をしかめた。

「寝てなければだめじゃないか」

「新鮮な空気を吸いたいの」イザベルは答えた。「お産用の椅子はアグネスに返したの？」

ウィンズロウは首を振った。「明日の朝、返しにいく」

「それなら、家のなかに戻してほしいの。そばにあると安心するから」

夫にそういいながら、ジュディスにほほえみかけた。ウィンズロウはとまどい顔になった。「見たくなかったんじゃないのか。さっきは――」

「気が変わったの。それから、お行儀も思い出したわ。こんばんは、イアンさま」

ジュディスは外に出て、イアンの隣に立っていた。あえて彼の顔は見ないようにした。イザベルとウィンズロウにうなずいてみせ、フランシス・キャサリンの家を目指して歩きはじめた。

坂の上でイアンに追いつかれた。「ウィンズロウとイザベルからの伝言だ、マーガレットの贈り物を持ってきてくれて感謝しているとのことだ。ふたりの家も掃除してやったんだと？」

「ええ」

「どうしてまた」

「掃除したほうがよさそうだったから」ごく短く、よそよそしく答えた。

イアンは背中の後ろで両手を組み、ジュディスの隣を歩きつづけた。「ジュディス、これ以上つっぱらないでくれ」声をひそめ、苦々しげにいった。

ジュディスはほとんど駆け足といってよいほど足を速めていた。「べつにつっぱってるつもりはないんだけど。あなたとは距離を置くわ、そっちもそうして。わたしはね、ちょっとあなたに惹かれただけ、深い意味はないし、もう終わったの。もうキスしたことも忘れたわ」

心にもない嘘をいったときには、フランシス・キャサリンの家へつづく中庭の前に繋った木立のなかにいた。

「よくいうな」イアンはつぶやいた。ジュディスの肩をつかみ、無理やり振り向かせる。おとがいに手をかけ、ぐいと上を向かせた。

「なにするのよ」ジュディスは語気鋭くいった。

「思い出させてやるんだ」

イアンの唇がおりてきて、あげようとした抗議の声を封じられた。ああ、なんてすてきなキス。彼の唇は熱く貪欲《どんよく》で、優しく、でも有無をいわせない強さで舌が入ってくる。たちまち膝から力が抜けた。けれど、倒れこむことはなかった。イアンにぐったりともたれると、彼は腰に腕をまわし、しっかりと抱き寄せてくれた。何度も唇をむさぼられたが、それでも彼は飽き足らないらしい。同じくらい、いやもっと情熱をこめてキスを返す。彼のくちづけに頭のなかが真っ白になる前、最後にこう思った。イアンはこちらの怒りを消し去るすべを心得ている。

そのとき、パトリックがドアをあけ、目の前の光景に吹きだした。イアンは無視した。ジュディスのほうは、自分を優しく抱いてくれている男のほかにはなにも目に入っていない。

イアンはようやく体を離し、腕のなかの美しい娘を得意気に見おろした。彼女の唇は腫れぼったく薔薇色になり、瞳はまだ情熱で曇っている。たちまち、もう一度キスをしたくなった。

「なかに入れ、ジュディス。おれの忍耐がとぎれないうちに」

ジュディスは、イアンの言葉の意味がわからなかった。それに、なぜ怖い顔をしているのかもわからない。「わたしにキスするのがそんなにいやなら、なぜいつまでもやめないの？」

不満げな顔をしてみせると、イアンは笑った。

それがかちんときた。「さっさと放してちょうだい」

「もう放してる」

ジュディスはまだ彼にしがみついていたことに気づき、あわてて離れた。髪を後ろに撫でつけ、家に入ろうと身を翻した。開いた戸口にもたれているパトリックを目にして、たちまち顔が赤くなるのを感じた。

「いま見たものは忘れて。イアンもわたしも、おたがい好きでもなんでもないんだから」

「とてもそんなふうには見えなかったがなあ」パトリックが意味深長な口ぶりでいった。

招待してくれた家の主人を蹴飛ばすのは無礼だろうから、すれちがいざまに思いきりにらみつけてやった。

だが、パトリックはまだジュディスをからかうのをやめなかった。「ふたりとも、おたがいがすごく気に入ってるように見えたんだがね、ジュディス」

イアンは斜面をのぼりはじめていたが、パトリックの声を聞いてすかさず振り向いた。

「いいかげんにしろ、パトリック」

「待てよ」とパトリック。「話があるんだ」大声でいいながら、急いでドアを閉めた。

ジュディスはひとりになれてほっとした。フランシス・キャサリンはもう熟睡している。なによりありがたい。彼女が起きていて、イアンとキスをしているのを見ていたら、質問攻めにあっていたところだ。答えることなどなにもないのに。

テーブルのむこう側の隅に、パトリックが背の高いついたてをはすかいに置いてくれていた。ついたての奥には、きれいな深緑の上掛けをかけた幅の狭いベッドがあった。小さな櫃《ひつ》の隣に、壁際に寄せるように荷物の袋がきちんと積んである。櫃の上に、白い陶器の水差しと洗面器、その隣に、野の花をこぼれんばかりに活《い》けた木の花瓶があった。

フランシス・キャサリンがこの間に合わせの寝室を用意してくれたのだ。パトリックなら、花を飾るなど思いもしなかっただろう。ブラシや鏡も出してくれなかったはずだ。そのどちらも、すぐに手が届くところ、ベッドの反対側に置かれた腰掛けに置いてあった。

ジュディスはフランシス・キャサリンの心遣いがうれしくてほほえんだ。ドレスのいちばん上のホックをはずそうとして、まだ手が震えていることに気づいた。イアンのキスのせいだ。ああ、どうすればいい？　フランシス・キャサリンが、メイトランドとマクリーンは憎み合っているといっていた。マクリーンの氏族長の娘だと知っていれば、イアンはわたしに触れもしなかったはず。

フランシス・キャサリンに、イアンはわたしを守ってくれると自信たっぷりにいったのを思い出す。いまとなっては、イアンから自分を守らなければだめだ。彼に恋してはいけない。でも、どうすればいいのか、まったくわからない。泣きたいけれど、泣いてもなにも解決しないことはわかりきっている。

長い一日と旅の疲れのせいで、まともに頭が働かなくなっている。どっちにしろ、朝のほうがいい考えも浮かびやすい、そうよね？

それなのに、眠りはなかなか訪れなかった。イアンにどんどん惹かれているという不安をやっとのことで押しのけると、今度はフランシス・キャサリンのことが気になりはじめた。アグネスの名前を出すたびにイザベルが怯えた目をしたのが、頭から離れなかった。ようやくうとうとしたとたん、出産用の鉤と悲鳴の悪夢にさいなまれた。

真夜中に目が覚めた。目をあけると、かたわらで片膝をついているイアンが見えた。手を伸ばし、指先で彼の頬に触れ、ふたたび目を閉じた。たぶん、これは信じられないほど真に迫った夢なのだ。

だが、イアンはなかなか眠らせてくれなかった。次に目をあけると、狭い空間にパトリックまでいた。イアンの後ろに立っている。パトリックの隣に、フランシス・キャサリンもいた。

ジュディスはイアンに目を戻した。「いまからわたしをイングランドへ連れ戻すの?」

意味不明な質問だが、イアンがここにいることこそ不可解だ。

「ウィンズロウに、きみを呼んでくるよう頼まれた」イアンがいった。

のろのろと起きあがった。「どうして?」イアンにどさりと体をあずけ、また目を閉じた。

「ジュディス、目を覚ましてくれ」イアンは語気を強めた。

「疲れてるのよ」フランシス・キャサリンがいわずもがなのことをいった。

ジュディスはかぶりを振った。上掛けを顎まで引きあげる。「イアン、いきなり来られても困るわ」ぼそぼそと抗議した。「ウィンズロウがなぜわたしを呼ぶの?」

イアンは立ちあがって答えた。「イザベルがきみに来てほしがってる。陣痛が始まったんだ。ウィンズロウは、急がなくてもいいといってる。陣痛はまだそれほど強くなっていないそうだ」

急に目が覚めた。「助産婦さんは?」

イアンはかぶりを振った。「イザベルが呼ばないでくれといってる」

「ジュディス、イザベルはあなたに来てほしいのよ」フランシス・キャサリンがいった。

「でも、わたしは助産婦じゃない」

イアンの笑みは優しかった。「いまからそうなるんだ」

7

イアンは、ジュディスが卒倒するのではないかと思った。顔から赤みが消えた。たちまち、着ている寝間着と同じくらい、真っ白になってしまった。ジュディスは上掛けをはねのけてベッドから出たものの、足が立たなかった。イアンはジュディスがベッドに倒れこむ前につかまえた。

ジュディスはイアンのむちゃな発言に衝撃を受け、あられもない格好をしているのをすっかり忘れているらしい。上掛けは床に落ちている。体をおおうのは、薄い寝間着一枚だけ。寝間着の襟ぐりははしたないほどあいてはいなかったが、それでもイアンには大いに刺激的だった。いや、ジュディスなら、たとえ小麦の袋を着ていてもそそられるだろう。そんなことを考えるとは男の屑《くず》だ、とイアンは思った。だが、しかたがない、イアンも男であり、ジュディスはとびきりの美女ときている。どうしてもやわらかそうな胸のふくらみに目がいってしまう。気をそらすため、彼女が首にかけている鎖に手を伸ばした。

鎖を持ちあげ、ぶらさがっている金色とルビーの指輪をまじまじと見つめた。どこかで見たことのある意匠のような気がしたが、どこで見たのか、いや、そもそもほんとうに見たことがあるのか、はっきりとは思い出せなかった。ひとつだけたしかなことがある。これは男の指輪だ。男の指輪をジュディスが身につけている。

「これは戦士の指輪だ」低くつぶやいた。

「なにを……」ジュディスは、イアンの言葉を聞いていなかった。助産婦になれという発言の衝撃から、まだ立ちなおっていなかったからだ。とんでもないことをいう人だけれど、こちらにも限界があるということをわかってもらわなければ。「イアン、わたしには――」

イアンにさえぎられた。「ジュディス、これは戦士の指輪だろう」

ジュディスはようやく、父親の指輪をつまんでいる彼の指先に目をとめた。すばやく指輪をひったくり、胸の真ん中に戻した。

「こんな指輪のことなんか、いまはどうだっていいでしょう？　わたしがいおうとしたことをちゃんと聞いてちょうだい。わたしには、イザベルのお産の介助はできない。経験がないもの」

ちゃんと耳を傾けてほしくて、夢中で彼のプレードをつかんで引っぱった。

「だれにもらった？」

ああ、なんて頑固な人。体を揺さぶって、文句をいってやろうか。そう思ったとたんに、とっくにイアンを揺さぶっていたことに気づいた。だが、彼はびくともしない。あきらめて、ブレードから手を離し、一歩後ずさった。

「イングランドに許婚《いいなずけ》はいないといってたじゃないか。あれは嘘だったのか？」

イアンはまた指輪を取り、指に鎖を巻きつけた。彼の手の甲が、乳房をかすめる。一度、二度。ジュディスが無理やり手から鎖を奪おうとしても、彼はそのみだらなふるまいをやめようとしなかった。

「答えろ」

この人、怒ってるんだわ。ジュディスは面食らった。「おじのテケルにもらったの。もとは父のものだった」

イアンは信じていないようだった。怖い顔のままだ。

ジュディスはかぶりを振った。「わたしと結婚を控えた男の人のものってわけじゃない。あなたに嘘はついていないわ、だからそんなふうににらむのはよしてちょうだい」

すこしも後ろめたさを感じなかった。真実をすべて告白したわけではないけれど、指輪をくれたのがテケルおじであることは事実だ。それに、あなたがいま手にしているのがマクリーンの氏族長の大切な指輪だと、わざわざイアンに教える必要はない。

「それなら、持っていてもかまわないぞ」

傲慢《ごうまん》な言葉に、ジュディスは耳を疑った。「あなたの許可はいらない」

「いいや、いる」

イアンは、ジュディスを鎖でぐいと引っぱった。同時に身をかがめて、激しいキスをする。顔をあげると、ジュディスは呆然《ぼうぜん》としていた。思ったとおりの反応だ。

ジュディスは、指輪についてばかげた質問をされたことより、イアンが急に目をきらめかせたことにとまどっていた。「いったでしょう、勝手にキスをしないでって」

「いや、するさ」

強調するために、イアンはまたジュディスにキスをした。ふと、まだぼんやりしている彼女を背後に押しやった。

「パトリック、ジュディスはこんな格好だ。おまえはあっちへ行け」

「イアン、ここはパトリックの家よ、あなたのじゃない」ジュディスがいった。

「そんなことはわかってる」イアンは語気も荒く答えた。「パトリック、さっさとあっちへ行け」

パトリックはすぐには動かず、イアンをいらだたせた。その顔がにやけていることもいまいましい。イアンは威圧するように前に踏みでた。「おれの命令がおかしいか?」

ジュディスはイアンの背中のプレードをつかみ、弟に突っかかっていこうとするのを止めた。だが、彼のような大男に太刀打ちできるはずもない。なんだか、ばかばかしくなってきた。引っぱるのをやめ、前にぐいと押しだしてやった。

それでも、イアンは微動だにしなかった。動いたのはパトリックだ。彼はフランシス・キャサリンを抱き、ついたての外へ出ていった。ジュディスは声をかけようとしたが、パトリックはかぶりを振った。

パトリックはフランシス・キャサリンに片方の目をつぶってみせ、ついたてのほうへ首を傾けた。つづきを聞こうという無言のメッセージだ。フランシス・キャサリンは口を手でふさぎ、笑いたいのをこらえた。

「出ていってちょうだい」ジュディスはきっぱりといった。「早く」イアンが振り向いた。ジュディスは上掛けをさっと拾い、体の前を隠した。「失礼だわ」

「そういう物言いこそ失礼だろう、ジュディス」

叫びたくなったが、そうはせずにため息をついた。「わたしもあなたの物言いが気に入らない」

イアンはぽかんとした。そして、笑いだしそうになったが、なんとか真顔を保った。まったく、この娘には立場というものをたたきこんでやらなければ。「おれは外で待っている」厳しい声でいう。「着替えろ」

「どうして?」

「イザベルが待っている。忘れたか?」

「ああ、イザベル」ジュディスは叫んだ。「イアン、わたしには無理——」

「大丈夫だ。時間はまだある」

説得するまもなく、イアンは出ていってしまった。ジュディスはまったくもってレディらしくない悪態をついた。とにかく服を着なければ、イアンを追いかけて話を聞いてもらうこともできない。イアンはなにもわかっていない、女ならだれでもお産の介助ができると思いこんでいるのだ。イアンに現実を教え、イザベルにはまともな助産婦さんをつけてもらわなければ。

フランシス・キャサリンが着替えを手伝ってくれた。着替えが終わると、座らせられ、髪をとかされた。

「ねえ、フランシス・キャサリン、べつにお祭に行くわけじゃないのよ。髪なんかどうでもいいわ」

「イアンがいってたでしょう。時間はまだあるのよ。はじめてのお産は、陣痛が何時間もつづくんだから。イザベルの陣痛はまだ始まったばかりよ」

「そんなこと、なぜ知ってるの？」

「アグネスに聞いたの」

ジュディスは髪を後ろでひとつにまとめ、頭のつけねのところで、リボンで縛った。「なんてまあ、妊婦がよろこびそうな話ね」とつぶやく。

「青いリボンのほうがいいわ」フランシス・キャサリンは、ジュディスが選んだピンクのものと取り替えようとした。

ジュディスは悪夢のなかにいるような気がしてきた。いちばんの親友まで悪夢の一部だ。

「フランシス・キャサリン、いますぐおせっかいをやめてくれなければ、お産の心配をしなくてもよくなるわよ。お産の前に、わたしが首を絞めてあげる」

そんなむなしい脅しなど、フランシス・キャサリンには通用しなかった。ジュディスの髪を放し、にっこりする。「あなたが帰ってくるまで、起きて待ってましょうか？」

「ええ……いいえ、ああ、もう好きにして」ジュディスはぶつぶついいながらドアへ向かった。

城の中庭で、イアンとパトリックが待っていた。ジュディスは足早に外へ出た。石を踏みつけ、小声で悪態をつくと、家のなかに駆け戻った。ベッドの下から靴を出し、足を入れてから、急いで外へ引き返した。

「ちょっとあわててるようだな」パトリックがいった。

「ああ」イアンが応じた。

「イザベルに、無事を祈ってるって伝えて」フランシス・キャサリンが声を張りあげた。

イアンはジュディスがそばまで来るのを待ち、パトリックに目を向けた。「ウィンズロウは、ことがすむまでだれにも知らせないでほしいといってる」

パトリックはうなずいた。

茶番はここまでだ。ジュディスは笑顔で立っていたが、パトリックがドアを閉め、フランシス・キャサリンにこちらが見えなくなると、さっそくイアンに向きなおった。

「わたしには無理よ」勢いこんでいう。「経験がないの。あきらめて、イアン」

聞いてほしい一心で、彼のプレードをつかんで引っぱった。

「ジュディス、いまできないのなら、フランシス・キャサリンの出産も——」

ジュディスはイアンの言葉をさえぎった。「フランシス・キャサリンがお産をするときは、顔の汗を拭いて、手をさすって、『がんばって』って声をかけて、それで――」

あとはつづかなかった。イアンがきつく抱きしめたからだ。どんな言葉をかければジュディスを落ち着かせることができるのか、イアンにはわからなかった。

「イアン？」

「なんだ？」

「わたし、怖いの」

イアンはほほえんだ。「わかってる」

「こんなこと、したくない」

「大丈夫、うまくいく」

ジュディスはイアンに手を引かれ、イザベルの家まで歩いていった。あたりは真っ暗で、目の前の道も見えない。

「介助そのものは、助産婦さんにしてもらうつもりだった」イアンに引きずられながら小声でいった。「わたしはあれこれ口出しするだけで。ああ、何様のつもりだったの」

しばらく黙って歩いたあと、ジュディスはふたたび口をひらいた。「どうすればいいの」

「いざそのときが来れば、イザベルがわかるさ。ただ、きみにそばにいてほしがってる」

「なぜわたしなのか、わからない」

イアンは笑みを浮かべた。「おれにはわかる。きみは優しくて、思いやりがある。いまのイザベルは、優しさと思いやりを必要としてるんだ。きみならうまくやれる」

「大変なことになったらどうすればいいの？」

「おれが外で待ってる」

奇妙なことに、その言葉にジュディスは安心した。「どうにもならなくなったら、なかに入ってあとを引き受けてくれる？　赤ちゃんを取りあげてくれる？」

「まさか、それはだめだ」

イアンはぎょっとしたような声をあげた。いつものジュディスなら大笑いしていたところだが、いまは怖くてそれどころではなかった。

なぜイザベルが自分を選んだのか、まだ納得できない。「たとえば、戦いにたったひとりしか味方を連れて行けないとしたら、あなたは未熟な若者を連れて行く？」

ジュディスがなにをいわんとしているのか、イアンは承知していた。「ああ、そうする」

「イザベルはこれから出陣するようなものでしょう、連れて行くのは……待って、いま未熟な若者を連れて行くといった？　ほんとうに、経験のない子を選ぶの？」信じられないとばかりに訊き返した。

イアンは声をあげて笑った。「選ぶさ」

ジュディスは苦笑した。「わたしを安心させるために嘘をついたんでしょう。わかったわ。効き目はあった。もうひとつ、嘘を聞かせて。もう一度、大丈夫だ、うまくいくといって。今度は信じるから」

「ジュディス、大変なことになったら、だれかにアグネスを呼びにいってもらう」

「それじゃあイザベルがかわいそう」ジュディスはささやいた。「イアン、なぜイザベルがウィンズロウにアグネスを迎えにいってもらわないのか、わからない？」

イアンは首を振った。「わからない」

ジュディスは、アグネスとその助手について聞いたことを説明した。それから、自分がどう思っているかを伝えた。話し終わるころには、声が怒りで震えていた。

アグネスのやり口をイアンがどう思ったのか聞きたかったが、イザベルの家の前の小さな庭にたどりついたので、話をつづけることはできなかった。

イアンがドアをノックしようと手をあげる前に、ウィンズロウがドアをあけた。戸口から、むっとした熱気が流れ出てきて、ジュディスは顔を焼かれたような気分がした。ウィンズロウはひたいに汗をにじませ、こめかみにも大きな汗の玉が流れていた。

家のなかは耐え難いほど暑く、ジュディスは息苦しくなった。戸口から一歩入り、とっさに立ち止まった。ベッドの端に座っているイザベルが目に入った。何枚もの分厚い上掛けにくるまり、体をふたつに折っている。入口にいても、イザベルの小さな泣き声が聞こえた。

戸口に突っ立ってイザベルをじっと見ているうちに、逃げ帰るわけにはいかないと心が決まった。なんとかしてイザベルを助けなければならない。

イザベルが味わっている恐怖に、心が引き裂かれた。

不意に肩を押さえられ、イアンが真後ろに立っていたのを知った。

「ウィンズロウ、やっぱりジュディスには――」

ジュディスはイアンの言葉をさえぎった。「こんなに暑くしてはだめよ」きっぱりといい、振り向いてイアンの顔を見あげた。「心配しないで」とささやく。「なんとかなるわ」

彼女の変わりように、イアンは驚いた。表情にも声音にも、すこしも怯えたところがない。このうえなく冷静で……落ち着き払っているように見える。

ジュディスはゆっくりと部屋の奥へ行き、イザベルの前に立った。

「ねえ、イザベル、ここはまるで煉獄みたいに暑いわね」しいて陽気にいった。

イザベルは顔をあげない。ジュディスはひざまずいた。そろそろと上掛けの繭《まゆ》をはがし、イザベルの顔と肩を出した。それからそっと上を向かせ、目を合わせた。

イザベルの頬に涙がつたっていた。髪もびしょ濡れで、肩にぺったりと張りついている。その髪を後ろに撫でつけ、上掛けの端で頬をぬぐってやった。そんなふうに母親のようなことをすると、イザベルの両手を取った。

恐怖にとらわれた瞳を見て、ジュディスまで泣きたくなった。もちろん、泣いてはいけない。いま、この新しい友人は強さを必要としている。そして、この自分がその手助けをするのだ。泣くのはあと。この恐ろしい状況をふたりで乗り越えてからだ。

ジュディスはイザベルの両手を握りしめた。「これからいうことをよく聞いてね」イザベルが首を縦に振るのを待ち、言葉を継いだ。「ふたりでがんばりましょう」

「そばにいてくれるの？　帰らない？」

「ここにいるわ。約束する」

イザベルはうなずいた。

「いつごろ痛みが始まったの？」ジュディスは尋ねた。

「しばらく前から。ウィンズロウにはいわなかったの」

「どうして？」

「すぐにおさまると思ったから」小さな声でいう。「それに、ウィンズロウがわたしのいうことを聞いてくれずにアグネスを呼びにいくんじゃないかって、心配だった。さんざんお願いして、あなたを呼んでもいいか、イアンに訊きにいってもらったの」

またイザベルは涙をこぼした。いまやジュディスの手をきつくつかんでいる。

「来てくれてありがとう」

「こちらこそ、来られてよかった」ほんとうは来たくなかった。神さまが嘘を理解し、許してくださいますように。心のなかはまだ不安でたまらず、胃がきりきりと痛むうえに、室内の暑さに体力を吸い取られそうだ。

「イザベル、すこしくらいは怖くてもあたりまえよ、でも、同時にうれしくてわくわくするでしょう？　新しい命を生みだすのよ」

「ウィンズロウに代わってほしい」

意外な答に、ジュディスは笑いだした。イザベルも笑顔になった。

「さあ、準備をしましょう。この部屋、こんなに暑くてもいいの？」

イザベルはかぶりを振った。ジュディスは立ちあがり、ドアの前にいる男たちに向きなおった。イアンの顔を見て、つい笑ってしまった。気の毒に、見るからにそわそわしている。ここから出たいのだ。だが、ウィンズロウが出してくれない。彼はドアの前に立ちはだかり、険しい顔でこちらを見据えている。

ジュディスはウィンズロウにほほえみかけた。「ウィンズロウ、窓から毛皮をどけてください。新鮮な空気を入れたいの」

それからイアンのほうを向いた。彼はドアのかんぬきに手を伸ばそうとしている。声をかけて引きとめた。「上のあの梁《はり》は、あなたの重さに耐えられるかしら?」

「大丈夫だと思うが」

また外に出ようとしたイアンを呼び止めた。「待って」急いでベッドの足元に積みあげた麻布の山を探ったが、目的にかなう長さのものは見つからなかった。ふと、プレードがあるのを思い出した。長くて幅の狭いあの格子の布は、うってつけだ。プレードを持ってイアンのそばへ行った。「これを梁に引っかけてくれる? それから、あなたがぶらさがっても大丈夫か、確かめて。イザベルの上に梁が落っこちてきたら困るから」

「イザベルを縛りつけるのか?」ウィンズロウがあわてたようにいった。

ジュディスは首を振った。「立つときにつかまるものがほしいの。イザベルが楽になるようにするためのものよ、ウィンズロウ」

ウィンズロウは、イザベルがうなずくのを見てやっと納得し、イアンがプレードを梁にかけるのを手伝った。作業が終わると、プレードの両端が梁からぴったり同じ長さで垂れた。

ジュディスは、暖炉に薪《まき》を足そうとしたウィンズロウを止めた。それから、男たちに外に出るよう頼んだ。ウィンズロウはためらった。「ドアのすぐ外にいるからな、イザベル。アグネスを呼んできてほしくなったら、おれに聞こえるよう大きな声で呼んでくれ」

「アグネスを呼ぶことはないわ」イザベルは怒りに声を震わせた。

ウィンズロウはもどかしそうにため息をついた。妻のことが心配でたまらないのは傍目《はため》にもわかった。だからこそ、じれったいのも。髪をかきあげ、イザベルに一歩近づき、そこで止まった。すこしのあいだふたりきりになりたいのだろうと思い、ジュディスはすばやく身を翻し、暖炉の火をかくふりをした。

背後でひそやかな声がした。やがて、ドアの閉まる音が聞こえた。ジュディスはイザベルのそばへ戻り、分娩《ぶんべん》の準備に取りかかった。上掛けをどけようとしたが、イザベルが握りしめたまま離そうとしない。上掛けの下に隠れようとしている。

「イザベル、また痛みが来た？」

「いいえ」

「だったら、どうしたの？」

イザベルがほんとうのことをいう勇気をかき集めるには、しばらく時間がかかった。彼女はごく小さな声で、破水してベッドが濡れてしまったと打ち明けた。すっかり恥じ入っているようだ。告白を終えると、激しく泣きだした。

「わたしを見て」ジュディスは優しく声をかけた。イザベルがようやく顔をあげるのを待ち、できるだけ平然といった。「お産は奇跡みたいな体験よね、イザベル。でも、汚れ仕事でもある。恥ずかしいのは忘れて、現実を見ましょう。明日になったら、一日じゅうでも赤面してていいから、ね?」

イザベルはうなずいた。「あなたは気にしない?」

「ちっとも」

イザベルはほっとしたようだった。顔はまだ真っ赤だったが、恥ずかしさのせいか、室内の熱気のせいかはわからない。

それからは必要な準備に追われた。ジュディスはたえずおしゃべりをつづけながら、ベッドからシーツをはぎとり、イザベルを風呂に入れ、髪を洗って乾かし、きれいな寝間着を着せた。作業はすべて、陣痛の合間にすませた。

モードの話では、長年の経験上、産婦にはできるだけあれこれ指示を出したほうがよいらしい。産婦の集中力をとぎれさせないために、なんでもよいからとにかく指示を出すのだ。やることがあれば、状況を左右するのは自分であり、痛みさえ制御できるように思えるからだという。ジュディスはいま、その教えに従っていたが、たしかにイザベルにも効果があるようだった。陣痛の間隔は狭まり、強さも増してきた。イザベルは、痛むときは立っているほうが楽だと気づいた。梁から垂れたプレードを腰に巻きつけ、しっかりとつかまった。すすり泣きの声は、いかにも苦しげな低いうめき声に変わっていた。ジュディスは、陣痛のあいだは自分にはなにもできないのを感じた。イザベルをほめて励まし、頼まれれば腰をさすった。

最後の一時間は、それまでにも増して苛酷だった。イザベルはおそろしくわがままになった。髪を編め、いますぐ編めとせがんだ。ジュディスは黙って従うしかなかった。あの温和なイザベルが、うるさいがみがみ女に変貌するとは。あれをしろ、これをしろとどなっていなければ、こんなすさまじい痛みを味わわされるのはウィンズロウのせいだとののしった。

だが、このいいがかりの嵐も長くはつづかなかった。ジュディスの祈りも通じた。難産ではなかったのだ。イザベルは出産用の椅子を使うことにした。血も凍るような悲鳴を何度もあげていきむ。椅子の両脇に取りつけられた革の持ち手をつかんでいたが、そのうち前にひざまずいているジュディスの首にしがみついた。無意識のうちにジュディスを絞め殺してもおかしくなかった。しかも、やたらと力が強い。ジュディスは必死にイザベルの手をどけ、やっとのことで息を継いだ。

しばらくのち、元気な男の子が誕生した。とたんに、ジュディスはあと十本の腕がほしくなった。ウィンズロウを呼んで手伝ってもらいたかったが、イザベルが承知しなかった。泣き笑いの合間に、こんなみっともないところを夫に見られたくないのだといいつのった。

その気持ちは理解できた。イザベルは疲れ果てていたが、輝きも放っていた。彼女に赤ん坊を抱かせ、ジュディスは必要な作業をこなした。

赤ん坊は健康そうだった。泣き声がじつに力強い。ジュディスは、小さな赤子に感動していた。こんなに小さいのに、どこもかしこも完璧だ。

だが、このすばらしい体験に心ゆくまで浸る余裕はなかった。まだやり残した仕事がある。イザベルの体をきれいにして、ベッドに寝かせるまで、それからたっぷり一時間かかった。母子ともに入浴させ、赤ん坊をやわらかな白いブランケットと父親のウールのプレードでくるんだ。それが終わるころには、赤ん坊はぐっすり眠っていた。ジュディスは、赤ん坊をイザベルに抱かせた。

「ウィンズロウを呼びにいく前に、もうひとつだけいっておくわ。約束してほしいの、明日はだれにも……処置をさせないで。アグネスかヘレンが詰め物をしにきても、断ってね」

イザベルは意味がわからないようだった。もっと率直に説明しなければならない。「イングランドの助産婦のなかには、産道に灰とハーブを詰めるのがよいと考えてる人がいたの。泥でこねる人もいたわ。でも、モードがいうには、そんなものを詰めたら害になるだけなの。だけど、教会が定めた儀式だから、断ると厄介なことになるかも……」

「だれにもわたしの体を触らせないようにする」イザベルは小声でいった。「もし詰め物をしたかって訊かれたら、あなたがしてくれたって答えてもいいかしら」

ジュディスはほっと息を吐いた。「ええ、わたしがしたってことにしましょう」いいながら、上掛けをベッドの下にたくしこんだ。

やり残したことはないか、室内に目を走らせ、満足してうなずくと、ウィンズロウを呼びにいった。

彼はドアの外で待っていた。かわいそうに、ひどく不安そうだ。「イザベルは大丈夫か？」

「ええ。もう会っても大丈夫よ」

ウィンズロウは動かなかった。「なぜあんたが泣いてるんだ？　なにかまずいことでもあるのか？」

そう訊かれて、泣いていたことに気づいた。「異常なしよ、ウィンズロウ。さあ、なかに入って」

いきなり突進してきたウィンズロウをあやうくよけた。急に妻子に会いたくてたまらなくなったかのようだ。父と息子がはじめて対面するときは、家族だけにしてあげなければ。ジュディスにぐずぐずするつもりはなかった。ドアを閉め、背中をあずけた。

にわかに疲れが襲ってきた。いままで自分の感情を懸命に抑えていたせいで、体力も気力も尽き果てていた。嵐のなかの木の葉のように体が震えた。

「終わったのか？」

イアンだった。狭い通路のむこう端で、石垣に寄りかかっている。胸の前でゆったりと腕を組んでいて、くつろいだ様子だった。

こちらはひどいありさまだろう。「いまのところはね」と答える。イアンのほうへ歩いていった。夜風が顔に心地よかったが、体はますます震えた。脚ががくがくして、立っているのがやっとだ。

いまにも取り乱してしまいそうな気がして、深く息を吸って気持ちを落ち着けた。とにかく、泣きだしそうなのをイアンに悟られてはいけない。イアンは、女だろうが弱い人間は大嫌いだろう。それに、彼の前でめそめそするのは恥ずかしくていやだ。こちらにもプライドというものがある。いままで自分以外を頼ることはなかったし、いまだってそうだ。

心を清めるべく深呼吸した。効き目はなかった。ますます震えが激しくなった。大丈夫だと自分にいいきかせる。みっともない姿をさらすわけにはいかない。たしかに恐ろしい体験だった。でも、乗り越えたのだ。ここで泣き崩れたり嘔吐《おうと》したり、取り返しのつかないことをする前に、早く自分のベッドに戻らなければ。

そうするのがいちばんいいと、頭ではわかっていたが、心は別のことを叫んでいた。ひとりになりたいのと同時に、どうしてもイアンに慰めてもらい、強さを分けてほしかった。今夜は自分の力を使い果たしてしまった。ああ、いまはイアンと一緒にいたい。

自分でも意外だった。ちょっとためらったそのとき、イアンが両腕を広げた。その瞬間、ジュディスは屈した。走りだした。イアンに向かって。彼の胸に飛びこみ、腰を抱きしめ、こらえきれずに泣きじゃくりはじめた。

イアンはなにもいわなかったけれど、言葉はいらなかった。求めていたのは、彼の腕に抱かれること、それだけだった。まだ石垣に寄りかかっている彼の脚のあいだに立ち、胸に顔をうずめ、思いきり泣いてプレードを濡らした。泣き声の合間に支離滅裂な言葉をつぶやいた。イアンには、なにをいいたいのか伝わらなかった。

ジュディスがしゃっくりしはじめたので、集中豪雨は終わったようだと、イアンは考えた。「ジュディス、深呼吸しろ」

「ひとりにして」

おかしな注文だ、まだシャツをがっちりつかんでいるくせに。イアンはジュディスの頭に顎をのせ、抱きしめる手に力をこめた。

「だめだ」とささやく。「ひとりにはしない」

奇妙なことに、ジュディスは拒否されてほっとしていた。ブレードで涙をぬぐい、もう一度イアンにすがりついた。

「すべてうまくいったんだろう？」イアンに答はわかっていた。ドアをあけてウィンズロウに順調だといったときのジュディスは、まぶしいほどの笑みを浮かべていたから。大成功に終わったことを思い出せば、彼女もわれに返って落ち着きを取り戻すかもしれない。

ところが、ジュディスはそれでも落ち着かなかった。「神に誓っていうわ、イアン、二度とこんなことはしないから。いいわね？」

「シーッ。イングランドにいる人間も目を覚ますぞ」

ジュディスはむっとしたようだが、声を落として、もうひとつ誓った。「わたし、赤ちゃんは産まない。絶対に」

「それはないだろう」イアンはなだめるようにいった。「夫が息子を欲しがるぞ」

ジュディスはイアンの胸を手荒く押し返した。「夫なんかできない。結婚なんかしない。そうよ、あの人のいいなりになんかならないんだから」

イアンは彼女を引き戻し、頭を胸に抱きしめた。むこうがいやがろうが、力づけてやりたい。「あの人とはだれのことだ？」

「母よ」

「父上は？　娘の結婚だ、なにか考えがあるんじゃないのか？」

「いいえ。もう死んだから」

「だが、墓はからっぽなんだろう？」

「どうしてそれを知ってるの？」

イアンはため息をついた。「きみがそういったんじゃないか」

ジュディスは思い出した。墓石をひっくり返したあげく、スコットランド人に自分がやったと口をすべらせるなんて、あのときの自分はどうかしていた。「わたしのなかでは、死んだことになってるの」

「込み入った事情があるから立ち入るなってことか」

彼がなにを訊きたいのか呑みこめなかったので、黙っていた。それにくたくたで、頭が働かない。

「ジュディス」

「なに？」

「どうしてこんなに取り乱すのか、教えてくれるか」

優しく促すような声だった。ジュディスはまた泣きだした。「イザベルを死なせてもおかしくなかった。万一、問題が起きていたら、わたしにはなすすべがなかったわ。すごく痛そうだった。女はあんな痛みを我慢しなければならないなんて、あんまりよ。それに、血が」言葉は次から次へと出てきた。「すごい血だった。ほんとうに怖かった」

イアンはなんと声をかければよいのか、途方に暮れた。みんなでよってたかってジュディスに無理をさせてしまった。無経験の彼女に。そう、結婚もしていない娘に、赤ん坊を取りあげろと迫ったのだ。ジュディスは、イザベルが子どもを授かった方法さえも知らないのではないのだろうか。それでも、投げかけられた難題に立ち向かった。そして、思いやりと強さと知性を発揮した。イアンは、いまこんなに度を失っているジュディスがあれだけのことを成し遂げるとは、たいしたものだと思った。

その彼女を泣かせたくない。落ち着きを取り戻すよう、励ましてやるのは自分の仕事だ。まずはほめてみることにした。「すごいことをやってのけたじゃないか、自慢してもいいんだぞ」

ジュディスはあからさまに鼻を鳴らした。

だったら、次は論理攻めだ。「そりゃあ、怖かっただろう。経験がないんだ、それがあたりまえさ。でも、これから経験を積めば乗り越えられる」

「いやよ」

しかたがない、最後は強硬手段だ。「ジュディス、いいかげんにしろ。いずれは怖さを乗り越えて、男の子を産まなければならないんだぞ」

また乱暴に押しのけられた。「男って、息子ばかり欲しがるのね」

なにもいい返せずにいると、胸をつつかれた。「娘はいらないんでしょう？」

「娘でもかまわないが」

「息子と同じように愛せる？」

「もちろんだ」

ぐずぐず思い迷ったりせず、すぐに返事をしたので、嘘ではないと伝わったようだ。ジュディスの声から怒りが消えた。「そういってくれてうれしいわ。でも、普通の父親は、あなたみたいな考え方をしないみたいね」

「きみの父上は？」

ジュディスは背中を向け、フランシス・キャサリンの家のほうへ歩きだした。「わたしのなかでは死んだの」

イアンはジュディスを追いかけて手を握ると、彼女を引っぱって歩きはじめた。ジュディスはちらりと目をあげ、イアンが険しい顔をしているのを見てとり、すぐさま尋ねた。「なにを怒ってるの？」

「べつに」

「怖い顔をしてるじゃないの」

「くそっ。ジュディス、おれはきみにいつかは結婚するといってほしいんだ」

「どうして？　わたしの将来なんか、あなたに関係ないでしょう。それに、もう心は決まってるのよ、イアン・メイトランド」

いきなりイアンは足を止め、ジュディスのほうを向いた。彼女の顎をつかみ、身をかがめてささやいた。「おれの心も決まってる」

イアンは唇でジュディスの唇をふさいだ。彼女は倒れないようにしっかりとつかまってきた。唇がひらく。イアンは喉の奥で低くうなり、さらに激しくキスをした。舌を差し入れ、彼女のそれと絡める。このやわらかさを心ゆくまで味わいたい。

それに、キスだけでやめたくない。そう思っているのを自覚し、とっさに身を引いた。ジュディスはうぶだ、自分が危機にあるのをわかっていない。彼女が信じてくれているのを利用してはいけない。けれど、やはり本心ではキス以上のものを求めてしまう。

かぶりを振り、次々と頭に浮かぶいやらしい空想を追い払うと、またジュディスの手を握りしめ、引きずっていった。

イアンの歩幅が大きいので、ジュディスは小走りでついていった。彼はずっと黙りこくっていた。パトリックの家に着き、ジュディスがドアのかんぬきに手をかけると、イアンは腕でドアを押さえた。まだなにかいいたいことがあるらしい。

「たしかにひどい経験をしたが、そのうち乗り越えろ」ジュディスは、ぽかんとしてイアンを見あげた。イアンは、まじめにいっているんだぞとばかりにうなずいた。「いまのは命令だ、ジュディス。従ってもらうからな」

もう一度うなずくと、イアンはドアをあけた。ジュディスは動かなかった。とまどい顔のまま、イアンを見あげる。「ひどい？　わたしはひどいなんていってない」

今度はイアンがとまどう番だった。「じゃあ、どう思ったんだ？」

「ああイアン、すばらしかったわ」

ジュディスの顔はよろこびに輝いていた。イアンはわけがわからず、首を振った。いつまでたっても彼女を理解できそうにない。

のろのろと城へ帰った。頭にあるのはジュディスのことばかり。これからどうすればいいのだろうか。

キープのドアの前へ来たとき、不意にジュディスがつけていた男の指輪を思い出した。

いったい、あれをどこで見たのだろう？

8

イザベルの赤ん坊を取りあげたことで、ジュディスは高い代償を払うはめになった。翌日の午後、神父がフランシス・キャサリンの家にやってきて、ただちにイングランドの娘に会いたいと要求した。

ラガン神父の表情も声も深刻そのもので、ことの重大さを表していた。神父は玄関の脇に寄り、フランシス・キャサリンがジュディスを連れてくると答えるのを待った。フランシス・キャサリンは、彼の後ろのすこし離れたところにアグネスを認めた。神父がやってきた理由はこれだ。

アグネスはいやに澄ました様子だった。フランシス・キャサリンの不安は十倍にもふくらんだ。この場をなんとか切り抜け、パトリックを探しにいかなければならない。彼ならジュディスをかばってくれる。アグネスの顔つきからして、ジュディスには味方が必要だ。

「ジュディスはゆうべひと晩じゅう起きていたんですよ、神父さま。だから、まだ寝ています。起こしてもいいんですけど、着替えに時間がかかりますわ」

ラガン神父はうなずいた。「では、イザベルの家で待っていると伝えておくれ、わたしは先に行っているのでね」

「承知しました、神父さま」フランシス・キャサリンはぎこちなくお辞儀し、神父の鼻先でドアを閉めた。

ジュディスを揺さぶって起こした。「大変よ。ジュディス、こっちを向いて目をあけて。神父さまが来たのよ……アグネスも」しどろもどろにいう。「早く着替えて。ふたりともイザベルの家で待ってるんですって」

ジュディスはうめき声をあげ、ようやくあおむけになった。目から髪をどけ、体を起こす。「イザベルの具合が悪いの？　また出血がひどくなったとか？」

「違うわ」フランシス・キャサリンはあせって答えた。「イザベルは無事だと思う。たぶん……ちょっとジュディス、ひどい声じゃないの。いったいどうしたの？　風邪でもひいたのかしら」

ジュディスはかぶりを振った。「大丈夫よ」

「なんだか、ひきがえるを呑みこんだみたいな声よ」

「そんなもの呑みこんでない。心配しないで」あくびをしてつけ加える。

フランシス・キャサリンはうなずいた。「早く着替えて。イザベルの家でみんな待ってる」

「もう聞いたわ。なぜみんながわたしを待ってるのか、それを訊きたいんだけど。イザベルは無事なんでしょう、なぜわたしが呼ばれるの？」

「アグネスよ。なにかいいがかりをつけるつもりだわ。早く起きて。わたしはパトリックを探してくる。助けてもらわなきゃ」

ジュディスは、ドアをあけようとしているフランシス・キャサリンをつかまえた。「そのおなかでパトリックを追いかけるなんてむちゃよ。転んで首の骨を折るのがおちだわ」

「こんなときに、よくもそんなに落ち着いていられるわね」

ジュディスは肩をすくめた。もう一度あくびをする。口を大きくあけると、喉が痛んだ。変だ。まだ半分眠ったまま、部屋の奥へ戻ってフランシス・キャサリンの鏡をのぞいた。首にいくつも濃いあざがあるのを見て、ぎょっとして目を丸くした。痛いのも当然だ。首が腫れ、黒と青の絵の具を塗りたくったように見える。

「なにをしてるの？」

とっさに髪であざを隠した。イザベルにやられたのをフランシス・キャサリンに知られてはいけない。知られれば、どうしてそんなことになったのかとしつこく訊かれ、イザベルがどれほどすさまじい痛みに耐えていたか、話すはめになる。だめだ、このあざは消えるまで隠すしかない。

鏡を置いて、フランシス・キャサリンにほほえみかけた。「服を着たら、イアンを探しにいくわ」

「不安じゃないの？」

「ちょっとはね。でも、わたしはしょせんよそ者よ。あの人たちがなにをいおうが平気。それに間違ったことはなにもしてない」

「そういう問題じゃないのよ。アグネスはことを荒立てるのが得意なんだから。あの人が神父さまを引きずりこんだからには、イザベルもただじゃすまないわ」

「どうして？」

「あなたに赤ん坊を取りあげるよう頼んだのはイザベルだから」フランシス・キャサリンは答えた。「アグネスは侮辱された仕返しをするつもりよ」暖炉の前を行ったり来たりしはじめた。「アグネスたちがどう出るかはわかってる。長老たちに、あなたをイングランドへ帰してほしいと頼むのよ。もしそんなことになって、長老たちが許可したら、わたし、あなたと一緒にイングランドに行く。どうしても行くからね」

「あなたに赤ちゃんが産まれるまでは、イアンがその人たちを止めてくれるわ」ジュディスには確信があった。いまわたしをイングランドへ帰したら、イアンはパトリックとの約束を破ることになる。でも、彼の誠実さがそれを許さないはず。「フランシス・キャサリン、うろたえちゃだめよ。赤ちゃんによくないわ、ほら、座ってて。わたしは着替えるから」

「わたしも一緒に行く」

「イングランドへ？　それともイアンを探しに？」ついたてのなかから、大声で尋ねた。

フランシス・キャサリンは苦笑した。ジュディスが落ち着いているおかげで、不安もやわらぐ。ベッドの端に腰かけ、おなかの上で両手を重ねた。「わたしたち、一緒になるとなにかしら問題が起きるわね。もう慣れてもよさそうなものだけど」

「そうじゃないわ。問題が起きるわけじゃない。あなたがわたしを厄介ごとに巻きこむのよ。お尻をたたかれるのはいつもわたし。忘れちゃったの？」

フランシス・キャサリンは声をあげて笑った。「あら、現実はその反対でしょう。お尻をたたかれるのはあなたじゃなくて、わたし」

ジュディスは淡い金色のガウンを選んだ。持ってきたもののなかでは、それがいちばん、襟が高い。それでも、あざは完全には隠れなかった。

「肩掛けか、薄い外套《がいとう》を借りてもいい？」

きれいな黒い肩掛けを借り、それであざを隠した。出かける準備ができると、フランシス・キャサリンは外まで見送りに出てきた。

「心配しないでね」ジュディスはいった。「すぐに帰ってこられると思う。どうなったか、ちゃんと教えてあげる」

「わたしも行きたい」

「いいえ、だめよ」

「パトリックもイアンも見つからなかったらどうする？」

「だったら、ひとりで行くわ。男の人にかばってもらう必要はないから」

「ここでは必要なの」

そのとき、フランシス・キャサリンが馬で斜面をのぼってくるブロディックを見つけ、押し問答は中断された。フランシス・キャサリンは彼に向かって手を振ったが、気づいてもらえなかったので、唇に二本の指をあて、鋭く口笛を吹いた。ブロディックはすぐさま馬をこちらに向けた。

「口笛を吹くと、パトリックはいやがるの。レディらしくないって」

「まあね。でも、役に立つのはたしかよ」ジュディスはほほえんでいた。

「やり方を覚えてる？　忘れたなんていったら、あんなに稽古をつけてやったのにって、兄たちがかっかりするわよ」

ジュディスは笑った。「ちゃんと覚えてる。ねえ、ブロディックってハンサムじゃない？」

たったいま気づいたのが傍目にもわかるほど、驚きに満ちた声が出た。

「十日近く一緒にいたのに、いまさら気がついたの？」

「イアンも一緒にいたもの。ほかの人がかすんじゃうわ」

「はいはい、そのとおりね」

「なんてきれいな馬かしら」話題を変えたくて、そういった。イアンとの関係についてどう思うか、フランシス・キャサリンに尋ねるのはまだためらわれた。自分の気持ちがよくわからず、なにか訊き返されても答える自信がない。

「あの馬はイアンのものなの。でも、ときどきブロディックが乗るのを許してるみたい。おそろしく気性の荒い馬でね、だからよけいに気に入られてるのよ。近づきすぎちゃだめよ、ジュディス」フランシス・キャサリンは、ブロディックを出迎えに駆けていったジュディスに、大声でいった。「その性悪は、隙あらば人を踏みつぶそうとするのよ」

「ブロディックがいるから大丈夫よ」ジュディスは返した。ブロディックの隣へ行き、笑顔で見あげた。「イアンがどこにいるか知らない?」

「キープにいる」

「わたしをキープに連れて行ってくれない?」

「だめだ」

聞こえなかったふりをして、ジュディスは手を差しのべた。フランシス・キャサリンを心配させないよう、笑顔を貼りつけたまま、声をひそめていった。「ちょっと困ったことがあるのよ、ブロディック。どうしてもイアンに会いたいの」

いい終える前に、ブロディックの膝にのせられていた。彼は馬をギャロップで発進させた。それからほどなく、ジュディスは彼に手を貸してもらい、そびえたつキープの前に広がる殺風景な中庭の真ん中に降りたった。

「イアンは長老たちといる」ブロディックがいった。「連れてくるから、ここで待っててくれ」

馬の手綱をジュディスに放ると、彼はキープのなかへ消えた。

たしかに馬は気性が荒かった。暴れる馬を抑えるのはひと苦労だった。けれど、馬が鼻を鳴らそうが、いななこうが、ジュディスは怖くはなかった。馬の扱い方なら、子どものころからイングランドでも指折りの調馬頭に教わっている。

長いあいだ待たされ、我慢も限界に達していた。頭の奥では、すぐにいいつけに従わなかったせいで、いまごろ神父が業を煮やしているのではないかと気になっていた。

これ以上、ぐずぐずしてはいられない。優しく言葉をかけてなだめながら馬に乗り、トロットで斜面をおりはじめた。一度、曲がり角を間違えたために引き返さなければならず、しばらくしてからようやくイザベルの家に着いた。ドアの外に人だかりがしている。戸口の階段にウィンズロウが立っていた。ひどく機嫌が悪そうだ……だが、こちらを向いて、驚いたような顔をした。

神父の呼びだしに応じたのが信じられないのだろうか？　きっとそうだ。なんだか心外。でも、そんなふうに思うのはばかげている。ウィンズロウとは知り合ったばかりなのだから、信頼されていないのが当然だ。

ジュディス同様、馬も人だかりが好きではないらしい。後ろ肢で立ちあがり、横歩《よこあし》で逃げようとした。ジュディスは、強情な馬をなだめることに専念しなければならなかった。

ウィンズロウが助けてくれた。手綱をつかみ、暴れる馬を抑えた。

「まさか、イアンがこの馬に乗ってもいいといったのか？」彼は意外そうな声で尋ねた。

「いいえ」ジュディスは肩掛けを首に巻きなおし、馬から降りた。「ブロディックが乗ってたの」

「ブロディックはどこにいるんだ？」

「イアンを呼びに、キープに入っていった。待ってたんだけど、ブロディックもイアンもなかなか出てこなかったの」

「この荒馬を乗りこなせるのは、イアンとブロディックだけだったんだが。あのふたりに見つかったら、大目玉を食らうぞ」

彼が冗談をいっているのか、それともこちらの不安を煽《あお》っているのか、よくわからない。

「べつに馬を盗んだわけじゃないわ。ちょっと借りただけ」言い訳がましくいう。「神父さまからも大目玉を食らうかしら？」声を低くしてつけ加えた。

「まあ、そうかもな。なかへ入ってくれ。さっさとけりをつけないと、イザベルが安心できない」

ウィンズロウはジュディスの肘を取り、静まり返った野次馬たちのなかを通り抜けた。人々はじろじろとジュディスを眺めていたが、その視線に敵意はなく、好奇心だけがのぞいていた。ジュディスはできるだけ涼しい顔をし、笑みさえ浮かべてみせた。

だが、神父が戸口へ現れると、明るい顔をしていられなくなった。神父は険しい顔でこちらを見ている。ここへ来るのが遅れたせいであって、わたしを吊しあげるつもりだからではありませんように、とジュディスは祈った。

ラガン神父はふさふさとした銀髪に鷲鼻《わしばな》で、戸外で多くを過ごしてきたため、肌には深いしわが寄っていた。背丈はウィンズロウと同じくらいだが、板のようにやせている。黒いカソックをまとい、幅広のプレードを片方の肩にかけ、ウエストをロープで縛っていた。

神父が戸口の外に出てきたとたん、ウィンズロウはジュディスの肘から手を離した。ジュディスは足早に進み出て、入口階段の下で足を止めた。こうべを垂れ、正式なお辞儀をする。「遅くなりましたが、どうかお許しください、神父さま。貴重な時間をさいていただいたことは承知していますが、ここへ来るまでに道に迷ってしまいました。道沿いはきれいな家ばかりなので、曲がり角を間違えてしまったんです」

神父はうなずいた。謝罪に満足したようだ。笑みこそなかったが、表情がやわらいだ。幸先はよい。

「ウィンズロウ、話が終わるまで、外で待っていてはどうかね」神父は高齢のためにしわがれた声でいった。

「いえ、神父さま」ウィンズロウは答えた。「妻のそばにいます」

神父はゆっくりとうなずいた。「では、邪魔をしないようにするのだぞ」

ふたたびジュディスのほうを向いた。「どうぞ、なかへ。ゆうべ、ここであったことについて、いくつか尋ねたいことがあります」

「承知しました、神父さま」ジュディスはスカートの裾を持ちあげ、神父につづいて戸口をくぐった。

家のなかに集まった人々の数に驚いた。年を取った男がふたり、女が三人、テーブルについているほかに、暖炉の前にふたりの女が並んで立っている。

イザベルはベッドの脇の腰かけに座っていた。赤ん坊を抱いている。ジュディスはイザベルの顔を見て、はじめて不安を覚えた。イザベルは見るからに怯《おび》えている。

ジュディスはイザベルに駆け寄った。「イザベル、寝ていなければだめじゃない。ゆうべあんなに大変な目にあったばかりよ、休まなきゃ」ウィンズロウが隣へ来た。ジュディスは赤ん坊を受け取り、一歩後ずさった。「ウィンズロウ、イザベルをベッドに寝かせてあげて」

「やはり、イザベルは大変な目にあったのかね？」ラガン神父が尋ねた。

不意をつかれ、ジュディスはつい、ばか正直に答えた。「それはもう、神父さま」

そのきっぱりとした口調に、神父は眉をあげた。うつむいたその顔に安堵《あんど》が浮かんでいたのを、ジュディスは見てとった。

どういうことだろう。神父はイザベルの味方ではないのだろうか。ああ、どうか味方でありますように。腕のなかの赤ん坊をちらりと見おろし、眠っているのを確かめ、神父に目を戻した。さっきよりずっと落ち着いた声でつけ加えた。「ですから、神父さま、イザベルを休ませてあげなければなりません」

神父はうなずいた。テーブルについているウィンズロウの親族を手短に紹介し、暖炉の前に立っているふたりの女のほうへ腕を伸ばした。

「左側がアグネス。隣にいるのがヘレンです。レディ・ジュディス、このふたりが、あなたを告発しているのですが」

「告発？」

ひどく驚いた声をあげてしまった。そうせずにはいられなかった。ほんとうに驚いたのだ。体の内側で、じわじわと怒りが燃えあがりはじめた。けれど、その怒りは隠すことができた。

迷惑なふたりの女のほうを向いた。ヘレンが一歩進みでて、ジュディスにそっけなく会釈した。見た目はさえない女だ。髪と瞳は茶色。両手を握りしめているのが心境の表れだとすれば、緊張しているらしい。ジュディスの刺すような視線に、長くは持ちこたえられなかった。

アグネスは、ジュディスが想像していたような女ではなかった。それまでに聞いた恐ろしい話から、いかにも意地悪そうな女か、鼻の頭にいぼのある老女を思い描いていたが、そのどちらでもなかった。実際には天使のような容貌で、ジュディスが見たこともないような美しい緑色の瞳をしていた。緑色の炎のように輝いている。加齢による衰えは、さほど見受けられない。わずかに小じわがある程度だ。フランシス・キャサリンの話では、イアンの結婚相手になりそうな娘がいるということだったから、ジュディスの母親と同じくらいの年齢のはずだ。それなのに、アグネスは若々しい肌と体型を維持している。同じ年頃のたいていの女とは違い、腰まわりがすっきりとしていた。

視界の隅に、イザベルが手を伸ばしてウィンズロウの手を握ったのが見えた。ジュディスの怒りはさらに熱くなった。出産したばかりの母親を、これほど狼狽《ろうばい》させるなんて。ジュディスは赤ん坊を抱いていってウィンズロウに託し、きびすを返して部屋の真ん中へ戻った。わざと助産婦たちに背を向け、神父と向き合った。

「わたしに訊きたいこととはなんでしょうか、神父さま?」

「あたしたち、悲鳴を聞かなかったんだけど」

いきなりそういいはなったのはアグネスだった。ジュディスは、ばかげた言葉を無視した。神父を見据えたまま、返事を待った。

「ゆうべのことですが」ラガン神父が口火を切った。「アグネスとヘレンが、悲鳴を聞かなかったといっています。ふたりはこの近くに住んでいるので、聞こえなければおかしいんですがね」

言葉を切り、咳払いをしてつづけた。「ふたりはわたしのところへ相談にやってきました。つまり、だれもが知っているように、われわれの教会によればですね、いや、イングランド教会もですね、なぜならジョン王もローマ教皇の定めた法に従っておられるのだから――」

神父は不意に口をつぐんだ。なんの話をしていたのかわからなくなったらしい。しばらくのあいだ、その場のだれもが話のつづきを待って黙りこくっていたが、ついにアグネスが口をひらいた。「イヴの罪ですわ」と神父に思い出させた。

「そうそう、イヴの罪です」神父はおどおどといった。「もうおわかりですね、レディ・ジュディス」

神父がなにをいっているのか、ジュディスにはさっぱりわからなかった。とまどいもあらわに神父を見返した。

神父はうなずいた。「教会の定めるところでは、出産の際に女性が苦痛を味わうのは必要なことであり、イヴの罪に対する罰なのです。女性は産みの苦しみを経験することによって救われる。それなのに、イザベルが相応の苦しみを味わっていないとすれば……」

最後までいわなかった。困ったような顔つきをしているところから、教会法の定めたこの掟《おきて》について、詳しく解説したくないらしい。

「どうなるんですか？」最後まできちんと説明してもらうべく、ジュディスは訊き返した。

「イザベルは教会によって断罪されます」ラガン神父は小声で答えた。「そして、赤子も」

いまの話に気分が悪くなり、ジュディスは冷静さを失った。それに、憤慨していた。やっとわかった。助産婦たちの標的はこの自分ではない、イザベルを罰しようとしているのだ。ずるがしこく教会を利用して。自尊心を傷つけられたからではない。それよりもっと始末が悪い。クランの女たちを牛耳っていた地位が危うくなったからだ。イザベルが断罪されれば、これから出産する女たちにとって恐ろしい警告となる。

ふたりの執念深さにはあきれるばかりで、どなりつけてやりたくなった。でも、そんなことをしようものなら、イザベルがますます困った立場に追いやられるだけなので、あえて黙っていた。

「イヴの罪について、教会が定めたことはご存じですね、レディ・ジュディス？」神父が尋ねた。

「ええ、もちろん」見え透いた嘘だったが、いまはぐずぐず思い悩んでいる場合ではない。心のなかでは、モードが話してくれなかった掟はこのほかにまだあるのだろうかと考えながらも、平然としているように見えますようにと祈りつつ、必死に落ち着いていているふりをした。

神父はほっとしたようだった。「では訊きます、レディ・ジュディス。ゆうべ、イザベルの苦痛をやわらげるようなことをしましたか？」

「いいえ、していません」

「だったら、イザベル自身がやったのよ」アグネスが叫んだ。「そうでなければ、悪魔が手を貸したんだわ」

テーブルに着いていた男ふたりのうち、ひとりが立ちあがりかけた。なめし革のようなその顔に、すさまじい憤りがにじんでいる。

同時に、ウィンズロウが一歩前に出た。「おれのうちで、そんないいぐさは許さん」

その言葉に満足したらしく、テーブルの男はうなずいて腰をおろした。

赤ん坊が甲高い泣き声をあげた。ウィンズロウは怒りにとらわれ、イザベルが赤ん坊を抱き取ろうとしていることにも気づいていなかった。助産婦のほうへもう一歩詰め寄った。

「とっとと出ていけ」ふたたびどなり声をあげた。

「おまえと同じように、わたしも遺憾に思っておるのだ」ラガン神父の声は、悲しげで重々しかった。「だが、事実をはっきりさせなければならん」

ウィンズロウは首を振った。ジュディスは彼のもとへ歩いていき、腕に手をかけた。「ウィンズロウ、わたしにまかせてほしいの。こんなばかげたいいがかり、すぐに晴らしてみせる」

「ばかげたいいがかり？　こんな重大な問題をばかげてるというの？」

そう声をあげたのはアグネスだった。ジュディスは無視した。ウィンズロウがうなずくのを待ち、神父に向きなおる。ウィンズロウはベッドの脇へ戻り、赤ん坊をイザベルに渡した。赤ん坊は、眠りなさいと優しく声をかけてもらうと、すぐに泣きやんだ。

ジュディスはふたたび神父と向き合った。「イザベルはひどく苦しみました」きっぱりといいきる。

「でも、悲鳴が聞こえなかったわ」アグネスがどなった。

ジュディスは無視しつづけた。「神父さま、イザベルはよく我慢しました、そのせいで断罪されなければならないのでしょうか？　現に、イザベルは何度か悲鳴をあげました。でも、陣痛が来るたびにわめいたわけではありません。ご主人を心配させたくなかったからです。ご主人はドアのすぐ外で待っていました。声をあげれば、聞こえてしまいます。いちばん苦しいときでさえ、イザベルはご主人を気にかけていたんです」

「このイングランド女のいうことを信じるんですか？」アグネスが異議を唱えた。

ジュディスはテーブルに着いている親族たちのほうを向き、今度は彼らに語りかけた。

「わたしは昨日イザベルと知り合ったばかりですから、親しいとはいえません。でも、とても優しい人だとお見受けしました。当たっていますよね？」

「ええ、当たってますとも」黒っぽい髪の女がいい、助産婦たちをにらみつけてつけ加えた。「この子はほんとうに優しくていい子。この子がいて、わたしたち家族は恵まれてるわ。

それに、信心深いのよ。痛みをやわらげるようなことをするもんですか」

「わたしも、イザベルはじつに優しいと思う」神父が割りこんだ。

「そんなことは関係ないでしょう」アグネスが声をとがらせた。「悪魔が――」

ジュディスはわざと途中でテーブルの人々に話しかけた。「イザベルはわざと人を傷つけたりしないといってもいいでしょう？　優しくて、そんなことはできないと？」

だれもがうなずいた。ジュディスはラガン神父に向きなおり、首に巻いていた肩掛けを取った。「では神父さま、これを見れば、イザベルはひどく苦しんだとお思いになりませんか？」

髪を後ろでまとめて持ちあげ、首をかしげてあざを神父に見せた。

神父は驚きに目をみはった。「なんと、あの穏やかなイザベルがこんなことを？」

「ええ」イザベルに首を絞められてよかった、と思いながら答えた。「お産であまり苦しかったものだから、わたしの首をつかんだまま放さなかったんです。本人は覚えていないと思いますけど。わたしは無理やりイザベルの手をはずして、お産用の椅子の持ち手を握らせようとしたんです」

神父はしばらくジュディスを見つめていた。そのまなざしが安堵していたので、ジュディスもほっとした。信じてくれたのだ。

「イザベルは教会の定めるとおり、ひどく苦しんだ」神父は断言した。「この件は、これで決着がつきました」

アグネスはそう簡単に引きさがろうとはしなかった。服の袖から麻布を引っぱりだしながら飛びだしてきた。「そんなもの、いんちきよ」ほとんどわめくような声をあげた。ジュディスの腕をつかみ、喉のあざを麻布で拭き取ろうとした。

ジュディスは痛みに顔をしかめた。だが、アグネスの狼藉《ろうぜき》を止めようとはしなかった。止めれば、絵の具であざを描いたなどといいだすにちがいない。

「手を離せ」

イアンのどなり声が室内にとどろいた。アグネスは文字どおり跳びあがった。神父にぶつかり、神父も跳びあがった。

イアンに会えてほっとしたとたん、ジュディスの目に涙がにじんだ。彼に駆け寄ってしまいそうだ。

彼はジュディスを見つめたまま、戸口をくぐってなかに入ってきた。その後ろにブロディックがいた。ふたりとも恐ろしい形相だ。イアンはジュディスのすこし前で足を止めた。ジュディスの無事を確かめるように、頭のてっぺんからつま先までゆっくりと眺めた。

ジュディスは、なんとか平静な顔を崩さずにいられてほんとうによかったと思った。この聴聞で自分がどんなにうろたえたか、イアンに悟られずにすむ。ただでさえ、ゆうべはイアンの前で号泣して恥をかいたのだ。昼間の明るい光のもとで会うだけでも照れくさい。二度と、あんなみっともないところは見せたくない。

だが、イアンには、ジュディスがいまにも泣きだしそうに見えていた。目が潤んでいるうえに、懸命に我慢しているのは明らかだ。けがこそないが、心はさんざん踏みつけられたらしい。

「ウィンズロウ」怒りに満ちた険しい声で呼んだ。

ウィンズロウは一歩前に出た。イアンが訊きたいことを察し、すぐさま聴聞のいきさつを手短に説明した。ウィンズロウ自身、まだ憤りがおさまっていなかった。声が震えていた。

イアンはジュディスの肩に手をかけた。震えているのが伝わってきた。ますます腹が立った。「ジュディスは弟の客人だ」

その場のだれもがいまの言葉にうなずくのを待ち、つけ加えた。「つまり、おれの保護下にあるということでもある。なにか問題があれば、おれにまず相談するように。わかったか？」

イアンの怒声に梁が震えた。ジュディスは、はじめてこれほど腹を立てた彼を見た。怒ったイアンは強烈だ。それに怖い。自分を怖がらせようとしているのではなく、かばってくれているのだと頭ではわかっていても、そんな理屈は役に立たない。彼の目つきを見ると身震いしてしまう。

「イアン、自分がなにをいっているのかおわかりか？」

神父は小声でそう尋ねた、イアンはジュディスを見つめながら、つっけんどんに答えた。

「わかっています」

「わかってない」ブロディックがぼそりとつぶやいた。

イアンはジュディスを放し、ブロディックに向きなおった。「おれのいうことに反対するのか？」

ブロディックはしばらく考え、かぶりを振った。「いや。おれはおまえの味方だ。いずれ、おまえには味方が必要になる」

「おれも味方だ」ウィンズロウが声をあげた。

イアンはうなずいた。顎《あご》がぴくぴくしていたのがやんだ。ジュディスの見たところ、友情が彼の怒りを静めたようだ。

なぜイアンに友人の加勢が必要なのかはわからない。イングランドでは一族の者全員で客を歓待するものだが、ここでは違うらしい。

「長老たちには？」ウィンズロウが尋ねた。

「いずれ」イアンが答えた。

ジュディスの背後で息を吐く音がした。助産婦たちのほうに振り向いたジュディスは、ヘレンの顔を見て意外に思った。聴聞の結果に安堵しているように見えたからだ。顔がほころばないよう、我慢しているらしい。どうにも解せない。

だが、アグネスは思ったとおりの顔をしていた。瞳が怒りで燃えている。彼女から顔をそむけると、こちらをじっと見ているラガン神父と目が合った。

「神父さま、ほかになにか、わたしにお尋ねになりたいことでもあるのですか？」

神父はかぶりを振った。その顔には笑みが浮かんでいた。ジュディスは神父に尋ねたいことがあったので、だれもこちらを見ていないうちに近づいた。ウィンズロウ、その弟ブロディック、イアンは、三人でなにやら話しこんでいて、テーブルの親族たちもにぎやかにしゃべっている。

「神父さま、お訊きしたいことがあるのですが」ジュディスは声をひそめていった。

「なんなりと」

「わたしの首にあざがなかったら、イザベルと赤ちゃんを断罪なさいましたか？」首に肩掛けを巻きなおしながら、返事を待った。

「いいえ」

安心した。聖職者が石頭では困る。「ということは、よそ者のわたしの証言だけでも、証拠として認めてくださいました？」

「方法を考えたでしょうね。おそらく、イザベルの親族をひとり残らず集めて、彼女に有利な証言をしてもらったと思います」ジュディスの手を取り、そっとたたいた。「けれど、あざのおかげで手間が省けました」

「そうですね。神父さま、ではこれで、わたしは失礼してよいでしょうか？」

神父がうなずいたと同時に、ジュディスは足早に外へ出た。ほかの人たち、とりわけ氏族長のイアンに挨拶もせずに出てきたのは無礼だったかもしれない。けれど、これ以上アグネスと同じ部屋にいるのは耐えられなかった。

家のなかにいるあいだに、野次馬は二倍に増えていた。いまは彼らの好奇心に応える気分ではない。堂々と顔をあげ、馬をつないである木へ向かった。

馬のわがままにつきあってやる気分でもなかった。左の胴を思いきりひっぱたいてやると、鞍《くら》に乗るあいだだけはおとなしくしてくれた。

いまの出来事にまだ興奮していて、まっすぐフランシス・キャサリンのもとへ帰る気にはなれなかった。まず心を落ち着かせなければならない。行くあてはなく、とりあえず峰を目指して馬を駆った。時間がかかっても、怒りがおさまるまで走るつもりだった。

ジュディスが出発した直後、ラガン神父がイザベルの家を出た。両手を掲げ、群衆を注目させた。満面に笑みを浮かべている。「今度の件は、きれいに解決を見た」と声を張りあげる。「レディ・ジュディスが、すみやかにすべてを明らかにしてくれたおかげだ」

歓声があがった。神父は玄関階段の脇に寄り、ブロディックを通した。イアンとウィンズロウがつづいた。

ブロディックはふたつに割れた群衆のあいだを通って、ジュディスが馬をつないだ木へ向かった。だが、そこに着く前に、馬がいなくなっていることに気づいた。

あきれ顔でくるりと振り向く。「まったく、またやってくれたぞ」だれに向けたわけでもなくどなった。馬を奪われるなどという屈辱をどう受けとめればよいものか。実際にはイアンの馬だが、屈辱であることに変わりはない。

「レディ・ジュディスは馬を盗んだわけじゃないさ」ウィンズロウがいった。「借りただけじゃないのか。ここへ来たとき、そういってたぞ。いまもまだそのつもりで——」

あとはつづかなかった。思わず笑ってしまったからだ。イアンのほうが我慢強い。にやりともしなかった。自分の馬にまたがると、ブロディックに手をさしのべた。ブロディックがイアンの後ろに乗ろうとしたとき、ブライアンという、明るいオレンジ色の髪に背の曲がった老人が進みでた。「あの娘は馬を盗んだわけじゃない。おまえさんもそんなふうに思っちゃいかんな、ブロディック」

ブロディックは振り向いてブライアンをにらんだ。すると、別の男が人混みをかきわけて前に出てきて、ブライアンの隣に立った。「そうとも、レディ・ジュディスは急いでただけさ」

そのあとも、次から次へとだれかが前に出てきては、ジュディスが馬を借りたわけを並べたてた。イアンはこのうえないよろこびを感じた。もちろん、男たちがいいたいのは、ジュディスが勝手に馬を借りた理由ではない。彼女が自分たちの支持を獲得したと、氏族長に知らせようとしているのだ……そして、心を獲得した、と。イザベルをかばった彼女を、いま彼らがかばっているというわけだ。

「あの娘はゆうべ、あえてイザベルを助け、今日もあえてラガン神父の聴聞に応じてここへ来たんだぞ」ブライアンがいった。「だから、レディ・ジュディスを悪くいうんじゃない、ブロディック。悪くいうんなら、相応の理由を聞かせてもらおうか」

ブライアンは突風が吹けば飛ばされそうなほどよぼよぼだったが、勇敢にもブロディックに突っかかった。

「くそっ」ブロディックはいまいましげにつぶやいた。

これにはイアンもにやりとした。ジュディスの味方たちにうなずいてみせると、ブロディックを後ろに乗せ、馬を発進させた。

ジュディスはまっすぐパトリックの家に帰ったものと思っていたが、家の前に馬はなかった。どこへ行ったのか、見当もつかない。

馬を止め、ブロディックをおろした。「ジュディスはキープに戻ったかもしれない。確かめてくる」

ブロディックはうなずいた。「じゃあ、おれは下のほうを」立ち去ろうとして、ふと振り向いた。「あらかじめいっておくぞ、イアン。おれが先に彼女を見つけたら、とっちめてやるからな」

「許す」

ブロディックは笑みを嚙み殺した。まだいいたいことがあるはずだ。イアンのことはよく知っているのだから、それくらいはわかる。「それから？」イアンがなにもつけたさないので、つっついてみた。

「とっちめるのはかまわんが、くれぐれもどなりつけるなよ」

「どうして？」

「彼女が怯える」イアンは肩をすくめた。「彼女を怯えさせるのは許さん」

ブロディックはいい返そうと口をひらき、また口を閉じた。イアンのせいで戦意喪失だ。

まったく、どなりつけてはだめなら、説教する甲斐がないじゃないか。

身を翻し、ぶつぶつと悪態をつきながら斜面をくだりはじめた。イアンの笑い声が後ろから追いかけてきた。

イアンはキープへ行ったが、ジュディスはいなかった。もと来た道を戻り、西隣の峰へ通じる道に入った。

彼女は墓地で見つかった。墓地と森の境となっている道を、足早に歩いていた。

ジュディスは、イザベルのために受けた聴聞で感じた怒りを忘れるため、あてもなく歩いているうちに、墓地に着いたのだった。なんとなく興味をそそられ、足を止めて墓地を見渡した。

墓地はきれいで静かだった。漆喰《しっくい》を塗ったばかりの背の高い柵が槍《やり》のようにまっすぐ立ち、墓地の三方を囲んでいる。そのなかに、あるものは上部を半円形に、あるものは四角形に、それぞれ凝った形に彫った墓石が、整然と並んでいた。ほとんど一区画おきに新しい花が飾られている。この墓地の管理人は働き者らしい。心をこめて仕事をしているのが見てとれる。

ジュディスは十字を切り、また歩を進めた。墓地を出て、狭い急坂をのぼりつづけ、眼下の谷を隠している木立の前を通りすぎた。風がヒューヒューと鳴りながら、木々の枝のあいだを吹き抜ける。どうにもさびしさをかきたてる音だ。

永遠の断罪を受けた人々の墓地が、目の前に広がった。その荒涼とした土地の端で、ジュディスはぴたりと立ち止まった。ここには漆喰を塗った柵も、みごとな彫刻をほどこした墓石もない。すり減った木の板が立っているばかりだ。

どんな人がここに葬られているのか、わかっている。教会が地獄行きと定めた気の毒な魂たちだ。そう、強盗、殺人者、強姦者《ごうかんしゃ》、泥棒、裏切り者……そして、出産で亡くなった女たち。

静めようとしていた怒りが、ふたたび体の内側で燃えあがった。

来世にも、公正さというものはないの？

「ジュディス」

さっと振り向くと、すこし離れたところにイアンが立っていた。彼の足音に、すこしも気づいていなかった。

「みんな、地獄にいるのかしら」

怒気をはらんだ声に、イアンは片方の眉をあげた。「みんなとは？」

「ここに埋められた女の人たちよ」手を振りながら答えた。イアンに返事をするまも与えずにつづけた。「わたしは、地獄にいるとは思っていない。神聖な仕事のあいだに亡くなったのよ。陣痛で苦しんで、夫と教会に対する義務を果たしておきながら、死んでしまった。でも、なんのために？　魂が穢《けが》れているから天国には行けないと教会に決めつけられて、永遠に地獄で焼かれるために？　そんなばかなことってないわ」激しい口調でささやいた。「ほんとうにばかげてる。異端といわれようが、かまうもんですか。わたしは、神さまがそんなに残酷だとは思わない」

なんと答えればよいのか、イアンにはわからなかった。論理的に考えれば、ジュディスは正しい。たしかにばかげた話だ。だが、正直なところ、いままできちんと考えたことはなかった。

「夫の跡継ぎを産むのは、女の務め。そうじゃない？」

「そのとおりだ」

「だったら、身ごもったのがわかったときから教会に出入りできなくなるのはなぜ？　穢れているとされているからでしょう？」

イアンが答えることができないうちに、ジュディスはたたみかけるように訊いた。「フランシス・キャサリンは穢れていると思う？　まさか、思っていないわよね。でも、教会は違う。フランシス・キャサリンが男の子を産めば、三十三日後に浄《きよ》めの儀式を受けて、教会にまた通えるようになる。でも、女の子を産めば、その二倍待たなければならない……お産の途中や、祝福を受ける前に亡くなったら、この墓地に葬られることになる。殺人者や泥棒の隣に埋められるなんて――」

ようやく口をつぐんだ。うなだれて、弱々しく息を吐いた。「ごめんなさい。あなたに当たったりして。こんなこと、気にしないようにすれば、腹も立たないんでしょうけど」

「つい親身になってしまうのは、きみの性分なんだ」

「どうしてあなたにわかるの？」

「ひとつは、イザベルを助けるのを見ていてわかった。ほかに例を挙げようと思えば、いくらでもある」

そう答えるイアンの声は、優しさに満ちていた。ジュディスは、そっと撫でてもらったような気がして、不意にイアンにすがり、強く抱きしめたくなった。イアンはこんなにも力強いのに、自分はこんなにも弱気になっている。

そのときはじめて、ジュディスはイアンへの思いを自覚した。彼はつねに、なにに対しても揺るぎなく、自信を失わない。静かな威厳をまとっている。クランの人々に敬意を強要したりしない。それでも、彼らの信頼と忠誠を得ている。だれに対しても、めったに声を荒げない。そう思ったジュディスは、ふと苦笑した。彼に何度か大きな声でどなられたのを思い出したのだ。わたしには、さすがのあの人も自制を失うらしい。どうしてだろうか。

「おかしいと思うことがあるのなら、変えようと努力しなければならないんじゃないか？」

イアンが尋ねた。

ジュディスは笑い飛ばそうとしたが、イアンの顔つきに、彼が本気だと知った。信じられない。「教会を敵にまわせというの？」

イアンはかぶりを振った。「ジュディス、ひとりの声は小さくても、千人の声が集まれば、教会も無視できないほどの力になる。まずはラガン神父だ。神父に疑問をぶつけてみろ。公正な人だ。きっと耳を傾けてくれる」

〝公正〟といったとき、彼はほほえんだ。ジュディスも知らず知らず笑みを返していた。彼はからかっているんじゃない。真剣に、手を貸そうとしてくれている。「わたしには、なにかを変える力なんかない。ただの女だもの――」

「そう思っているかぎりはなにもできないさ。自分自身に勝たなければ」

「でもイアン、わたしになにができる？　教会の教えに堂々とけちをつければ断罪されるわ。そうしたら、元も子もないでしょう」

「いきなり攻撃してはだめだ」イアンは諭すようにいった。「教会の教えに矛盾したところがあるんじゃないかと問いかけるんだ。まずは、ひとりの目を覚まさせる。それから、ふたり、三人……」

イアンは最後までいわなかった。ジュディスはうなずいた。「考えてみる。どうすればわたしの話を聞いてもらえるのか、見当もつかないけれど。特にこのハイランドではね」

イアンはほほえんだ。「それならもう大丈夫だ、ジュディス。たったいま、教会の教えに矛盾があると、おれを納得させたじゃないか。それより、今日はなぜここに来たんだ？」

「べつに理由はないわ。すこし散歩したかったの、頭を冷やそうと思って。気づかなかったでしょうけど、イザベルの家を出たときはかっかしてた。わめきちらしたくてたまらなかったわ。だって、イザベルをあんな目にあわせるなんてひどい」

「ここでならわめいてもいいぞ、だれにも聞かれない」そういったイアンの瞳は、いたずらっぽくきらめいていた。

「あなたに聞かれるわ」

「おれはかまわないが」

「わたしがかまうの。わめきちらすなんて不作法よ」

「そうか？」

ジュディスはうなずいた。「それに、レディらしくない」

その顔があまりに真剣なので、イアンは思わず身をかがめ、ジュディスにくちづけした。唇のやわらかさを感じるだけ、ごく軽くかすめるように。そして、すぐに身を引いた。

「なぜ？」

「そんな怖い顔でこっちを見るのをやめてもらおうと思ったんだ」

イアンはなにもいえずにいるジュディスの手をつかんだ。「行こう、ジュディス。気が静まるまで歩くぞ」

ジュディスは小走りでなんとかイアンについていった。「ちょっと、競走じゃないのよ、イアン。もっとゆっくり歩きましょうよ」

イアンは速度を落とした。ふたりはしばらくのあいだ、黙ってそれぞれの思いに沈みながら歩いた。

「なあジュディス、いつも作法を気にしてるのか？」

ジュディスは、変なことを訊くものだと思った。「答はイエスであり、ノーでもあるわね。一年の半分は気にしてる。母とテケルおじの家にいなければならないあいだはね」

イアンは〝いなければならない〟という言葉が気になったが、どういう意味か尋ねないことにした。ジュディスが気を許しているうちに、できるだけ家族のことを知りたい。また彼女が口を閉ざしてしまう前に。

「あとの半年は？」さりげない口調で訊き返した。

「作法なんて気にしない。ハーバートおじとミリセントおばは、好きにさせてくれる。わたしは完全に野放しよ」

「野放しとは、たとえばどんなことか教えてくれ。おれには想像もつかない」

ジュディスはうなずいた。「わたしはお産についてできるだけ知りたかった。すると、ミリセントおばは勉強するのを許してくれたうえに、いろいろ協力してくれた」

それからひとしきり、おばとおじについて話をつづけた。言葉のそこここから、ふたりへの愛情がこぼれていた。イアンは最小限の質問しかせず、じわじわと母親に話題を移していった。

「さっきのテケルという人だが」と切りだす。「親父さんの兄弟なのか、それともお袋さんの？」

「母の兄よ」

イアンはジュディスがもっとなにか教えてくれないかと待った。だが、彼女はそれ以上、なにもいわなかった。ふたたび口をひらいたのは、馬をつないだ場所へ戻る途中、墓地を通り過ぎたときだった。

「わたしはほかの女の人たちと違うと思う？」

「ああ、思う」

ジュディスはしょんぼりと肩を落とした。ひどく気落ちした様子だ。イアンはおかしくなった。「べつに悪いことじゃないだろう、ただ違うというだけだ。きみはほかの女よりいろいろなことに気がつく。それから、従順でもない」

「この性格のせいで、いつか厄介ごとに巻きこまれるでしょうね」

「そのときは、おれが守ってやる」

なんとも優しい言葉だが、傲慢でもある。ジュディスには冗談としか思えず、笑いながらかぶりを振った。

ふたりは馬をつないだ場所へたどりついた。イアンはジュディスを馬に乗せた。彼女の髪を肩の後ろへそっととかしつけ、首のあざに軽く触れた。「痛むか？」

「ちょっとだけ」

鎖が目に入った。ドレスの下から指輪を引きだし、もう一度、まじまじと見つめた。

ジュディスはとっさに指輪をひったくり、拳に握りこんだ。

その瞬間、イアンの記憶はついに呼び覚まされた。

ジュディスから一歩後ずさる。

「イアン？　どうかしたの？　顔色が悪いわ」

イアンは答えなかった。

ジュディスは、聴聞の一部始終をフランシス・キャサリンに話して聞かせたが、ずいぶん時間がかかった。何度も質問を差し挟まれ、ますます話は進まなかった。

「一緒にイザベルと赤ちゃんに会いに行きましょうよ」ジュディスはフランシス・キャサリンを誘ってみた。

「ぜひイザベルの手伝いをしたいわ」フランシス・キャサリンが答えた。

「それから、イザベルの友達になってほしいの。あなたもこのクランの人たちに心をひらかなきゃ。イザベルみたいにいい人もいるんだから。きっと、気が合うと思うわ。とっても優しいの。あなたに似ているわ、フランシス・キャサリン」

「イザベルには心をひらくようにしてみる。ああ、あなたが帰ってしまったら、ほんとうにさびしくなるわ。パトリックとは夜しか一緒にいられないもの。でも、夜は眠くて眠くて、あの人がいってることが頭に入ってこないのよね」

「わたしもさびしくなるわ。あなたがもっと近くに住んでいればよかったのにね。そうすれば、ときどき会いにこられるでしょう。ミリセントおばもハーバートおじも、あなたに会いたがってる」

「パトリックがイングランドへは行かせてくれないわ。危険だと思ってるの。ねえ、待ってるあいだに髪を編んでくれる？」

「いいわよ」ジュディスは答えた。「でも、なにを待つの？」

「パトリックと約束したの、あの人が大事な仕事を終えて帰ってくるまで、家で待ってるって。イザベルの家まで送ってくれるわ」

フランシス・キャサリンはジュディスにブラシを渡し、椅子に座ると、イザベルの出産についてまた聞きたがった。

いつのまにか一時間が過ぎたころ、ふたりはパトリックの帰りが遅いことに気づいた。夕食の時間が近づいていたので、今夜は家で過ごし、明日の朝イザベルの家を訪問することになった。

イアンがやってきてドアをノックしたのは、夕食の準備をしている最中のことだった。ちょうどフランシス・キャサリンが冗談をいったところで、ジュディスは笑いながらドアをあけた。

「まあ、イアン、まさか、ラガン神父がまたわたしを呼んでいるっていうんじゃないでしょうね？」

冗談のつもりで、イアンが大笑いとまではいかなくても、にやりとしてくれるのではないかと待ちかまえた。だが、返ってきたのはそっけないひとことだった。「いや」

イアンは家のなかに入ってきて、フランシス・キャサリンにちょっと頭をさげると、背中で両手を握り合わせ、ジュディスに向きなおった。

これがほんの二時間ほど前はあんなに優しかった人と同一人物だとは、ジュディスには信じられなかった。まるで見知らぬ男のように、冷たくよそよそしい。

「神父が聴聞を求めているわけじゃない」イアンはいった。

「それはいま聞いたわ」ジュディスは答えた。「ただの冗談よ」

イアンはかぶりを振った。「冗談をいってる場合じゃない。緊急の話があるんだ」

「緊急の話？」

それには答えず、イアンはフランシス・キャサリンのほうを向いた。「弟は？」

居丈高に尋ねられ、フランシス・キャサリンはうろたえた。テーブルの前に座り、膝の上で両手を組み、できるだけ平静を装った。「わからないの。そろそろ帰ってくるはずなんだけど」

「パトリックになんの用事？」フランシス・キャサリンが訊きたくても訊けないことを、ジュディスはかわりに尋ねた。

イアンは身を翻し、ドアへ向かった。「出かける前に、あいつに話がある」

そういって外に出ようとした彼の前に、ジュディスは急いで立ちふさがった。その無遠慮なふるまいに驚いたのか、イアンは立ち止まった。そして、ほほえんだ。ジュディスは顎をぐいとあげ、彼の顔を見据えた。こちらがどんなに不愉快か、しかめっ面を見せつけてやりたかった。

いきなりイアンに抱きあげられ、どかされた。フランシス・キャサリンを見やると、イアンを追いかけろと手振りで促された。うなずいて、外へ駆けでた。

「どこへ出かけるの？　長く留守にするの？」

イアンは振り向きもせずに答えた。「帰りがいつになるかはわからない」

「パトリックになんの用があったの？　一緒に連れて行くつもり？」

彼はぴたりと足を止め、振り返ってジュディスをじっと見つめた。「いや、パトリックは連れて行かない。ジュディス、なぜあれこれしつこく訊くんだ？」

「そっちこそ、なぜそんなにそっけないの？」思わずそう声に出したあとで、ジュディスは顔を赤らめた。気をとりなおして言葉を継ぐ。「だって、さっきはあんなに機嫌がよさそうだったのに。わたし、あなたを怒らせるようなことをした？」

イアンは首を振った。「さっきはふたりきりだった。いまは人がいる」

ふたたび立ち去ろうとすると、ジュディスにまた立ちふさがられた。「さよならもいわずに行ってしまうつもりだったの？」

なじるような口調だった。ジュディスはイアンに答えるいとまもくれなかった。さっと背を向け、フランシス・キャサリンの家へ引き返していく。低く悪態をつく声が、イアンにも聞こえた。悪態の矛先はこの自分らしいと察し、イアンはため息をついた。

そのとき、パトリックが坂をおりてきた。イアンは、ラムジーとエリンを連れてマクドナルドの領地へ行き、ダンバーの氏族長と会談するつもりだと告げた。会談がおこなわれるのは中立地帯だが、念には念を入れて警戒しなければならない。マクリーンに漏れたら、たちまち攻撃をしかけてくるはずだ。

詳細を説明するまでもなく、パトリックは会談の重要性を理解した。

「長老たちは賛成していないんだろう？」

「ダンバーと会談するとは知らせていない」

パトリックはうなずいた。「ややこしいことになるぞ」

「わかっている」

「おれも同行しようか？」

「留守のあいだ、ジュディスを頼む」イアンはいった。「面倒に巻きこまれないように気をつけてくれ」

パトリックはまたうなずいた。「長老には、どこへ行くといってあるんだ？」

「マクドナルドの領地へ。ただ、ダンバーも来るとはいわなかっただけだ」イアンは息を吐いた。「まったく、こんなふうにこそこそするのはいやだが」

案の定、パトリックはなにもいわなかった。イアンは身を翻し、馬に乗ろうとして、ふと手を止めた。手綱をパトリックに渡し、ふたたび彼の家へ向かった。

今度はドアをノックしなかった。ジュディスは暖炉の前にいた。ドアが石壁にぶつかる音に、さっと振り返った。そして、目を丸くした。フランシス・キャサリンはテーブルについてパンを切っていた。立ちあがりかけたが、イアンがつかつかと脇を通り過ぎると、また腰をおろした。

イアンはジュディスに挨拶の言葉もかけなかった。いきなり肩をつかみ、抱きあげた。荒々しく唇をふさぐ。ジュディスは驚きのあまり、なすがままになっている。イアンは彼女の口をこじあけた。容赦なく舌を突き入れる。ほとんど猛々《たけだけ》しいほどに所有欲をむきだし、唇をむさぼった。ジュディスが反応しはじめた瞬間、イアンは唇を離した。

ジュディスは暖炉の縁にぐったりともたれた。イアンはくるりと背を向け、フランシス・キャサリンにちょっと頭をさげると、外へ出ていった。

口もきけずにぼうっとしているジュディスを見て、フランシス・キャサリンは下唇を嚙んで笑いたいのをこらえた。

「彼とはもう終わったっていってなかったっけ?」

ジュディスは答えることができなかった。その夜は何度もため息をついた。夕食後、まださほど遅くなっていなかったので、パトリックに送ってもらい、フランシス・キャサリンとイザベルの家へ行った。そこには、ウィンズロウ側の親族である女たちが何人か集まっていた。ウィラという、小柄なかわいらしい女が話しかけてきた。自分はウィンズロウのひいじいさんの兄弟のひ孫であり、いま身ごもっていると自己紹介すると、ちょっと一緒に外へ出てほしい、大事な話があるといった。ジュディスはにわかに不安になった。まさか、お産の介助をしてくれといいだすのではないだろうか。

もちろん、涙ながらの頼みを断ることはできなかった。それでも、こちらが未熟であることとは、ウィラに言葉をつくして説明した。ウィラのおばルイーズが一緒に出てきて、子どもを産んだこともないし、お産を介助する方法も知らないけれど、手伝うと請け合ってくれた。

イアンが出発して丸三週間がたった。ジュディスは彼が恋しくてたまらなかった。それでも、さびしがってばかりいるひまはなかった。イアンが留守のあいだ、ウィラが女の赤ん坊を産むのを介助し、さらにキャロラインにウィニフレッドというふたりからも、それぞれ男の赤ん坊を取りあげた。

そのたびに、ジュディスは身がすくむ思いだった。いつまでたっても慣れないような気がした。パトリックは精一杯、力づけてくれたが、呼びだされるたびに彼女が決まって儀式のように取り乱すことに困惑してもいた。ウィラもキャロラインもウィニフレッドも、真夜中に陣痛が始まった。ジュディスは、知らせを聞くなり怖じ気《おけ》づいた。産婦の家へ向かうあいだずっと、こんな大変な仕事は手に負えないとあらゆる理由をしどろもどろに並べたてたり、わめきちらしたりした。パトリックはいつもジュディスにつきそったが、目的地に着くころには、胸からプレードが引きちぎられそうになっていた。

だが、家に入ったとたん、ジュディスは騒ぐのをやめた。その瞬間から落ち着きはらい、有能な助産婦となり、できるかぎり産婦を楽にしようと奮い立った。赤ん坊が産まれるまで、冷静さを保った。

ところが、仕事が終わってしまえば、帰り道は泣きどおしだった。だれがつきそっていようが、それは変わらなかった。パトリックのプレードを、そしてブロディックのプレードを涙で濡らした。三度目のお産を終えたときは、たまたま通りかかったラガン神父に泣きついた。

どうすればこの涙の儀式をやめさせることができるのだろうかと困り果てていたパトリックは、イアンがようやく帰ってきて心から安堵した。

ほとんど日が暮れたころ、ラムジーとエリンを従えてイアンが坂をのぼってきた。パトリックは口笛で呼びかけた。イアンはついてこいと合図をすると、そのまま馬を進めた。パトリックは、フランシス・キャサリンにキープへ行ってくると伝えようと家に入ったが、フランシス・キャサリンは熟睡していた。ついたての奥をちらりとのぞくと、ジュディスもぐっすり眠っている。

城の中庭で、ブロディックとアレックスに会った。三人は一緒にキープに入った。イアンは暖炉の前にいた。疲れている様子だ。パトリックの姿を認めると、すぐに名前を呼んだ。「パトリック」

「彼女は元気だ」パトリックは先回りして答えた。奥へ歩いていき、兄の前に立った。「兄さんが留守のあいだに、三人の赤ん坊を取りあげた」とつけ加える。そして、苦笑しながらいった。「いやいや助産婦をやってるぞ」

イアンはうなずいた。アレックスにウィンズロウとゴウリーを呼んでくるよう指示し、パトリックとふたりで話すつもりで向きなおった。

パトリックはイアンのたったひとりの家族だ。物心ついたころから、たがいに助け合ってきた。これから取り組もうとしている変革に、弟の協力はぜひとも必要だ。変革の結果がどうなるか、あらゆる可能性を並べるあいだ、パトリックは黙って聞いていた。そして、最後にうなずいた。それだけでイアンは充分だった。

「みんなそろったぞ、イアン」ブロディックの声に、ふたりは話を中断した。

イアンは愛情をこめて弟の背中をたたくと、忠実な男たちのほうを向いた。長老たちは招集していない。だれもがそのことに気づいていた。イアンは、会談の一部始終を説明した。ダンバーの氏族長は年老いてもはや力はなく、ほかのクランと同盟を結びたいと切望している。メイトランドにその気がないのなら、マクリーンとでもかまわないと考えているらしい。

イアンが話を終えると、ブロディックがいった。「長老たちは反対するぞ。昔年の恨みがあるから、同盟などありえない」

「ダンバーはうちとマクリーンとに挟まれて、微妙な立場だ」アレックスが口を挟んだ。「マクリーンと組まれたら、兵士の数はうちをかなり上回ることになる。それは避けたい」

イアンはうなずいた。「明日、長老たちを招集する。目的はふたつ。まずは、ダンバーと同盟を結ぶことを了解してもらう」

そこで言葉が切れたので、ブロディックが尋ねた。「ふたつめの目的は?」

イアンはそこで初めて笑みを浮かべた。「ジュディスだ」

彼がなにをいわんとしているのか、即座に理解したのは、パトリックとブロディックだけだった。

「ラガン神父は明日の朝早く発つつもりだぞ」ブロディックがいった。

「引きとめろ」

「なんのために？」アレックスが尋ねた。

「結婚式だ」イアンは答えた。

パトリックは声をあげて笑った。ブロディックが加わった。アレックスはあいかわらずとまどい顔だ。「ジュディスはどうなんだ？　承諾するだろうか？」

イアンは返事をしなかった。

9

パトリックは、ジュディスにもフランシス・キャサリンにも、イアンが帰ってきたことを伝えなかった。翌朝早く、またキープへ出かけた。ジュディスはフランシス・キャサリンが家の大掃除をするのを手伝った。

イアンがドアをノックしたのは、正午をすこしまわったころだった。ジュディスがドアをあけた。顔はうっすらと汚れ、髪ときたらくしゃくしゃだった。いかにも、たったいま暖炉のなかを掃除しおえたばかりといったありさまだ。

ジュディスの顔を見てばかみたいに浮ついている自分に、イアンは顔をしかめた。ジュディスは笑みを返してきた。あわててなりを整えようとしている。ほつれた髪を顔の前から払い、撫でつけようとした。

「帰ってきたのね」とささやく。

イアンは挨拶もせずにいった。「ああ。ジュディス、一時間以内にキープへ来てくれ」

そういうと、さっさと背を向けて立ち去った。そのそっけない態度に、ジュディスはよろこびをそがれ、彼を追いかけた。「なぜキープへ行かなければならないの？」

「おれがそうしてほしいからだ」

「でも、午後は予定があるの」

「取りやめろ」

「あなたって、山羊《やぎ》みたいに頑固ね」

背後で息を呑む音がした。フランシス・キャサリンに聞かれたらしい。けれど、ジュディスは後悔しなかった。ほんとうのことをいっただけだから。イアンは頑固だ。

イアンに背を向けた。「べつに、あなたの帰りを待ってたわけじゃないんだから」

手をつかまれ、引き戻された。「おれは何日、留守にしていた？」

「三週間と三日。どうして？」

イアンはにやりとした。「それだけ正確にいえるのに、おれの帰りを待ってなかったのか？」

ジュディスは、罠《わな》にはまったことに気づいた。「ずるい人ね、イアン」のろのろといった。

「たしかに、おれはずるい」イアンはにこやかに答えた。

ああ、いずれイアンとこんなふうに憎まれ口をたたきあえなくなると、さびしくなりそうだ。いいえ、彼そのものが恋しくなる。

「わたしにキープに来てほしいのなら、まずはパトリックにそういうべきじゃないの。それがあなたのいう命令系統に正しく従うってことでしょう。パトリックから伝えてもらって」わざとイアンを怒らせようとしたつもりが、反対に笑われた。

「イアン」フランシス・キャサリンが声をあげた。「長老たちもキープにいるの？」

イアンはうなずいた。ジュディスは、フランシス・キャサリンのうろたえた顔を見て、イアンにつかまれた手を引き抜いた。

「あなたのせいよ」声をひそめてイアンにいった。

「は？」

「あなたのせいで、フランシス・キャサリンが動揺してしまった。ごらんなさいよ。あんなに心配そうな顔をしてる」

「おれがなにをした？」イアンはわけがわからずに尋ねた。たしかにフランシス・キャサリンは動揺しているようだが、なぜなのかは見当もつかない。

「キープに長老たちがいるっていったでしょう。フランシス・キャサリンは、わたしがなにかしくじって、まだお産が終わってないのに、長老たちにイングランドへ送り返されるんじゃないかって心配してるのよ」

「顔を見ただけで、そこまでわかるのか？」

「当然でしょう」ジュディスはうんざりしたようにいった。腕を組み、イアンをにらむ。イアンが黙っていると、声をとがらせた。「どうするの？」

「は？」

「なんとかしてちょうだい」

「なにを？」

「大声を出さないで。フランシス・キャサリンを心配させたでしょう。早く安心させてあげて。長老たちがわたしを送り返そうとしても、おれが許さないっていうの。それくらいはしてくれるわよね。フランシス・キャサリンはあなたの義理の妹よ、心配させたくないでしょう」

イアンは木々の枝がわかれそうなほど勢いよく息を吐いた。くるりと振り向き、フランシス・キャサリンに大声でいった。「ジュディスはどこにもやらない」ジュディスに向きなおる。「これでいいか？」

フランシス・キャサリンは笑顔になっている。ジュディスはうなずいた。「ええ、ありがとう」

イアンは馬のほうへ歩いていった。ジュディスは小走りに追いかけた。彼の手をつかんで引きとめる。

「イアン」

「今度はなんだ？」

いらだたしげな声だったが、ジュディスは気にしなかった。「わたしに会いたかった？」

「さあね」

今度こそ、ほんとうに頭に来た。ジュディスはイアンの手を放し、立ち去ろうとした。

と、背後からつかまえられた。イアンがジュディスのウエストを抱き、身をかがめて耳元でささやく。「その短気なところ、なんとかしたほうがいいぞ」

首筋にキスをされ、脚に震えが走った。

結局、イアンは質問にまともに答えてくれなかった。ジュディスがそう気づいたのは、彼が馬に乗って行ってしまったあとだった。

イアンは触れるだけでわたしの頭のなかをぐちゃぐちゃにしてしまう。けれど、そのことをゆっくり考える余裕はなかった。フランシス・キャサリンがしきりに呼んでいる。

フランシス・キャサリンは、ジュディスをせきたてるように家に入れ、ドアを閉めた。

「イアンはあなたが好きよ」

興奮した口ぶり。ジュディスはかぶりを振った。「好きだの嫌いだの、わたしは考えないようにしてる」

フランシス・キャサリンは声をあげて笑った。「ジュディスったら、考えようが考えまいが、あなたもイアンが好きなことに変わりはないでしょう。わたし、いままでずっと秘密を守ってきたのよ。あの人には絶対にいわない」

「秘密って？」

「あなたのお父さまのことよ。だれにもいわないわ。だから、あなたの気持ちを――」

「だめよ」

「とにかく、考えてみなさいよ」

ジュディスは椅子に座りこんだ。「もうあなたに赤ちゃんが産まれていて、すぐにでも帰ることができればいいのに。ここにいるのが長くなればなるほど、帰りづらくなるわ。ほんとうにあの人を好きになっていたら、どうすればいいの？　どうすれば自分を抑えられるの？」

フランシス・キャサリンが後ろへやってきた。肩に手を置く。「あの人のいやなところを全部あげてみたら、気持ちが冷めるかもね」

彼女は冗談のつもりでそういったのだが、ジュディスは真に受けた。できるだけたくさん、いやなところを見つけようとした。けれど、たいして思い浮かばなかった。イアンはほとんど完璧だ。すると、フランシス・キャサリンが、完璧なところこそいやみじゃないかといった。そうかもしれない。

ふたりは話に夢中で、パトリックが戸口に立っているのも目に入っていなかった。パトリックはドアをあけたとき、音をたてないように気をつけていた。フランシス・キャサリンはときどき昼寝をするので、いまも眠っているかもしれないと思ったからだ。

すぐに、ジュディスの声が耳に入った。イアンのことをいっているのがわかったとたん、つい頬がゆるんでしまった。ジュディスはパトリックと同じくらい、イアンのことをよくわかっている。イアンはどうしようもなく頑固だという言葉に、思わず深くうなずいた。

「それでも、やっぱり彼はすてきだと思うんでしょう？」

ジュディスがため息をつく。「そうなの。フランシス・キャサリン、どうすればいい？

先のことを思うと怖くなる。あの人を好きになってはいけないもの」

「で、彼もあなたを好きになってはいけないってわけ？　そう思いこんでるのなら、あなたは自分をごまかしてる。イアンはあなたが好きなの。そのことを認めなさいよ」

ジュディスはかぶりを振った。「わたしの父がマクリーンの氏族長だと知られたら、どうなると思う？　それでもわたしを好きでいてくれる、本気でそう思ってるの？」

長年の経験から、みだりに騒がないすべを身につけていたパトリックは、なんとか声をあげずにすんだ。ほんとうは、腹部に強烈な一撃を食らったような気がしていた。よろよろと後ずさり、急いでドアを閉めた。

それから、キープへ戻り、大広間でイアンをつかまえた。「話がある。たったいま知ったことだ」

血相を変えた弟を見て、イアンはなにかとんでもないことが起きたのを知った。「外に行こう、パトリック。ほかにだれもいないところで話を聞きたい」

キープから充分に離れるまで、ふたりとも口をきかなかった。やがて、パトリックはたったいま耳にしたことを繰り返した。イアンは顔色ひとつ変えなかった。「なんてややこしいことになっちまったんだ」とパトリックがぼやく。

そのとおり。ややこしいことになってしまった。

一方、ジュディスは一時間ほどで掃除を終えた。掃除をするあいだずっと、イアンが話題にあがった。フランシス・キャサリンは、ジュディスにイアンが好きだと認めさせようと躍起になり、ジュディスのほうも躍起になって否定した。

「むしろ、あの人を忘れられるように協力してくれるべきじゃないの？」ジュディスはいった。「このままじゃ、帰るのがつらくなるだけだってわからない？　わたしは帰らなければならないのよ、フランシス・キャサリン。いやでもなんでも、帰らなければならないの。この話にはもううんざり。もうやめましょう」

とたんに、フランシス・キャサリンは申し訳ない気持ちになった。ジュディスがいまにも泣きそうなのがわかる。優しく肩をさすった。「わかったわ」なだめるようにささやく。「もうやめましょう。さあ、着替えを手伝って。一緒にキープへ行くから。長老たちがなにを考えてるのか気になるの。きっと、面倒なことが起きたのよ」

ジュディスは立ちあがった。「あなたはここにいて。わたしひとりで行くわ。帰ってきたら、全部話すって約束する」

フランシス・キャサリンは聞く耳を持たなかった。ジュディスが面倒に巻きこまれたときは、そばについていたいのだといいはった。

ジュディスも負けずに、フランシス・キャサリンに家にいるようにいいはった。やり合っているさなかに、パトリックが帰ってきた。彼はふたりに気づいてもらおうと、ただいまと声をかけたが、舌戦はやまない。パトリックは、いかにも偉そうに片方の手をあげて、ふたりを黙らせようとした。

ふたりは彼を無視した。「あなたって、昔からラバみたいに頑固なんだから」フランシス・キャサリンがいった。

パトリックはあきれた。「お客さんにそんな口をきくもんじゃないぞ」

「あら、悪い？　この人のほうがもっとひどいことをいったのよ」

ジュディスは苦笑した。「ええ、そのとおり」ばつが悪そうに認めた。

「邪魔をしないでちょうだい、パトリック」とフランシス・キャサリン。「ちょうど話に熱が入ってきたところなの。あとすこしで勝てるわ。わたしが勝つ番だもの」

ジュディスは首を振った。「いいえ、勝たせるわけにはいかないわ。パトリック、フランシス・キャサリンを引きとめておいてね。わたしはキープに行ってくる。すぐに帰ってくるわ」

話を強引に打ち切って、ジュディスは家を出た。フランシス・キャサリンがおとなしくしていてくれるかどうかは、パトリックしだいだ。

遅くなったから、いまごろイアンはいらいらしているはずだが、ジュディスはさほど気にしてはいなかった。不思議なことだと思いながら、急坂をのぼる。イアンは体が大きくて、見るからに恐ろしそうな戦士だ。あの体格だけでも、いまごろこちらの髪が白くなっていてもおかしくないくらい。彼がテケルおじの家の跳ね橋を渡ってくるのを見たとき、すこし緊張したのを覚えている。けれど、緊張はすぐに解けた。彼のそばにいて、危険を感じたり、怖い思いをしたことは一度もない。彼はいつも熊みたいにぶっきらぼうだが、触れてくるときはこのうえなく優しかった。

テケルおじは怖かった。ふと、そう実感した。なぜ怖かったのだろうか。おじは体が不自由で、外出するときには輿《こし》に乗らなければならなかったくらいだ。おじの手の届かない場所にいれば、殴られる心配はない。それでも、そばに座っていなければならないときは、そのあいだずっとびくびくしていた。

おじの冷酷な言葉は、いまでも自分を傷つける力を持っている。もっと強くなりたい、こんなに弱いままでいたくない。そうすれば、おじに傷つけられることはない。自分の心を守るすべを身につければ、心と頭を分離するすべを身につければ、テケルおじになにをいわれようが平気でいられるのに。それに、二度とイアンに会えなくても平気でいられるのに……もっと強かったら。

ちょっと、なにを考えているの？　いずれはイングランドに帰らなければならないのだし、イアンはほかのだれかと結婚すると決まっている。一生、奥さんにいばりちらして、幸せに暮らすんでしょうよ。

むかむかして、うめき声が漏れた。イアンがほかの女にキスをするところを思い浮かべただけで、胃がむかつく。

ああ、これではまるで恋している女みたいじゃないの。あきれてかぶりを振る。簡単に心をつぶされるほど、わたしは愚かじゃない。そこまでばかじゃない、そうでしょう？

涙がどっとあふれた。たちまち、胸が苦しいほどの嗚咽《おえつ》になった。どうしても止められなかった。こんなみっともないことになったのはフランシス・キャサリンのせいだ。あんなふうにさんざんつつかれると、いやでも自分の気持ちを直視してしまうではないか。だれかに出くわして、この醜態を見られてはいけないので、道をそれ、太い松の木の裏に隠れた。

「ジュディス、いったいどうしたんだ？」

パトリックに声をかけられ、ジュディスはうめいた。一歩後ずさる。

彼は追いかけてきた。「けがでもしたのか？」心配そうに尋ねた。

ジュディスは首を振った。「あなたに見られるとはね」手の甲で涙をぬぐい、何度か深呼吸して気持ちを落ち着けた。

「見たんじゃなくて、泣き声が聞こえたんだ」

「ごめんなさい」小声でいった。

「なにが？」

「聞こえるような声を出したりして。ちょっとひとりになりたかっただけなのに、ここではそれもできないのね」

ジュディスは見るからにしょんぼりとしていた。パトリックは慰めてやりたくなった。彼女は妻の大事な友達だ、慰めてやるのは自分の務め。背中に手を添え、道のほうへそっと連れて行った。

「どうしたのか教えてくれないか、ジュディス。なにか悩みごとがあるのなら、おれがなんとかする」

なんとも不遜《ふそん》な台詞《せりふ》だが、なんといってもパトリックはイアンの弟だ。兄のありあまる自信がこぼれてうつったのだろう、とジュディスは思った。パトリックは善意でいってくれているのだ、それだけでありがたい。

「無理よ」と答える。「でも、そういってくれてありがとう」

「話してみないと、無理かどうかわからないだろう」

「じゃあ話すわ。わたし、たったいま自分がどんなにばかだったか思い知ったの。さあ、あなたになにができる？」

パトリックの笑みは優しかった。「きみはばかじゃないよ、ジュディス」

「いいえ、ばかよ」ジュディスは叫んだ。「自分も守れないばかなのよ」それ以上、つづかなかった。

「ジュディス？」

「忘れて。もうこの話はしたくないの」

「よりによって、こんな日に泣いていてはだめだ」

ジュディスはまた目のふちをぬぐった。「そうね、こんなにお天気がいいもの、泣いてちゃだめよね」もう一度、深呼吸する。「もうひとりにしてくれて大丈夫よ。立ちなおったわ」

パトリックは手を離し、ジュディスと並んで坂をのぼりつめ、城の中庭を突っきった。キープに入る前に、もうひとつ片づけなければならない用事がある。ジュディスに頭をさげてから、背を向けて立ち去ろうとした。

そのとき、ジュディスに心配そうな声で尋ねられた。「わたし、泣いていたように見える？」

「いや」嘘をついた。

ジュディスはほほえんだ。「ありがとう、おかげで気持ちの整理がついたわ」

「おれはなにもしていない――」

最後までいわないうちに、ジュディスはくるりと身を翻し、キープの玄関階段を駆けのぼっていった。パトリックはわけがわからずにかぶりを振り、坂のほうへ戻っていった。

ジュディスはドアをノックしなかった。深く息を吸い、重いドアを押しあけ、足早になかに入った。

キープ内部は、外見同様に寒々として殺風景だった。広い玄関の間は灰色の石を敷き詰めてあり、両開きのドアから入って右の壁沿いに階段がある。大広間は左手にあった。だだっ広く、牧草地にいるかのように隙間風が吹き抜ける。入口と反対側の壁に大きな石の暖炉がある。炎が勢いよく燃えているが、広間を暖めてはいなかった。熱より煙が室内を循環している。

普通の家と違い、パンを焼くにおいも、肉を炙《あぶ》るにおいもしなかった。また、実際に人が住んでいるのを示すようなものも見あたらない。広間は修道院さながらにがらんとしている。

広間入口には五段の階段がある。ジュディスは階段のいちばん上で、イアンが気づいてくれるのを待った。彼はこちらに背中を向け、長方形のテーブルの上座に座っている。長老とおぼしき五人の年配の男が、イアンのむかい側に並んで座っていた。

室内の空気は張りつめていた。なにかよくないことが起きたらしい。長老たちの顔つきから、深刻な知らせを受けたのがわかる。いまは邪魔をしないほうがよさそうだ、とジュディスは思った。みんなが落ち着いたころに出なおしてこよう。何歩か後ずさり、出ていこうと後ろを向いた。

目の前に、アレックスとゴウリーが立っていた。ふたりがいるとは思っていなかったので、ジュディスは驚いて目をみはった。ふたりの足音はまったく聞こえなかった。大柄な彼らの脇をすりぬけようとしたとき、ドアがあき、ブロディックが大股で入ってきた。その後ろにパトリックがいた。彼は両開きのドアの一方を押さえ、神父をなかに入れた。ラガン神父は顔を引きつらせている。ジュディスに作り笑顔を向けると、急いで広間入口の階段をおりていった。

ジュディスが見ていると、神父はイアンのそばへ行った。やはりなにか不幸があったのだ。そうでなければ、神父が呼ばれるわけがない。だれが亡くなったのか知らないが、ジュディスは心のなかでその人のために祈りを捧げ、ふたたびその場を離れようと振り向いた。

背後で、男たちが横一列に並んでいた。アレックス、ゴウリー、ブロディック、パトリックの四人が、ジュディスの前に立ちはだかった。

パトリックが列の端、ドアにいちばん近いところにいた。ジュディスはじりじりとドアへ近づいた。「だれか亡くなったの？」と小声で尋ねた。

ブロディックは吹きだした。ほかの三人は、真顔のままだった。だれも通してくれないし、質問に答えてもくれない。ジュディスは失礼な男たちにどいてくれといおうとしたが、そのときまたドアがあいて、ウィンズロウが入ってきた。

ウィンズロウはまるで出陣前のような面持ちだった。挨拶もない。そっけなく会釈すると、男たちの列に加わった。

「ジュディス、こっちへ来い」

イアンの大声に、ジュディスは息が止まるほどびっくりした。むっとした顔でイアンのほうを向いたが、無駄に終わった。彼はこちらを見てもいない。

いまの尊大な命令に従うべきか、それとも無視すべきか、ジュディスは迷った。決めたのはブロディックだった。彼はジュディスの背中を押した。それも、いささか手荒に。ジュディスは肩越しににらみつけてやった。

ブロディックは、ウインクをよこした。

アレックスが、さっさとイアンの命令に従えというように手を振った。この連中には、だれかが最小限の礼儀を教えてあげなければならない。いまは無理だけれど。ジュディスはスカートをつまみあげ、背筋をのばすと、広間入口の階段をおりた。

神父はひどくあわてている様子だった。暖炉の前を行ったり来たりしている。ジュディスは神父を心配させないよう、できるだけ普通の顔で部屋を突っきった。イアンの後ろに着くと、彼の肩に手をかけ、身をかがめた。

「今度わたしに大声をあげたら絞め殺してあげるから」

こけおどしを口にしてから、ふたたび胸を張った。イアンはあきれたような顔をしている。ジュディスは本気だといわんばかりにうなずいてみせた。

イアンは、ばかにするような笑みを浮かべた。

ふたりの様子を見ていたグレアムは、レディ・ジュディスはじつに興味深い娘だと感じていた。男が惹《ひ》かれるのももっともだと思う。この自分でさえ、彼女がイングランド人であるのを忘れそうになるのだから。美しい金髪と大きなすみれ色の瞳は、たしかに目を引く。だが、彼女が気になるのは容姿のせいではない。人となりを聞くにつけ、どんな娘なのかもっと知りたくなるのだ。

レディ・ジュディスがウィンズロウの息子を取りあげたときの話は、ウィンズロウから聞いた。その翌日のジュディスの対応について、ラガン神父も感心していた。彼女は最初、出産の介助を引き受けるのをいやがったという。ウィンズロウの話では、ひどく怯えていたそうだ。だが、どんなに怖くても仕事をやりとげた。その後、イアンが領地を離れているあいだに三人の赤ん坊を取りあげたが、三度とも産婦の身を案じるあまり、度を失っていたらしい。

どうにも解せない。もちろん、彼らの話が嘘ではないのは承知しているが、イングランドの娘がこれほど親切で勇気ある行動をとったとは信じられない。そんなはずがないではないか。

だが、この件についてはあとでゆっくり考えればよい。ジュディスの顔を見れば、イアンがたったいま長老たちに告げた決意について、なにも聞いていないのは明らかだ。仲間の長老たちを見渡すと、ダンカンは大量の酢を飲まされたような顔をしている。ヴィンセントもゲルフリッドもオウエンも、似たようなものだ。

どうやら、イアンの発言の衝撃から抜けだせたのは、グレアムただひとりらしい。もちろん、この会合の前に、イアンから意思は聞いていた。そのとき、パトリックがそばについていたので、イアンが口をひらく前からなにか重大な発表をするのだろうと察しはついた。この兄弟は、ここぞというときはかならず結束する。だから、なにかただならぬ話をするのだろうと覚悟はしていたが、それでも聞いたときは絶句してしまった。

グレアムはついに立ちあがった。胸の内は、相反する気持ちでいっぱいだった。長老のまとめ役としては、イアンを説き伏せ、それでも彼の考えが変わらなければ、反対票を投じるのが責務だ。

だが、自分にはまた別の責務があると感じていた。それは、イアンの決意を支持してやることだ。理由は単純。イアンには幸せになってほしい。彼には、愛と充足を手に入れる権利がある。

グレアムは、イアンに大きな責任を感じていた。ともに戦士として戦ったこの数年、グレアムはイアンの父親代わりだった。彼を最高の戦士にすべく鍛《きた》えてきた。イアンは見こみどおりの男だった。期待を決して裏切らず、グレアムの設定した目標をすべて達成した。まだ少年のころから、同年代ばかりか年上の戦士たちとくらべても、体力も気力もずば抜けていた。

イアンはわずか十二歳で弟のたったひとりの親代わりとなった。当時、パトリックはまだ五歳だった。それ以来、イアンは重圧だらけの人生を送ってきたが、どんなに重荷が増えようが、軽々と背負ってみせた。必要とあれば、夜明けから日暮れまで働いた。もちろん、不断の努力は報われた。イアンは最年少でクランを率いる特権を与えられたのだ。

しかし、それは代償もともなった。氏族長の職務と戦闘に明け暮れる日々に、声をあげて笑う余裕などなく、よろこびとも幸福とも無縁だった。

グレアムは背中で手を握り合わせ、咳払いしてみなの注目を促した。とりあえずは、イアンの決意に反対するふりをするつもりだった。そうしてひとまず長老たちを納得させてから、イアンを支持すると発表するのだ。

「イアン、考えを変えるならいまだぞ」グレアムは厳しい声でいった。

すぐさま、ほかの長老たちがうなずいた。イアンが勢いよく立ちあがったので、椅子が後ろに倒れた。びっくりして後ずさったジュディスは、ブロディックにぶつかり、もっとびっくりした。振り向くと、男たちがまた背後に並んでいる。

「あなたたち、なぜわたしをつけまわすの?」いらいらと尋ねた。

イアンは後ろを向いた。ジュディスの間の抜けた質問に、とがっていた気分がやわらいだ。彼女に首を振ってみせた。「つけまわしてるわけじゃないさ、ジュディス。おれの味方をしてくれているんだ」

ジュディスは納得しなかった。「だったら、もっとむこうに行かせてちょうだい」と追い払うしぐさをする。「この人たちが立ちふさがってるから、出ていきたいのに出ていけないわ」

「おれは出ていかないでほしいんだが」

「イアン、わたしはここにいるべきじゃない」

「そう、そのとおり」

そうどなったのはゲルフリッドだった。イアンは彼をにらんだ。

とたんに大騒ぎとなった。ジュディスは、雹《ひょう》の嵐のただなかに放りこまれたような気分だった。まもなく、男たちの怒声に頭痛がしてきた。イアンは決して声を荒らげないが、年長者たちは口をひらくたびに大声をあげる。

どうやら、彼らはどこかとの同盟をめぐって口論しているらしい。とにかく、同盟という言葉が繰り返し出てきて、長老たちはそのたびにいきりたつ。イアンは同盟に賛成しているが、長老たちは大反対のようだ。

そのうち、長老のひとりが逆上して発作を起こしてしまった。自分の考えをわめきちらしたあげく、激しく咳きこみはじめたのだ。気の毒に、息ができずにあえいでいる。ほかのだれも気づいていないようなので、ジュディスはイアンがひっくり返した椅子を起こすと、急いで給仕台へ行き、銀の杯に水を注いだ。だれにも止められなかった。論戦はますます白熱している。ジュディスは咳きこんでいる男に杯を渡し、彼が水を飲み干してから、背中をたたいてやった。

男は、もう大丈夫だと手を振ってみせ、礼をいおうと振り向いた。ありがとうといいかけて、口をぽかんとあける。まだ涙のにじんでいる目を驚きに見ひらいた。

この人、たったいまわたしに気づいたんだわ、とジュディスは思った。男は息を呑み、また咳きこみはじめた。

「ほらほら、そんなに興奮してはだめですよ」男にいい、また肩胛骨《けんこう》のあいだをたたいた。「それに、わたしを毛嫌いしないでほしいわ。人を憎むのは罪です。嘘だとお思いなら、ラガン神父に訊いてみてください。そもそも、わたしはなにもしていないでしょう」

男に道理を説くのに熱中しすぎて、口論がやんだことにも気づいていなかった。

「ジュディス、ゲルフリッドをたたくのはやめろ」

そういったのはイアンだった。ジュディスは顔をあげ、彼が笑っているのを見て面食らった。

「そっちこそ、わたしにあれこれ指図するのをやめてちょうだい。この人を楽にしてあげたいの。ほら、もうひとくち飲んでください」とゲルフリッドにいう。「楽になりますから」

「飲んだら、あっちに行ってくれるか？」

「いわれるまでもありません。よろこんであっちへ行きます」

くるりと向きを変え、イアンのそばへ戻った。声をひそめて尋ねる。「なぜわたしがここにいなければならないの？」

「ジュディスにも早く話してやりなさい」ラガン神父が声を張りあげた。「ジュディスの同意が必要なんだからな、イアン」

「かならず同意します」とイアン。

「では、さっさと話をつけてくれ。わたしは日暮れまでにダンバーの領地に到着しなければならない。マーリンがもたないからな。終わりしだい帰ってくるが、もしジュディスを説得するのにもっと時間がいるのなら……」

「いえ、大丈夫です」

「なにに同意しろというの？」ジュディスは尋ねた。

イアンは、すぐには答えなかった。パトリックたちのほうを振り向き、あっちへ行けと怖い顔でにらんだ。だが、むこうはわざと無視している。こちらが困っているのをおもしろがっているのだ。ひとり残らずにやにやしている。

「グレアム、あなたは？」イアンは尋ねた。

「おまえの決意を支持する」

イアンはうなずいた。「ゲルフリッドは？」

「反対だ」

「ダンカンは？」

ヴィンセントは返事をしなかった。「だれか、起こしてやれ」グレアムが命じた。

「わしは起きとる。まだ考え中なんだ」

みな、辛抱強く待った。静まり返ったなか、たっぷり五分が過ぎた。広間の張りつめた空気は十倍にもふくらんだ。ジュディスはじりじりとイアンに近づき、腕と腕を触れ合わせた。いらだちでこわばっている彼に、あなたの味方だと伝えたい。そう思うと、つい苦笑いしそうになった。問題の内容も知らないくせに、イアンの味方だなんて。

イアンがいらいらするところは見たくない。彼の手を取った。イアンはこちらを見なかったが、かすかに手を握り返してきた。

だれもがヴィンセントを見つめているので、ジュディスもそうした。また眠りこんでしまったのだろうか。よくわからない。もじゃもじゃの眉毛に目が隠れているうえに、テーブルに突っ伏すように背中を丸めている。

ようやく、ヴィンセントが顔をあげた。「イアン、おまえに賛成する」

「では、反対が三人、賛成が氏族長を含めて三人」グレアムがいった。

「いったいどうするんだ？」オウエンがいらだたしげに声をあげた。

「こんなのははじめてだな」ゲルフリッドが口を挟んだ。「だが、同点は同点だ」

「同盟を結ぶか結ばないか、決定は延期する」グレアムが宣言した。全員がうなずくのを待ち、イアンに振り向いた。「では、おまえもさっさと話をすませなさい」

イアンは即座にジュディスのほうを向いた。急に緊張してきた。

会合は思惑どおりに運ばなかった。グレアム以外の四人に同盟に反対され、いったん引きさがるはずだったのだが。こんなに時間がかかるとは予想外だった。神父がここへ来る前に、ジュディスとふたりで五分は話し合えるはずだった。五分あれば、気持ちをきちんと伝えられたのに。

こんなふうに、野次馬に囲まれているのはイアンの本意ではない。そのとき、せっかちなブロディックがいきなり口走った。「ジュディス、あんたはイングランドに帰らないんだ。二度と帰らない。イアンは送ってやらないぞ」

ブロディックはいかにも楽しげにそういった。ジュディスはブロディックに目を向けた。

「え？　だったら、だれが送ってくれるの？」

「だれも送らない」ブロディックが答えた。

イアンはジュディスの両手を取り、こちらを向けとばかりに強く握りしめた。そして、深く息を吸った。野次馬がいようが、ちゃんとした言葉で伝えたい。ジュディスが決して忘れられないような言葉で。愛の言葉など、こっぱずかしくて、まともに考えられたものじゃないし、この方面では、自分は無経験もいいところだ。それでも、絶対にしくじるわけにはいかない。

彼女にとって、理想の一瞬にしなければ。「ジュディス」イアンは切りだした。

「なあに、イアン？」

「きみをおれのものにする」

10

「おれのものにするって……そんなの無理よ」

「無理じゃないさ」アレックスが明るくいった。

「イアンは氏族長だ」とグレアム。「なんでも希望どおりにできる」

「氏族長だからってわけじゃない」ブロディックが割りこんだ。「フランクリンは氏族長じゃないが、家に来たマリアンを帰さずに、そのまま自分のものにした。ロバートはミーガン」と肩をすくめる。

「おれはイザベル」ウィンズロウがつけくわえた。

「ここじゃあ、そういうやり方なんだ」とゴウリー。

「兄貴の場合は違うぞ」ブロディックは、ウィンズロウの思い違いを正すべく口を挟んだ。

「イザベルをくださいといいにいっただろう。大きな違いだ」

「親父さんがむずかしくなければ、勝手にもらってきたさ」ウィンズロウがいい返した。

ジュディスは耳を疑った。この人たち、どうかしている。イアンに握られた両手を引き抜き、あきれた連中から一歩後ずさった。と、グレアムの足を踏んでしまった。振り向いて、彼に謝った。

「ごめんなさい、グレアム。足を踏んだりして——あの、わたしはイアンのものになるんですか、そんなの無理ですよね?」

グレアムはかぶりを振った。「ゴウリーのいったとおり、これがわれわれのやり方でね。もちろん、おまえさんの合意も必要だが」

同情に満ちた声になってしまった。イアンのせいで、このかわいらしい娘はよほどびっくりしたようだ。呆気《あっけ》にとられているように見えるが、内心ではよろこんでいるにちがいない。氏族長の妻に選ばれるのは最高の名誉だ。そう、うれしさのあまり、感謝の言葉も出ないのだ。

実際には、ジュディスはその場のひとりひとりを蹴《け》りつけてやりたかった。まずは、しどろもどろになってしまうこの口をなんとかしなければ。落ち着きを取り戻そうと深呼吸し、かすれた声を発した。「イアン、ふたりで話をしたいんだけど」

「そのひまはないのだよ」ラガン神父が大声でいった。「マーリンがもたない」

「マーリン?」

「ダンバーの者だ」グレアムはほほえんでつけくわえた。「神父の祈りを必要としている」

ジュディスはラガン神父のほうを向いた。「だったら急がなければ。最期が近いんでしょう？」

神父はかぶりを振った。「もう死んだのだよ、ジュディス。埋葬するために、家族がわたしを待っている。この時節だ、昼間は暖かい。マーリンは長くはもたないだろう」

「ああ、早く埋めてやらなければな」ブロディックがいった。「その前に、あんたとイアンの結婚式だ。ダンバーよりメイトランド優先だ」

「マーリンがもたない、ですって？」ジュディスは神父の言葉を繰り返し、ひたいを押さえた。

「この時節だからな」とブロディック。

ジュディスは震えはじめた。イアンは彼女がかわいそうになった。ジュディスを帰さないという結論を出すまで、自分は何日も真剣に考えた。いま思えば、ジュディスにも考える時間をやるべきだったのかもしれない。

ただ、あいにくゆっくりと考えさせてやる余裕はない。パトリックの話を聞いて、自分でもうすうす感づいていたことが思い違いではなかったとはっきりしたからには、できるだけ早く結婚しなければならない。ジュディスの父親がだれか、ほかの者に知られる前に。そう、いますぐに結婚しなければ。それがマクリーンから彼女を守る唯一の方法なのだ。

イアンはジュディスの手を取り、広間の隅へ連れて行った。ジュディスは足元がおぼつかず、しまいにはなかば引きずるようにしなければならなかった。彼女は壁にもたれた。イアンは視界をさえぎるように、彼女の前に立った。

ジュディスのおとがいを持ちあげ、目を合わせた。「結婚してほしい」

「いやです」

「いやじゃない」

「無理よ」

「無理なもんか」

「イアン、むちゃをいわないで。あなたとは結婚できない。したくてもできないのよ」

「やっぱりおれと結婚したいんじゃないか」イアンは反撃した。「そうだろう?」

ひょっとするとそうではないのかもしれないと思い、自信がぐらついた。思わずかぶりを振った。「絶対にうまくいく」

「そうかしら? どうしてそういいきれるの?」

「おれを信頼しているだろう」

ジュディスは戦意をそがれた。よりによって、反論のしようがないところをついてくるなんて。たしかに彼を信頼している。心の底から。

「それから、おれといると安心できる」

それにも反論できない。イアンはかすかにうなずいてつけ加えた。「どんなことからも守ってやる」

涙がにじんだ。それがほんとうになったらどんなにいいか。「わたしを愛しているの、イアン?」

イアンは身をかがめ、ジュディスにくちづけした。「こんなに欲しいと思った女はいない。そっちもおれを求めているはずだ。それは否定できないぞ」

ジュディスは肩を落とした。「否定しないわ」とささやく。「でも、求めているのと愛しているのとは違う。わたしはあなたを愛していないかもしれない」

いったそばから、嘘だとわかっていた。

イアンにもわかっていた。「いいや、愛している」

涙がひと粒、頰をつたった。「あなたはできないことをしようといってるのよ」

イアンはジュディスの涙をそっとぬぐい、両手で顔を挟んだ。「できないことなどない。結婚してくれ、ジュディス。きみを守りたい」

真実を打ち明けるならいましかない。真実を聞けば、彼もこの性急な決意を翻すはず。「あなたにいっておかなければならないことがあるの。わたしの父は――」

彼の唇に唇をふさがれ、告白を封じられた。キスは長く、熱烈で、彼が唇を離したときには、ジュディスの頭はぼうっとしていた。

もう一度、打ち明けようとしたが、今度もキスで阻まれた。

「ジュディス、家族のことは話さなくてもいい。親父さんがイングランド王だろうがかまわない。この話は二度とするんじゃない。いいな？」

「でも、イアン――」

「肝心なのは過去じゃない」イアンはジュディスの肩をつかみ、ぎゅっと握った。その声は低く、熱意がこもっていた。「過去は忘れろ、ジュディス。きみはおれのものになる。おれが家族になるんだ。かならず大事にする」

熱く訴えられ、ジュディスはどうすればよいのかわからなくなった。「よく考えなきゃ。何日か時間を――」

「とんでもない」ラガン神父が大声をあげた。「マーリンはそんなにもたないぞ。時節を考えてくれ」

「なにをぐずぐずしてるんだ？」パトリックが首をかしげる。

「そうとも、イアンはあんたを自分のものにするといったじゃないか。さっさと式を挙げてしまえ」ブロディックがいった。

そのときはじめて、ジュディスはみんなが聞き耳を立てていたのを知り、叫びだしたくなった。そして、実際に「急《せ》かさないで」と叫んだ。声をやわらげてつけ加える。「イアンと結婚してはいけない理由が山ほどあるのよ。じっくり考えなければ……」

「その理由とは？」グレアムが尋ねた。

イアンはグレアムのほうを向いた。「おれたちの結婚に賛成なんですか、反対なんですか？」

「そりゃあ、諸手《もろて》を挙げてとはいかないが、おまえの望みどおりにしてやりたい。わたしは賛成するぞ。ゲルフリッド、おまえはどうだ？」

ゲルフリッドは苦々しげにジュディスを見ながら答えた。「賛成する」

ドミノよろしく、ほかの長老たちもゲルフリッドにつづいて賛意を表した。

ジュディスは我慢できなくなった。「賛成しておきながら、そんなにいやそうにわたしを見るなんて、どういうことですか？」と詰め寄る。イアンに向きなおり、胸に人さし指を突きつけた。「わたしはね、ここに住みたくないの。ミリセントおばとハーバートおじと暮らすって決めてるんですからね。どうしてだかわかる？」答えるいとまも与えずにつづけた。「わたしを見くだしたりしないからよ。それから」と嚙《か》みつく。

「それから？」ジュディスの剣幕に苦笑いしたくなったのをこらえ、イアンは尋ねた。まったく、怒ると手のかかるやつだ。

「わたしを好きでいてくれるし」ジュディスはしどろもどろに答えた。

「おれたちもあんたが好きだぜ、ジュディス」アレックスがいった。

「みんなそうさ」パトリックがうなずく。

ジュディスはすこしも納得しなかった。ブロディックもだ。たわごとをいうなとばかりに、パトリックをぎろりと見やった。

「でも、わたしはあなたたちみたいにがさつな人なんか、好きじゃない」きっぱりと断言した。「ここで暮らすなんて無理。こんなところで子どもを育てるなんて――いいえ、イアン、わたしは子どもを産まないの、覚えてるでしょう？」

「ジュディス、落ち着け」イアンは彼女を引き寄せ、抱きしめた。

「子どもはいらないだと？」グレアムが驚きの声をあげた。「イアン、そんなことをいわせておいちゃいかん。おまえだって跡継ぎが必要だろう」

「この娘は子を産めないのか？」ゲルフリッドが大声で口を挟んだ。

「そんなことはいっとらんだろうが」ヴィンセントがぼそぼそといった。

「おれのせいだ」とウィンズロウ。

「おまえのせいで子を産めなくなったのか？」ゲルフリッドが訊き返した。「そりゃどういうことだ、ウィンズロウ？」

パトリックが大笑いしはじめた。ブロディックは肘で彼をつつき、ゲルフリッドに説明した。「ジュディスはイザベルの赤ん坊を取りあげたんです。そのせいで、子どもを産むのが怖くなっちまった。そういうことですよ。産めないわけじゃありません」

長老たちはおおげさに安堵の息を吐いた。イアンはジュディスだけを見ている。身をかがめ、ささやいた。「きみのいうことももっともだ、ゆっくり考える時間が欲しいだろう。好きなだけ考えてくれ」

彼の口ぶりに、ジュディスはなにか変だと感じた。どこが引っかかるのか、すぐにわかった。イアンはやけにおもしろそうなのだ。「ほんとうは、どれくらい時間をくれるつもり？」

「今夜はおれのベッドで寝てもらう。その前に結婚したいだろう」

イアンの腕のなかから逃れ、顔を見あげた。彼はほほえんでいる。だめだ、勝ち目はない。やっとわかった。わたしはこの人を愛している。どうしてなのか、いまは納得のいく理由をひとつも思いつかないけれど。

ここにいる人たちのせいで、頭が混乱しているのだ。「もう、どうしてあなたなんかを愛してしまったの？」

いつのまにかそう叫んでいたことに気づいたのは、パトリックの笑い声を聞いたあとだった。

「よし、話はまとまったな。同意が取れた」ラガン神父が大声でいい、広間を突っきってきた。「さっさと取りかかろう。パトリック、おまえはイアンの右側に立ちなさい。グレアム、あなたはジュディスの隣に。新婦を新郎に引き渡す役を頼みます。では、父と子と精霊の御名において——」

「わしらも新婦を引き渡す役をやらせてもらうぞ」ゲルフリッドが、この大事な儀式に参加せずにいるものかといわんばかりに声をあげた。

「そうとも」ダンカンがいった。

みんなが椅子を引きずってくる音に、神父は式を中断せざるをえなかった。長老たちが押し合いへし合い、ジュディスのまわりに着席すると、ふたたび最初から始めた。「父と子と——」

「ねえ、わたしを顎で使いたいから結婚したいだけでしょう」ジュディスがイアンにいった。

「そういう利点もあるな」イアンが気取った口調で返す。

「ダンバーは敵だと思ってたけど」ジュディスがつづけた。「それなのに、どうしてここの神父さまが――」

「マーリンがなぜ死んだと思う？」ブロディックが尋ねた。

「おや、おまえたちの手柄ではないだろう」グレアムがいった。「彼が死んだのは、崖から落ちたせいだ」

「ウィンズロウ、あいつがナイフで襲いかかってきたとき、あんたが押し返したんだよな？」とブロディック。

ウィンズロウは首を振った。「いや、おれが手をかける前に、あいつは足を滑らせた」

ジュディスは呆気にとられていた。だれもジュディスの質問に答えようとしないので、パトリックは説明してやることにした。「このあたりでは聖職者が足りないんだ。ラガン神父は、よそのクランと自由に行き来していいことになっている」

「受け持ちの土地は広いぞ」アレックスが割りこんだ。「おれたちの敵の領地ばかりだ。ダンバー、マクファーソン、マクリーン、ほかにもまだある」

なんと敵が多いことだろう。ジュディスはグレアムにそういった。メイトランドについて知りたいのはもちろんだが、ほかにも理由があった。落ち着きを取り戻す時間が欲しい。めまいがする。体の震えが止まらない。

「アレックスがあげたのは、敵のほんの一部だ」グレアムがいった。

「味方はひとつもないんですか？」信じられない。

グレアムは肩をすくめた。

「式のつづきをしてもよいかね？」ラガン神父が叫んだ。「父と子と……」

「ミリセントおばとハーバートおじを招待したいの、イアン。長老たちの許可はいらないわ」

「……精霊の御名において」神父はさらに声を張りあげた。

「今度はジョン王を招待しろといいだすぞ」ダンカンがいった。

「それはだめだ」オウエンがぼそりといった。

「お願いだ、両手を組んで、式に集中してくれ」ラガン神父は列席者に向かって叫んだ。

「ジョン王なんかに来てほしくありません」ジュディスは、つまらないことをいったオウエンをにらみつけた。「おばとおじを招待したいんです。自分で迎えにいきますから」グレアムの前に身を乗りだし、イアンを見あげた。「いいかしら、イアン」

「まあ待て。グレアム、おれはあなたじゃなくジュディスと結婚するんです。彼女の手を放してください、ジュディス、こっちへ来い」

ラガン神父は秩序をあきらめた。ひとりで式をつづけた。イアンだけは神父の問いを聞いていて、ジュディスを妻にするかと問われると、即座に同意した。

「ジュディス、あなたはイアンを夫にしますか？」

ジュディスはイアンを見あげて答えた。「まだわかりません」

「それじゃだめだ。はいと答えろ」

「ほんとにいいのかしら」

イアンはほほえんだ。「おばさんとおじさんなら、歓迎するぞ」

ジュディスも笑みを返した。「ありがとう」

「返事をして、ジュディス」ラガン神父がせっついた。

「イアンはわたしを愛し、大事にするといってくれるかしら？」

「おいおい、いまそういっただろうが」ブロディックがいらだたしげにいった。

「イアン、わたし、ここで暮らすのなら、いろいろ変えたいことがあるの」

「いや、ジュディス、われわれはこのままでいいと思うが」とグレアム。

「わたしはそうは思いません。ねえイアン、式を始める前に、ひとつ約束してほしいの」

「式を始める前？　もうとっくに――」神父がいいかけた。

「約束とは？」グレアムが尋ねた。「長老の審議にかけなければならんことかね」

「いいえ」ジュディスはいった。「個人的なことです。イアン、いい？」

「なんだ、ジュディス？」

ああ、この笑顔。ジュディスは小さく息を吐き、イアンに耳打ちできるよう手招きした。

イアンが身をかがめると同時に、ほかの者もいっせいに身を乗りだした。

男たちには聞こえなかった。ジュディスがなにをいったのかわからないが、イアンは見るからに意外そうな顔をしている。

当然、だれもが好奇心をそそられた。

「それはきみにとって大事なことなのか？」イアンが尋ねた。

「ええ」

「わかった。約束する」

イアンの返事を聞いたとたん、ジュディスは息を詰めていたことに気づいた。大きく息を吐く。

涙があふれてきた。イアンの答がうれしかった。笑い飛ばしたり、気を悪くしたりせず、理由も訊かなかった。ただ、大事なことかと尋ね、そうだと答えると、すぐに同意してくれた。

「グレアム、なにか聞こえました？」アレックスがひそひそと、けれどだれにでも聞こえるような声で尋ねた。

「なにやら、酒がどうのこうのといっていたが」グレアムはささやき返した。

「酒がほしいのか？」ゲルフリッドががなった。

「いや、おれは酔っぱらいと聞こえたぞ」オウエンが割りこんだ。

「酔っぱらいたいとはどういうことだ？」ヴィンセントが不思議そうにいった。

ジュディスは笑いを嚙み殺し、ラガン神父のほうを向いた。「では、はいと返事をします。そろそろ始めましょうか」

ヴィンセントがつぶやいた。「うつけた娘だ」

ラガン神父が最後の祝福をしているあいだ、ジュディスはヴィンセントの失礼な言葉に抗議した。わたしはうつけてなんかいません、ときっぱりいってやった。

ヴィンセントから謝罪の言葉を引きだしてから、ふたたび神父に向きなおった。「パトリック、フランシス・キャサリンを連れてきてくれる？　式のあいだ、そばにいてほしいの」

「新郎は新婦にキスを」ラガン神父は声を張りあげた。


フランシス・キャサリンは家のなかをうろうろしていたが、やがてようやくジュディスがドアをあけて入ってきた。

「ああ、やっと帰ってきた。心配してたのよ、ジュディス。なぜこんなに時間がかかったの？　一部始終を話してちょうだい。大丈夫？　顔色が悪いわ。あの人たちにさんざんしぼられたのね？」怒りの息を吐く。「まさか、あなたをイングランドに送り返すと決めたんじゃないでしょうね」

ジュディスはテーブルの前に座った。「もう行っちゃったわ」とつぶやく。

「だれが？」

「みんな。みんな……行っちゃった。イアンも。その前にキスした。それから行っちゃった。みんなどこに行ったのか知らないけど」

フランシス・キャサリンは、こんなジュディスを見たことがなかった。ジュディスはすっかりぼうっとしている。「なんだか怖いわ、ジュディス。なにがあったのか教えて」

「わたし、結婚したの」

思わず座りこむ。「結婚した？」

ジュディスはうなずいた。あいかわらず宙を見つめたまま、変な結婚式を思い出していた。

フランシス・キャサリンは驚きでしばらく口がきけなかった。テーブルを挟んで座り、ジュディスを見つめるばかりだった。

「イアンと結婚したの？」

「たぶん」

「たぶんってなによ？」

「わたしたちのあいだにグレアムが立ってたの。あの人と結婚したのかもしれない。いいえ、やっぱりイアンだわ。イアンにキスをされたもの……グレアムじゃない」

フランシス・キャサリンは面食らっていた。もちろん、とびきりうれしい知らせではある。これでジュディスはイングランドへ帰らずにすむのだから。それでも、腹が立った。どうしても怒りが先に立つ。

「どうしてこんな急なの？　花もなかったんでしょう？　式はチャペルで挙げたわけじゃないわよね、このへんにはないもの。ジュディスったら、どうしてイアンにちゃんとした式を挙げてくれっていわなかったの？」

「なぜこんなに急ぐのか、わたしにもわからないの。でも、イアンにはなにか理由があるみたいだった。お願いだから、怒らないで」

「わたしだって出席したかったのに」フランシス・キャサリンは口をとがらせた。

「そうよね」

すこししして、フランシス・キャサリンはまた口をひらいた。「わたしたち、この結婚をよろこんでいいのかしら」

ジュディスは肩をすくめた。「たぶんね」

フランシス・キャサリンは涙を浮かべた。「あなたには夢見たとおりの結婚をしてほしかった」

なんのことか、ジュディスはすぐにぴんときた。首を振り、フランシス・キャサリンを慰めた。「夢なんて、小さな女の子がひそひそ話し合ってるうちが楽しいのよ。ほんとうはかなわないものなの。わたしはもう大人よ、フランシス・キャサリン。かなわないことを望んだりしないわ」

フランシス・キャサリンは食いさがった。「だれを相手に話してるのか、わかってないようね、ジュディス。わたしはね、この世のだれよりあなたのことを知ってるのよ。魔女みたいなお母さんと飲んだくれのおじさんと、どんな暮らしをしてきたか、よく知ってる。あなたのつらさもさびしさも。あなたは夢を持つことで自分を守ってきた。夢なんかころころ変わる、いまさらこだわらないなんていっても、わたしはごまかされないわよ」

泣き声になった。深呼吸してつづける。「夢のおかげであなたは絶望せずにやってこれたんじゃないの。忘れたふりなんかしないでよ。そんなの信じないから」

「フランシス・キャサリン、お願いだからもうやめて」ジュディスはもどかしい思いでいった。「そんなにひどい毎日ばかりじゃなかったわ。ミリセントおばとハーバートおじが、充分に埋め合わせてくれた。それに、ほんの子どもだったから、あんなばかげた夢を抱いただけよ。こんな結婚式だったらいいなって思ってただけ。ほら、父も出席するなんていってたでしょう？　亡くなったと思ってるくせに、チャペルの入口で父と並んでることになってた。夫になる人は幸せすぎて泣いちゃうのよね。じゃあ訊くわよ、イアンがわたしの花嫁姿を見て泣くところ、想像できる？」

フランシス・キャサリンはつい顔をほころばせた。「わたしの夫もうれしくて泣いちゃうことになってた。パトリックは泣かなかったわ。ご満悦で笑ってた」

「これで、母に二度と会わずにすむわ」ジュディスは知らず知らずつぶやいていた。

フランシス・キャサリンがうなずく。「それに、ずっとわたしのそばにいてもらえる」

「わたし、この結婚をあなたに祝福してほしい」

「わかったわ。祝福する。さあ、一部始終を話してちょうだい。詳しくね」

ジュディスはそのとおりにした。話を終えるころには、フランシス・キャサリンは笑い転げていた。きちんと順序立てて話すのはむずかしく、ジュディスは、混乱していたせいで記憶がごちゃごちゃになっているのだと言い訳した。

「イアンにわたしを愛しているのか訊いたの。返事がなかったから、キスをされるまでわからなかった。あの人、わたしが欲しいっていった。それで、父のことを打ち明けようとしたんだけど、いわせてくれなかった。だれが父親でもかまわないって。もう忘れろって。あの人、そういったの。でもやっぱり、あそこで引きさがるべきじゃなかったかも」

フランシス・キャサリンは、はしたなく鼻を鳴らした。「お父さまのことは考えちゃだめ。二度とその話はしない。秘密にしておくのよ」

ジュディスはうなずいた。「イアンにふたつ約束してもらったの。ひとつは、ミリセントおばとハーバートおじをいつでもここに招待すること」

「もうひとつは？」

「わたしの前で酔っぱらわない」

フランシス・キャサリンは目を潤ませた。自分なら夫にそんなことを頼むなど考えもしないだろうが、ジュディスの気持ちはわかりすぎるほどわかった。「ここで暮らしているあいだ、イアンが酔っぱらったのを一度も見たことはないわ」

「あの人はかならず約束を守ってくれる」ジュディスはつぶやき、ため息をついた。「今夜はどこで眠ることになるのかしら」

「イアンが迎えにくるわ」

「なぜこんなことになったのかしらね」

「彼を愛してるから」

「そうね」

「彼もあなたを愛してるはずよ」

「だといいけれど」ジュディスはいった。「わたしと結婚しても、なんの得にもならないんだもの、わたしを愛してなければおかしいわ」

「今夜のこと、不安？」

「ちょっとね。あなたも最初の夜は不安だった？」

「泣いちゃった」

なぜか、ふたりとも笑いが止まらなくなった。家に入ってきたパトリックとイアンは、大笑いしているふたりを見て苦笑いした。

パトリックは、なにがそんなにおかしいのかと尋ねたが、ふたりはますます笑うばかりだった。パトリックはあきらめて思った。やれやれ、女ってやつはわからない。

イアンはジュディスを見つめていた。「なぜここにいるんだ？」

「フランシス・キャサリンに全部話したかったから。わたしたち、ほんとうに結婚したのよね？」

「ジュディスはグレアムと結婚したかもしれないって思ってるの」フランシス・キャサリンがパトリックにいった。

イアンはかぶりを振ると、ジュディスのそばへ行って立ちあがらせた。ジュディスが一度もこちらを見ようとしないのが気になっていた。「そろそろ帰るぞ」

ジュディスは心細くてたまらなかった。「身のまわりのものを持ってくるわ」うつむいたまま、ついたての奥へ向かった。「帰るって、どこへ？」

「結婚式を挙げたところだよ」パトリックがいった。

もう顔をゆがめても大丈夫だ。ここならだれにも見られない。ジュディスはため息をついた。これから、あのがらんとしたキープで暮らすのだ。それでもいい。イアンがいる。イアンさえいてくれればいい。

ジュディスは、兄弟の話し声を聞きながら、寝間着や部屋着など、今夜必要なものを集めた。残りは明日、取りにくればよい。

なかなか寝間着をたためず、自分の手が震えているのに気づいて驚いた。

小さな袋に荷物を詰め終えても、このささやかな隠れ場所を出る気にはなれなかった。今日の出来事の重さが、いまになって心にのしかかってきた。

ベッドの端に腰かけ、目を閉じた。わたしは結婚したのだ。突然、心臓の鼓動が激しくなり、息苦しくなった。このままではパニックに陥ってしまう。深呼吸して気を静めた。

ああ、恐ろしい間違いを犯していたらどうしよう? あっというまに、こんなことになってしまって。イアンはほんとうにわたしを愛してくれている、そうよね? 愛していると、言葉にしてはくれなかったけれど。でも、彼が結婚を望んでいたのはたしかで、妻ができるという以外に、とりたてて得することはない。愛しているから結婚したかった、それ以外に理由なんかないはず。

でも、ここの人たちになじめるだろうか。受け入れてもらえるのだろうか。ジュディスはとうとう、ほんとうの不安を直視した。よい妻になれるだろうか。男の人をベッドでよろこばせるすべなど知らない。未経験だということは、イアンにもわかるはず。教え導くのは夫の務めだろうけれど、わたしがなにもわからない女だったら？　イアンにつまらない女と思われたくない。死んだほうがまし。

「ジュディス？」

イアンはささやきのような小さな声で呼んだ。ジュディスが尻込みしているのは、イアンにもわかっていた。ジュディスはいまにも気絶しそうだ。怖いのだ。理由はわかる。

「用意はできたわ」ジュディスは動かなかった。ジュディスは震える声でいった。

だが、ジュディスは動かなかった。膝に置いた袋をきつく握りしめている。イアンは笑みをこらえた。ベッドへ近づき、彼女の隣に座った。

「なにをしてるんだ？」

「考えごと」

「どんな？」

ジュディスは答えなかった。イアンのほうを見ずに、ずっと目を膝に落としていた。

イアンは急かさなかった。まるで、時間はいくらでもあるというそぶりをしている。しばらくふたりで座っていると、フランシス・キャサリンが小声でパトリックに話をしているのが聞こえてきた。「花」という言葉を耳にしたジュディスは、殺風景な結婚式だったことをとがめているのだろうと考えた。

「今夜、お風呂は使える？」

「ああ」

ジュディスはうなずいた。「そろそろ行きましょうか」

「考えごとは終わったのか?」

「ええ、ありがとう」

イアンが立ちあがった。ジュディスも立ちあがり、袋を彼に渡した。イアンはジュディスの手を取り、ドアへ向かった。

フランシス・キャサリンがドアに立ちふさがった。ぜひ夕食を食べていってほしいという。すでに準備ができていたので、イアンは了承した。ジュディスは、緊張で食べ物が喉を通らなかった。イアンはいつもどおりだった。イアンもパトリックも、四十日間の断食が明けたばかりのように食べまくった。

だが、食事がすむと、イアンは早く帰りたがった。ジュディスも同じだった。ふたりは手をつないでキープまで歩いた。キープのなかは暗かった。ジュディスはイアンに導かれ、二階へあがった。彼の寝室は階段から向かって左側、狭い廊下に並んだ三枚のドアのうち、いちばん手前だった。

室内は明るく、暖かかった。ドアのむかいに暖炉がある。炎が赤々と燃え、部屋を暖めている。イアンのベッドは左手にあり、ほとんど壁一面をふさいでいる。ベッドには上掛けがかかっていて、壁際の小さな櫃《ひつ》には蠟燭《ろうそく》が二本置いてあった。

椅子は暖炉のそばに一脚あるきりだった。ベッドの脇の櫃よりずっと背の高い、大きな櫃が反対側の壁際に据えつけてある。その上に、金で縁取った豪華な箱がのっている。

イアンはあまり物を持たない主義らしい。部屋は無駄なく実用本位で、いかにもあるじに似つかわしい。

暖炉の前に、大きな木の湯船が置いてあった。湯気があがっている。ジュディスが風呂に入りたがるだろうと、イアンはあらかじめ用意してくれていたのだ。

イアンは袋をベッドに置いた。「ほかに欲しいものは？」

ジュディスは不安をやわらげてほしかったが、黙っていた。「充分よ、ありがとう」

部屋の真ん中に突っ立ったまま、両手を握り合わせ、ひとりで風呂に入りたい、イアンが早く出ていってくれますようにと思いながら待った。

イアンのほうは、ジュディスがなにをためらっているのだろうと考えていた。「服を脱ぐのを手伝おうか？」と尋ねる。

「いいえ」ジュディスはぎょっとして、すかさず答えた。「やり方は知ってる」落ち着いて答えた。

イアンはうなずき、ジュディスを手招きした。ジュディスはすぐに従い、彼の一歩手前で足を止めた。

手を伸ばしてもジュディスが尻込みしなかったのが、イアンはうれしかった。彼女の髪を肩のむこうへかけ、ドレスの襟ぐりを指先でなぞり、鎖をつかんだ。

無言のまま、鎖と指輪を取りだす。

「今日、おれが約束したことを覚えているか？」

ジュディスはうなずいた。まさか、気が変わったなんていわないで。

イアンはジュディスが不安そうな目になったのを見てとり、首を振った。「おれはいままで約束を破ったことは一度もないし、これからも破らない」思ったとおりだ。すぐに、ジュディスの瞳から不安が消えた。「おれのことをよく知っていたら、そんな心配はしないだろうに」

「だって、よく知らないもの」ジュディスは言い訳がましくささやいた。

「おれにも、約束してほしいことがある」イアンは鎖と指輪をジュディスの手のひらに落とした。「ベッドではこれをはずしてほしい」

頼みというより、命令のように聞こえた。理由の説明もなかった。ジュディスはなぜそんなことを約束してほしいのか尋ねようとして、思いなおした。彼はそばにいるときは絶対に酔っぱらわないと、なにも訊かずに約束してくれたのだ。こちらもそうしてあげるべきだ。

「わかったわ」

イアンはうなずいた。満足した様子だ。

「捨ててほしい？」

「いや。あれに入れておけばいい」櫃の上の小さな箱のほうへ顎をしゃくった。「だれもあけたりしないから」

ジュディスは急いでいわれたとおりにした。「ミリセントおばにもらったブローチも一緒に入れておいていい？　なくしたくないの」

返事がない。振り向くと、イアンはいなかった。音もたてずに部屋を出たらしい。ジュディスはかぶりを振った。いずれ、こんなふうにいきなりいなくなるのは失礼だといってやらなければ。

いつイアンが戻ってくるかわからないので、ジュディスは急いで風呂に入ることにした。髪を洗うつもりではなかったけれど、気が変わった。

イアンがドアをあけたとき、ジュディスは薔薇の香りの泡を髪から洗い流していた。イアンは黄金色の肌を一瞬眺め、またドアを閉めた。それから壁にもたれ、新妻が風呂を終えるのを待った。

ジュディスに恥ずかしい思いをさせたくない。だが、やけに時間がかかる。イアンはずいぶん離れたため池へ歩いていき、体を洗い、また歩いて戻ってきた。ジュディスがベッドで待っているものと思いながら。

さらに十五分ほど待ち、部屋に入った。ジュディスは暖炉の前の床に毛布を敷き、その上に座ってせっせと髪を乾かしていた。品のよい真っ白な寝間着の上に、同じく白いローブをはおっている。

彼女はこのうえなく美しかった。洗いたての顔はピンク色で、髪は淡い金色だ。

イアンはしばらくドア枠にもたれ、ジュディスを見ていた。胸にこみあげるものがあった。彼女を妻にしたのだ。そう、もうおれのものなのだ。思いがけず、満ち足りたよろこびが胸に広がった。こうなることは最初から決まっていたのだ。なぜ、彼女とは距離を置こうなどと、わざわざ自分を苦しめるようなことをしていたのだろう？　はじめてキスをしたときから、真実を受け入れるべきだった。心では、決して彼女をほかの男に渡せないのがわかっていたのに。頭でその事実を受け入れるのに、どうしてこんなに時間がかかったのだろう？

心とやらはよくわからない。パトリックに、女などどれも同じだとうそぶいたのを思い出す。それがどんなに不敬ないいぐさだったか、いまならわかる。ジュディスのような女はほかにいない。

だが、こんなのは愚か者の考えることだ。イアンはかぶりを振った。おれは戦士なのだ。こんな埒《らち》もない考えにとらわれていてはいけない。

イアンはくるりと後ろを向き、廊下に出ると、鋭く口笛を吹いて使用人を呼んだ。音が階段の下にも響きわたった。部屋のなかへ戻り、暖炉のほうへ歩いていく。ジュディスのすぐそばのマントルピースにもたれ、ブーツを脱いだ。

ジュディスがなぜドアをあけはなしたままなのかイアンに尋ねようとしたとき、三人の男が足早に入ってきた。彼らはイアンに会釈し、部屋の奥まで入ってくると、湯船を持ちあげた。重い湯船を運びだすあいだ、三人ともことさらにジュディスから目をそらしていた。

三人が出ていくと、イアンはドアを閉めようとしたが、だれかが大声で彼を呼んだ。イアンはため息をつき、また部屋を出ていった。

それから一時間近く、イアンは帰ってこなかった。暖炉の前が暖かいので、ジュディスは眠くなってきた。髪はほとんど乾き、カールも戻った。ジュディスは立ちあがり、ブラシをマントルピースに置くと、ベッドへ行った。ローブを脱いでいたとき、イアンが戻ってきた。

イアンはドアを閉めてかんぬきをかけると、プレードを脱いだ。その下には、なにも着けていなかった。

ジュディスは恥ずかしさのあまり、いますぐ死んでしまうのではないかと思った。天井の梁《はり》を仰いだが、その前にイアンの体がしっかり見えてしまった。フランシス・キャサリンがはじめての夜に泣いたのは当然だ。パトリックがイアンみたいだったら、そしてたぶんそうなのだろうが、泣いてしまうのも無理はない。ジュディス自身、早くも涙ぐみそうなのだから。ああ、こんなふうだとは思ってもいなかった。やっぱり間違いだったのだ。だめだめ、こんなこと、まだできない。この人のことをよく知らないのに……やっぱり結婚なんかするんじゃ――

「大丈夫だ、ジュディス」

イアンが目の前に立っていた。ジュディスが目をそらしつづけていると、励ますように両の肩を握りしめられた。「ほんとうに大丈夫だから。おれを信頼しているんじゃないのか？」

その声は優しさに満ちていたが、それでも不安はやわらがなかった。ジュディスは気を静めようと、何度か深呼吸した。それでもやはり、だめだった。

すると、イアンはジュディスを引き寄せ、強く抱きしめた。ジュディスは小さく息を吐き、ようやく落ち着いた。きっと大丈夫。イアンはこちらのいやがることはしない。愛してくれているのだから。

すこし背中をそらし、イアンの目を見あげた。そこには温かな光と、ちょっとおもしろがっているような輝きが見てとれた。

「怖がらなくてもいい」イアンはなだめるようにささやいた。

「怖がってるって、どうしてわかるの？」

イアンはほほえんだ。〝怖がっている〟という言葉は正しくない。〝おののいている〟というのがぴったりだ。「イザベルの赤ん坊を取りあげてくれと頼んだ晩と、同じ顔をしているから」

ジュディスはイアンの胸に視線をおろした。「あのときは引き受けたくなかった。もしわたしのせいでと思うと……イアン、いまも気が進まないの。大丈夫だとは思うけれど、できれば――」

ジュディスは最後までいわず、また彼の腕のなかに戻り、寄り添った。

イアンは、その正直さがうれしかったが、もどかしくもあった。未経験の娘を相手にするのははじめてなので、できるだけ彼女の不安を取り除いてやることがどんなに大事か、いまこのときまでわかっていなかった。時間と忍耐、そして持久力が必要なようだ。

「なにが怖いのか、はっきりいってくれ」

返事がなかった。ジュディスはいまやがたがた震えている。寒いからではない。

「もちろん、最初は痛いだろうが、ちゃんとおれが――」

「痛いのが怖いんじゃないの」

ジュディスはいきなりいった。イアンは思案に暮れた。「じゃあ、なにが怖いんだ?」彼女の背中をさすりながら返事を待った。

「男の人はかならず最後まで……あの、いけるでしょう」ジュディスはしどろもどろに答えた。「でも、女はそうとはかぎらない。もしわたしがそうだったら、あなたをがっかりさせるわ」

「そんなことはない」

「確信があるのよ」ジュディスは小さな声でいった。「わたし、だめかもしれない」

「だめじゃない」イアンはきっぱりといいきった。ジュディスがなにをいいたいのかさっぱりわからないが、どうやらひどく気がかりなことらしい。とにかく、安心させてやらなければならない。なんといっても、経験者はこっちだ。なにをいおうが、ジュディスは信じてくれるはずだ。

イアンはジュディスの背中をさすりつづけた。ジュディスは目を閉じ、なすがままになっていた。彼は世界のだれよりも思いやりがある。こんなふうに優しくされると、好きにならずにはいられない。

ほどなく、ジュディスは不安を忘れた。もちろん、すこしは緊張していたが、それが普通だろう。深呼吸してイアンから離れた。彼の顔をまともに見ることができない。顔も赤くなっているはず。それでも、ジュディスはためらわなかった。ゆっくりと寝間着をたくしあげ、頭から脱ぎ、ベッドに落とした。けれど、イアンに体をじっくり見る余裕は与えなかった。寝間着から手を離した瞬間に、イアンの腕のなかへ飛びこんだ。

イアンは傍目《はため》にもわかるほど身震いした。「こうして抱くと、すごくいい気持ちだ」イアンはこみあげる思いにしわがれた声でささやいた。

ジュディスにとっては、いい気持ちではすまなかった。とびきりいい気持ち。おずおずと、たどたどしく彼にそう伝えた。

イアンはジュディスの頭に顎をのせた。「おれをいい気にさせるな、ジュディス」

「わたしはまだなにもしてないけど」

「なにもしなくていい」

その声は笑いを含んでいた。ジュディスは笑みを浮かべた。イアンが急かさないでくれるので、もう恥ずかしくない。それが彼の戦略だとわかっているけれど、腹は立たなかった。こちらの気持ちを考えてくれることが、胸が詰まるほどうれしい。もう、顔の赤みも引いたはず。

下腹にぴったりと当たっている、イアンの硬くいきりたったものはあいかわらず気になるけれど、彼にすこしも強引なところはない。ただ優しく、ひたすら優しく、震えているジュディスをゆったりと撫でている。やがて、下腹に当たるものもさほど気にならなくなった。

ジュディスはイアンに触れたくなった。彼の腰にしがみついていた腕をゆるめ、ためらいがちに広い肩を撫で、それから背中へ、太腿へと手をすべらせていった。彼の肌は熱い鋼《はがね》のようだ。色も感触も、ジュディスの肌とは違う。それがとてもすてきなことのように思えた。上腕は結び目のあるロープのように筋肉がついている。それにくらべて、自分はなんと弱々しいことか。

「あなたはこんなにたくましいのに、わたしは貧弱だわ。あなたを満足させられるとは思えない」

イアンは声をあげて笑った。「貧弱なんかじゃない。やわらかくてなめらかで、すごく魅力的だ」

ジュディスはほめられて頬を染めた。彼の胸に顔をすり寄せ、ちくちくする胸毛に鼻先をくすぐられてほほえんだ。背伸びして、首のつけねの脈を打っている部分にくちづけした。

「わたし、あなたに触れるのがほんとうに好きみたい」

驚いているような口ぶりだった。イアンは驚かなかった。ジュディスが自分に触れるのが好きなことは、とっくに知っている。彼女のそんなところが好きなのだ。彼女の魅力のひとつは、ことあるごとにこちらの体に触れ、つかまえようとするところだ。ジュディスはしょっちゅう、無意識のうちに手を握ってくる。こちらのいったことに怒りながらも、腕をさすってくる。

おれに対しては、ジュディスは奔放になる……おれだけには。ここへ来る旅のあいだ、ほかの男たちにはジュディスが遠慮していたのを、イアンは知っている。もちろん、感じのよい態度は崩さなかったが、決して男たちと体が触れ合わないようにしていた。アレックスの馬に乗っているあいだ、ずっと緊張していた。それなのに、イアンの腕のなかでは眠っていた。心から信頼してくれているのだ。愛と同じくらい、肝心なことだ。

しかも、彼女はこの自分を愛してくれている。

「ジュディス」

「なあに?」

「そろそろおれから隠れるのをやめてくれないか?」

ジュディスは笑いそうになった。たしかにイアンに体を見られまいと隠れていたのだが、彼にはお見通しだったのだ。手を離し、一歩後ずさった。そして、彼の目を見あげてゆっくりとうなずいた。

なんてすてきな笑顔。ジュディスは、イアンを見つめながらそう思っていた。

こんなきれいな体は見たことがない。イアンは、ジュディスを見つめながらそう思っていた。頭のてっぺんからつま先まで完璧な造形。ああ、いますぐ触れて自分のものにしたい。そうでなければ、おかしくなってしまう。

ふたりは同時に、たがいに手を伸ばした。ジュディスはイアンの首に腕をまわし、イアンはジュディスの腰を手のひらで包みこみ、抱き寄せた。

イアンは身をかがめ、深くむさぼるようなキスをした。ふたりの呼吸はにわかに荒くなった。ジュディスの甘さを味わおうと、イアンの舌が動く。ジュディスがその官能をそそる動きをまね、イアンの舌に舌をこすりつけると、彼は喉の奥でこたえられないとばかりに低いうなり声をあげた。

ジュディスの体から力が抜けた。イアンが片方の腕でジュディスを支え、体をひねってベッドの上掛けをめくった。ジュディスはキスをやめてほしくなかった。イアンの首筋の髪を軽く引っぱり、それでも振り向いてもらえないと、背伸びしてみずからキスをした。

イアンはジュディスの大胆さを気に入った。そして、小さなあえぎ声も。彼女を抱きあげ、ベッドの真ん中に横たえる。ぐずぐずして不安にさせないよう、すみやかにおおいかぶさり、脚で太腿を割った。肘で体重を支え、ジュディスをすっぽりと包みこむ。ああ、これほどすばらしい感覚を味わうのは生まれてはじめてだ。

あせらず時間をかけて準備をととのえたいのに、ジュディスの反応があまりによいせいで、自制心が吹き飛びそうになる。よけいなことを考えてはいけない。どこをどんなふうに触れれば、ジュディスがすべてを忘れ、ただ快楽を感じてくれるようになるか、それだけに心を砕かなければ。彼女のためを思い、慎重にことを進めるつもりだったのに、早くもしくじりそうだ。ジュディスがしきりに体をこすりつけてくるせいで、集中力がとぎれそうになる。もう一度、長く熱いキスをしたが、かえって興奮するばかりだ。なんとか唇を離し、芳香のたちこめるやわらかな乳房の谷間を味わった。両手で愛撫してはじらし、我慢の限界に達した瞬間、乳首を口に含み、吸いはじめた。

ジュディスは思わず起きあがりそうになった。快感のさざなみが全身を駆けめぐる。この甘い責めに、いつまで耐えられるのだろうか。イアンの肩にしがみつき、目をつぶって彼のくれるよろこびに身をゆだねた。

イアンは欲望に身を震わせていた。自制心がじりじりと逃げていくのを感じる。ジュディスのすべてを味わいたいという思いに負けそうだ。彼女のたいらな腹へ、それから内腿へと手をすべらせ、すこしずつひらかせる。身をかがめ、彼女の純潔を隠している、やわらかな三角地帯の頂点にキスをした。

「イアン、だめ――」

「大丈夫だ」

ジュディスは彼を押しのけようとした。その瞬間、熱い核を唇でおおわれた。信じられない、彼の舌がその部分をこすっている。焼けつくような強烈な快楽に、抵抗することも忘れた。

いつのまにか、さらに求めるように腰を浮かしていた。彼の肩胛骨に爪を立てる。男がこんなふうに女を愛するなんて思ってもいなかった。でも、怖くもなければ、恥ずかしくもない。イアンと同じように、こちらも彼を味わってみたいけれど、起きあがろうとすると、彼は腕に力をこめて押し戻してくる。

イアンは横向きになり、ジュディスの引き締まった鞘《さや》にゆっくりと指を入れた。ひだに隠れた感じやすい芯を親指でこする。ジュディスの反応に、イアンの忍耐はぽきりと折れそうになった。こんなふうに率直に、こんなふうに奔放に反応する女はほかに知らない。心から信頼してくれているから、すべてをさらけだしてくれるのだ。ジュディスは愛情をこめ、ひたむきに体を差しだしてくれる。そんな彼女より先に自分が満足するくらいなら、死んだほうがましだ。まずは彼女をよろこばせたい……それがどんなに苦しくても。

死んでしまいそう。それが、ジュディスの頭に最後に浮かんだ思いだった。声に出してそういっていたが、われを忘れまいと必死にこらえていたので、自分がなにをしているのかもわかっていなかった。

ジュディスはいまにも壊れそうに見えた。彼女がイアンの名前を叫ぶ。その瞬間、イアンの自制心は吹き飛んだ。ジュディスがわななくのを感じ、両脚をさらに広げた。そのあいだに膝をつく。「おれに抱きつくんだ」しわがれた声でささやく。身を乗りだし、ジュディスの唇を唇でふさぐと、腰の両脇をつかんで動けなくした。

入口でつかのまためらったが、すこしずつ侵入する。やがて、ジュディスの純潔を守る障壁に突き当たった。

たしかに痛みはあったものの、ジュディスはこれくらいなら耐えられると感じた。イアンのキスに、ほかのことは忘れた。体のなかで圧力が高まっていく。この甘美な疼《うず》きをやわらげるすべを探し、もっと腰を動かした。

イアンは歯を食いしばり、信じられないほどの快感に耐え、これからジュディスに強いなければならない苦痛を思った。そして、力強くひと突きで最奥まで貫いた。

ジュディスは驚きと痛みに悲鳴をあげた。体をまっぷたつに引き裂かれたような気がした。情熱で朦朧《もうろう》としていた頭が、急にはっきりした。泣き声をあげ、やめてと懇願した。

「やっぱりだめ」小さくつぶやく。

「シーッ、落ち着いて」イアンはジュディスにささやきかけた。「すぐによくなる。動いてはだめだ。そのうち痛みはおさまる。ああ、動かないでくれ、ジュディス」

その声は怒っているような、気遣っているような感じで、ジュディスはなにをいわれているのか理解できなかった。ずきずきとした痛みはつづいていたが、いままで味わったことのないような、まったく別の感覚が混じりはじめ、混乱に拍車をかけた。

イアンは、体の重みでジュディスをベッドと自分のあいだにつなぎとめていた。はやる気持ちを静めるように深く息を吸い、なんとか持ちこたえようとした。ジュディスは熱く、とても締まっている。いまの望みは、繰り返し彼女に腰を打ちつけ、抑えていた欲望を解放したいということだけ。

肘をついて体を起こし、もう一度ジュディスにキスをした。どうにかして彼女に慣れる時間をやりたかった。ジュディスの頬に流れる涙を見ていると、最低の野獣になったような気がしてくる。

「ああ、ジュディス、すまない。痛かっただろう、でも……」

とぎれた謝罪の言葉より、心配そうなまなざしに、ジュディスは慰められた。手を伸ばし、イアンの頬を撫でる。その手が震えた。「大丈夫よ」さっき、彼にいわれたばかりの言葉をそのまま返した。「痛みはもうおさまったわ」

イアンは、ジュディスがほんとうのことをいっていないのをわかっていた。彼女のひたいに、鼻梁《びりよう》にくちづけし、最後に唇をとらえ、思いをこめて長いキスをした。ぴったりと合わさった体のあいだに手を差しこみ、ジュディスの熱い部分を撫でた。

ジュディスの欲望をふたたびかきたてるのに、時間はかからなかった。まずはゆっくりと腰を動かす。やがて、ジュディスがあえぎ声をあげはじめた。ほかの女が相手のときは決して自制心を失わなかったイアンも、ジュディスのたったひとことでわれを忘れた。

「愛してるわ、イアン」

情熱に頭と体を乗っ取られた。イアンはジュディスの奥深くまで突き入れた。何度も何度も。もはや、優しくしてなどいられない。彼女の爪が背中に食いこみ、この信じがたいほどのよろこびをもたらす行為を、もっともっとと求めてくる。

イアンはジュディスの首のつけねに顔をうずめ、白熱の快楽に呑みこまれまいと歯を食いしばった。

ジュディスは、体の内側で高まる圧力に限界まで耐えていた。全身にあふれる感覚の強烈さに、いまにも死にそうだと思った瞬間、イアンはさらに力強く、容赦なく責めてきた。

なにが起きているのか、理解しようとしているのに、イアンはそれを許してくれない。急に怖くなった。心身から、理性だけが引き離されそうな気がする。

「イアン、わたし――」

「シーッ。しっかりつかまれ。おれにまかせるんだ」

心ではとっくに知っていたことを、頭がやっと受け入れた。ジュディスは屈服した。こんな神秘は体験したことがなかった。感じたことのない歓喜が体と心を満たす。のけぞり、夫にしがみつき、陶酔に呑まれるがままになった。

ジュディスが絶頂に達した直後、イアンものぼりつめた。低くうなると同時に種を放つ。イアン自身も屈服し、身を震わせた。

雄として満足したうめき声をあげ、ジュディスの上で崩れた。たったいま共有した奇跡の名残りのように、愛の行為の香りがふたりのあいだに漂っている。イアンの心臓は激しく鼓動していた。自分が完全に屈服したのが信じられず、イアンは身動きできなかった。このまいつまでも彼女のなかにいたい。ジュディスはときどきため息をつきながらイアンの背中をさすっている。いつまでもつづけてほしい。

ああ、満足だ。

ジュディスのほうは、いつもの自分に戻るまで、さらに時間がかかった。どうしてもイアンに触れるのをやめられなかった。少なくとも百はイアンに訊きたいことがあるけれど、最初に訊きたいのは、そしてなにより気にかかっているのは、彼が満足してくれたのかどうかということ。

イアンの肩をつついたが、彼は重いのでどいてくれといいたがっていると勘違いしたらしい。すぐに横に転がった。ジュディスは彼と一緒に転がった。

イアンは目を閉じている。「イアン、わたしはよかった?」

にやりと笑う。

それではだめなのだ。言葉にしてほしい。

イアンは目をあけ、ジュディスがじっとこちらを見おろしていたことに気づいた。見るからに心もとなそうだ。「まさか、よくなかったと思ってるのか?」

答を考えるひまもなく、ジュディスはイアンの上に抱きあげられ、力強くキスをされていた。

「あれ以上よかったら死んでいた。これで満足か?」

ジュディスは目を閉じ、イアンの首のつけねに顔を押し当てた。

ええ、このうえなく満足よ。

11

その晩、ジュディスはほとんど眠れなかった。イアンのせいだ。わざとではないのだろうが、彼が寝返りを打つたびに、目が覚めてしまった。彼からできるだけ離れようとするのだが、すぐに間隔を詰めてくるので、ジュディスは文字どおりベッドの端からぶらさがる格好になった。

そんなわけで、ジュディスは夜明け前にようやくうとうとしかけた。すこしして、腕にイアンが触れた。とたんにジュディスははじかれたように起きあがり、悲鳴をあげた。イアンも仰天した。剣をつかみ、ベッドを飛びでようとしたとき、侵入者などいないのがわかった。

ジュディスはなにかを怖がっている。まだ寝ぼけている様子だ。やがてイアンは、ジュディスが怖がっているのが自分だと気づいた。ジュディスは怯えきった目をしていて、イアンが剣を置いて手を伸ばすと、びくりと体を引いた。

そのまま逃がすわけにはいかない。無理やりジュディスの腰をつかんであおむけに寝そべり、彼女を体の上にのせた。彼女の両脚を自分の脚で挟み、優しく背中をさする。

ジュディスはたちどころに体の力を抜いた。イアンは大きなあくびをして尋ねた。「悪い夢でも見たか？」

起き抜けで、声がかすれていた。ジュディスは、イアンを起こしてしまって申し訳なく思った。「いいえ」と、ごく小さな声でささやく。「もう一度眠って。休まなければ」

「どうしたのか教えてくれ。なぜ悲鳴をあげたんだ？」

「忘れてた」イアンの温かい胸に頬をすりつけ、目を閉じた。

「悲鳴をあげたわけを忘れたのか？」

「そうじゃなくて。結婚したのを忘れてたの。あなたがさわったとき……びっくりしてしまって。男の人と寝るのに慣れてないから」

闇のなかでイアンはほほえんだ。「そんなことだろうと思っていたさ。もう怖くないだろう？」

「ええ、もちろん。心配してくれてありがとう」

なんだか他人行儀ないい方。イアンは夫なのに。ジュディスはきまりが悪くなった……そして、心細くなった。きっと疲れているせいだ。ハイランドに来てから、よく眠れないうえに、いっぺんにいろいろなことがあった。

泣くつもりではなかったのに、思いがけず涙があふれた。こんなふうに感情的でわきまえのないふるまいをするなんて、まるで子どもだとわかっていたが、どうにも涙が止まらない。

「ジュディス？」イアンが親指で涙をぬぐってくれた。「どうして泣いているんだ？」

「花がなかった。イアン、たくさんの花が欲しかったの」

ジュディスの声がひどく小さかったので、イアンは聞き違えたのだろうかと思った。

「花？　どこに花がなかったんだ？」

答を待ったが、ジュディスは黙りこくっている。肩をちょっと握って返事を促した。

「教会に」

「どこの教会だ？」

「ここにはないわ」ジュディスは、自分がみじめな声をあげているのをわかっていた。それに、イアンを混乱させていることも。「わたし、疲れてるの」言い訳がましくつけ足した。

「怒らないで」

「怒ってはいない」イアンはジュディスの背中をさすりながら、ジュディスの妙な言葉について考えた。ここにはない教会に花がなかったとは、どういう意味だ？　わけがわからないが、ほんとうはなにを悩んでいるのか、尋ねるのは明日まで待ったほうがいいだろう。

ジュディスの温かくやわらかな体に、まったく別のことに考えが及んだ。今夜はジュディスに触れてはいけない。早すぎる。彼女には、痛みを癒《いや》す時間が必要だ。

それでも、彼女との行為を思い浮かべずにはいられなかった。たちまち、股間が硬くなり、疼きはじめた。無視しなければ。また彼女に痛い思いをさせるくらいなら死んだほうがましだ。

イアンはかわいい新妻を抱きしめ、目を閉じた。パトリックが、フランシス・キャサリンのためなら煉獄《れんごく》の業火のなかでも歩いてみせるといったとき、ばかげたいいぐさだと笑い飛ばしたのを思い出した。

あのとき、パトリックはすっかり無防備だった。隙だらけだった。そんな弟が、愚かに見えた。妻を大事にするのは結構だが、男たるもの、パトリックのように年がら年じゅう、妻の機嫌を取ろうとして、いいなりになるのは間違っている。女に振りまわされてたまるものか。そこまでひとりの女に入れこむつもりはない。たしかにジュディスは大切だ。思っていた以上に。その彼女が妻になったのだ、満ち足りた思いを味わうくらいはいいだろう。

けれど、隙だらけになるわけにはいかない。もちろん、彼女が愛してくれているのは心かららうれしい。また、愛情があれば、彼女もずっと順応しやすくなるだろう。

イアンは長いあいだ眠れなかった。パトリックのような恋わずらいの腑《ふ》抜《ぬ》けになってはいけない理由をあれこれ考えつづけた。心と理性を引き離そうと決意したとき、ようやく眠りが訪れた。

そして、ジュディスの夢を見た。

ジュディスはほとんど午《ひる》まで眠っていた。目を覚ましたとき、イアンは部屋にいなかった。体がこわばっているうえに、脚のつけねがひりひりと痛み、ベッドを出ようとして、レディらしくない大きなうめき声をあげてしまった。

氏族長の妻となったからには、なにかしなければならないのだろうが、なにをすればよいのかわからない。とりあえず服を着て、イアンを探しにいき、指示を仰ごうと決めた。

小さな袋に、新しい下着と淡いピンクのガウンを入れてきた。時間をかけて身支度すると、ベッドをととのえ、イアンが上掛けのほかにかけてくれてあったプレードをたたんだ。

大広間にはだれもいなかった。テーブルの真ん中に、リンゴを盛った盆がある。大きな黒パンの塊が、盆の脇に添えてあった。ジュディスは杯に水を注ぎ、リンゴを一個食べた。そのうち使用人が来るだろうと思っていたが、ずいぶん待ってもだれも来ない。きっと外でなにか作業をしているのだろう。

そのとき、グレアムが階段をおりてきた。ジュディスは声をかけようとして思いとどまった。グレアムは見られていることに気づいていないようだ。ぼんやりとしている。ひどく悲しげで、滅入っているように見える。一度、ちらりと後ろに目をやり、また階段を見おろす。ジュディスは彼が気の毒になった。グレアムはなにを悩んでいるのだろうか。声をかけてよいものかどうか。

グレアムは小さな櫃《ひつ》を抱えていた。ふたたび足を止め、櫃を抱えなおすと、ジュディスに気づいた。

ジュディスはすぐさまほほえみかけた。「ごきげんよう、グレアム」

グレアムはうなずいた。笑顔だが、無理やり作ったものに見えた。ジュディスは足早に玄関の間へ向かった。

「その櫃、運ぶのをお手伝いしましょうか？」

「いや。わたしひとりで大丈夫だ。ほかのものは、ブロディックとアレックスが運びだしてくれている。それからゲルフリッドのものも。すぐに、あんたをわずらわせなくなるから」

「あら。わたしはなにもわずらわしく思ったりしていません。どういう意味ですか？」

「キープを出ていくのだよ」グレアムはいった。「イアンが妻を娶《めと》ったからには、わたしとゲルフリッドは道沿いの一軒家に移る」

「どうして？」

グレアムは階段の下で立ち止まった。「イアンが結婚したからだ」辛抱強く繰り返す。

ジュディスはグレアムの前へ歩いていった。「イアンがわたしと結婚したから出ていく、そうおっしゃるのですか？」

「いまそういったじゃないか。他人の目を気にせずに生活したいだろう、ジュディス」

「グレアム、イアンがわたしと結婚する前に、あなたは彼の味方だ、結婚に賛成するとおっしゃいましたね」

グレアムはうなずいた。「そのとおりだが」

「だったら、出ていかないでください」

グレアムは片方の眉をぴくりとあげた。「どうしてかね？」

「出ていくのは、本心ではこの結婚に賛成していないからですよね。でも、ここにいてくだされば――」

「ジュディス、そういうことではないのだ。新婚の夫婦は、夫婦だけで暮らすものだ。老いぼれがふたりもいたら、邪魔になるだけだ」

「要するに、イングランドの女と同じ屋根の下に住みたくないということじゃないんですか？」

不安そうな目で見つめられ、グレアムはしきりにかぶりを振った。「そう思っているのなら、はっきりそういう」

ジュディスは彼の言葉を信じた。小さく安堵《あんど》の息を吐くと、グレアムに尋ねた。「ヴィンセントとオウエンとダンカンはどちらにお住まいですか？」

「三人は連れ合いと所帯を持っている」

グレアムはジュディスの脇をすり抜けようとしたが、ジュディスは立ちふさがった。彼は、ほんとうは出ていきたくないのだ。だったら、追いだすようなことはしたくない。問題は、いうまでもなく彼の自尊心だ。彼の自尊心を傷つけないように、ここにとどまってもらう方法を考えなければならない。

「どのくらいここに住んでいらっしゃるの？」とにかく質問攻めにして、そのあいだに方法を考えることにした。

「ほぼ十五年になる。氏族長に選ばれたときに、妻とここに移った。三月《みつき》ほど前、氏族長の地位をイアンに譲ったときに出ていくべきだったが、ぐずぐず居座ってしまったよ。長居しすぎたな」

「ゲルフリッドは？」グレアムがまた歩きだそうとしたので、あわてて尋ねた。「あの方は、どれくらいここにいらっしゃるの？」

グレアムは不思議そうにジュディスを見た。「三年だ。かみさんを亡くして、ここに来た。ジュディス、この櫃は重たいのだよ。通してくれないか」

ふたたびドアへ向かおうとした、ジュディスは急いで彼の前にまわった。背中をドアに押しつけ、両手を広げる。「出ていかないで、グレアム」

グレアムはぎょっとした。「なぜ止めるのだ？」

口ぶりは刺々《とげとげ》しかったが、ほんとうに怒っているわけではなさそうだ。「なぜ、ですか？」

「そう、なぜかね？」

どうしよう、もっともらしい理由がひとつも思い浮かばない。そのとき、ふと笑みが浮かびそうになった。もっともらしい理由がなければ、むちゃをいってやればいい。

「あなたに出ていかれると、悲しくなってしまうから」ジュディスは赤面するのを感じた。ばかみたいだ。「そう、悲しくなってしまうからです」うなずいてつけ加えた。

「ジュディス、なにをしてるんだ？」階上からブロディックの声がした。ジュディスは玄関の前に立ったまま、顔をあげた。ゲルフリッドがブロディックの隣にいた。

「グレアムとゲルフリッドに、ここに残ってほしいの」

「どうしてまた？」ブロディックが尋ねた。

「ふたりを出ていかせたくないの」ジュディスは大声でいった。「イアンはわたしを帰さないといったわ。わたしはこのふたりを行かせない」

大それた啖呵《たんか》を切ったつもりが、イアンがドアをあけたせいで台無しになった。ジュディスは後ろによろめいた。イアンが抱きとめてくれた。グレアムも櫃を放りだしてつかまえてくれたおかげで、ジュディスはふたりの男に前後から引っぱられる格好になった。自分のそそっかしさが恥ずかしく、顔が赤くなった。

「ジュディス、なにをしてるんだ？」イアンが尋ねた。

救いがたいわがまま女を演じてたのよ。頭のなかでそう答えたが、口にするつもりはなかった。いわなくても、彼はわかっているはず。

「グレアムに話を聞いてもらおうとしてたところ。グレアムもゲルフリッドも出ていくといってるの」

「で、行かせたくないんだと」ブロディックが口を挟んだ。

イアンはジュディスの手を握った。「ふたりが出ていきたいといってるのなら、邪魔してはいけないだろう」

「あなたはふたりに出ていってほしいの？」

くるりと振り向き、イアンの顔を見あげて返事を待った。彼はかぶりを振った。

ジュディスはにっこりすると、もう一度グレアムに向きなおった。「あまりにも勝手じゃありませんか、グレアム」

グレアムは苦笑した。イアンは仰天し、「年長者にそんな口をきくんじゃない」と鋭くいった。

「だが、わたしもジュディスを悲しませてはいけないな」グレアムがうなずきながら仲裁に入った。「どうしてもというのなら、ゲルフリッドと一緒にここにとどまろう」

「ありがとうございます」

ゲルフリッドが階段を駆けおりてきた。彼が安堵しているのが、ジュディスにもわかった。いかめしい顔でこちらをにらもうとして、あえなく失敗している。「ひとこといわせてもらうぞ」と、いばっていった。

ジュディスはうなずいた。「どうぞ」

「わしが喉を詰まらせるたびに、背中をばんばんたたくのはやめてくれ」

「わかりました」

ゲルフリッドはうなった。「よし。ブロディック、わしのものをもとどおりに運んでくれ。わしはここにとどまる」

ゲルフリッドはそそくさと階段をのぼっていった。「気をつけてくれよ、ブロディック。わしの櫃に、あんなふうに傷がついたら困る」

イアンはグレアムの櫃を拾おうとした。その手を、グレアムは押しのけた。「わたしはそこまで老いぼれちゃいない」きっぱりいう。声をやわらげてつづけた。「イアン、おまえの奥方はいささか興奮しやすいな。ドアの前に立ちふさがって、行くなといいたてるものだから、ゲルフリッドもわたしも観念せざるをえなかった」

イアンはなにがあったのかようやく理解した。「譲ってくださってありがとうございます」真摯《しんし》にいった。「ジュディスがここのしきたりを覚えるには時間がかかりそうですが、おれも手助けするつもりです」

グレアムはうなずいた。「もうすこし慎みが欲しいな」

「ええ、そのとおりです」

「ゲルフリッドとわたしで、おいおい教えてやろう」

「おれも気をつけます」

グレアムは階段をのぼりはじめた。「だが、優しすぎるところはどうするかな。そこは、だれにも変えられないと思うがな」

ジュディスはイアンの隣で、グレアムが角を曲がって姿を消すまで見送った。イアンがこっちを見ているのがわかる。どうしてあんな生意気な態度を取ったのか、説明したほうがよさそうだ。

彼の手を取り、顔を見あげた。「ここはあなたの住処《すみか》であると同時に、あのふたりの住まいでもあるわ。本気で出ていきたがっているとは思えなかった、だから……」

黙っていると、訊き返された。「だから、なんだ？」

ため息をつき、目を伏せた。「ふたりにここにいてほしくて、わざとわがままをいったの。

ふたりの自尊心を傷つけないようにするには、それしか思いつかなくて」イアンの手を放し、その場を離れた。「いまの一件はしばらく噂《うわさ》になるでしょうね」

大広間の真ん中で、イアンに追いつかれた。肩をつかまれ、振り向かされた。

「おまえはおれより人の気持ちに敏感だな」

「わたしが？」

イアンはうなずいた。「グレアムとゲルフリッドがここにいたがってるとは、おれは思ってもいなかった」

「部屋はいくらでもあるし」

「顔が赤いぞ」

「そう？」

「今日はどうだ、気分はよくなったか？」

ジュディスはイアンの目をのぞきこみ、質問の意味を考えた。「べつに、ゆうべから元気だけど」

「おれのせいで痛い思いをしただろう」

「ああ」恥ずかしさで顔が熱くなった。彼の顎《あご》に視線をおろした。「今日はそんなに痛くない。気にしてくれて、どうもありがとう」

笑わないように、イアンは懸命に我慢した。ジュディスは恥ずかしいとき、極端に腰が低くなる。ここまで旅したときに気づいたのだが、彼女の愛すべきところだ。それにゆうべ、あれほど情熱に満ちた一夜を過ごしたあとだ、おかしくてたまらない。

「礼には及ばない」気取った口調で答えた。

ジュディスのおとがいを持ちあげ、身をかがめた。一度、二度、軽く唇を合わせる。それでは満足できなかった。さらに深くキスをして、ジュディスを抱きあげた。

ジュディスは恥ずかしさも忘れ、ひたすらキスを返した。イアンがようやく唇を離すと、ジュディスは寄り添ってきた。

「ジュディス、ベッドにプレードを置いてきた。あれを着てくれ」

「わかりました」

すぐに同意してくれたので、イアンはもう一度キスをした。そのとき、ブロディックが邪魔をするかのように、イアンの名を大声で呼んだ。ブロディックはふたりの反応をおもしろがっている。ジュディスはびくりとし、イアンは彼をにらみつけた。

「エリンが待っている」ブロディックがふたりの真後ろでいった。「かみさんといちゃつくのもそれくらいにしてくれ、エリンをなかに入れるから」

「わたしもう出かけるわ」ジュディスはいった。

イアンはかぶりを振った。「なにかしたいことがあれば、自分で決めるんじゃない、ジュディス。おれの許可を得るんだ」

子どもに教え諭すような口ぶりだった。ジュディスはかちんときたが、ブロディックが見ているので我慢した。「わかりました」

「どこへ行くつもりだったんだ？」

「フランシス・キャサリンの家から、残りの荷物を持ってこようと思ったの」

イアンが許可を出すいとまも与えず、背伸びしてキスをすると、ドアへ急いだ。「すぐに戻るから」

「そのとおり、早く帰ってこい。十分で戻るんだぞ。大事な話がある」

「わかったわ、イアン」

イアンはジュディスの後ろ姿を見送った。ドアが閉まったとたん、ブロディックが大笑いしはじめた。

「なにがおかしい？」

「おまえに許可を得ろといわれたときのジュディスの目。たいしたもんだ」

イアンはにやりとした。彼もまた、たいしたものだと思っていた。ジュディスはやはり、簡単には手なずけられない激しさを内に秘めている。

そのとき、エリンが広間に入ってきたので、イアンは仕事を思い出した。ブロディックに、二階にいるグレアムを呼んでくるように指示した。

一方、ジュディスはしばらく足早に坂をくだり、ペースを落とした。今日はとびきり天気がよい。太陽がまぶしく輝き、そよ風は暖かいほどだ。周囲の美しさだけを味わおう。なにかしたいことがあれば、まず許可を得ろといったときのイアンの高飛車な態度など、気にしていてはもったいない。友達の家に行くにも夫の許可がいるなんて、彼は本気でいっていたのだろうか？　どうやらそうらしい。

でも、夫に合わせるのは妻の義務だ。結婚式で誓ったのだ、イアンに従わなければならない。しかも、彼は氏族長だ。結婚とは、考え方を変えなければならないものらしい。

坂の途中で足を止め、太い木の幹に寄りかかり、自分の新しい立場についてつらつら考えた。イアンを愛しているし、心から信頼している。面と向かって彼に反抗するのはどうかと思う。ここは辛抱強くいかなければ。イアンがつねにこちらの居場所を把握する必要はないとわかってくれるまでは。

たぶん、フランシス・キャサリンがなにかうまい手を教えてくれるかもしれない。イアンを怒らせたくはないけれど、いつも彼のいいなりになる気はない。フランシス・キャサリンが結婚してからずいぶんたつ。きっと、パトリックと似たような問題に当たったこともあるはず。パトリックに自分の考えを聞いてもらうために、どんなことをしたのだろうか。

体を起こし、ふたたび坂を歩きはじめた。

背中の真ん中に、一発目の石が投げつけられた。ジュディスはつんのめり、膝をついた。不意をつかれ、とっさに石が飛んできたほうへ振り向いた。

男の子の顔が見えたと思った瞬間、二発目の石をぶつけられた。とがった石が、右目の真下を切った。血が頬をつたう。

悲鳴をあげるまもなかった。今度は頭の左側に三発目の石が当たった。ジュディスは地面に倒れ伏した。さらに石がぶつけられたが、もはやなにも感じなかった。こめかみへの一撃で、ジュディスは完全に気を失っていた。

ジュディスがなかなか帰ってこないので、イアンはいらだちをつのらせていた。目の前で、エリンがダンバーとマクリーンの情勢について報告しているが、耳に入ってこない。エリンの話はすでにわかっていることばかりで、グレアムのために繰り返しているにすぎない。グレアムは、ダンバーとマクリーンの同盟はありえないと考えていた。どちらの氏族長も高齢で、よそのクランのためにいまさら力を割く余裕はないはずだった。だが、現に両氏族長の会談に同席したエリンの話を聞くと、グレアムも考えを変えざるをえなかった。

それにしても、ジュディスは遅い。イアンの直感は、どうもおかしいとしきりに告げていた。ただ時間を忘れているだけだろうと、自分にいいきかせる。フランシス・キャサリンの家のテーブルで、時がたつのも忘れておしゃべりに夢中になっているのだ。だが、頭ではそう考えても、焦燥は消えなかった。

これ以上じっとしていられない。中座すると断りもせずに席を立ち、玄関へ向かった。

「どこへ行く、イアン？」グレアムに呼ばれた。「急いで対策を練らなければならないのだぞ」

「すぐに戻ります。ジュディスを探してきます。いまごろ帰ってきているはずなのに」

「どうせくっちゃべっていて、時間を忘れてるのさ」ブロディックがいった。

「違う」

「おまえを試してるんじゃないのか？」ブロディックはにやにやしている。「ジュディスは扱いがむずかしいからな。おまえの命令に腹を立てたのかもしれんぞ」

イアンは首を振った。力のこもった否定だった。「あいつがおれに逆らうはずはない」

ブロディックは出し抜けに立ちあがった。グレアムに頭をさげ、急いでイアンを追った。イアンはパトリックの家へ向かった。ブロディックは馬に乗り、森をまわっていった。

ジュディスを先に見つけたのはイアンだった。脇腹を下にして、地面に倒れている。わずかに見えた顔は、血にまみれていた。

生きているのか、死んでいるのか、判じかねた。ジュディスのそばにたどりつくまでのわずかなあいだ、イアンは恐怖に呑みこまれていた。頭がまともに働かない。たったひとつの思いだけが、頭のなかを駆けめぐっている。ジュディスを失いたくない。わびしかったおれの人生に入ってきてくれたばかりなのに。

苦悶の叫びが山に響きわたった。男たちが剣を抜いて駆けつけた。パトリックは、フランシス・キャサリンと腕を組んで外に出ようとしたとき、血も凍るようなイアンの叫び声を聞きつけた。とっさにフランシス・キャサリンを家のなかに押し戻し、ドアにかんぬきをかけるよう命じると、身を翻して坂を駆けのぼった。

イアンは自分が叫んだことにも気づいていなかった。ジュディスのかたわらにひざまずき、そっとあおむけにした。ジュディスは小さなうめき声をあげた。イアンにとって、なによりもよろこばしい音だった。彼女はまだここにいる。イアンはふたたび息ができるようになった。

男たちが周囲で半円を作るように集まっていた。ジュディスが骨を折っていないか、丁寧に調べるイアンを見守っている。

ブロディックが沈黙を破った。「いったいどうしたんだ?」

「なぜ目をあけないんだろう?」同時にゴウリーが尋ねた。

パトリックは男たちをかきわけ、イアンの隣にひざまずいた。「大丈夫か?」

イアンはうなずいた。まともにしゃべる自信がなかった。ジュディスのこめかみのこぶが目に入った。そっと髪をどけ、よく見た。

「なんてことだ」パトリックはけがの具合を見て小さな声をあげた。「転んでこんな大けがをしたのか」

「転んだんじゃない」イアンは怒りに震える声でいった。

パトリックは呆然《ぼうぜん》とした。転んだのでなければ、どうしたんだ?

疑問を口にする前に、ブロディックが答をいった。「何者かに襲われたんだ」イアンと反対側に片膝をつき、ブレードの縁でジュディスの頬の血を優しくぬぐった。「そのへんの石を見ろ、パトリック。血がついたのが一個ある。これは事故じゃない」

イアンは持てるかぎりの自制心を振り絞り、憤りをこらえた。まずはジュディスの手当をしなければならない。報復はそのあとだ。ジュディスの脚と足首の骨が折れていないのを確認すると、彼女を抱きあげた。パトリックが手を貸してくれた。

イアンとパトリックが同時に立ちあがったとき、ブロディックはイアンと目が合った。その瞳には、すさまじい怒りが見てとれた。

　こいつはジュディスをものにしたかっただけじゃない。愛しているのだ。

　イアンはジュディスを胸に抱き、坂をのぼりかけてふと足を止めた。ブロディックのほうへ振り返る。

「こんなことをしたやつを見つけろ」返事は待たなかった。「パトリック、フランシス・キャサリンを呼んできてくれ。ジュディスが目を覚ましたら会いたがるだろうから」

　イアンの声に、ジュディスは目を覚ました。目をあけ、自分がどこにいるのか思い出そうとした。周囲のあらゆるものがぐるぐるまわっていて、胸がむかつき、頭がずきずきした。もう一度目をつぶり、イアンに身をまかせた。

　次に目を覚ましたのは、イアンのベッドに横たえられたときだった。イアンの手が離れたと同時に起きあがろうとした。とたんに、部屋のなかがぐるぐるまわりはじめた。イアンの腕につかまり、目の焦点が合うのを待った。

　体じゅうが痛かった。背中はまるで燃えているようだ。そういうと、イアンはジュディスを寝かせようとするのをやめた。グレアムが水を満たした洗面器を運んできたが、急いでいたので一歩進むたびに水がこぼれた。そのあとから、ゲルフリッドが麻布をどっさり持ってきた。

「どいてくれ、イアン。ジュディスの具合を見たい」グレアムがいった。

「かわいそうに、よっぽど勢いよく転んだのだな」とゲルフリッド。「この娘はいつもこんなにそそっかしいのかね？」

「いいえ」ジュディスは答えた。

ゲルフリッドはにっこりした。イアンはジュディスから離れようとしなかった。「おれが看護します」とグレアムにいう。「おれの女房ですから」

「そりゃあそうだ」グレアムはイアンをなだめるために引きさがった。

ジュディスはイアンの顔を見あげた。ひどく怒っているようだ。彼に握られた腕が痛い。

「たいしたけがじゃないわ」それがほんとうだといいのにと思いながら、きっぱりした口調でいった。「イアン、腕を放して。ただでさえあざだらけなんだから」

イアンは素直に腕を放した。グレアムは櫃に洗面器を置いた。ゲルフリッドが麻布を濡らし、イアンに渡した。

彼は黙ったまま、ジュディスの顔の血を拭き取った。その手つきは、きわめて優しかった。切り傷は深かったが、イアンの見たところ、縫《ぬ》う必要はなさそうだった。

ジュディスはそれを聞いてほっとした。夫だろうが、他人に肌を縫われるなんてまっぴらだ。

イアンはやっと落ち着いてきたように見えた。ところが、わざとではないものの、ゲルフリッドがイアンの神経を逆なでするようなことをいった。「目に当たらなくて運がよかったな。目玉をくりぬかなければならなかったかもしれん。そうとも」

「とにかく目は無事なんだから」ジュディスはイアンがまた目をむくのを見て、あわてていい、彼の腕を優しくたたいた。「大丈夫よ」となだめる。「ずいぶん気分がよくなったわ」

イアンを安心させたかったのに、彼はいきりたった。「いいもんか、切り傷に薬を塗ってやる。服を脱げ。背中を見せてみろ」

イアンがそういったと同時に、グレアムが身をかがめ、こめかみのこぶに冷たい布を当ててくれた。「こぶに当てていなさい、ジュディス。痛みがやわらぐぞ」

「ありがとうございます、グレアム。イアン、服は脱がないわよ」

「頭をぶつけたなんて、死んでいてもおかしくなかったな」とゲルフリッド。「ほんとうに運がいい」

「だめだ、服を脱げ」イアンはいいはった。

「ゲルフリッド、イアンを動揺させるようなことはいわないでいただけます？　わざとではないのはわかってますけど、なかったことをあれこれいってもしかたないでしょう。わたしは大丈夫ですから、ほんとうに」

「そのとおり、そのとおり」ゲルフリッドはうなずいた。「グレアム、この娘から目を離してはいかんぞ。あと二、三日は正気が戻らんかもしれん」

「ゲルフリッド、いいかげんにしてください」ジュディスはうめいた。「それから、服は脱ぎませんからね」と繰り返す。

「いいや、脱ぐんだ」

ジュディスはイアンにもっと顔を近づけてくれと手招きした。ゲルフリッドまで身を乗りだした。「イアン、ほら……人がいるでしょう」

イアンははじめて笑顔になった。ジュディスの恥じらいぶりが好ましく、しかめっ面がおかしい。どうやら、ほんとうに大丈夫なようだ。頭のけががひどかったら、こんなふうに文句をいったりできないだろう。

「われわれは他人じゃないぞ」グレアムがいった。「ここの住人だ、忘れたかね？」

「ええ、それはそうですけど――」

「ものが二重に見えやしないかね、ジュディス？」ゲルフリッドが尋ねた。「グレアム、ルイスを覚えているか？　ほら、気絶する直前になると、ものが二重に見えていた」

「お願いですから――」ジュディスはいいかけた。

「行こう、ゲルフリッド。ジュディスはいまにも火を噴かんばかりに真っ赤だ。われわれが出ていかなければ、服を脱げんだろう」グレアムがいった。

ジュディスはふたりが出ていき、ドアが閉まるのを待ってから、イアンに向きなおった。「グレアムとゲルフリッドの前で服を脱げだなんて、信じられない。ちょっと、なにしてるの？」

「かわりに服を脱がせてやってるんだ」イアンは辛抱強くいった。

勢いをそがれた。もちろん、イアンの笑顔のせいだ。この人は笑うといっそうすてきになるとぼんやり考えてしまい、はたとわれに返ったときには手遅れだった。やめてというまもなく、イアンはジュディスをシュミーズ一枚にし、身をかがめて背中のあざを調べはじめた。

「背中は大丈夫だ。切り傷はない」

イアンの指が背骨をなぞる。ジュディスが身震いすると、彼はにやりとした。「どこもかしこもやわらかくて、なめらかだ」とささやく。

それから、かがんでジュディスの肩にキスをした。「下でフランシス・キャサリンが待っているはずだ。パトリックに呼びにいかせたから」

「イアン、わたしはもう大丈夫よ。なにも――」

「つべこべいうんじゃない」

イアンの口調と、口を引き結んだ顔つきに、ジュディスは反抗しても無駄だと観念した。彼にしつこくいわれ、しぶしぶ寝間着に着替えた。昼間から寝間着を着ているなんてばかみたいだ。でも、とりあえずイアンを安心させなければ。まだ心配そうにしている。

しばらくして、フランシス・キャサリンが到着した。彼女は怖い顔でパトリックを部屋から追いだした。彼はフランシス・キャサリンを抱いて階段をあがってきたのだが、あまりの重さに、露骨にうめき声をあげたのだ。

ゲルフリッドとグレアムが夕食を運んでくれた。ジュディスはこんなふうに甘やかされるのに慣れていない。けれど、あれこれ世話を焼かれるのは悪い気がしなかった。やがて、イザベルもやってきた。イアンが帰ってきたころには、ジュディスは見舞客の相手でへとへとに疲れてしまっていた。

イアンは客をひとり残らず帰した。ジュディスは形ばかり抗議し、まもなく眠ってしまった。

夜明け前に目が覚めた。イアンは腹這いになって眠っている。ジュディスはできるだけ静かにベッドを出ようとした。片方の脚をおろす。

「頭はまだ痛むか？」

くるりと振り向き、イアンを見た。彼は片方の肘をついてこちらを見つめていた。まぶたは半分閉じ、髪はくしゃくしゃだが、野性的な魅力にあふれている。

ジュディスはベッドに戻り、イアンをあおむけにしておおいかぶさった。ひたいのしわにくちづけし、耳たぶをそっと嚙む。

イアンは、じらされるのを楽しむ気分ではなかった。喉の奥で低くうなり、ジュディスに腕をまわすと、唇をとらえて本物のキスをした。

ジュディスの反応に、イアンは燃えあがった。キスは激しさを増し、陶酔を誘うものに変わった。ジュディスの甘い口のなかを探り、舌と舌を絡める。しばらくして官能をそそる行為をやめると、ジュディスは腕のなかでぐったりした。

「ジュディス、答えてくれ。まだ頭は痛いか？」

いかにも心配そうな声。ほんとうは、まだすこし頭痛がしたが、ジュディスはキスをやめてほしくなかった。「キスのおかげでよくなったわ」とささやく。

イアンはほほえんだ。キスで頭痛がよくなるわけはないが、それでもジュディスの言葉がうれしかった。伸びあがり、彼女の首筋に鼻をこすりつける。「おれは興奮した」

ジュディスはうっとりと小さなため息をついた。

「ジュディス、おれが欲しいか？」

大胆に出るべきか、控えめにふるまうべきか、ジュディスは迷った。男は内気な妻が好きなのだろうか、それとも積極的なほうがいい？　深く考えるのはやめた。最初から遠慮なんかしていないし、イアンもいやがっているようではない。

「欲しいわ……ちょっとだけ」

イアンはその言葉を待っていた。体を起こしてベッドから立ちあがると、ジュディスを抱き寄せた。あおむかせて目を合わせる。「おれがおまえを欲しがってるのと同じくらい、欲しがらせてみせるからな」

「え？　イアン……もうその気なの？」

わかっていない。まったく、うぶなものだ。おれをよく見れば、その気になっているのは疑いようもないのに。だが、ジュディスはこちらを見ようとしない。恥じらっているのだ。イアンはみずから見せてやることにした。彼女の手を取り、いきりたった股間に当てる。ジュディスは炎に触れたかのように、すかさず手を引っこめた。顔が真っ赤だ。イアンはため息をついた。このかわいらしい新妻は、まだ羞恥心《しゅうち》にとらわれているらしい。無理強いはいけない。

自分は辛抱強い男だ。待つのは平気だ。ジュディスの頭のてっぺんにキスをし、寝間着を脱ぐのを手伝った。ずっとうつむいている彼女を抱き寄せる。

そして、ジュディスの羞恥心を取り除くという魅惑的な作業にとりかかった。まずは肩、腕、背中とさすったが、期待したような反応はなかった。だが、やわらかな尻をそっと撫ではじめると、彼女は小さなあえぎ声をあげ、そこが感じると無言で伝えてきた。

ようやく、ジュディスもイアンの体をまさぐりはじめた。だが、いつまでもいつまでも、背中を撫でている。イアンはもどかしさに歯を食いしばった。

待たされたかいはあった。ジュディスの手が下腹に届いた。彼女は一瞬ためらい、股間で熱くなっているものに触れた。

イアンの反応に、ジュディスは大胆になった。彼は低くうなり、ジュディスの肩をつかんだ手に力をこめた。ジュディスは彼の胸にキスをし、それからたいらなおなかへ顔を近づけていった。イアンの体には、脂肪はいっさいついていない。全身がたくましい筋肉だ。へそに唇をつけると、彼はわなないた。思わず、もういちど同じ場所にキスをした。彼をさらに高ぶらせるために。

イアンはしばらくジュディスのやりたいようにさせていたが、唇が下腹にたどりついたとたん、彼女を引き戻し、甘い唇をふさいだ。だが、ジュディスはまだやめようとしない。

「イアン、つづきが――」

「だめだ」

声がとがった。そんな声しか出なかったのだ。ジュディスがしようとしていることを思い浮かべただけで、先を急ぎたくてたまらなくなる。自分が先に果てるわけにはいかないのに、口で責められたらそうなってしまうのはわかりきっている。

「だめじゃない」ジュディスがささやいた。

「ジュディス、おまえはわかってないんだ」イアンはしわがれた声でいった。

彼女の瞳は情熱で潤んでいた。そのことに気づいたイアンは、胸を打たれた。おれに触れただけで、ジュディスはこんなふうになったのか？　だが、考えるひまはなかった。ジュディスが低くいう。「わかってるわ、今度はわたしの番だって」体を起こし、キスでイアンを黙らせた。イアンに主導権を渡さず、舌を突き入れる。「わたしの好きにさせて」ひたむきにいった。

そして、つづきを始めた。イアンは体の脇で拳を握りしめた。震えながら深く息を吸ったものの、吐くのも忘れた。ジュディスはいかにも不慣れでぎこちなく、かわいらしいほどに稚拙《ちせつ》だが、愛情にあふれている。いまにも昇天してしまいそうだ。

甘い責め苦には、長くは耐えられなかった。イアンは、いつふたりしてベッドに倒れこんだか、思い出せなかった。ひょっとすると、ジュディスを乱暴に押し倒してしまったかもしれない。すっかりわれを忘れ、ジュディスをよろこばせ、受け入れてもらえるようにすることだけしか考えていなかった。

引き締まった隙間に指を入れ、熱く濡れそぼっているのを確認したとたん、それまでの忍耐が吹き飛びそうになった。ジュディスの脚のあいだに膝をつき、雄の欲望がむきだしになった低いうなり声をあげた。

それでも、ジュディスを完全にものにする前に、イアンはいったん動きを止めた。

「いいか？」

イアンは許可を求めているのだ。ジュディスは情熱で朦朧とした頭でそう気づいた。涙がにじむ。ああ、この人を愛している。「ええ」はっきりと答えた。いますぐに来てくれないと死んでしまう。

彼は優しくしようと気をつけてくれているが、ジュディスはもう我慢できなかった。ゆっくりと進んできた彼を迎え入れるように腰を浮かせた。太腿をつかんでさらに引き寄せ、肌に爪を立てた。

ふたりの呼吸が合うまで、イアンはキスを止めなかった。激しい動きにベッドがきしむ。イアンのうめき声とジュディスのあえぎが混じり合った。ふたりとも、いまやなにも考えられなかった。イアンはいまにも達しそうだと感じると、密着した体のあいだに手を差しこみ、先にジュディスを満足させようとした。

情熱の炎がイアンを呑みこんだ。ついに果てた瞬間、イアンは自分の無力さを感じると同時に、無敵の力を手に入れたような気がした。荒々しく満足の声をあげ、ジュディスの上にぐったりと伏した。

ああ、ジュディスのこの香り。イアンは女らしい優雅な芳香を吸いこみ、ここは天国だと思った。あいかわらず、心臓はいまにも破裂しそうだが、ほんとうに破裂してもかまわない。このうえなく満ち足りたいま、なにが起きてもいい。

ジュディスもまだぼうっとしている。それが、イアンを得意にさせた。彼女を解き放ち、奔放に乱れさせることができるのが誇らしい。激しく脈を打っているジュディスの首のつけねにくちづけし、彼女が喉の奥で息を呑んだのを見て、頰をゆるめた。

ジュディスの上からどかなければならない。押しつぶしてしまいそうだ。だが、この至福のときを終わらせたくない。ほかの女とは、これほどの満足を味わえなかった。そう、いつも心のどこかは醒《さ》めていた。それなのに、ジュディスからは心を防御することができずにいる。その事実にイアンは動揺し、にわかに心細くなった。

「愛してるわ、イアン」

簡単なのに、なんと大きな安心をくれる言葉だろうか。こちらが不安に圧倒される前に、ジュディスはいとも簡単に救ってくれた。

イアンは彼女の耳元であくびをしてから、両の肘をついて上体を起こし、キスをした。そのとき、目の下の切り傷と腫《は》れあがったまぶたが目についた。

イアンが眉をひそめたとたん、ジュディスの顔から笑みが消えた。「どうしたの、イアン？　よくなかった？」

「よかったに決まってるだろう」

「だったら、なぜ――」

「この目が見えなくなっていたかもしれない」

「もう、あなたまでゲルフリッドみたいなことをいうのね」

イアンにしかめっ面をやめてほしくて、わざと茶化した。だが、思いどおりにはいかなかった。「ほんとうに危ないところだったんだぞ、ジュディス。運よく——」

ジュディスはイアンの口を手でふさいだ。「あなたもよかったわ」とささやく。

イアンはその手には乗らず、こう質問した。「倒れたときに、そばに男……それとも、女の姿を見たか？」

ジュディスはしばらく考え、男の子を見かけたことは黙っていることにした。まだ子どもなのだ、氏族長の前に引きずりだすのは酷だ。ひどく怖い思いをすることになるし、いうまでもなく家族も不名誉をこうむる。そんな騒ぎは起こしたくない。それに、このくらいなら自分でなんとかできる。あのいたずら小僧をまず見つけだし、たっぷりお説教してやるのだ。それでも反省しなければ、イアンに相談する。または、イアンにいいつけると脅してもいい。でも、それは奥の手だ。あの子の年齢によっては——まだ七歳にもなっていないと思うけれど——ラガン神父のもとへ連れて行き、懺悔《ざんげ》させてもいい。

「ジュディス？」イアンが返事を促した。

「いいえ、イアン、男の人も、女の人も見なかった」

イアンはうなずいた。最初から期待はしていなかった。ジュディスは襲われたと夢にも思っていないらしいからだ。おそらく最初の一撃で気を失ったのだろう。それに、ジュディスはまったく邪心がないから、こんな卑劣なことをする輩《やから》がいるとは、思いもしないのだ。

身をかがめ、ジュディスにキスをしてからベッドを出た。「もう夜が明けた。おれは仕事に行く」

「わたしには仕事はないの？」ジュディスは上掛けを引っぱりながら尋ねた。

「もちろんある。ジュディス、なぜ体を隠すんだ？」

ジュディスの顔が赤くなりだした。イアンは声をあげて笑った。彼女は上掛けを蹴り、立ちあがってイアンと向き合った。イアンはじっくりと彼女の全身を眺めた。ジュディスはじっとマントルピースを見つめている。

「おれを見てもいいんだぞ」気取った口調でいった。

おどけたいい方に、ジュディスは笑った。「わたしが恥ずかしがってるのをおもしろがっているのね、あなた《ハズバンド》？」

返事がない。ジュディスはようやくイアンの顔を見た。彼は……口もきけないようだ。この体にぎょっとしたのだろうか？　ジュディスは、体を隠そうと上掛けに手を伸ばした。

イアンの言葉に、その手が止まった。「いま、おれをあなた《ハズバンド》と呼んだな。気に入った」上掛けをベッドに戻す。「わたしの体、気に入った？」

イアンはにやりとした。「時と場合による」

ジュディスは笑い声をあげ、イアンの腕のなかに飛びこんだ。彼に抱きあげられ、キスをした。

「おまえのせいで、仕事を忘れてしまう」

　いいじゃないの。自分のキスにイアンが夢中になるのがうれしかった。ベッドに腰かけ、彼が服を着るのを眺めた。

　一枚一枚、衣類を身につけるにつれ、イアンは少しずつ変わっていくように見えた。だんだんクランの長らしくなり、たったいまそこにいた優しい夫の姿ではなくなっていく。ベルトを締めると、どこからどう見ても立派な氏族長で、ジュディスは使用人扱いだ。

　イアンがいうには、ジュディスの仕事とは使用人の監督だった。キープに専任の料理番はいない。クランの女たちが交代で食事を運んでくるのだ。ジュディスが料理をしたければ、してもかまわないとのことだった。

　それから、キープ内部の整理整頓もジュディスの仕事だ。それから、グレアムとゲルフリッドが心地よく暮らせるように、気を配らなければならない。

　そんな仕事なら大丈夫だ。テケルおじの家で、何年も前から使用人たちの監督をしていた。やりこなせる自信がある。

　イアンは心配しているようだった。それほどの責任を背負うには、ジュディスはまだ若い。そういって、手に負えないことがあれば相談するようにと指示した。

　能力を信用してもらえなくても、ジュディスは気にしなかった。イアンはまだ知らないのだ。氏族長の妻の義務を立派に果たせるのを、おいおい示していけばいい。そうすれば、イアンも安心するだろう。

そうと決まれば、早くとりかかりたい。「いまから下に行って、仕事にとりかかるわ」

イアンは首を振った。「まだ体調が万全じゃないだろう。休んでいろ」

反論するまもなく、イアンはジュディスを立ちあがらせ、ひたいにキスをすると、ドアへ向かった。

「ブレードを着るんだぞ」

ジュディスは裸であるのも忘れ、イアンに駆け寄った。「お願いがあるの」

「なんだ？」

「クランの女の人と子どもたちを全員、集めてくれる？　紹介してほしいの」

「どうして？」

理由はあえていわなかった。「とにかく、お願い」

イアンはため息をついた。「いつにするか？」

「今日の午後にでも」

「おれは、男衆を集めて結婚を発表するつもりだったんだが。そうすれば、女房連中にも伝わる。だが、どうしてもというのなら――」

「ええ、どうしてもお願い」

「じゃあ、そうしよう」

ジュディスはようやくイアンを見送った。すぐには服を着なかった。イアンとの愛の行為のせいでくたくただった。ベッドに戻り、イアンを間近に感じられるように彼の側に寝そべり、上掛けにくるまると、目を閉じた。

そのまま三時間ほど眠った。午後になって、やっとベッドを出る気になった。時間を無駄遣いしたのはうしろめたかったが、それでも急ぎはしなかった。フランシス・キャサリンの家から荷物を持ってきていないので、昨日と同じ白の下着を着けた。それから、イアンのプレードをまとおうとしたが、うまくいかないので、グレアムかゲルフリッドに手伝ってもらおうと探しにいった。

ゲルフリッドが手伝ってくれ、一階へ付き添ってくれた。

イアンは大広間でグレアムと待っていた。ふたりはジュディスの姿を認め、目を細めた。

そのとき、ジュディスは広間にのっそりと入ってきたブロディックに目をとめ、彼にほほえみかけた。

ブロディックはジュディスに会釈した。「イアン、みんなが待ってるぞ。ジュディス、その目が片方なくなっていたかもしれないな。まったくあんたは運がいいよ」

「そのとおり」ゲルフリッドが口を挟んだ。「イアンが女たちに直接話をしたいとは、いったいどういうわけかね」とつけくわえる。

もちろん、ゲルフリッドは説明を求めているのだが、ジュディスは聞き流した。彼ににっこりしてみせ、イアンに向きなおった。イアンはジュディスの手を取り、ドアへ向かった。

「イアン、わたしを信じてくれるわね？」

イアンは意外そうな顔をした。「ああ。なぜいまさらそんなことを訊くんだ、ジュディス？」

「ちょっと……変わったことをするつもりなの。その前に、あなたがわたしを信じて手出しをしないでいてくれるって、確かめたくて」

「それなら今夜、話し合おう」

「いいえ、そのころには決着がついてるから」

イアンはドアを押さえてジュディスを先に通し、外に出た。階段をおりようとしたジュディスの肩を抱き、かたわらに引き寄せた。

そして、集まった人々に挨拶した。ジュディスの目の前には、数えきれないほどの女たちが、子どもと一緒に立っている。中庭も、その外の坂道も、女と子どもでいっぱいだった。ジュディスは、イアンの話をほとんど聞いていなかった。これほどの群衆のなかにあの男の子を見つけるのは不可能に近いが、とにかくやってみなければならない。フランシス・キャサリンと、その隣にイザベルがいるのに気づき、うれしくなった。

イアンが話を終えた。「話をつづけて」ジュディスは小声で頼んだ。

イアンは身をかがめた。「もう終わったんだが」

「イアン、お願い。まだあの子が見つからないの。それから、そんな顔でわたしを見ないで、みんなにどうしたのかと思われるわ」

「おれも、どうしたのかと思っているんだが」

彼の脇腹をつついて急かした。

イアンはふたたび話をはじめた。ジュディスがもうあきらめようとしたとき、助産婦のひとりが目に飛びこんできた。たしか、ヘレンという名前だ。顔色が悪く、怯《おび》えているように見える。結婚の発表を聞いて動揺しているのは間違いない。なぜだろうと考えながら、ジュディスはいささか不自然なほど長くヘレンを見つめてしまった。すると、ヘレンは体をひねり、背後を見おろした。そのとき、あの男の子が目に入った。懸命に、母親のスカートの陰に隠れようとしている。

ジュディスはもう一度イアンをつついた。「もうやめていいわ」

イアンは唐突に話を打ち切った。聴衆は、しばらく話が終わったことに気づかなかった。たっぷり一分後、結婚を祝う歓声があがった。キープの脇に立っていた男たちも前に進み出て、祝いの言葉を述べた。

「イアンがこんなに長いスピーチをするのをはじめて聞いたな」ひとりがいった。

「というより、そもそもスピーチするのをはじめて聞いたんじゃないか」パトリックが混ぜっ返した。

ジュディスは男たちの話など聞いていなかった。母親に連れて行かれる前に、あの子をつかまえなければならない。

「ちょっと失礼するわ」

イアンの返事も待たず、その場を離れた。フランシス・キャサリンの前を通り過ぎざま、手を振ってみせ、急いで人込みをかきわけていった。若い娘たちに呼び止められ、祝いの言葉をかけられた。心から祝ってくれているようだ。お返しに、いつでもキープに来てほしいと誘った。

ヘレンは息子の手を握りしめている。ジュディスが近づくにつれ、どんどん真っ青になっていく。

どうやら、息子にいたずらの顚末《てんまつ》を聞いたらしい。「こんにちは、ヘレン」ジュディスは声をかけた。

「氏族長にお話ししようと思っていたんです」ヘレンは出し抜けにいった。「そうしたら、中庭に集まるようにとのお達しがあって、それで――」

ヘレンは泣きだした。まわりの女たちがじっとこちらを見ている。ジュディスは騒ぎを大きくしたくなかった。「ヘレン」声をひそめた。「お子さんと大事な話があるの。ちょっとふたりきりにしてもらえるかしら」

ヘレンの目は涙に曇っていた。「アンドルーと一緒に、氏族長にお話ししようと思ってたんです――」

ジュディスはかぶりを振ってさえぎった。「お子さんとわたしの問題だから。氏族長は関係ないわ。ただでさえ忙しい人なのよ、ヘレン。話というのが石を投げたことだったら、わたしたち三人のあいだにとどめておきましょう」

ヘレンはようやくジュディスの意図を理解した。安堵のあまり、いまにもしゃがみこみそうになりながら、しきりにうなずいた。「ここで待っていましょうか？」

「お宅で待っててくれる？　話が終わりしだい、アンドルーを送っていくわ」

ヘレンは目をしばたたき、涙をこらえた。「ありがとう」小声でいった。

イアンは、先ほどからジュディスの様子を見ていた。ヘレンとなにを話しているのか、気になった。ヘレンは泣いているようだが、ジュディスはむこうを向いているので、表情がわからない。

ブロディックとパトリックが、イアンを呼んでいた。ふたりのほうを向こうとしたとき、ジュディスが動いたのが見えた。そのまま見ていると、ジュディスはヘレンの後ろに手を伸ばし、ヘレンの息子をつかまえた。子どもはいうことを聞こうとしない。ジュディスもあとに引かなかった。子どもを引きずりだし、泣き叫ぶその子の手を引いて坂のほうへ歩いていく。

「ジュディスはどこへ行くつもりだろう？」パトリックが尋ねた。

イアンがすぐには答えられずにいると、ブロディックがいった。「あとをつけるか？　だれに襲われたのかわかるまで、ひとりにしないほうがいい。危険だ」

そういわれて、ジュディスがなにをしているのかがわかった。

「ジュディスのことなら、イアンにまかせておけ、ブロディック。おまえが気を揉《も》まなくても大丈夫だ」パトリックがいった。

イアンはふたりのほうを向いた。「ジュディスをつける必要はない。石を投げたのがだれか、おれにはわかっている。もう危険はない」

「いったいだれなんだ？」ブロディックが問いただした。

「ヘレンの息子だ」

ブロディックとパトリックは呆気にとられた。「だが、ジュディスはいま、その子を連れて行ったぞ」パトリックがいった。

イアンはうなずいた。「ジュディスは石を投げつけられたときに、あの子の顔を見たんだ。有無をいわせず引きずっていくのを見ただろう？　なにもかも承知のうえさ。いまごろ、あの子をとっちめてるんだろう」

イアンのいうとおりだった。ジュディスはアンドルーを文字どおりとっちめてやった。叱《しっ》責《せき》はすぐに終わった。アンドルーは反省し、ひどく怯えていたので、最後には慰めてやるはめになった。七歳になったばかりだが、年齢のわりに体が大きく、力も強かった。それでも、まだほんの子どもであることに変わりはない。

いま、アンドルーはジュディスのプレードをぐっしょり濡らして泣き、許しを請うている。けがをさせるつもりはなかった、ちょっと脅かしてやれば、イングランドに帰りたくなるかもしれないと思っていたのだという。

ジュディスは、このままハイランドにいてもいいかと尋ねようとした。そのとき、アンドルーがジュディスをイングランドへ追い返そうとした理由を泣き泣き打ち明けた。

「お姉さんのせいで、母さんが泣いてたから」

なぜ自分のせいでヘレンが泣いたのだろうか。アンドルーの話はさっぱり要領を得なかった。解決するには、ヘレン本人と話をするしかなさそうだ。

低い岩に腰かけ、泣きじゃくっている子どもを膝に抱いた。きちんと反省してくれてよかった。母親にも正直に告白したようなので、アンドルーには、このことは氏族長には黙っておきましょうねと話した。

「お父さまが知ったらどう思うかしらね」

「父さんは夏に死んだんだ。いまはぼくが母さんを守ってる」

ジュディスはアンドルーに同情した。「アンドルー、もういたずらはしないっていうあなたの言葉を信じるわ。もうこの話はおしまいにしましょう」

「でも、氏族長に謝らなきゃ」

立派な心がけだ。それに、潔い。「氏族長に会うのは怖いんじゃない？」

アンドルーはうなずいた。

「わたしも一緒に話をしてあげましょうか？」

アンドルーはジュディスの肩に顔をうずめた。「いますぐそうしてくれる？」消え入りそうな声でいう。

「わかったわ。一緒に城に戻って――」

「氏族長はここにいるよ」アンドルーは恐怖に声を震わせた。

くるりと振り向くと、真後ろにイアンが立っていた。胸の前で腕を組み、木にもたれている。

アンドルーがジュディスのプレードの下に隠れようとしたのも無理はない。彼が震えているのが伝わってくる。いつまでも恐ろしい思いをさせるのはかわいそうだ。ジュディスはしがみついてくるアンドルーを無理やり引き離し、立ちあがらせた。それから、彼の手を取ってイアンのほうへ連れて行った。

アンドルーはうなだれていた。この子にとって、イアンは巨人さながらに見えることだろう。ジュディスは笑顔でイアンを見あげ、アンドルーの手をぎゅっと握った。

「氏族長が、あなたの話を聞こうと待ってるわ」

アンドルーはおそるおそる目をあげた。すっかり怯えている。顔一面に散っているそばかすまで白くなり、茶色の目には涙がたまっていた。

「ぼくが石を投げました」いきなりいった。「氏族長の奥さんにけがをさせるつもりじゃなかったんです。脅かして、イングランドへ追い返そうと思ったの。そうしたら、母さんも泣かなくなるから」そういうと、また顎が胸につくほどうなだれた。「ごめんなさい」やっと聞こえるくらいの声で謝った。

イアンは長いあいだ黙っていた。ジュディスは、しょんぼりしたアンドルーをこれ以上見ていられなかった。かばおうと口をひらきかけると、イアンは片方の手をあげ、かぶりを振った。

イアンとしては、ジュディスに口出しさせたくなかった。ゆっくりと木から体を起こし、もう一度、首を振ってみせた。

アンドルーの前に立ちはだかる。「自分の足に謝ってどうするんだ。おれに謝れ」

ジュディスは、それはおかしいと思った。けがをしたのは自分だし、アンドルーはもう謝ってくれた。なぜ氏族長にまで謝らなければならないの？

けれど、いまは黙っていたほうがよさそうだ。氏族長の威厳を傷つけようとしていると思われたら困る。

アンドルーは、ふたたびイアンに顔を向けた。ジュディスの手を握りしめた彼の手に、力が入った。こんな小さな子を怖がらせているのが、イアンにはわからないのだろうか？

「氏族長の奥さんにけがをさせてごめんなさい」

イアンはうなずいた。イアンはうなずいた。背中で両手を結び、アンドルーをいつまでも見おろしている。わざとぐずぐずしているのかもしれない。

「一緒に来なさい。ジュディス、おまえはここで待ってろ」

ジュディスが異議を唱えるまもなく、イアンは道を歩きはじめた。アンドルーはジュディスの手を放し、イアンを追いかけた。

ふたりは長いあいだ帰ってこなかった。ようやく戻ってきたとき、イアンはあいかわらず背中で両手を握り合わせていた。アンドルーは、彼の隣を歩いている。ジュディスは、アンドルーが氏族長のまねをしていることに気づき、ほほえんだ。背中で両手をつなぎあわせ、イアンそっくりのいばった足取りで歩いてくる。ひっきりなしにしゃべるアンドルーに、イアンはときおりうなずいていた。

アンドルーは、まさに重荷から解放されたような様子だった。イアンはアンドルーに帰ってもよいと告げると、彼が声の届かないところまで離れるのを待ち、ジュディスに話しかけた。「石をぶつけられたときに、だれかを見かけなかったかと訊いただろう、ジュディス。なぜ正直に答えてくれなかったのか、聞かせてくれ」

「正しくは、男か女を見なかったかって訊いたのよ。嘘をついたわけじゃないわ。わたしが見たのは子どもだもの。大人の男でも女でもない」

「屁理屈をいうな。おれの質問の意味はわかっていたはずだ。どうしてほんとうのことをいわなかったんだ？」

ジュディスはため息をついた。「あの子とわたしの問題だったから。わざわざあなたに話すまでもないと思ったの」

「おれはおまえの夫だぞ。おれに話すまでもないとはどういうことだ」

「イアン、ほんとうに自分でなんとかできると思ったの」

「それはおまえが決めることじゃない」

イアンは怒っているわけではなかった。ただ、なにか問題が起きたときの正しい対処法をジュディスに知ってほしかった。

ジュディスは興奮してはいけないと自分にいいきかせたが、うまくいかなかった。おなかの前で腕を組み、顔をしかめる。「わたしはなにも選べないの？」

「おまえを守るのがおれの役目だ」

「わたしの問題に干渉するのも？」

「そのとおり」

「それじゃあ子どもと同じだわ。はっきりいって、結婚してよかったとは思えない。イングランドにいたころのほうがずっと自由だった」

イアンは嘆息を漏らした。とんでもないことをいうやつだ。女の立場をいまのいままで知らなかったのだろうか。「ジュディス、自由な人間などいない」

「あなたは自由だわ」

イアンはかぶりを振った。「おれは氏族長だ、下の人間よりずっと多くの責任を負っている。すべての行動を長老たちに報告する義務がある。ここに暮らす者は、それなりの責任も負わなければならない。結婚してよかったと思えないなどと、おまえの口から聞きたくなかった」

「あなたと結婚したから後悔してるといったわけじゃないわ。結婚生活そのものが合わないっていったの。してはいけないことばかり。そういうことよ」

イアンは納得のいかない顔をしていた。ジュディスを抱き寄せ、キスをした。「おれと結婚してよかったと思え。これは命令だ」

ばかげた命令だ。ジュディスは体を引き、イアンの顔を見あげた。いまのはきっと冗談なのだ。顔を見れば、それがはっきりするはず。

だが、イアンは真顔だった。いや……不安そうな、傷ついたような顔をしている。ジュディスは驚き、心からうれしく思った。彼の腕のなかに戻り、ささやいた。「愛してるわ。もちろん、あなたと結婚してよかったと思ってる」

イアンはジュディスを強く抱きしめた。「だったら、これからはなにかあったらおれにまかせてくれ」

「事と次第によってはね」無条件では同意しかねた。「事と次第によっては、自分で解決するわ」

「ジュディス――」

みなまでいわせなかった。「フランシス・キャサリンがいってたわ、あなたはパトリックにとって、お兄さんというよりは父親なんだって。ずっと、パトリックに困ったことがあったら、あなたが助けてきたんでしょう?」

「まあ、昔はそうだった。だが、もうおれたちは一人前の男だ。なにかあったら、ふたりで対処している。あいつがおれを頼りにしているのと同じくらい、おれもあいつを頼ってる。それより、弟がこの話となんの関係があるんだ? おれに守ってほしくないのか?」

「いいえ、そんなことはないわ。ただ、あなたのお荷物になりたくないの。問題が起きたら、あなたに丸ごとまかせるんじゃなくて、一緒に解決したい。わかる? あなたと対等になりたいの。もしあなたに悩みが持ちあがったら、相談してほしい。子どものころのパトリックみたいに扱わないで、一人前と見なしてほしいの」

イアンは返事に詰まった。「よく考えさせてくれ」

ジュディスはイアンに笑顔を見られないよう、胸に寄り添った。「もちろんよ」

「こんなことをいわれたのははじめてだが、できるだけいうとおりにしよう」

「ええ、お願い」

イアンの顎に軽く唇をつけた。彼はかがんでジュディスの唇をとらえ、長いキスをした。なかなか離れようとしなかったが、やがて、しぶしぶといった体でようやくジュディスを放した。

そして、振り向きもせずに大声でいった。「アンドルー、準備はいいか？」

「はい」アンドルーが返してきた。

「どうしてあの子がいるとわかったの？」

「足音がした」

「わたしには聞こえなかったわ」

イアンはほほえんだ。「聞く必要がなかったからだ」

意味がわからない。やけに得意気な口調だ。

「あの子とどこへ行くの？」アンドルーに聞こえないように、小声で訊いた。

「厩《うまや》だ。調馬頭の手伝いをさせる」

「罰なの？　イアン、お願い――」

「今夜、話してやる」

ジュディスはうなずいた。首を突っこむなといわれなかったのがうれしくて、顔がほころびそうだった。「仰せのとおりにするわ」

「では、キープに帰れ」

ジュディスはもう一度うなずき、イアンに頭をさげると、坂をのぼりはじめた。

「午後は休むんだぞ」背後からイアンの声がした。

「はい」

「ほんとうだぞ、ジュディス」

イアンはいやだという答が返ってくるとばかり思っていたらしい。ジュディスが素直に返事をしたので、どうせ従う気がないのだと邪推したようだ。ジュディスは笑いをこらえた。イアンもやっとわたしのことがわかるようになったみたい。

約束は守った。まずフランシス・キャサリンがキープへやってきた。彼女がパトリックと一緒に午後の仮眠をしに家に帰ると、ジュディスも二階の寝室へあがった。目下、最大の心配事はフランシス・キャサリンのお産だったが、よい解決法が見つかった。もし難産になったら、自分ひとりでは対処できそうにないけれど、ヘレンなら充分な経験を積んでいるのではないだろうか？　いまならさほど冷たくされないだろうし、うまく持ちかければ、アグネス抜きで協力してもらえるかもしれない。

きっと、フランシス・キャサリンは大反対するだろう。ヘレンは味方であって邪魔者じゃないと説得しなければ。

ヘレンが味方でありますように。そう祈りながら、ジュディスは眠りについた。

12

その夜、ジュディスはずっと眠っていた。目が覚めたときには、イアンはもう寝室にいなかった。今日こそ、ぐずぐずせずに一日を始めなければならない。部屋の隅に自分の荷物がきれいに積んである。イアンが、フランシス・キャサリンの家から運んできてくれたのだろう。

小さな櫃に身のまわりのものをしまい、部屋を整頓してから一階におりた。

ゲルフリッドとダンカンがテーブルについて朝食をとっていた。ふたりとも、ジュディスを認めて立ちあがりかけたが、ジュディスはどうぞそのままでと手振りで示した。

「あんたも一緒にどうかね？」ゲルフリッドが尋ねた。

「ありがとうございます。このリンゴで充分です。大事な仕事が待っているので」

「プレードがよく似合う」ダンカンがぼそぼそといった。ほめているのに、顔は苦々しげだった。まるで、ジュディスをほめるのが不本意だといわんばかりだ。

ジュディスは笑い声こそあげなかったが、顔をほころばせた。ダンカンとゲルフリッドはそっくり。一見、気むずかしそうだけれど、心は優しい。

「まだひどい顔をしているだろう」ゲルフリッドがいった。「片方の目玉をくりぬかれていてもおかしくなかったのだよ、ダンカン」うなずきながらつけ足した。

「そうだな」

ジュディスはいらだちを押し隠した。「ゲルフリッド、わたしはもう行きますけど、なにか用事はありますか？」

ゲルフリッドは首を振った。

「今朝はグレアムを見かけました？ なにか用があるなら、仕事に取りかかる前に聞いておきたいんです」

「グレアムはパトリックたちと狩りに出かけた。昼食までには帰ってくる。夜明けとともに出発したからな」

「イアンも一緒ですか？」

ダンカンが答えた。「供を連れて、マクファーソンの領地へ向かった。ちょっとした話し合いだ。連中の領地は西にある」

その声には、ためらいが聞き取れた。「『ちょっとした話し合い』というのは嘘でしょう、ダンカン？ マクファーソンも敵ですよね」

ダンカンはうなずいた。「あんたが心配することじゃない。反目しているといっても、たいした相手じゃないからな。マクファーソンの氏族長は無能だ。連中と本気で戦うまでもない。おおごとにはならないさ」

「ほんとうですね、ダンカン？」

「ほんとうだ。戦いにはならない」

「そのとおり、イアンにとっては面倒なだけだ」ゲルフリッドがいった。

「帰りは夜になるだろう」

「そうですか、教えてくれてありがとうございます」ジュディスはお辞儀し、広間を出た。

坂を途中までおりたところで、ヘレンの家を知らないのを思い出した。フランシス・キャサリンに尋ねるわけにはいかない。なんの用があるのか、すかさず問いただされるに決まっている。先にヘレンと話をつけなければならない。

イザベルの家のほうへ曲がった。聴聞のとき、アグネスが自分とヘレンはお産のときの悲鳴が聞こえるくらい、近くに住んでいるといっていたから、きっとイザベルならヘレンの家を知っているだろう。

そのとき、ラガン神父が坂をのぼってくるのが見え、ジュディスは手を振った。

「マーリンの埋葬は無事に終わりましたか？」

ラガン神父はほほえんだ。「ああ。いまから、イザベルの息子に祝福を授けにいくところだよ」

「いつもそんなにお忙しいんですか？」

「そうだね」神父はジュディスの手を両手で握った。「見るからに新婚の幸せそうな顔をしている。イアンが大事にしてくれているようだね」

「ええ、神父さま。今夜、夕食を一緒にいかがですか？」

「ぜひ。いまから一緒にイザベルのところへ行く時間はあるかね？」

「ええ。でもその前に、助産婦さんに用事があるんです。ヘレンの家がどこか、ご存じですか？」

神父はうなずき、親切にも案内してくれた。ジュディスのかわりに神父がドアをたたいた。神父と氏族長の奥方がそろってやってきたことに、ヘレンはひどく驚き、さっと胸を押さえた。

ジュディスは彼女が不安そうにしているのを見てとり、すぐに気を楽にしてあげようと思った。

「こんにちは、ヘレン。神父さまに、あなたのお宅を教えていただいたの。ちょうど、イザベルの赤ちゃんに祝福を授けにいくところだったんですって。ところで、ちょっとお話ししたいことがあるの……忙しかったら、また出なおしてくるけど」

ヘレンは戸口からさがり、ふたりを丁重に請じ入れた。

焼きたてのパンの香りが漂ってきた。ラガン神父はジュディスを先に入れ、あとにつづいた。

こぢんまりとした家のなかは、掃除が行き届いていた。木の床はきれいに磨きあげられ、板の一枚一枚が輝いている。

ジュディスはテーブルの前に座ったが、神父は暖炉へ行き、火の上に渡した棒にかかった鉄鍋《なべ》をのぞきこんだ。

「なにを作っているのかね？」

「マトンのシチューです」ヘレンはごく小さな声で答えた。両の拳が真っ白になるほど、きつくエプロンを握りしめている。

「味見をしてもいいか、ヘレン？」

あからさまなおねだりだ。だが、そのおかげでヘレンはほっとしたらしい。神父をテーブルへ案内し、シチューをたっぷりよそった。ジュディスは神父の食欲に目をみはった。棒のようにやせているのに、大の男ふたり分はたいらげた。

ヘレンは給仕をしているあいだに、落ち着きを取り戻していった。神父に料理の味をほめられてよろこんでいるのが、ジュディスにもわかった。ジュディスも、濃厚なジャムをつけた黒パンを二枚食べて感心した。

それでも、ヘレンは座ろうとしなかった。ラガン神父は食事を終えて礼をいうと、イザベルの家へ向かった。ジュディスは残った。ドアが閉まるのを待ち、ヘレンに座るようにいった。

「あなたには、あらためてお礼を――」ヘレンがいいかけた。

ジュディスはさえぎった。「謝ってほしくて来たんじゃないの。その話はもう片がついたし、アンドルーもちゃんとわかってくれたわ」

「父親が亡くなってから、あの子……あたしから離れようとしなくなって。いつもそばにいて、守らなければならないと思ってるみたい」

「心のどこかで、あなたまで死んでしまってひとりぼっちになったらどうしようって、不安に感じてるのかもしれない」

ヘレンはうなずいた。「母ひとり、子ひとりだもの。あの子もつらいと思います」

「おじさんか、年上のいとこは──」

最後までいう前に、ヘレンはかぶりを振った。「あたしたちには身よりがないの」

「そんなことはないわ。このクランの一員でしょう。アンドルーは大きくなったら立派なメイトランドの戦士になる。血のつながりのあるおじさんやいとこがいないのなら、イアンに相談すべきよ。ヘレン、子どもにとって、大事にされていると感じるのはとても大事なことだって、あなたもわかるでしょう」言葉を切り、ヘレンにほほえみかけた。「女にとっても大事なことよね」

「ええ。ずっと、ここでの生活はつらかった。あたしはマクドゥーガル・クランの出なんです。姉妹が八人、兄弟がふたりいるの」うなずいてつけ加える。「だから、話し相手はいくらでもいたし、しょっちゅうおたがいを行き来していた。でも、ここでは違う。女は夜明けから日暮れまで働いてる。日曜だってそう。それでも、みんながうらやましい。世話をしてあげる旦那さまがいるんだもの」

ジュディスに促され、ヘレンはそれから一時間以上、自分について話した。結婚したのは遅かった。オールドミスになる運命から救ってくれた夫のハロルドに深く感謝していたから、目が覚めているあいだは、家をできるだけ居心地のよい場所にすべく努めたという。夫の死後、毎日床を磨きあげずにすむようになったのはよかったが、すぐに退屈するようになった。いまでは、夫が生きていたころと同じくらい、しょっちゅう床を磨いているのだと、笑いながら打ち明けた。

夫のために料理を作れなくなったのがさびしいという言葉に、ジュディスは驚いた。ヘレンは新しいレシピを考えるのが好きで、マトンの調理法だけで百は考えたという。

「助産婦の仕事は好き？」ジュディスは尋ねた。

「いいえ」

即座に強い口調で返事が返ってきた。「ここへ来る前に、二十人くらいお産を手伝ったことがあったんです。それで、ハロルドが亡くなったあと、その経験が……生計をたてる手だてになるかもしれないと考えた。でも、もうやめます。イザベルのことであんな騒ぎになってしまったからには、ほかの仕事を……」

言葉がとぎれた。「ヘレン、女は神さまを満足させるために産みの苦しみを味わわなければならないって、ほんとうに思ってる？」

「それは、教会がそう――」

「わたしはあなたの考えを訊いてるの」

「お産は程度の差こそあれ、かならず痛みをともなう。でも、神さまがすべての女にイヴの罪を負わせたがってるとは思えません」

小さな声でそう告白すると、ヘレンは不安そうな面持ちになった。ジュディスは急いで安心させようとした。「ラガン神父にはいわないわ。わたしも、教会の説より神さまはずっと慈悲深いと思ってる。教会の教えに異を唱えたくはないけれど、ときどき妙な教義に首をかしげずにはいられなくなるのよね」

「そのとおりだと思います。あたしたちは従うしかない。従わなければ破門されるだけ」

「話がそれちゃったわね。そもそも、相談したかったのは友達のフランシス・キャサリンのことなの。あなたの助けを借りたくて」

「あたしになにをしろと？」

ジュディスは説明した。「さっき、もう助産婦はやめるっていってたけれど、ヘレン、わたしにはあなたしか頼りにできる人がいないの。フランシス・キャサリンのお産がうまくいくか、気が気じゃなくて。もし難産になったら、わたしの手には負えないわ」

アンドルーの件をうまく解決してくれたジュディスの頼みを断ることなど、ヘレンにはできなかった。

ジュディスはいった、「フランシス・キャサリンはあなたを怖がってる。ほんとうは、むごい教義なんか信じていないってことをわからせなければならないわ。それから、このことは内緒にしておいてほしいの。アグネスに手出しされたくないから」

「間違いなく手出ししてきます。そうせずにはいられないのよ」ヘレンはうなずきながらつけ加えた。「あの人を説得しようとしても無駄ですよ。絶対に自分のやり方を変えないから。それに、娘の夫を奪われて、あなたのことを恨んでるし」

ジュディスは首を振った。「イアンはセシリアと結婚すると決まってたわけじゃないでしょう。それに、フランシス・キャサリンもいってたわ、そもそもイアンはセシリアに結婚を申しこむ気はなかったって」

ヘレンは肩をすくめた。「アグネスはよくない噂を広めてる」とささやく。「イアンはあなたの名誉を汚《けが》さないためだけに結婚したって」

ジュディスは目を見ひらいた。「つまり、イアンとわたしが……その……」

その先はつづけられなかった。ヘレンがうなずく。「そう、アグネスはそんなふうにいいふらしてます。しかも、あなたが妊娠してるってほのめかしてる。そんなひどい噂を広めてるなんて氏族長が知ったら、どうなるかしら」

「知られないことを祈るわ」ジュディスはいった。「イアンは激怒するわよ」

ヘレンもうなずいた。ジュディスはいとまごいしたが、ヘレンはこの家に客が来るのは三カ月ぶりなのだという。すぐにまた腰をおろした。

それから一時間ほど話してから、ジュディスは

「楽しかったわ、ヘレン。今晩フランシス・キャサリンに話しておくから、明日、会いにいってくれるかしら。ふたりで説得すれば、彼女も安心すると思う」

ドアから出ようとして、ふと足を止めた。ヘレンのほうへ振り返る。「イアンとグレアムたちのために、クランの女の人が交代で食事を用意しているって知ってた？」

「ええ」ヘレンは答えた。「ずっと前からそうだったんですって。あたしもお手伝いしたいって申し出たんですけど、ハロルドの具合が悪くなって、余裕がなくなってしまって」

「女の人たちにとっては、大変な仕事でしょう？」

「そりゃあそうです。とくに冬のあいだはね。係は七人、週に一日ずつ担当するんです。加えて、自分の家の家事もあるでしょう。ほんとうに大変」

「でも、あなたは料理が大好きなのよね」

「ええ」

「食材はどこから手に入れてるの？」

「兵士が持ってきてくれます。それから、残ったものをわけてくれる奥さんもいる」

ジュディスは眉をひそめた。それでは物乞い同然だ。「わたしは料理ができないの」

「氏族長の奥さんだもの、自分で料理しなくてもいいでしょう」

「アンドルーには、お母さんだけではなく、父親代わりになる人も必要よね」

「そうですね」ヘレンは、ジュディスの話がころころ変わるのにとまどいながら答えた。

「そして、あなたは料理好き。よし、解決したわ。ヘレン、これで決まりよ。もちろん、あなたがいやでなければだけど」ジュディスは勢いこんだ。「これはお願いでもないし、命令でもないけれど、決める前によくよく考えてほしいの。いやだったら、無理強いはしないわ」

「なんの話です？」

「キープで働かない？」ジュディスは提案した。「あなただったら、料理をして、使用人を監督できる。もちろん、必要なだけのお手伝いをつけるわ。ただし、責任者はあなたよ。いい考えだと思うの。あなたとアンドルーもキープで食事して。そうすれば、アンドルーは、いつもゲルフリッドやグレアムと一緒に過ごせる。ふたりほどじゃないけれど、イアンとも一緒にいられるわ。ゲルフリッドやグレアムには、世話を焼いてあげる人が必要なの。あなたも、アンドルー以外に世話を焼く人がいたほうがいいでしょう？」

「あたしのためにそんなことを？」

「そうじゃないわ。わたしたちのほうが、あなたを必要としてるのよ。あなたはきっと、キープに不可欠の人になる。キープに住みこんでくれれば、さらに都合がいいわね。返事は急がないわ。アンドルーにも、お母さんがキープで働くってことを理解してほしいもの。それから、本格的に話を進めましょう。食料庫の裏手に、大きな窓のある広い部屋があるの」

ジュディスは先走りしすぎたのに気づき、はたと口をつぐんだ。「ね、考えてくれる？」

「光栄です」ヘレンはすかさず答えた。

これで丸く収まった。ジュディスは上機嫌でヘレンの家を出た。われながら、いい考えだったと思う。ヘレンとアンドルーのためにもなり、自分も得する名案だ。

その晩、ジュディスはヘレンに料理番を頼んだことを長老ふたりに話した。長老たちのなかでも変化を嫌うゲルフリッドが難色を示すだろうと踏んでいたが、彼はなにもいわなかった。

話の最中に、イアンが広間に入ってきた。テーブルの上座に着き、グレアムとゲルフリッドに会釈すると、すばやくジュディスを抱き寄せ、有無をいわせずキスをした。

グレアムがジュディスの計画を話した。イアンは説明が終わってもひとことも発さず、うなずいただけだった。

「あなたはどう思う?」

イアンは、ジュディスが前に置いた杯を取り、冷たい水をひと息に飲んだ。「おれはかまわん」

「いい話じゃないか」グレアムもいった。「これで、ミリーの料理に我慢しなくともよくなるわけだ。まったく、水曜日が来るたびにげんなりする」

「ヘレンは料理上手なのか?」ゲルフリッドが尋ねた。

「とびきりの料理人です」ジュディスは答え、グレアムのほうを向いた。「もうひとつ、提案があるんです。それにはおふたりの協力が必要で……イアンの協力も」

グレアムは眉をひそめた。「長老会にかけなければならないことかね?」

「いいえ」イアンに向きなおる。「たいしたことじゃないから、長老会にかけるまでもないと、あなたも思うんじゃないかしら」

「いったい、その提案とはなんだ?」ゲルフリッドが尋ねた。

ジュディスは深く息を吸った。「日曜日が欲しいんです」

そのとき、パトリックが広間に入ってきた。「そうしたらいいんじゃないか、イアン」

「日曜日が欲しいとは、どういう意味だろう？」ゲルフリッドがグレアムに訊いた。

「聞き違いではないか」グレアムは答えた。「まさか、そんなことをいうはずが――」

ゲルフリッドがさえぎった。「この娘も、われわれのような発音を身につけてくれれば、なにをいっているのかわかりやすいんだがな」

今度はダンカンがふんぞりかえって広間に入ってきた。あとからヴィンセントとオウエンも現れた。ジュディスはイアンのほうへ身を乗りだした。「これから会合があるの？」

イアンはうなずいた。「だが、日曜が欲しいとはいったいどういう意味か、おまえの話を聞いてからだ」

ジュディスはかぶりを振った。イアンが片方の眉をあげた。ジュディスは椅子の端までお尻をずらし、さらに彼のほうへ寄った。「長老たち全員の前で話したくないの」声をひそめていう。

「どうして？」イアンは手を伸ばし、ジュディスの髪を肩の後ろにかけた。

ジュディスはその手に自分の手を重ねた。「私的なことだから、まずあなたに賛成してほしいの」

「グレアムとゲルフリッドもいたが――」

「ふたりは家族と同じよ、イアン。ふたりにも相談すべきだわ」

「聞いたかね、グレアム」ゲルフリッドが大声をあげた。「ジュディスはわれわれのことを家族だといったぞ」

ジュディスは振り向いてゲルフリッドをにらんだ。彼はにやにや笑いをよこした。

ふたたびイアンのほうを向いた。「ちょっと時間をくれるかしら、寝室で話しましょう」

イアンは笑いたくなったが、もちろん我慢した。いま笑ったりしたら、ジュディスは傷つくだろう。見るからに気を張っている。だが、かすかに頬が赤い。なにか恥ずかしい話なのだろうか？　イアンはため息をついた。ジュディスと寝室に行ったりすれば、話などしていられなくなるのはわかりきっている。彼女を抱いてベッドに直行だ。欲望はおさまるだろうが、会合をすっぽかすことになる。同盟についてもう一度話し合いたいと、こちらから長老たちを招集したのだから、ほったらかしにはできない。

長老たちはテーブルに着いた。ジュディスが見たことのない若者が水差しを運んできて、長老の杯に葡萄酒を満たしてまわった。イアンは自分の番が来ると、手を振って断った。そのときはじめて、ジュディスは自分が息を詰めていたことに気づいた。イアンが葡萄酒を断るのを見て、やっと息をついた。

イアンが葡萄酒を断るのを、オウエンが見ていた。「どうした？　自分の結婚に乾杯しないでどうする。結婚したおまえから助言をもらうのは、今夜がはじめてじゃないか」

「なぜイアンがみなさんに助言するの？」

ジュディスはうっかりそう口走ったあとで後悔した。みんなの注目を集めてしまった。長老たちは、なにをわかりきったことを訊くのかといわんばかりに、目を丸くしてこちらを見つめている。

「なにかおかしいか？」オウエンが尋ねた。

「イアンは氏族長だろう」ヴィンセントがいった。「われわれに助言するのが、彼の務めなのだ」

「ここではなにもかもがあべこべだわ」ジュディスはうなずきながらつぶやいた。

「どういう意味か、教えてくれるかね」グレアムがいった。

よけいなことを訊くんじゃなかった、注目を浴びるのは大嫌いなのに。ジュディスは顔が熱くなるのを感じた。イアンの手を握りしめてから答えた。「イアンはまだ若いでしょう、みなさんのほうが英知をお持ちのはずです。わたしは、助言をするのはみなさんの役目だと思った。そういうことです」

「われわれは昔からずっと、このやり方でやってきた」ゲルフリッドがきっぱりいった。

長老たちはそろってうなずいた。ジュディスは、オウエンに促されて若者がイアンの杯に深紅の葡萄酒を注いでいるのに気づいた。だが、ゲルフリッドにいいたいことがあったので、イアンが葡萄酒に口をつけるのを見ても、つとめて気にしないようにした。

「ゲルフリッド、生意気だと思わないでほしいんですけれど」と切りだす。「昔からのやり方にこだわっていたら、なにも変えられないんじゃないでしょうか。変えればクラン全体のためになることもあるはずです」

さしでがましかったかもしれない。ゲルフリッドがどう反応するか、気になった。ゲルフリッドは顎をこすりながら考えたあげく、肩をすくめた。「わしはいま、イングランド人と同じ屋根の下に住んでいるわけだ。これも変化のひとつだろうな。自分のやり方にこだわりすぎてはいかんな、ジュディス」

イアンは、ジュディスが握りしめた手から力を抜いたのを感じ、ゲルフリッドの答に安心したのだろうと思った。

「では、乾杯だ。それから、ジュディスから日曜が欲しいわけを聞こう」グレアムが宣言した。

「オウエン、聞いたか？ ジュディスは日曜日を欲しがっているのだ」ゲルフリッドは、小声のつもりがだれにでも聞こえる声でいった。

「それは無理だろう？」ヴィンセントが訊き返した。「一日は自分だけのものじゃない。みんなのものだ」

「けしからん」ダンカンがぼそりといった。

「イングランド人だからな」ヴィンセントが意味ありげな口調で仲間たちにいった。

「ばかだといいたいのかね？」オウエンが尋ねた。

「ばかじゃないぞ」ゲルフリッドが弁護にまわった。

長老たちの会話はどんどん脱線していく。イアンは笑いをこらえていた。

一方、ジュディスはいらだちをこらえていた。それでも、かばってくれたゲルフリッドに笑顔を向けた。とにかく、ばかではないと思ってくれているのがうれしい。

ところが、せっかく見なおしたのに、ゲルフリッドはこういった。「ただ、ものの道理がわからないんだ。本人にはどうしようもないことだ。わかるか、オウエン？」

ジュディスはイアンをにらんだ。そろそろわたしの応援にまわってよという無言のメッセージだ。イアンはウインクをよこした。

「いいかげんにしようじゃないか」グレアムが出し抜けにいい、みなの注意を引いた。立ちあがり、杯をかかげると、新婚の夫婦に捧げる乾杯の言葉をながながと述べた。

イアンを含め、全員が杯の葡萄酒を飲み干した。すぐさま、若者が駆けつけ、それぞれの杯におかわりを注ごうとした。

ジュディスはじわじわとテーブルから椅子を離した。長年の癖で、ほとんど無意識のうちにそうしていた。

イアンはジュディスの行動に目をとめた。杯から葡萄酒を飲むたびに、ジュディスがすこしずつ離れていくことにも気づいた。

ジュディスはグレアムのほうを向いていた。グレアムは、これで長老会がジュディスをクランに迎え入れるのを正式に認めたと話している。

そのとき、フランシス・キャサリンが、アレックスのたくましい腕につかまるようにして広間に入ってきた。パトリックはそんな妻の様子を見て、驚きながらもいらだたしげな顔をした。

フランシス・キャサリンは、小言が始まる前に口をひらいた。「ちょっと新鮮な空気が吸いたかったのと、大事な友達に会いたかったのよ。ジュディスはここに住んでるんだもの、だからそんな顔はやめて、パトリック。アレックスのおかげで、転ばずにここまで来られたのよ」

「馬に乗せようと思ったんだが――」

「わたしのどこを持てばいいのかわからなかったのよ」フランシス・キャサリンはおなかをたたき、パトリックににっこり笑いかけた。

「こちらへいらっしゃいよ」ジュディスは呼びかけた。「グレアムが、たったいますてきな乾杯の挨拶をして、わたしをクランに歓迎してくれたところよ」

フランシス・キャサリンはうなずき、アレックスを見た。「ね？　会合じゃないっていったでしょう。会合だったら、ジュディスはここにいないわ」

「あら、どうして？」ジュディスは尋ねた。

フランシス・キャサリンはテーブルへ来て、パトリックの隣に座り、手を握ってしかめっ面をやめさせた。それから、ジュディスに笑顔を向けながらパトリックをつねった。

お行儀よくしろといいたいのだろうな。パトリックは、妻の生意気な態度に、思わず苦笑した。あとでふたりきりになったら、夫の命令はちゃんと聞くよういい聞かせてやらなければ。今夜は家にいろといっておいたはずだ。大事な妻が転んだらと、思っただけでぞっとする。フランシス・キャサリンの安全をなによりも優先しなければ。万一、彼女になにかあったら、自分はどうなるかわからない。

そんな恐ろしいことを考えていると、いてもたってもいられなくなった。だがそのとき、フランシス・キャサリンのおかげで、はたとわれに返った。彼女はパトリックの手をぎゅっと握り、寄り添ってきた。パトリックは息を吐いた。人前だが、かまうものか。フランシス・キャサリンの肩に腕をまわし、さらに抱き寄せた。

フランシス・キャサリンは、グレアムに乾杯の挨拶をもう一度してほしい、自分も聞きたいからと、遠慮がちに頼んだ。グレアムは快く聞き入れた。すぐさま、全員が葡萄酒のおかわりを飲み干した。

ジュディスはまたすこし椅子を引いた。胃のあたりに、覚えのある痛みを感じた。イアンはわたしの前で絶対に酔っぱらわないと約束してくれたけれど、もしも、ついうっかりちょっとだけ酔っぱらってるとしたら？　テケルおじのように、意地悪で陰険になるのだろうか？

無理やり恐怖を追い払った。ゲルフリッドが呼んでいる。「さあ、なぜ日曜日が欲しいのかいってくれ」

「ジュディス、なぜそんな隅っこにいるんだ？」ふと、グレアムはジュディスがテーブルから離れていることに気づいて尋ねた。

「ひとりでどんどんあっちへ行ってしまったぞ」オウエンが解説した。

ジュディスは顔が赤くなるのを感じた。深呼吸して立ちあがる。「日曜日は休息の日と決まっています」はっきりといった。「教会がそう定めているでしょう。イングランドでは、みんな従っています」

「われわれもだ」グレアムは答えた。「きちんと休息している。そうだな、ゲルフリッド？」

「そのとおりだ」

「男の人はそうでしょうけど」

そういいはなったのは、フランシス・キャサリンだった。ジュディスを見つめている。

「あなたはそういいたいのよね？」

ジュディスはうなずいた。「女の人は一日も休んでいないことに気づいたの。日曜日も、ほかの曜日と変わらないわ」

「クランの女たちを非難するのかね？」ダンカンが尋ねた。

「いいえ。男の人たちを非難しているんです」

イアンは椅子の背にもたれ、ほほえんだ。ジュディスはいろいろ変えたいことがあるといっていたが、これがそのひとつらしい。やれやれ、おかしいと思うことがあればみずからの手で変えろとそそのかしたのは、この自分だ。墓地の前で交わした会話を思い出す。そう、そそのかしたのはこの自分なのだ。

「日曜日には働くなと、女たちに命じろというのか？」グレアムが尋ねた。

「そうじゃありません。命令されたら、また女の人たちを縛ることになります」

「われわれ男が女をこき使っている、そう考えているんだな？」ダンカンが尋ねた。

ジュディスはまた首を振った。「とんでもない。みなさん立派な方ばかりです、奥さまに不自由させていない。大事に守っています。そのお返しに、女の人たちは家を心地よくととのえて、ご主人のお世話をしている」

「結婚とはそういうものだからな」グレアムがきっぱりといった。

「つまり、結婚生活に不満があるのか」オウエンが、要点を理解しようとして尋ねた。

ゲルフリッドがかぶりを振った。「石を投げつけられたせいだな。頭がどうかしてしまったのだ」と決めつけた。「当たった石で、目玉をくりぬかれそうになったのだからな」

ジュディスは、もどかしさのあまり金切り声をあげたくなった。もちろん、そんなことはせずに、もう一度、長老たちを理詰めで説得しようと試みた。まずはイアンに問いかけた。

「女の人たちはいつ楽しみの時間が持てるの？　このクランは、お祭にも参加しないんですってね。外でひなたぼっこして、おしゃべりを楽しみながらお昼を食べている女の人を見たことがある？　わたしはないわ」うなずきながら締めくくった。

次に、グレアムのほうを向いた。「馬を持っている女の人はいますか？　女の人が馬で狩りや遊びにいくのを見たことはありますか？」答えるいとまも与えずにつづけた。「日曜日をそういう楽しみの時間にあてられないか、考えていただけませんか。わたしがいいたいのはそれだけです」

ジュディスは椅子に腰をおろした。しばらくは黙っているつもりだった。長老たちによく考えてもらい、そのうえでまた話を再開したかった。

「われわれは、クランのひとりひとりを大事に考えている」ゲルフリッドがいった。「そろそろ会合を始める時間だ」ダンカンが口を挟んだ。「女たちが出ていきしだい、始めよう」

ジュディスはふたたび立ちあがった。「このクランでは、女は一人前の人間と見なされないのね。そうでなければ、長老会に相談を持ちこむのが許されてるはずだもの」

「なにをいう、ジュディス、そんなことはない」オウエンが否定した。「ついこのあいだも、フランシス・キャサリンが長老会に出るのを許したばかりだぞ」

「ええ、それはほんとうよ」フランシス・キャサリンも認めた。「あなたを呼ぶのをやめるよう、説得されたわ」

「もう一度、乾杯して、この話はまたにしないか」ヴィンセントが提案した。「イアン、むちゃなことはいわないように、奥方をよくよく諭してやったほうがいい。奥方の言い分を認めれば、われわれは女房のいいなりにさせられるのだぞ」

ジュディスは肩を落とした。結局、長老会には賛成してもらえそうにない。

そのとき、イアンの行動にはっとした。彼はヴィンセントにかぶりを振っていた。「それはできません。なぜなら、ジュディスの言い分に賛成だからです」

ジュディスはうれしくて、イアンに駆け寄りたくなった。彼は杯に手を伸ばし、ながながとあおった。ジュディスは、また椅子に座りこんだ。

「どういう意味かね、イアン？」グレアムが問いただした。

「ここへ来たときのジュディスは、たしかによそ者でした」イアンはいった。「ここでの暮らしははじめてのことばかりだから、おれたちが見すごしてきたことが……というか、さしたる疑問も感じずに受け入れてきたことが、目についたんでしょう。女が日曜に休んではいけない理由はないと、おれは思います」

長老たちはうなずいた。グレアムは、さらに突っこんだ。「それは、女たちに日曜は休むよう命じるべきだという助言かね？」

「いいえ。ジュディスがいったように、命令すれば女たちを縛ることになります。ただ、日曜は休もうと提案するんです、グレアム。そして、奨励する。この違いはおわかりですね？」

グレアムはほほえみ、ジュディスに向きなおった。「これで、なぜイアンが氏族長に選ばれたのか、よくわかっただろう？　彼は正しい助言をくれるのだよ、ジュディス」

ジュディスは、それでも役割があべこべだと思ったが、イアンが加勢してくれたのがうれしかったので、とやかくいわずにおいた。

「わたしがなぜイアンと結婚したのかも、おわかりになったでしょう」と返した。「ものわかりの悪い人だったら、結婚なんてしません」

「ジュディスはいつのまにか椅子ごと食料庫に入ってしまったじゃないか」ゲルフリッドが、だれにでも聞こえるささやき声でいった。「さっぱりわけがわからん」

「ジュディス」イアンが呼んだ。「ブロディックとゴウリーに、会合が始まるまで外で待てといってある。ひとっ走り、呼んできてくれないか？」

若者が真後ろに控えているのに、妙な頼みだ。若者は自分が行くといいたげに口をひらいたが、イアンは手をあげて制した。

「わたしが行ってくるわ」ジュディスはイアンの頼み方が丁寧だったので、笑みを抑えられなかった。

イアンはジュディスが出ていくのを見守った。ドアが閉まったとたん、フランシス・キャサリンのほうを向いた。「わざとジュディスには外に出てもらった」低い声でいう。「じつは、折り入って訊きたいことがある」

「なんでしょう？」フランシス・キャサリンは、つとめて義兄の険しい顔に怯えないようにして訊き返した。

イアンは隅のジュディスが座っていた椅子を指さして尋ねた。「あれはなぜだ？」

なぜジュディスがテーブルから離れていったのか、尋ねているのだ。フランシス・キャサリンは、同じように低い声で答えた。「お酒のせいです」

イアンは首を振った。まだわからないのだ。フランシス・キャサリンは深く息を吸った。

「小さなころからずっとそう……自分を守るためなんです。父はいらいらして、しまいにはジュディスの前ではお酒を飲まないようになったわ。たぶん、ジュディスはいまも自分の癖に気づいていないと思う……だから、怒らないであげて」

「原因を知りたいんだ」イアンは返した。「怒ったりしない。さあ、なぜおれが酒を飲むたびに、ジュディスは椅子をずらしたのか、教えてくれ。ジュディスはなぜあんなことをしたんだ?」

「ジュディスはああやって……」イアンは辛抱強く待っている。フランシス・キャサリンは、彼の視線に耐えきれなかった。テーブルに目を落とす。「……殴られないところへ逃げようとしてるんです」

イアンが思いもしなかった答だった。椅子にもたれ、いまの言葉の意味について考えた。長いあいだ沈黙がつづいた。やがて、イアンは尋ねた。「殴られていたのか?」

「ええ」フランシス・キャサリンは答えた。「いつもいつも」

もちろん、長老たちも耳を傾けていた。ゲルフリッドは長いため息をついた。グレアムはかぶりを振った。

オウエンが尋ねた。「まさか、あの娘はおまえに殴られるかもしれないと思ったのだろうか?」

このときはじめて、イアンはプライバシーのない生活にうんざりしているのを実感した。

「これはおれたちの問題ですから」

これ以上、この話をつづけたくなかった。だが、フランシス・キャサリンはその気持ちを察してくれず、オウエンのほうを向いた。

「べつに、ジュディスはイアンに殴られると思ってるわけじゃありません。手を出すような人とは結婚しないわ」

「だったらなぜ――」

「あいつの生い立ちは、本人が話したければ自分で話します」イアンはきっぱりとした硬い声でいい、立ちあがった。「会合は明日に延期します」

だれかが異議を唱える前に、くるりと背中を向け、広間を出た。

ジュディスは、中庭の真ん中に立っていた。背後でドアの閉まる音を聞いて振り向き、なんとかイアンにほほえんでみせた。

「まだふたりとも来ていないわ、イアン。来たら、なかに入るよう伝えるから」

イアンは階段をおり、ジュディスのほうへ歩いてきた。ジュディスは思わず後ずさったが、イアンはどう見ても酔っぱらってはいない。それに、怖い顔もしていない。でも、ジュディスは数えていたのだ、彼は三杯も葡萄酒を飲んだ……それとも、何口か飲んだだけ？はっきりとしない。イアンはしらふに見えるけれど、万一ということがある。ジュディスはまた一歩後ずさった。

イアンは立ち止まった。ジュディスも足を止めた。「ジュディス？」

「はい」

「おれは十五歳のとき、へべれけに酔っぱらったことがある。昨日のことのように覚えている」

ジュディスは目を見ひらいた。イアンはもう一歩、ジュディスに近づいた。「ひどい目にあった」もう一歩、前に踏みだしてつけ加える。「翌日どんなことになったか、一生忘れないと思う」

「二日酔い?」

イアンは笑った。「それはもう、ものすごい二日酔いだ」いままでは、ジュディスまであと数歩のところに来ていた。手を伸ばせばつかまえられる。だが、そうはしなかった。彼女のほうからこちらへ歩み寄ってほしかった。背中で両手を握り合わせ、じっとジュディスを見つめた。「グレアムが食事とエールを持ってきて、一日じゅうそばについていてくれた。あのころのおれは思いあがっていて、グレアムが大事なことを教えてくれたのに、理解できなかった」

ジュディスの不安は、好奇心に追いやられた。イアンがもう一歩進みでても、彼女は後ずさらなかった。「大事なことって?」

「酒に飲まれる男は最低だということだ。無防備になるし、まわりの者も危険に陥れる」

ジュディスはうなずいた。「そのとおりよ。翌日、自分がなにをしたか、なにも覚えていない人もいるわ。人に暴力を振るっても、忘れていたりする。まわりの人は、たえず身構えてなければならない。酔っぱらいはなにをするかわからないもの」

ジュディスがまじめにそういうのを聞いていると、イアンの胸は痛んだが、つとめて平静を装った。「そばにそういう人間がいたのか?」さりげなく、優しい声で尋ねた。

「テケルおじがね」ジュディスは、おじがけがの後遺症の痛みを鎮めるために葡萄酒を飲んでいたことを説明しながら、腕をさすった。思い出すと寒気がしてくるのだ。「そのうち……お酒のせいで、人が変わってしまうの。そうなると、もうなにをするかわからない」

「おれもそうだと思うか？」

「まさか、いいえ」

「だったら、こっちへ来てくれ」

イアンは腕を広げた。ジュディスはつかのまためらい、さっと進みでた。イアンはジュディスに腕をまわし、きつく抱きしめた。

「おれは絶対に酔っぱらわないと約束しただろう、ジュディス。約束を破るかもしれないと思っているとすれば、そいつはおれに対する侮辱だぞ」

「侮辱するつもりじゃないの」ジュディスはイアンの胸に向かってささやいた。「あなたは約束を破る人じゃないってわかってる。でも今夜みたいに、お客さまとお酒を飲まなければならないこともあるわ、もし――」

「なにがあっても、おれは酔っぱらわない」イアンはジュディスの頭のてっぺんに顎をこすりつけ、さらさらした髪の感触を愛《め》でた。女らしい、ふわりとした芳香を吸いこみ、われ知らず顔をほころばせた。

「イアン、大事な会合をすっぽかしてしまうわよ」

「ああ、そうだな」イアンはジュディスを放した。彼女がこちらを見あげるのを待ち、身をかがめてかわいらしい唇にキスをした。

ジュディスの手を取り、キープのなかに戻った。だが、大広間には向かわず、ジュディスを引っぱって階段をのぼった。

「どこへ行くの？」ジュディスは声をひそめて尋ねた。

「寝室だ」

「でも、会合が――」

「おれたちふたりだけの会合がある」

ジュディスは怪訝《けげん》な顔をしている。イアンは寝室のドアをあけ、ジュディスにウインクすると、優しくなかへ押し入れた。

「会合って、議題は？」

イアンはドアを閉めてかんぬきをかけ、ジュディスに向きなおった。「満足についてだ」と答える。「服を脱げ。詳しく説明する」

ジュディスはとたんに頬を染めた。イアンの意図を察したようだ。彼女のほがらかな笑い声に、イアンの鼓動は速まった。ドアにもたれ、ジュディスが恥ずかしさと闘うのを眺めた。

まだ彼女に触れてもいないのに、不思議と満足した気分だった。彼女が現れるまで、どんなにわびしく味気ない日々を送っているのか、自覚していなかった。毎日が責任と重圧の霧のなかで過ぎていき、自分がなにを失っているのか、ゆっくり考えるひまもなかった。

そんな人生を、ジュディスが変えてくれた。彼女といるだけで、このうえないよろこびを感じる。いまでは、他愛もないことに時間をとられてもかまわなくなった。たとえば、ジュディスのおもしろい反応が見たくて、わざとからかってみる。彼女に触れるのも楽しい。そう、ぴったりと寄り添ってくる彼女の体のやわらかさ。些細《ささい》なことにすぐ頬を赤らめるさまも、遠慮がちに要求をつきつけてくる様子もかわいらしい。

まったく、ジュディスは不思議でおもしろい。もともと恥ずかしがり屋の彼女にとって、クランの女のために日曜が欲しいと願いでるのは勇気がいったはずだが、みごとにやってのけた。

意志が強く、勇敢で、人並みはずれて情が厚いジュディス。

そんな彼女が愛《いと》しい。

ああ、どうすればいいのだろう。ジュディスにすっかり心を奪われてしまった。そんな自分を笑うべきなのか、どやしつけるべきなのか。と、ジュディスが服を脱ぐ手を止め、こちらを見た。白いシュミーズだけの姿で、父親の指輪を通した鎖を取ろうとして、イアンの険しい顔にはっとした。

「どうかしたの？」

「その指輪ははずせといったはずだ」

「ベッドに入るときははっていったでしょう。だから、いつもそうしてたわ」

イアンはさらに顔をしかめた。「昼間もはずしていればいいじゃないか。なにか思い入れでもあるのか？」

「いいえ」

「だったら、なぜ？」

ジュディスには、イアンがなぜいらだっているのかわからなかった。「ジャネットとブリジットが掃除にくるでしょう。この指輪を見つけて、なんだろうと思われたらいやだから」ジュディスはちょっと肩をすくめた。「この指輪にはうんざりしてたところなの。いっそ捨ててしまおうかしら」

この指輪がだれのものだったか、そしてだれかにマクリーンの氏族長の意匠だと気づかれるのをなぜ恐れているのか、イアンに打ち明けるならいまだ。

ジュディスは鎖と指輪を箱に入れ、蓋《ふた》を閉めた。それから、イアンのほうを向いた。いまから告白しよう。「結婚する前に、わたしの生い立ちは関係ない、あなたはそういったわね」

イアンはうなずいた。「ああ、覚えている」

「あの言葉、嘘じゃないわよね？」

「嘘などいわない」

「怒らないで」ジュディスはささやき、両手を揉み絞りはじめた。イアンが愛してくれているのなら、これから話す真実だって彼の愛を砕くことはできない……そうよね？

「わたしを愛してる？」

イアンはドアから離れた。いまにも火がつきそうなほど、怖い顔をしている。「ジュディス、おれを試すのは許さない」

その言葉に、ジュディスはたじろいだ。「もちろん、そんなつもりはないわ。ただ――」

「おれは軟弱野郎にはならない。そのことを、いますぐわきまえろ」

「わかってる。あなたに変わってほしいとは思っていないわ」

それでも、イアンは表情をやわらげなかった。「おれは腑抜《ふぬ》けじゃない、女のいいなりになる気はない」

話は妙な方向にそれてしまった。イアンはすっかり興奮している。心のなかでは愛してくれているとわかっていても、たったひとこと質問しただけでこんなに腹を立てるのがなぜなのか、ジュディスには理解できず、不安になってきた。

「いまの質問のせいで、そんなに取り乱してるの？」まさかとは思ったが、尋ねてみた。

「男は取り乱したりしない。取り乱すのは女だ」

ジュディスは肩をそびやかした。「わたしは取り乱したりしないわ」

「いいや。そんなふうに両手を揉み絞ってるじゃないか」

とっさに手を止める。「あなたがそんな怖い顔をしているからよ」

イアンは肩をすくめた。「おれは……考えていたんだ」

「なにを？」

「煉獄の炎」

座らなければ。イアンはなにをいっているのだろう？「どういう意味？」

「パトリックがいっていた。女房のためなら、煉獄の炎のなかも歩いてみせると」

ジュディスはベッドへ行き、端に腰をおろした。「それで？」黙っているイアンを促した。

イアンは服を脱ぎ、近づいてきた。ジュディスを立たせ、じっと目を見つめた。

「たったいま、思い知った。おれもおまえのためなら同じことをするだろう」

13

それから丸二週間、ジュディスは幸福にうっとりして過ごした。イアンが愛してくれている。言葉にしてくれたわけではない。でも、おまえのためなら煉獄の炎のなかも歩いてみせるというのは、立派な愛の証《あかし》だ。

ジュディスの頬はゆるみっぱなしだった。一方、イアンの顔は険しいままだった。ジュディスの見たところ、自分の気持ちを持てあましているようだ。たぶん、イアンは自分が軟弱になったのではないかと恐れている。そして、ジュディスがそれを裏付けるようなことをするのではないかと、気を揉んでいる。愛する者ができて、とまどっているのだ。その気持ちはジュディスにも理解できた。戦士というものは、戦って女と子どもを守るように教えこまれる。心身ともに強くなるべく、子どものころから鍛《きた》えられる。人生には優しさに満ちた側面があるのを知らずに育つのだ。イアンはいま、罠《わな》にかかったような気がしているのだろう。そのうち、人を愛しても大丈夫なのだということを悟り、ジュディスがいま感じているようなよろこびを感じるようになるはず。

ときどき、気づかないふりをしていると、イアンがこちらをじっと見ていることがあった。なにかを一心に考えているような顔で。ばかげた不安は忘れてとはいえなかった。そんなことをいえば、イアンを追いつめるだけだ。彼が自力で解決するまで、辛抱強く待つしかない。

一方、ゲルフリッドは、ジュディスが裁縫上手だと知ったとたん、かごいっぱいに繕《つくろ》ってほしい衣類を入れて持ってきた。グレアムも、それならついでに自分のもといわんばかりに、繕い物をよこした。

ジュディスは背もたれの高い椅子を三脚、クッションと一緒に大広間に運びこみ、暖炉の前に半円形に並べた。どのクッションもプレードで覆ってあった。そして毎晩、夕食後に椅子の一脚に陣取り、頼まれた繕い物をしながら、テーブルの会話に耳を傾けた。たびたびグレアムに意見を求められた。意見をいうと、グレアムはたいていそのとおりだとうなずいた。正式な会合が始まれば、ジュディスは大広間から出た。いわれなくてもそうすることに、イアンが感謝しているのはわかっていた。

ジュディスは、長老たちをよろこばせれば、どうすれば自分もうれしいか、彼らに知ってもらうことができることに気づいた。ある朝、色鮮やかな旗を城の壁に吊るせば、灰色一色の荒れた感じをやわらげることができるのにといってみた。すると、グレアムもゲルフリッドも即座に自分の部屋へあがり、美しい絹の旗を持ってきて、これを外に吊るすようにと差しだした。

ヘレンが旗を吊るすのを手伝ってくれた。彼女はしばらく前から城に住みこむようになっていた。ジュディスの励ましと協力のもと、厨房を切り盛りし、キープを心地よい場所に変えていった。香辛料と毎日焼くパンの香りがあたりに漂い、グレアムとゲルフリッドを笑顔にし、満足のため息をつかせた。

日曜は休息の日にしようという提案がなされて最初の日曜日は、ジュディスの期待したようには変わらなかった。ほとんどの女は、仕事を休もうという提案を無視した。それでも、ジュディスはあきらめなかった。女たちを外に引っぱりだして交流させるには、子どもを通じてそうするのがいちばんだ。子どものためのゲームを計画し、アンドルーにクランの家を一軒一軒まわらせ、来週の日曜日はメイトランドの子ども祭を開催すると知らせた。

祭は大成功だった。母親たちは家事を放りだし、わが子がゲームをするのを見にきた。ジュディスのもくろみどおりだった。だが、男たちまでやってきたのは意外だった。たんなる好奇心から来た者もいれば、子どもの競いぶりを見にきた父親もいた。ヘレンが料理の支度をした。ほかの母親たちもはりきって手伝った。外に運ばれた家々のテーブルは、果物のタルト、パンにジャムのほか、女たちが持ち寄った塩漬けのサーモンやラムやチキンのスモークといったごちそうでいっぱいになった。

その日、気まずい一瞬が一度だけあった。エリザベスという十一歳の少女が弓矢の競技で優勝したのだ。十三歳の少年たちをも打ち負かしての勝利だった。

だれもがとまどった。少女の勝利に喝采すれば、少年たちに恥をかかせることになるのではないか？　ジュディスも、この微妙な状況にどう対処すればよいのか迷った。幸い、試合が終わったときにイアンが出てきていた。ジュディスは彼のもとへ行き、この日のために用意したきれいな小旗を渡すと、勝者に授けてほしいと頼んだ。だれが勝ったのかは、あえていわなかった。

イアンは標的を見てはじめて、少年たちをさしおいて少女が優勝したのを知った。それでも、すこしもためらわなかった。エリザベスをほめながら、小さな絹の旗を彼女のプレードにピンでとめた。エリザベスの両親が走りでてきた。父親は、声の届くところにいるもの全員に、娘に弓矢の使い方を教えたのはこの自分だ、この子は小さなころから目がよかったと自慢した。

ジュディスは、その日一日で、できるだけ多くの人に話しかけるようにした。二度、アグネスを見かけて声をかけようとしたが、彼女はすぐに背中を向け、反対方向へ歩いていってしまった。三度目で、ジュディスはあきらめた。

フランシス・キャサリンが、小高い場所の真ん中に毛布を敷き、その上に座ってゲームを見物していた。ジュディスは一緒に昼食をとろうと斜面をのぼっていった。アンドルーもついてきた。ジュディスは腰をおろそうと振り向き、ほかの子どもたちもぞろぞろ連なっていたことにはじめて気づいた。

子どもたちはジュディスに興味津々だった。氏族長の妻とはいえイングランド人だ、訊きたいことが山ほどあるのだ。ジュディスはひとりひとりの質問に答え、ときにはイングランド人に対するとんでもない偏見を聞かされたが、つとめて怒らないようにした。

フランシス・キャサリンが、ジュディスと知り合ったいきさつを語った。当然、子どもたちは国境の祭について知りたがったので、ジュディスは詳しく話して聞かせた。子どもたちは一言一句に耳をそばだてた。ジュディスに抱きついてくる子もいた。四歳にもなっていないとおぼしき小さな男の子が、じっと彼女の脇に立っていた。ジュディスはなにをしているのだろうと思っていたのだが、膝にのせていた予備の小旗をどけたとたん、その子はとことこと歩いてくると、むこうを向き、彼女の膝にすとんと腰をおろした。ジュディスが話をつづけているうちに、男の子はぐっすり眠ってしまった。

子どもたちは一日が終わるのを惜しんだ。もうひとつ、もうひとつと、ジュディスに話をねだった。しまいには、ジュディスは明日の午後、縫い物を持ってこの丘に来ると約束しなければならなかった。だれでも大歓迎、また別のお話をしてあげる、ということになった。

そんなわけで、ジュディスは概して万事うまくいっていると感じていた。もっとも、フランシス・キャサリンのことは心配だった。お産が無事に終わり、フランシス・キャサリンがすっかり快復するまでは、安心できないだろう。彼女は最初、頑固にヘレンを信用しようとしなかったが、すこしずつ受け入れようとしている。それでも、こういった。だれよりも信頼しているのはあなただ、そのあなたがヘレンを頼るというのならかまわない……ただし、あくまでもヘレンは助っ人だ、と。

フランシス・キャサリンの推測が正しければ、出産はあと一週間後に迫っていた。ジュディスの見たところ、赤ん坊が三人入っていてもおかしくないほどおなかがふくらんでいる。うっかりパトリックにそういうと、彼はみるみる青ざめてしまい、あわてていまのは冗談だとなだめなければならなかった。パトリックには、二度とそんな冗談はいわないでくれと責められた。

イアンは昼間、ジュディスと距離を置いていた。だが、夜になると一転した。ほとんど毎晩、情熱をこめてジュディスを愛し、彼女を抱いたまま眠りについた。

そして、ジュディスがラムジーとはじめて会った夜、平静で自信たっぷりのイアンの態度がはじめて崩れた。

その日は、フランシス・キャサリンがジュディスとおしゃべりをしに、キープの広間に来ていた。パトリックは暖炉の前の椅子に彼女を座らせ、仕事が終わるまでここにいるよう命じると、イアンとブロディックのそばへ引き返した。

「あの人ったら、ほんとうに心配性になっちゃって」フランシス・キャサリンは声をひそめていった。

ジュディスが声をあげて笑ったとき、フランシス・キャサリンは、イアンがほほえんだことに気づいた。しばらくして、またジュディスを笑わせ、イアンのほうを見ると、彼は今度も笑みを浮かべていた。

フランシス・キャサリンは、そんなイアンをほほえましく思い、ジュディスにそういった。そのとき、ラムジーがふたりの男と一緒に広間に入ってきた。

ジュディスは三人に気づかなかったが、フランシス・キャサリンは違った。「覚えてる？ラムジーって人がすごくすてきだって話したでしょう」

ジュディスは覚えていなかった。フランシス・キャサリンが声をひそめていった。「ほら見て。あなたもわたしのいうとおりだと思うわよ」

もちろん、ジュディスは興味を持った。椅子の背越しに、こっそりとラムジーの姿をのぞき見た。そして、はっと息を呑んだ。あんぐり口をあけたような気がするが、自分でもさだかではない。すごい、とびきりの美男子。ラムジーを表す言葉はそれしかない。彼を見たことのない者にその美しさを説明するのは普通のことだろうが、彼自身は非凡そのもの。完璧だ。濃い茶色の髪、茶色の瞳、そして女の胸を締めつけるほほえみ。その笑みを、ラムジーはいま浮かべている。

「あのえくぼ、見た？」フランシス・キャサリンがささやいた。「ああ、ジュディス、ほんとうにすてきじゃない？」

もちろん、えくぼに気づかないわけがない。なんとも魅力的なのだから。けれど、フランシス・キャサリンには本心をいわず、ちょっとからかってみることにした。「ねえ、どの人がラムジー？」何食わぬ顔で尋ねる。

フランシス・キャサリンが大笑いした。その声に、男たちがこちらを向いた。ラムジーがフランシス・キャサリンにほほえみかけ、ジュディスに目を向けた。

しばらくふたりは見つめ合った。ジュディスはこんなに美しい男がいるのかと驚き、一方ラムジーは、この女はいったいだれだろうと考えていた。

イアンが席を立ち、ジュディスはわれに返った。彼はあからさまに不機嫌な顔でこちらをにらんでいる。

ジュディスは、なにをいらだっているのだろうと思い、ラムジーをぽかんと見つめるのをやめられたら、すぐに訊いてみようと考えた。

だが、イアンは待っていられなかった。「ジュディス、こっちへ来い」ほとんどどなるように命じた。

高飛車に呼びつけられたのが不満で、ジュディスは眉をひそめてみせた。イアンは取り合わず、指を曲げてさっさと来いと合図した。

ジュディスはわざと時間を稼いだ。繕っていたゲルフリッドの靴下をていねいにたたみ、かごにしまってから、ゆっくりと立ちあがった。

「イアンったら、ちょっと妬《や》いてるみたいよ」フランシス・キャサリンが小声でいった。

「ばかげてる」ジュディスも小声で返した。

フランシス・キャサリンは鼻を鳴らした。ジュディスはまた笑いをこらえた。広間を突っきり、客三人の前を通り過ぎ、険しい顔のイアンの前で足を止めた。

「なにか用かしら？」

イアンはうなずいた。そして、いきなりジュディスをつかんだ。ジュディスは、いったいなにが起きたのか理解できなかった。イアンはジュディスをぐいと引き寄せ、肩に腕をまわすと、動けないように押さえつけた。

おれのものだといわんばかりのふるまい。ジュディスは下唇を嚙《か》んで笑いをこらえた。フランシス・キャサリンのいうとおり。イアンは妬いているのだ。よろこぶべきか、見損なわないでと怒るべきか。

イアンはジュディスを三人に紹介した。ジュディスは、三人それぞれに顔を向けるように、ことさら気をつけた。ラムジーをじっくり眺めたかったが、やめておいた。イアンに気づかれてしまう。

挨拶が終わり、フランシス・キャサリンのそばへ戻ろうとしたが、イアンが放してくれない。振り仰ぐと、まだ顔をしかめている。

「ちょっと、ふたりで話ができない？」

イアンは返事代わりに、ジュディスを食料庫へ引っぱっていった。

「話とはなんだ？」

「ラムジーはとびきりの美男子だわ」

イアンは眉を吊りあげた。ジュディスはにっこりした。「でも、あなただってそうよ。わたしはラムジーのために煉獄の炎のなかを歩こうとは思わない。あの人がどんなにあなたに忠実でもね。だって、愛していないんだもの。わたしが愛してるのはあなた。それが聞きたかったんでしょう。あなたのためなら、煉獄の炎のなかでも歩いてみせる……ほかの人のためにはできないわ」

イアンはジュディスを放した。「そんなにおれはわかりやすかったか？」

ジュディスはうなずいた。イアンはにやりとし、身をかがめてキスをした。優しくゆったりとしたキスで、ふたりは物足りなくなった。

「おれは独占欲の強い男だ、ジュディス。わかってくれ」

ジュディスはイアンが安心するようにほほえみかけた。「そんなのとっくに知ってるわ」とささやく。「それでも、あなたが好き」

イアンは笑った。「みんなが待っている。ほかにいいたいことは？」

いつもの自信が戻ってきたようだ。ジュディスはかぶりを振った。「いいえ、これだけよ」

そのあと、フランシス・キャサリンとふたりで中庭に出てから、ようやく声をあげて笑った。

イアンにいったことは嘘ではなかった。彼のためなら煉獄の炎のなかを歩いてみせる。けれど、実際にそんなむちゃなことをしなければならなくなるとは、そのときは思いもしなかった。

煉獄とは、マクリーンの領地だった。

翌日の午後、ジュディスは試されることになった。イアンは頑固なマクファーソンとの抗争を終わらせるために、ラムジーとブロディックとともにふたたび西の境へ出かけていた。

パトリックとグレアムは、狩りへ行く用意をしていた。グレアムは、魚も釣ってくるという。

「もちろん、時間があればだがな。フランシス・キャサリンのお産が近いから、パトリックは四時間以内に帰りたいそうだ」グレアムは言葉を切り、くすくすと笑った。「あいつはしょっちゅう、妻をすこしでもひとりにすると、やたらと不安がるとこぼすんだがね。そのすぐあとに、今度はフランシス・キャサリンが、夫があれこれうるさいので丸一日狩りに連れだしてくれないかと頼みにくる」

「フランシス・キャサリンはパトリックに辟易《へきえき》しているみたいですよ」ジュディスはいった。「たえず監視されてるんですって。夜中に目が覚めると、決まってパトリックは起きていて、フランシス・キャサリンをじっと見ているそうです」

グレアムはかぶりを振った。「みんながパトリックに辟易している。あいつは気を揉みすぎだ。赤ん坊が無事に産まれれば、われわれもほっとするよ」

ジュディスはそのとおりだといい、話を変えることにした。「滝のそばまでいらっしゃるんですか?」

「そのつもりだ。いい釣り場がある」

「フランシス・キャサリンが、とてもきれいなところだといってました」

その声に、グレアムは行きたいという気持ちを聞き取った。「一緒に行くかね? 自分の目で、どんなにきれいなところか見てみたいだろう?」

ジュディスは大よろこびし、ヘレンに尋ねた。「手伝いが必要だったら、城に残るけれど？」

ヘレンは、ジュディスが気を遣ってくれただけでありがたかった。「ジャネットとブリジットががんばってくれてるから、あたしは厨房の仕事だけに専念できます」

「では決まりだ」グレアムがいった。「まもなく出発する。急いで準備してきなさい。ヘレン、夕食に新鮮な魚を持って帰るからな」

ジュディスは二階へ駆けのぼった。乗馬用のスカートに着替え、首の後ろで髪をひとつにまとめてリボンで縛り、また階段をおりた。

パトリックは、ジュディスがついてくるのを知って顔を曇らせた。ジュディスにも、その気持ちはわかった。

「フランシス・キャサリンなら、わたしたちが帰ってくるまで大丈夫よ」ジュディスは請け合った。「なにかあったら、ヘレンがついてるわ。ね、ヘレン？」

ヘレンはすかさずうなずいた。パトリックはそれでもまだ納得しなかった、グレアムになだめすかされ、やっと厩《うまや》へ向かった。

すばらしい朝だった。ジュディスは分厚い外套《がいとう》を持ってきたものの、必要なかった。風は穏やかで、太陽は明るく輝き、フランシス・キャサリンのいっていたとおり、周囲の風景は息を呑むほど美しかった。

だが、一行が滝にたどりつくことはなかった。滝に着く前に、ダンバー・クランが攻撃をしかけてきたのだ。

不意打ちだった。三人は、グレアムの先導で霧のたちこめる鬱蒼《うっそう》とした森を通っていた。そのあとにジュディスがつづき、最後がパトリックだ。三人が油断していたのは、メイトランドの領地内だったからだ。

ところが突然、少なくとも二十人の男たちに取り囲まれた。全員が剣を抜き、戦闘態勢だった。ジュディスは不測の事態に面食らい、恐怖も感じなかった。

「ここはわれらが領地」グレアムは、ジュディスが見たこともないような怒りの形相でどなった。「いますぐ去れ、ダンバーの者ども。去らねば、反撃も辞さぬ」

ダンバーの男たちは動かなかった。まるで彫像のようだ。ジュディスが見たところ、まばたきする者さえいない。

男たちの多くがジュディスを見ていた。ジュディスは顎をあげ、にらみ返した。怖《お》じ気《け》づいてはいけない。内心の不安を気取られてもいけない。

何頭もの馬が駆けてくる音が聞こえた瞬間、パトリックが馬を前に進めた。彼はジュディスの右側についた。脚がこすれあうほど、間隔は詰まっていた。

パトリックが守ってくれる。命を投げだしてでも守ってくれるのだ。そんなことになりませんようにと、ジュディスは神にすばやく祈った。

だれも身動きひとつしなかった。やがて、蹄《ひづめ》の轟音《ごうおん》が木立を抜けてジュディスたちのそばへ近づいてくると、ダンバー側の数人が音のほうへ振り向いた。

男が五人、姿を現した。何者なのかジュディスにはわからなかったが、パトリックは見抜いた。低く悪態をつぶやいた。

ジュディスはパトリックを見て、小声で尋ねた。「あの人たちは？」

「マクリーンの連中だ」

ジュディスは目をみはった。五人のほうをさっと見やる。主導者らしき男が前に進みでた。ジュディスはその男を見つめた。どことなく見覚えがあるような気がしたが、はっきりしない。男は背が高くて肩幅が広く、濃いブロンドで、青紫の瞳は眼光鋭い。

グレアムが沈黙を破った。「やはり、きさまらはダンバーについたというわけか」

答を求めてはいなかったが、マクリーンの男は答えた。

「メイトランドの氏族長に邪魔されそうになったがね。おまえたち老いぼれどもが反対しなければ、成功していたかもしれん。それより、その女は何者だ？」

グレアムもパトリックも黙っていた。

マクリーンの男は、三人を包囲するよう配下の四人に合図した。パトリックとグレアムは剣に手を伸ばす余裕もなかったが、どのみち抵抗しないほうが賢明だ。ダンバーの男たちの剣の切っ先が、喉元に突きつけられている。彼らは、マクリーンの主導者が次の指示を出すのを待っている。

「もう一度訊く」男はグレアムにいった。「その女は何者だ？　どこかで見たような気がする」

グレアムはかぶりを振った。ジュディスの心臓は激しく打ちはじめた。「わたしがお答えします」大声で返した。

パトリックに膝をぎゅっとつかまれた。黙っていろという合図だろう。

男が左側から近づいてきた。長いあいだパトリックをにらんだあと、ジュディスに目を向けた。「では、答えろ」居丈高に命じた。

「その前に、あなたが名乗ってください。そうすれば、わたしもお答えします」

パトリックの手に力がこもり、痛いほどになった。

「ダグラス・マクリーンだ」

「あなたがこの人たちを指揮しているのですか、それともいちばんでしゃばりなだけ？」

ダグラスは侮辱を聞き流した。「おれは氏族長の息子だ。さあ、今度はおまえが——」

美しい女が顔色を変えたのを見て、ダグラスははたと黙った。彼女は真っ青になっている。いまにも落馬しそうだが、気づいていないらしい。ダグラスは手を伸ばし、彼女の腕をつかんだ。

彼女は大胆にも首を振った。「まさか、あの人の息子だなんて嘘よ」

ダグラスは、自分でもとまどうほど激しい声でいい返した。「なにをいうんだ」

ジュディスは、彼の言葉が信じられなかった。そのとき、ふとひらめいた。あの人はきっと、お母さまとは再婚だったのだ。そう、そうに違いない。ダグラスは何歳か年上のようだし……。「あなたのお母さまはだれ？」

「なぜそんなことを訊く？」

「答えて」

ジュディスの勢いに、ダグラスは気圧《けお》された。「答えたら、おまえも何者か名乗るか?」

「ええ」

ダグラスはうなずいた。「わかった」落ち着いた声に戻った。「母はイングランドのあばずれだ。おまえそっくりの訛《なま》りがあった。それだけしか覚えていない。今度は、おまえが何者か答えろ」

ジュディスは必死で冷静さを失わないようにした。「年は?」

ダグラスは答え、痛いほどジュディスの腕を握りしめた。

吐きそうだ。ダグラスは五歳上。そしてあの瞳。ああ、わたしとそっくり同じ色のあの瞳。髪の色も同じでは? いいえ、いいえ。わたしのはずっと明るい。

深呼吸して、なんとか吐き気をこらえた。パトリックのほうに、ぐらりと体が傾いた。

間違いない。ダグラスは兄だ。

パトリックが支えてくれようとしたとき、ダグラスにぐいと引っぱられ、彼の前に座らせられた。

「この女はいったいどうしたんだ?」

答える者はなかった。ダグラスはいらだちのうめき声を漏らした。女が何者なのか、まだ聞いていないが、パトリックなら知っているはずだ。

「メイトランドの氏族長が弟を探しにくる」ダグラスは配下の者に向かっていった。「やつにふさわしい出迎えの準備をするぞ。こいつらを城へ連れて行け」グレアムとパトリックのほうへ顎をしゃくる。

マクリーンの城までの時間は、ずいぶん短縮された。ダンバーの領地を通り、直行することができたからだ。パトリックは、今後に備えて道筋を記憶した。

ジュディスは、まわりの様子になど気を配っていられなかった。きつく目をつぶりながら、この恐ろしい状況にどう対処すればよいのか、懸命に考えた。

母親の道ならぬふるまいが恥ずかしくて、泣きたかった。わが子を捨てるなんてひどい。胸がむかつき、吐き気を我慢するのが精一杯だった。

いまここで吐いたら、ダグラスはどうするだろう？

ジュディスはようやく目をあけた。ダグラスが気づいた。「マクリーンの名を聞いて、怖くて気絶したのか？」

「気絶なんかしていないわ」ジュディスは嚙みついた。「自分の馬に乗りたい」

「だめだ。おまえはじつに美しい」いま思いついたとばかりにつけ加えた。「今夜、おれのベッドに呼んでもいい」

「そんな、おぞましい」

声に出していうつもりはなかったが、つい口にしてしまった。嫌悪に満ちた表情が、ダグラスの機嫌を損ねたらしい。乱暴に顎をつかまれ、彼のほうを向かされた。

まさか、キスをするつもり？「吐きそう」とっさにいった。

ダグラスはあわてて手を離した。

ほんとうに気分が悪いということをわからせるために何度か深呼吸し、体の力を抜いた。

「すこしよくなったわ」

「イングランド人は軟弱者ばかりだ」ダグラスがいった。「それも、おれたちが軽蔑する理由のひとつだ」

「男も女も嫌い？」

「ああ」

「わたしはイングランド人よ。あなたのいうことは矛盾してるわ。イングランド人が嫌いなら、なぜわたしを誘うの？」

返事はなかった。しばらくして、ダグラスはふたたび口をひらいた。「おまえ、名前は？」

「ジュディス」

「なぜプレードを着ている？」

「友達にもらったの。友達の招きでハイランドに来たけれど、彼女のお産が終わったらイングランドへ帰るわ」

ダグラスはかぶりを振った。「メイトランドの連中が帰すわけがない。嘘をついているんだろう、ジュディス」

「帰すわけがないなんて、どうして？」

「それほど美しいのだから――」

「いったでしょう、わたしはイングランド人なのよ」ジュディスはさえぎった。「嫌われてるわ」

「嘘をつくな。だれの女かいえ」

「嘘じゃない」パトリックがどなった。「彼女は客人だ、それ以上の何者でもない」

ダグラスは嘲笑《ちようしよう》の声をあげた。まったく信じていないのだ。ジュディスの腰を抱いた腕のいましめが、痛いほどきつくなった。ジュディスは、彼の手を無理やり引きはがそうとした。そのとき、彼の指に、あの指輪がはまっているのが見え、小さな声をあげた。そっくり同じ指輪が隠れている胸を、思わず押さえた。「このいやらしい指輪、どこで手に入れたの?」

「おじのものだった。さっきからそういう立ち入ったことばかり訊くが、なぜだ?」

「たんなる好奇心よ」

ダグラスは低い声でいった。「おまえ、イアンの女だろう?」

「わたしは卑怯《ひきよう》者とは口をきかないの」

彼は笑った。鈍くて侮辱が通じないのではないか。ジュディスはそういってやった。

「こんなにすばらしい日だ。なにをいわれても腹は立たん」ダグラスは答えた。「グレアムは父へのみやげだ。おまえはおれのものにする。まったく、今日は最高だ」

なんということだろう、やはりこの卑劣な男と血がつながっているのだ。それから長いあいだ、ジュディスは彼とひとことも話をしなかった。口をききたくなかったのだが、やがて好奇心が勝《まさ》った。グレアムとパトリックからずいぶん離れてしまったので、もはやなにを話してても聞かれることはないだろう。ジュディスは、いまのうちに父親についてできるだけ調べておこうと思い立った。

「マクリーンの氏族長はどんな人なの？」

「情け容赦ない」

彼の声には、楽しげな響きがあった。「それから？」

「まだなにか聞きたいのか？」

「もういいわ」

「なぜそんなことに興味があるんだ？」

「敵について、できるだけ知っておくべきだから。なぜ、グレアムをとらえたら氏族長がよろこぶの？」

「積もる話があるからな。積年の恨みというやつだ。グレアムと再会すれば、父もよろこぶだろうよ」

それ以降、マクリーンの領地に入るまで、ふたりとも黙っていた。ジュディスはつかのま、ひとりきりになる時間を与えられた。木立の奥から戻ってくると、ダグラスが差しだした手を無視し、さっさと自分の馬に乗った。

パトリックはずっと、ジュディスと話ができる距離まで近づこうとしていたが、ダンバーの者に阻まれていた。新たにマクリーンの男たちがやってくると、ダンバーの一団は立ち去った。自分たちの領地へ帰っていくのだろう。

ジュディスは、パトリックがよけいな口をきかないでほしいといいたがっているのを察していた。マクリーン側に、とらえた女が氏族長の妻であり、イアンをおびき寄せるのに格好の餌であることを知られてはまずいと、パトリックは考えているのだ。ダグラスは、ジュディスがイアンの女だろうといいあてたが、それは探りを入れていたにすぎない。当事者が口をつぐんでいれば、彼には真実を知るすべはない。

だが、ジュディスが黙っていようが同じことだ。どちらにしてもイアンは来る。パトリックにもそれはわかっているはずだ。ジュディスは自分にいいきかせた。ふたりはいままでずっと助け合ってきたのだ、イアンはかならずパトリックを救出に来る。わたしが巻きこまれていなくても。

流血の戦いになるのは間違いない。報復となるとイアンは徹底的にやる。どんなことになるか考えただけで、ジュディスは胃がきりきりと痛くなった。

死者を出したくない。そのために自分になにができるのかもわからないけれど、できるだけのことをしなければ。

父親とふたりきりになり、自分が娘であることを告げてはどうか。そして、慈悲を請うのだ。すこしでも人間らしいところがある男なら、イアンが来る前にグレアムとパトリックを解放してくれるかもしれない。

だが、ジュディスはそれまで他人に懇願したことなどなく、本心では聞き入れてもらえるとは思っていなかった。父親が歓迎してくれるはずがない。妻子を追ってもこなかった男だ……いまさらそんな男が変わるわけがない。

それに、彼に娘だと名乗れば、すべてを失うことになる。イアンは決して許してくれないだろう。しかたがない。真実を黙っていたのはこちらなのだ。やはり、強引に打ち明けるべきだった。

ふたりで寄り添って思いをささやきあった、暗く暖かい幾晩もの夜を思い出す……そう、そんな夜に、彼に打ち明ければよかった。

そうしなかったのは、怖かったから。心の奥底では、イアンに愛してもらえなくなるとわかっていたから。

ジュディスは不安でいっぱいだったので、マクリーンの城の中庭に到着したことにも気づいていなかった。顔をあげ、巨大な石造りのキープを見ると、とっさに背筋を伸ばし……勇気を奮い立たせた。

そして、この城に名前をつけた。煉獄《れんごく》、と。

ダグラスがジュディスを馬からおろそうと手をのばしてきた。ジュディスはその手を蹴《け》りつけた。地面におりると、今度は腕をつかまれそうになったが、手を振り払い、くるりと身を翻して、玄関階段をのぼった。

その態度は、女王のように堂々としていた。グレアムがあとにつづいた。ジュディスが誇らしく、彼は笑みを浮かべた。パトリックもほほえんでいた。

マクリーンの兵士たちは、メイトランドのふたりがなにを笑っているのだろうかと首をひねった。それぞれかぶりを振ると、氏族長が息子の〝みやげ〟にどんな反応を示すか、見届けるためにキープへ入った。

　マクリーンの氏族長は、それからずいぶん長いあいだ現れなかった。ジュディスはだだっ広い大広間の片隅に座らせられ、反対側の隅にグレアムとパトリックがいた。ふたりは背中で両手を縛られた。

　ジュディスはじっと座っていられず、長方形のテーブルの前を行ったり来たりした。待たされるほどに不安がつのっていく。なにより、フランシス・キャサリンが心配だった。パトリックが捕虜になったと知ったら、陣痛が始まってしまうのではないだろうか。もしそうなっても、そばについていてあげられないなんて。

　パトリックが気の毒だった。いまごろ、同じようにあせっていることだろう。

　うろうろして、マクリーンの兵士たちをいらだたせてしまったようだ。ひとりに腕をつかまれた。ジュディスは驚いて抗《あらが》うこともできず、男に抱きすくめられた。

　パトリックが怒声をあげ、部屋を突っきってきた。そのとき、ダグラスが入口に姿を現した。ジュディスは、ふたりがこちらへたどり着く前に落ち着きを取り戻した。しつこい兵士の股間に膝頭を思いきり打ちこむ。兵士は怒りと苦痛の叫びをあげて腹を抱えこみ、前のめりに倒れた。

　これで溜飲がさがった。そのとき、ダグラスがそばに来たことに気づいた。彼は床でのたうちまわっている兵士から、ジュディスを手荒に引き離した。パトリックは、後ろ手に縛られていることにもかまわず、ダグラスに体当たりした。

ダグラスは吹き飛ばされ、石壁にぶつかった。ジュディスも一緒に飛んだ。ダグラスの手がクッションがわりとなり、後頭部を壁に打ちつけずにすんだ。

パトリックはふたたびダグラスに突進した。だが、ダグラスの前にジュディスがいる。と、ダグラスがジュディスを突き飛ばし、パトリックに飛びかかった。

「やめて」ジュディスは叫んだ。「パトリックは縛られているのよ。殴りたかったら、わたしを殴りなさい」

「ジュディス、黙ってろ」パトリックがどなった。

「いいかげんにしろ」

その大声は、入口から聞こえてきた。だれもが声のしたほうを振り向いた。

入口の真ん中に、マクリーンの氏族長が立っていた。ジュディスは、その大男を目にして凍りついた。

氏族長は、険しい顔で両手を腰に当てていた。「そいつを外に出せ」

ダグラスはうなずき、ジュディスが倒した兵士を立たせ、入口のほうへ押しやった。

氏族長は満足そうに首を縦に振ると、広間に入ってきた。ジュディスに一瞥《いちべつ》もくれず、テーブルの反対側へ歩いていく。そして、真ん中に置かれた背もたれの高い椅子に腰をおろした。

ひとりの女が小走りに入ってきた。ジュディスより十歳ほど年上のようだ。黒っぽい髪に大柄な体格で、傲慢《ごうまん》そうな顔をしている。足を止めてジュディスをちらりと見やると、テーブルのほうへやってきた。女の態度に、ジュディスはむっとした。

ふたたび父親に目を戻す。さえない外見の男だったらよかったのに、そうではなかった。すこしダグラスに似ている……そして、この自分にも。そう思い、気が滅入った。もちろん、肌は息子にくらべて張りがなく、目尻や口元に深いしわがある。茶色い髪には白いものがまじり、威厳を与えていた。

彼はジュディスが自分の娘だとは気づいてもいない様子で、グレアムを見据え、見るからに冷酷な、醜悪な笑みを浮かべた。

ダグラスが前に進みでた。ジュディスは足を引っかけてやろうとしたが、腕をぐいと引っぱられた。

「結婚祝いの贈り物です、父上」ダグラスがいった。「おそらく、このあばずれはイアン・メイトランドの女ではないかと思われます」

ひどい侮辱を受け、ジュディスはダグラスを蹴りつけた。その瞬間、ダグラスがいまいったことの意味が頭を貫いた。

結婚祝いの贈り物……まさか、そんな。聞き違いだ。「結婚するって、あの人じゃないでしょう?」

ジュディスは絞りだすように尋ねた。ダグラスがこちらを向いた。「いや、父が結婚するんだ。捕虜のくせに、そんなことを訊くのか」

膝から力が抜けていく。ダグラスに引っぱりあげられた。ああ、これ以上の驚きには耐えられない。兄がいたというだけならまだしも、父親が重婚しようとしているなんて。

「相手はあの女の人？」テーブルのむこう側を指しながら尋ねた。

ダグラスはうなずいた。氏族長の結婚相手は、機嫌を損ねたらしい。「その女をどこかへ連れて行ってちょうだい。気分が悪いわ」

ジュディスは彼女のほうへ一歩近づいた。ダグラスに腕を締めつけられた。骨が折れそうだ。不覚にも悲鳴をあげ、彼の手から逃れた。服の袖が大きく裂けた。

ダグラスははっとし、ジュディスだけに聞こえる声でささやいた。「痛い思いをさせるつもりじゃなかった。頼むからじっとしてろ。抵抗しても無駄だ」

氏族長が大きなため息をついた。「おまえは席を外しなさい」と、婚約者に命じた。「邪魔をされては困る」

女はのろのろと出ていった。ジュディスの前を通るとき、またにらみつけてきた。ジュディスは取り合わなかった。

「メイトランドの氏族長がこちらへ向かっています」兵士が戸口から叫んだ。

ジュディスは心臓が止まったような気がした。イアンが来る。

「連れは何人だ？」氏族長が大声で尋ねた。

「いません。感心にも、ひとり馬で山をのぼってきます」

氏族長は笑い声をあげた。「あの若造も勇ましいものだ、ほめてやろう。おそらく、武器も持っていないのだろう」

「そのとおりです」

ジュディスはイアンのもとに駆けつけたくてたまらなかった。走りだそうとしたものの、ダグラスにまたつかまえられた。とっくにあざのできた腕を握りしめられ、乱暴に引っぱられた。

「女には優しくするものだぞ、ダグラス。いくらいうことを聞かなくてもな。わたしが欲しいのはイアンだ、やつの女ではない」

「お願いだ、分別を働かせてくれ、マクリーンどの。だれかの血が流される前に、思いとどまってくれ」

入口のほうからラガン神父の叫び声がした。ジュディスが振り向くと、神父は広間に駆けこんでくるところだった。

ジュディスのそばまでくると、神父はぴたりと立ち止まった。「大丈夫かね?」

ジュディスはうなずいた。「神父さまはこちらの氏族長の結婚式を執りおこなうためにいらっしゃったのですね?」

「そうだ」神父は弱々しく答えた。「それから願わくば、手遅れになる前に氏族長たちを説得したい」

ジュディスはかぶりを振り、声をひそめていった。「これだけはいえます、結婚式はありません」

「ダグラス、手を離しなさい」神父は命じた。「この人の腕を見てみろ。紫色に腫れているじゃないか。おまえのせいだぞ」

ダグラスは即座に従った。ジュディスはこの好機を逃がさず、玄関へと走った。だが、ダグラスにウエストをつかまれて引き戻された。そのとき、イアンが入ってきた。

イアンは立ち止まって周囲を見渡しもせず、敵の数も数えなかった。ひたすら歩いてくる。ジュディスは彼の顔をひとめ見て、目を閉じた。イアンはきっとだれかを殺す。そして、殺されるのはダグラスだ。

「放して」かすれた声でダグラスに頼んだ。「放してくれなければ、イアンに殺されるわ」

ダグラスは賢明にも放してくれた。ジュディスはすぐさまイアンに駆け寄り、彼の腕に飛びこんだ。胸に顔をうずめる。

「大丈夫か？」イアンが尋ねた。「手をあげられたりしなかったか？」

彼が震えているのが伝わってきた。顔を見あげると、震えているのは恐怖のせいではないのがわかった。そう、すさまじい怒りのせいだ。

「いいえ、なにもされなかったわ。丁重に扱ってくれた。ほんとうよ」

イアンはうなずいた。ちょっとジュディスを抱きしめると、自分の背後へそっと押しやった。

そして、マクリーンの氏族長に向かって歩いていった。ジュディスはあとを追った。グレアムとパトリックが解放され、ジュディスの両脇についた。

ふたりの氏族長は、たがいの力量を見極めるように長いあいだにらみあっていた。最初に沈黙を破ったのは、マクリーンのほうだった。「しくじったようだな、イアン・メイトランド。女はとらえた。どうするかはまだ決めていない。おまえは大胆にもダンバーと同盟を結ぼうとする一方で、こちらにも同じ目的で密使を送りこんできた。双方を操って、反目させるつもりだったのか？」

「愚か者め」イアンは憤りに声を震わせた。「そうもくろんだのはダンバーのほうだ」

マクリーンはテーブルを拳でたたいた。「わたしはすでにダンバーと同盟を結んだ。だから、わたしを愚か者呼ばわりするのか？」

イアンはためらわなかった。「そうだ」

マクリーンは深く息を吸い、こみあげる怒りを呑みこんだ。首をかしげてイアンをにらむ。そして、かぶりを振った。「わたしを挑発しているのだろう。無駄だ。わたしが血縁を重く見ることは周知の事実。ダンバーとの同盟は当然のことだ。氏族長のまたいとこユーニスは、わたしの兄弟と結婚している。だから、これは親族の同盟なのだ、イアン・メイトランド。そして、わたしにとって親族はなによりも大事だ。それでも、わたしを愚か者というのか？　わたしを挑発して命を失うほど、おまえもばかではなかろう。失うのはそればかりではないぞ。なにが目的だ？」

イアンはすぐに答えず、マクリーンはいらだった。「この女はおまえの妻か？」

「おまえには関係ない」

マクリーンはにやりとした。「この女はもらっておこうか。うちの者にくれてやってもいい」イアンの動揺を狙っている。「ダグラス？　おまえも欲しいだろう？」

「はい」

目にあまる侮辱。氏族長ふたりは、牡牛《おうし》よろしく角を突き合わせている。ジュディスはイアンに寄り添った。「わたしはあなたがたのものにはならないわ」

マクリーンが目をすっと細くした。「その生意気さが気に食わん」

「それはどうも」

イアンは思わず笑いそうになった。ジュディスが震えているのがわかる。だが、マクリーンは彼女が怯えていることに気づいていない。それがおもしろかった。

「おまえはイングランド訛りがあるな」マクリーンがいった。「それから、夫と同様に愚からしい。ふたりとも、窮地にあるのを自覚していないのではないか？」ジュディスを見据える。「それとも、夫の命をもらうといえばわかるか？」

ジュディスもイアンも黙っていた。マクリーンの忍耐はとぎれ、イアンに罵声を浴びせはじめた。イアンは一見なんの反応も示さず、石の彫刻のように冷静な顔を崩さなかった。それどころか、退屈しているようにさえ見えた。

マクリーンは、どんな報復手段を考えているか、えんえんとわめきちらした。思いつく手段がつきるころには、顔を真っ赤にして肩で息をしていた。「そうとも、おまえはしくじったのだ。わたしを愚か者と呼んだ者は許さん。だれだろうが許さん」断固とした口調でいいはなち、椅子の背にもたれた。「おまえを殺す、イアン。わたしを愚か者呼ばわりしたおまえを」

「やめて」ジュディスは叫び、飛びだそうとした。

イアンは彼女の手をつかみ、引きとめた。

ジュディスは振り向き、イアンの顔を見あげた。「あの人と話をさせて」とささやく。「お願い」

イアンは手を放した。ジュディスは首から鎖をはずし、指輪を握りしめた。そして、父親へ向かって歩きはじめた。

広間は静まり返った。ジュディスがなんというか、だれもが待ちかまえている。

「たしかに、あなたがとらえたのはイアンの妻です」ジュディスは口火を切った。

マクリーンは鼻を鳴らした。ジュディスは手をひらき、彼の前のテーブルに指輪を落とした。

彼は長いあいだ指輪をじっと見つめ、ようやく手に取った。驚いているのは傍目《はため》にも明らかだった。これがいったいどういうことなのかまだ呑みこめず、眉間にしわを寄せ、視線をジュディスに転じた。

ジュディスは深く息を吸った。「そう、あなたはイアンの妻をとらえた。でも、イアンの妻は、あなたの娘なのよ」

14

マクリーンは、胸に刃を深く突き立てられたかのようだった。身を乗りだし、椅子から半分立ちあがりかけ、ふたたびどさりとクッションにもたれた。猛烈な怒りと驚きに見舞われたような顔。信じるものかといわんばかりにかぶりを振る。ジュディスはゆっくりとうなずいた。

「この指輪をだれからもらった？」

「母から。母があなたから盗んだものです」

「母親の名前をいえ」マクリーンは狼狽《ろうばい》のあまりしわがれた声で命じた。

返答したジュディスの声には、なんの感情もなかった。

ダグラスがジュディスの右側に駆け寄ってきた。マクリーンはふたりを交互に見つめた。こうして見ると、ふたりは驚くほど似ている。いま聞いたことは事実かもしれないと認めざるをえなかった。「なんという……」

「父上、ご気分が悪いのですか？」

マクリーンは返事をしなかった。イアンがジュディスの左側へ進みでた。彼の腕が、ジュディスの腕をかすめた。ジュディスは、彼がこちらを見ているのかどうか、怖くて確かめることができなかった。彼が激怒しているのはわかっている。

「いったいどうしたのですか、父上？」ダグラスが尋ねた。「悪魔を見たかのようですよ」

ジュディスが低い声で明かした事実は、どうやらダグラスの耳には届かなかったようだ。イアンもさっきから黙っているので、聞こえなかったのだろう。

ジュディスは父親と取引するつもりだった。最初の妻のことを黙っているかわりに、イアンたちを解放してもらうのだ。再婚したいのならすればいい。わたしには関係ない……。

「わたしを見捨てたのはなぜ？」

心のなかでたじろいだ。こんなことを訊くつもりはなかったのに。この男に見捨てられたことなど、いまさらどうでもいいことではないか。それなのに、寄る辺ない幼子のような声で尋ねてしまった。

「理由などない」マクリーンは動揺した様子で髪をかきあげた。「わたしは二度とイングランドに足を踏み入れないと誓った。なにがあってもわたしが誓いを守ることは、あの女もわかっていたはずだ。あの女が死んだあと、つとめて思い出さないようにした。過去は忘れることにしたのだ」

ジュディスはテーブルにぶつかるまで前に出た。身を乗りだし、小さな声でいい放った。

「あの人は生きています」

「嘘だ……」

「再婚するのなら、すでに妻帯者であることはラガン神父に黙っておきます。わたしにはどうでもよいことですから」うなずいてつけ足す。「そのかわり、メイトランドの人たちを解放してください」

返事を待たずに、後ずさって父親から少し離れた。

マクリーンは、これ以上の驚きには耐えられないと感じていた。たったいま明かされた事実に、まだ心が乱れていた。

「父上、どうしたのです？」

落ち着きを取り戻そうと、マクリーンはかぶりを振った。そして、息子を見据えた。「おまえには妹がいる」かすれた声で告げた。

「妹？」

「そうだ」

「どこに？」

「おまえの右側に立っている」

ダグラスは目を見ひらいてジュディスを凝視した。ジュディスはにらみ返した。

彼はなかなか事実を呑みこめずにいるようだった。よろこんでいる様子はまったく見られない。それどころか、恐怖に襲われたような顔をしている。「おまえをおれのものにするという話はなしだ」と口走る。そして、引きつった笑みを浮かべた。「あのとき、おまえがおぞましいといったのも無理はない――」

イアンが自分をじっと見ているのに気づき、ダグラスは口をつぐんだ。イアンは奇妙なほど穏やかな声で尋ねた。「なにをしようとしたんだ、ダグラス？」

ダグラスの顔から笑みが消えた。「おまえの妻だとは知らなかった」と言い訳する。「それに、妹とは知らずにキスをしようとした」

どんな言い訳だろうが、イアンにはどうでもよかった。ジュディスの肩越しに手を伸ばし、ダグラスの首筋をつかむと、手首のひねりひとつで彼を後ろに投げ飛ばした。

ダグラスは床に倒れたが、マクリーンの表情は変わらなかった。じっとジュディスを見つめたままだ。「母親に似ていなくてよかった」

ジュディスは黙っていた。

マクリーンが長いため息をついた。「どうやら、あの女にわたしを嫌うように仕向けられたようだな」

意外な言葉だった。ジュディスは首を振った。「わたしのお父さまは異教徒からイングランドを守るために命を捧げたと聞いていました。イングランドのバロンだと」

「ずっと、あの女と暮らしていたのか？」

「いいえ。四歳までは、ミリセントおばとハーバートおじに育てられました。ミリセントおばは母の妹です」

「なぜ母親と離れればなれだったのか？」

「母がわたしの顔を見るのもいやがったから。わたしはずっと、母が愛した人を思い出すからいやがっているのだと信じてた。でも十一歳のときにほんとうのことを知りました。母がわたしを嫌ったのは、あなたの血を引いているからだった」

「ほんとうのこととは、どんな話を聞いたのだ？」

「あなたは母を追いだした。母がわたしを身ごもっているのを知りながら、ふたりとも捨てたのだと」

「嘘だ」マクリーンは首を振りながらつぶやいた。「わたしはあれが身ごもっていたとは知らなかった。神に誓っていう、ほんとうに知らなかった」

彼の真剣な否定の言葉にも、ジュディスは無表情のままだった。「わたしたちを解放してくれれば、あなたに妻がいることは神父さまにはいいません」

マクリーンはかぶりを振った。「いや、再婚は取りやめだ。わたしはもう年だ、神の前で重罪を犯すことはできない。いまのままでよい」

そういってから、イアンに目を戻した。「わたしが父親だと知っていてジュディスと結婚したのか？」

「知っていた」

ジュディスは小さく声をあげた。だが、すぐに驚きから立ちなおった。イアンは嘘をついているのだ。あとでふたりきりになったら、なぜこんな嘘をついたのか尋ねよう。ただし、口をきいてくれたら、だけど。まだ彼の顔を見ることができない。彼を信頼して真実を打ち明けられなかった自分が情けなくて、泣いてしまいたい。

「では、なぜダンバーと同盟を結ぼうとしたのだ？」マクリーンが尋ねた。「それとも、ダンバーが嘘をついているのか？」

「ダンバーは、まずこちらへ接近してきた。おれは氏族長と中立地帯で会い、同盟について意見を交わした。だが、それは妻がおまえの娘だと知る前のことだ」

「知ったのはいつだ？」

イアンは肩をすくめた。「知ったころには、ダンバーのもくろみも把握していた。連中は信用できなかった。それで、おれは密使のラムジーをここへ送りこんだ」

「わたしの娘だからジュディスと結婚したのか？」

「そうだ」

マクリーンは、イアンの率直な返事に満足した様子でうなずいた。「娘を大事にしてくれているのか？」

イアンは答えなかった。ジュディスは、かわりに答えたほうがよさそうだと感じた。「とてもよくしてくれているわ。そうでなければ、とっくに出ていっています」

マクリーンは笑みを浮かべた。「肝が据わっている。なかなかいい」

ジュディスは礼をいわなかった。ついさっきまで、生意気だとののしっていたくせに。矛盾している。どんなほめ言葉だろうが、この心の痛みをやわらげることは決してない。

そのとき、マクリーンの目が潤んでいることに気づいた。どうしたのだろうか。

「おれが兄だと気づいたのはいつだ？」ダグラスが横から尋ねた。「十一歳のときから兄がいると知っていたのか？」

そう訊かれたとたん、ジュディスは取り乱しそうになった。不意に、母親の罪の深さに打ちのめされたのだ。「知らなかったわ……今日までは」低く答えた。「母は秘密にしていたのね」

ダグラスはどうでもよさそうに肩をすくめたが、ジュディスには彼が傷ついているのがわかった。慰めようと、彼の腕に触れた。「ダグラス、母に置いていかれて、かえってよかったかもしれないわ。あなたのほうが幸せだったかも」

彼は、ジュディスの慰めに心を動かされた。喉元にこみあげる塊を消そうと、咳払いをした。「おれも一緒にいれば、兄らしくおまえを守ってやれたのに。ほんとうにそう思う」

ジュディスはうなずき、わたしもそう思うと答えようとしたとき、マクリーンが割りこんだ。

「しばらく、ここにとどまってはくれないか？」

「だめだ」イアンがにべもなく拒絶した。「ジュディス、外に出て待ってろ。おまえの父親に話がある」

ジュディスはためらわず、彼らに背を向けて歩きだした。マクリーンはつかのま呆然《ぼうぜん》とジュディスを見送っていたが、さっと立ちあがった。その視線は、ジュディスの後ろ姿を追っていた。

「わたしはイングランドに二度と足を踏み入れないと誓った」マクリーンは叫んだ。「そうだ、あの女のためにイングランドへ行く気はなかった」さらに大きな声でつけ加えた。

ジュディスは歩きつづけた。体がひどく震え、いまにも膝が萎《な》えそうだった。このまま無事に外に出られさえすれば……。

「土地をくれようが、称号をくれようが、黄金をくれようが、二度とイングランドへ行く気はなかった」

広間の真ん中あたりまでたどりついたとき、マクリーンが絶叫した。「ジュディス・メイトランド！」

ジュディスは足を止め、ゆっくりと振り向いた。頬に涙が流れたが、気づいていなかった。手が震えているのをだれにも気づかれないよう、しっかりと握り合わせた。

「だが、娘のためなら違う」マクリーンが声を振り絞る。「そうとも、おまえがいると知っていれば、もう一度イングランドへ行っていた」

ジュディスは深呼吸し、のろのろとうなずいた。父親の言葉を信じたかった。でも、いまはしばらく距離を置かなければならない。嘘と真実を見極めるために。

グレアムが広間入口の階段のそばに立っていた。兵士ふたりが、見張りとして彼の後ろにいる。ジュディスとグレアムの目が合った。彼の表情に、ジュディスは息を呑んだ。怒りと軽蔑があらわになっている。唾を吐きかけられたも同然に感じた。

吐き気を覚えた。外へ走り出て、中庭を突っきり、だれもいない木立の奥へ急いだ。息が切れるまで走りつづけた。そして、地面に倒れ伏し、ついに激しく泣きじゃくりはじめた。

頭のなかがめちゃくちゃに混乱していた。あの人の言葉は真実なのだろうか？　わたしの存在を知っていたら、迎えにきてくれたのだろうか？　愛してくれたのだろうか？

ああ、奪われた年月、いくつもの偽り、孤独。そのあげくに、みずから取り返しのつかないことをしてしまった。自分の正体を明かしてしまった。グレアムの憎悪に満ちた表情で、すべてを失ったのがわかった。よそ者に逆戻りだ。

「イアン」泣き声が漏れた。

彼も失ってしまったの？

イアンには、いまのジュディスが自分を必要としていることがわかっていた。マクリーンの娘だから結婚したという言葉に、きっと傷ついているはずだ。いますぐそばに駆けつけてやりたいが、まずは彼女の父親と対決しなければならない。彼女の身の安全を確保するのが優先だ。

「わたしに近づくために娘を利用したのだな？」マクリーンは語気荒く問いつめるつもりが、うまくいかず、息を吐いた。「正直なところ、わたしがおまえの立場だったら、同じことをしていた」

イアンの自制心は吹き飛んだ。テーブルのむこう側へ手を伸ばし、マクリーンの肩をつかむと、椅子から立たせた。ダグラスがあわてて助けに入ったが、イアンはふたたび拳で殴り飛ばした。

「おれがジュディスと結婚したのは、おまえみたいな人でなしから守るためだ」イアンは吠え、マクリーンを椅子に押しやった。「メイトランドと同盟してもらうぞ。断るなら、神に誓っていう、おまえを殺してやる」

マクリーンは片方の手をあげ、イアンに向かってきた兵士たちを制止した。「全員、外に出ろ」大声で命じた。「わたしとメイトランドの問題だ。ダグラス、おまえは残れ」

「パトリックもだ」

「わたしも残る」グレアムが声を張りあげた。

「勝手にするがいい」マクリーンはうんざりした口調で許可した。兵士たちが外へ出るのを待ち、立ちあがってイアンと向き合った。「わたしから守らなければならないなどと、どうして考えたのだ？　わたしはあれの父親なのに」

「聞かなくてもわかっているだろう」イアンは答えた。「きっと、おまえはジュディスをダンバーの男と結婚させたはずだ。それは許せなかった」

マクリーンは否定しなかった。そのとおりだったからだ。ジュディスの存在を知っていれば、同盟をより強固なものにするために、ダンバーの男に嫁がせたにちがいない。「だが、あれの意向も聞いたと思う」ぼそりといい、椅子の背にもたれた。「ああ、いまも信じられない。わたしに娘がいたとは」

「それから妻も」イアンはつけ足した。

マクリーンの顔が険しくなった。「そのとおり、妻もだ。あの女は、わたしを置いて出ていった。体の不自由な兄を見舞うというのが口実だったが、二度と帰ってこないのは予期していた。あの女がいなくなって、かえってせいせいした。死んだと聞いて、祝いたくなったほどだ。それが罪だといいたければいうがいい。あんな女はほかに知らない。後にも先にもひとりだけだ。あの女に良心というものはなかった。わがままで、自分のことしか考えていない。息子にも冷たかった。わたしはつねに息子を実の母親から守らなければならなかった」

「ジュディスには、守ってくれる人がいなかった」イアンはいった。

「わかっている」にわかに、マクリーンは年老いた男のようになった。「四歳まで、おばと暮らしていたそうだな。そのあとはどうなった？　母親のもとに戻ったのか？」

「そうだ」

「あの女の兄は？　飲んだくれと聞いているが」

「ジュディスと母親と一緒に暮らしていた。おば夫婦がジュディスを引き取ろうとしたが、一緒にいられるのは年に半年だけで、残りの半年はつらい生活を余儀なくされていた」

「妙な取り決めだな」マクリーンはかぶりを振った。「わたしがジュディスにしたことは決して償えない。決して――」声がかすれた。咳きこむふりをして、言葉を継いだ。「イアン、まだ望むなら、わがクランはメイトランドと同盟を結ぶにやぶさかではない。むろん、ダンバーは反発するだろうが、われわれが組めば抑えこめる。領地を挟まれているのだからな。

ただし、ひとつだけ条件がある」

「条件とは？」

「しばらくのあいだ、ジュディスをここにいさせてほしい。娘のことをもっとよく知りたいのだ」

マクリーンがいい終えるより先に、イアンは首を振っていた。「ジュディスは連れて帰る」

「では、ときどきこちらへよこしてくれないか？」

「それはジュディスが決めることだ。おれに無理強いはできない」

「もしジュディスが望むなら、止めはすまいな？」

「しない。ジュディスがおまえに会いたいと望めば、おれが連れてくる」

「イアン・メイトランド、長老会の許可なしにそのような約束をするのか」グレアムが息巻いた。

「同盟を決定するのは長老会だ、おまえではない」

イアンは振り向き、グレアムを見据えた。「そのことはあとで話し合いましょう」

「娘が真実を告げたことに感謝すべきではないか」マクリーンがグレアムにどなった。立ちあがり、テーブルに両手をついて身を乗りだした。「娘のおかげで、そのけちな命が助かったのだぞ、グレアム。長年のあいだ、わたしはおまえを八つ裂きにする機会を待ち望んでいた。もしジュディスを冷遇しているのなら、いまからでもそうしてやる」

言葉を切り、グレアムをねめつけた。「おお、ジュディスがわたしの娘だと聞いたときのおまえの顔ときたら。気に食わなかったようだな。自分のクランの長がわたしの娘と結婚したのを知って、さぞ腹が立ったことだろう。そんなことはどうでもいい」どなり声でつづける。「おまえはジュディスを傷つけた。この手で殺してくれる」

「ラガン神父、ジュディスがここにいたいといったらどうなるんです？」ダグラスが尋ねた。「イアンと帰るのをいやがるかもしれない。あなたから尋ねてくれませんか」

彼が急に兄らしい気遣いを見せたことが、イアンの癪《しゃく》にさわった。「あいつはおれと帰るんだ」

ダグラスはあきらめようとしなかった。「父上は、ジュディスがいやがっても、この男に連れ帰るのを許すのですか？」

「許す？」マクリーンははじめて笑みを浮かべた。「許そうが許すまいが、イアンはやりたいことをやるだけだ」イアンに目を転じる。「最初こそこざかしいもくろみを抱いていたのかもしれないが、そのうち娘を本気で好きになってしまったのではないのか？」

イアンは返事をしなかった。ダグラスがたたみかける。「ジュディスを愛しているのか？」

イアンはため息をついた。ジュディスの兄が、うっとうしくてたまらなくなってきた。

「愛してもいないのに、おれがマクリーンの娘と結婚すると思うか？」

マクリーンがおもしろそうに鼻を鳴らした。「わが一族に歓迎するぞ、若造」

イアンは、キープからずいぶん離れた道端の木に寄りかかっているジュディスを見つけた。月が明るく輝き、彼女の青ざめた顔がよく見えた。

「ジュディス、そろそろ帰るぞ」

「ええ」

だが、ジュディスは動かなかった。イアンはそちらへ歩いていった。彼女が顔をあげたのを見て、泣いていたのがわかった。「大丈夫か？」心配を隠さずに尋ねた。「つらかっただろう」

ジュディスの目に新たな涙がわきあがった。「父が嘘をついていたのか、それともほんとうのことをいっていたのかわからないの。ずっと嘘ばかり聞かされていたから、真実を見抜けなくなったみたい。でも、どうでもいいことよね。わたしのことを知っていたら迎えにきていたといわれても、失われた年月を取り戻せるわけじゃないもの」

「どうでもいいってことはない。マクリーンはほんとうのことをいっていたと思う。おまえのことを知っていたら、イングランドへ迎えにいっていただろうな」

ジュディスは体を起こし、背筋を伸ばした。「あなたも怒ってるでしょう。わたしの父親がだれか、正直に話すべきだった」

「ジュディス――」

「真実を話せば嫌われると思ったの」そのときようやく、ジュディスはイアンが怒っていないことに気づいた。「なぜ怒らないの？　動揺したはずよ。それに、父に嘘をついたのはなぜ？」

「おれがいつ嘘をついた？」

「わたしがあの人の娘だと知っていたっていったでしょう」

「嘘じゃない。結婚する前から知っていた」

「まさか、知ってたはずはないわ」思わず大声が出た。

「あとで話そう。城に着いたらな」

ジュディスはかぶりを振った。いますぐ話したい。全世界が崩れてしまったような気分だ。「知っていたのなら……どうして結婚したの？」

イアンが手を伸ばしてきた。ジュディスは後ずさった。「ジュディス、いまは、この話はやめよう」

その声は穏やかで、悔しいほど落ち着いていた。「わたしを利用したのね」

「違う、おまえを守ったんだ」

「あなたはマクリーンとの同盟を望んでいた。だから結婚したのよ。でもわたしは、ばかみたい、ただわたしだけを求めてくれたのだと思ってた――」泣き声になってしまった。真実に吐き気がして、体をふたつに折ってしまいそうだった。もう一歩後ずさる。自分の愚かさに腹が立った。「わたしがばかだったのよ」と吐き捨てる。「ほんとうに、クランの人間になれると思っていたなんて。受け入れてもらえる、両親がだれだろうが関係ないって――」

泣きやもうと深呼吸した。「そんなばかなことを本気で信じてたのは、ほかのだれでもない、わたしが悪いのよ。受け入れてもらえるわけがないのに。あなたとは帰らないわ、イアン。いまも、これからもずっと」

「おれに向かって大声を出すな」イアンはぞっとするほど静かな声で命令した。「一緒に帰るんだ。いますぐに」

彼は稲妻のようにすばやかった。ジュディスは逃げるまもなく両手をつかまれ、抵抗するより先に、もと来た道を引きずっていかれた。

そのとき、フランシス・キャサリンのことを思い出し、ジュディスは抗うのをやめた。フランシス・キャサリンにはこの自分が必要なのだ。

イアンは木立の切れ目で足を止めた。「めそめそするんじゃないぞ」

「わたしの心をずたずたにしたくせに」

「その話はあとだ」

また涙があふれそうになった。だが、中庭に集まっている戦士たちの集団を見て、我慢した。背筋を伸ばし、急いでイアンの隣に追いついた。マクリーンの連中の前で、みっともないところは見せたくなかった。

グレアムとパトリックはとっくに馬に乗り、出発を待っていた。イアンはジュディスを彼女の馬に乗せなかった。手綱をパトリックに渡し、ジュディスを自分の馬に乗せた。それから彼女の後ろにまたがると、膝に座らせ、先頭に出た。

ふたりはまずグレアムの前を通り過ぎた。ジュディスと目が合ったとたん、彼は顔をそむけた。ジュディスはとっさに自分の膝に視線を落とした。両手を握りしめ、感情が顔に出ないよう、必死にこらえた。胸の痛みをだれにも気取られたくなかった。

イアンは、グレアムの態度に気づいていた。憤りを抑えるのがやっとだった。腕のなかでジュディスが体をこわばらせている。胸に抱き寄せ、耳打ちした。

「おれたちふたりは一体だ、ジュディス。それを忘れるな」

口にしてはじめて、その言葉がどれだけ大切か、思い知った。胸のなかのしこりがほどけていった。ジュディスを愛することで、全世界が自分のものになったような気持ちになれる。ふたり一緒にいるかぎり、どんな難局にも立ち向かうことができる。以前、ジュディスはいっていた。悩みを一緒に解決したい、と。だが、イアンは聞き流した。それに、ジュディスはあなたの悩みも聞かせてほしいともいった。それなのに、イアンは取り合わなかった。この自分が、ひとりですべてを決定し、あらゆる問題を解決し、あらゆる命令をくだす。傲慢にもそう思いこんでいたのだ。問題が起きたら、ジュディスはただ教えてくれればいい、処理するのはおれだ、と。

こんな自分を、ジュディスはいったいどうして愛してくれるのだろうか。まさに奇跡だ。彼女に愛される資格などないのに。ふと、笑みが浮かんだ。なぜなら、資格があろうとなかろうと、ジュディスは心を寄せてくれている……そして、こちらも彼女を手放すつもりはない。なにがあっても。

思わず、そう声に出してしまったかと錯覚した。ジュディスが不意に振り向き、顔を見あげてきたからだ。

「愛のない人とは一緒に暮らしたくない」

ジュディスはイアンの怒りを覚悟すると同時に、ひそかに謝罪の言葉を求めてそういったのだが、そのどちらも得られなかった。「わかった」イアンはそういってうなずいただけだった。ジュディスは身をよじって彼の腕のなかから逃れた。

イアンは、なにをいってもいまは信じてもらえないのを承知していた。話をするのは明日になってからでも遅くはない。

「目をつぶって、すこし休め。疲れただろう」

ジュディスがそうしようとしたとき、暗闇のなかでなにかが動いたのが見えた。イアンに背中をつけ、腕につかまった。周囲の木々が、急に動きだしたように見えた。いくつもの人影が、月光のなかに出てきた。

メイトランドの戦士たちだった。ジュディスには数えることもできないほど、おびただしい人数だ。率いているのはラムジーだった。彼は前に進みでて、イアンが状況を説明するのを待った。

結局、イアンはひとりで来たのではなかったのだ。どうやら、男たちは戦闘開始に備えて待機していたらしい。ジュディスは争いを回避できたのをありがたく思った。もし自分が真実を隠しつづけていたら、どれほどの血が流されたことだろう。

城に到着するまで、ジュディスはイアンと口をきかなかった。今夜は別の部屋で眠りたいと告げると、抱きあげられ、寝室へ連れて行かれた。だが、疲れて抵抗する気力もなかった。服を脱がされるより先に、眠りに落ちていた。

イアンはジュディスのそばを離れることができなかった。彼女を抱き、優しく撫で、顔をすり寄せ、くちづけし、夜明け前に愛しはじめた。

ジュディスは最初、眠くて抗いもしなかったが、そのうちイアンの情熱にすっかり取りこまれてしまった。唇に押し当てられた彼の唇は、とても熱かった。太腿の内側を撫でさすられ、そっと広げられた。濡れた熱い隙間に指が入ってくると同時に、口のなかに舌がすべりこんできた。官能を刺激する行為に、ジュディスは切ない声をあげた。たえまなく彼に全身をこすりつける。イアンは許しを得たとばかりに太腿のあいだに陣取り、ジュディスの奥深くまで貫いた。ジュディスは弓なりになってイアンの首にしがみつき、彼を引き寄せた。彼の腰は、ゆったりと着実にリズムを刻んでいる。甘くじれったい責めに、ジュディスはさらに燃えあがった。イアンの腰を両脚で締めつけ、腰を激しく打ちつけて彼を駆り立てた。

ふたりは同時に達した。イアンは喉の奥でうなり、ジュディスにぐったりとおおいかぶさった。ジュディスは絶頂の余韻のなか、彼を強く抱きしめ、肩に顔をうずめてすすり泣いた。

いったん泣きはじめると、止まらなくなった。イアンはジュディスを抱いたまま横に転がり、耳元で慰めの言葉をささやいた。やがて、ジュディスの体から力が抜け、ふたたび寝ついたのがわかった。イアンは満ち足りた思いで目を閉じ、眠りについた。

翌朝、ジュディスが目を覚ましたときには、イアンはとっくに寝室にはいなかった。しばらくしてヘレンがあがってきて、ドアをそっとノックし、ジュディスを呼んだ。

ジュディスは服を着たばかりだった。淡いピンクのガウンだ。どうぞと声をかけると、ヘレンは部屋に駆けこんできた。ジュディスの服装をひとめ見るなり、ぴたりと立ち止まった。「ブレードを着ないんですか」

「ええ」ジュディスはそれだけ答えた。「どうかしたの？」

「長老たちが……」

「どうしたの？」ヘレンが黙ってしまったので、ジュディスは促した。

「広間で待ってます。ほんとうなんですか？　お父さまが……」

ヘレンはそれ以上、口にできないようだった。ジュディスは彼女に同情した。「ええ、父はマクリーンの氏族長よ」

「下におりてはいけません」ヘレンは大声で止めた。そわそわと手を揉《も》み絞りはじめた。

「ひどく顔色が悪いわ。ベッドに戻ってください。長老たちには、具合が悪いと伝えておきますから」

ジュディスはかぶりを振った。「ここに隠れているわけにはいかないわ」ドアへ行きかけて、ふと足を止めた。「公式な場でわたしとじかに話せば、あの人たちの神聖なしきたりを冒すことになるのよね？」

ヘレンはうなずいた。「たぶん、しきたりのことなど考える余裕もないほど興奮してるんです。それに、すでにひとり、女が公式の場に出てくるのを許してるでしょう。お友達のフランシス・キャサリンですよ。あれはしばらくこのあたりでも話題になっていたわ」

ジュディスはほほえんだ。「わたしを呼ぶのをやめるよう、説得されたんですってね。いまごろ、長老たちはフランシス・キャサリンを絞め殺してやりたいと思ってるんじゃないかしら。わたしが来たせいで、こんな厄介なことになってしまって」

ヘレンは首を振った。「あなたのせいじゃありませんよ」

ジュディスはヘレンの腕をそっとたたいた。「イアンも長老たちとわたしを待ってるの？」

ヘレンはまたかぶりを振った。泣くのをこらえるので精一杯だった。震える声で返事をした。「氏族長はパトリックの家からもうすぐ帰ってきます。グレアムが使いをやったんです。あなたをイングランドに帰すつもりなのかしら？」

「わたしの父は、ここの人たちの敵だもの。わたしをここにいさせるつもりはまずないでしょうね」

「でも、ご主人は氏族長ですから」ヘレンがつぶやく。「きっと……」

イアンの話はしたくなかった。ヘレンはひどくうろたえている。涙が頬にあふれていた。自分のせいで彼女が泣いているのは申し訳ないが、どうすれば慰められるのかわからない。大丈夫だとはいえない。見えすいた嘘でしかないからだ。

「なんとか切り抜けるわ。あなたもがんばって」ジュディスは無理やり笑顔を作り、頬をつねって血色をよくすると、寝室を出た。

階段をおりはじめたとき、イアンが玄関から入ってきた。ジュディスを見て、安堵《あんど》したようだ。どうしたのだろうかと、ジュディスは首をかしげた。

「イアン、ふたりで話をしたいの」と呼びかける。「話したいことがあって」

「あとだ、ジュディス。いまは時間がない」

「ないなら作って」

「フランシス・キャサリンが呼んでいるんだ」

ジュディスは顔色を変えた。急いで階段を駆けおりる。「お産が始まったのね？」

イアンがうなずいた。「ヘレン」ジュディスは大声で呼んだ。

「いま聞きました。準備をして、追いかけます」

ジュディスはいつのまにかイアンの手を握っていた。はたと気づき、手を離そうとした。だが、イアンが放してくれなかった。後ろを向いてドアをあけ、ジュディスを引っぱりだした。

長老たちが、暖炉にほど近いテーブルの前に固まって立っている。イアンはまるで彼らなどいないかのように無視した。

「陣痛はいつから？」ジュディスは尋ねた。

「パトリックが答えてくれない。度を失っていて、まともに受け答えできないんだ」

イアンは誇張しているわけではなかった。パトリックの家に着くと、彼は戸口の真ん中に立っていた。「フランシス・キャサリンに、神父を呼びにいってほしいといわれた」ふたりの姿を認めるや、そう口走った。「ああ、全部おれのせいだ」

ジュディスにはかける言葉がなかった。イアンはかぶりを振った。「しっかりしろ、パトリック。おまえがそんなことじゃ、女房はどうする」

「おれのせいなんだ」パトリックは苦しげに声を振り絞った。

「くそっ。そりゃあおまえのせいさ。そもそも、子どもができるようなことをした——」

「違うんだ」

「だったら、なんだ？」イアンは黙ってしまったパトリックに訊き返した。

「おれのせいで陣痛が来たんだ。ジュディスの父親のことで口論になった。あいつは、もう何年も前から知っていたといった。それで、おれは腹を立てた。たぶん、声を荒らげたと思う」

パトリックはそう告白するあいだ、無意識のうちにジュディスの前に立ちはだかっていた。ジュディスはパトリックを押しのけ、家のなかに駆けこんだ。

フランシス・キャサリンの姿を目にして、ぴたりと足を止めた。彼女はテーブルの前に座り、髪をとかしていた。妙に落ち着いている。鼻歌さえ歌っていた。

フランシス・キャサリンはジュディスにほほえみかけ、ドアを閉めるよう手振りで頼んだ。

「そのリボンを取ってちょうだい。ベッドの上にあるピンクのをお願い」

ジュディスはいわれたとおりにした。手が震えている。「具合はどう、フランシス・キャサリン？」心配もあらわに、小さな声で尋ねた。

「大丈夫、ありがとう」

ジュディスはしばらくフランシス・キャサリンを見つめた。「いまは痛いの、それとも痛いふりをしてただけ?」

「痛くなかったら痛いふりをしてたわ」

ジュディスはテーブルへ行き、フランシス・キャサリンのむかい側にどさりと腰をおろした。深呼吸して動悸《どうき》を鎮め、いまのわけのわからない返事はいったいどういう意味なのかと尋ねた。

フランシス・キャサリンはにこやかに説明した。「たしかに痛みはあるの。もしそうじゃなくても、痛いふりをしてたわ。パトリックをあわてさせるためにね。あの人とは別れるわ、ジュディス。わたしをどなるなんて許せない。たとえ夫でもね。荷物をまとめるから、手伝ってちょうだい」

ジュディスは笑い声をあげた。「いますぐ出ていくの、それとも赤ちゃんが産まれてから?」

フランシス・キャサリンはにっこりした。「赤ちゃんが産まれてからね。ぜんぜん怖くないわ」そっとつけ足し、話を変えた。「変じゃない? 妊娠中、ずっと怖くてたまらなかったのに、いまはまったく平気なんてね」

「どうして神父さまを呼んだの?」

「パトリックに用事をあげるため」

嘘に決まっている。「パトリックを死ぬほど怖がらせたかったんでしょう?」

「それもあるわ」フランシス・キャサリンはしぶしぶ認めた。

「まったく、意地悪にもほどがあるわよ、フランシス・キャサリン。わざとパトリックを怖がらせるなんて。早く彼を呼んで謝りなさいよ」

「あとでね。それより、大変だった？」

ころころ話が変わるので、ジュディスが理解するまですこし間があった。「父はハンサムだったわ」

「唾を吐きかけてやった？」

「いいえ」

「どうなったのか教えて」

ジュディスは苦笑した。「パトリックに謝るまでは、なにも教えてあげない。ほら、外であんなに取り乱しているのが聞こえないの？　ひどいわよ、フランシス・キャサリン」

そのとき、突然の痛みがフランシス・キャサリンを襲った。彼女はブラシを取り落とし、ジュディスの手をつかんだ。痛みがおさまるまで、肩で息をしていた。ジュディスは、痛みがつづいた長さを頭のなかで測っていた。

「いままでより痛みが強くなってる」フランシス・キャサリンがささやいた。「でも、まだ間隔はあいてるわ。ひたいを拭いて、ジュディス。それから、パトリックを呼んできて。いまなら謝罪を受け入れるって伝えてちょうだい」

ジュディスは急いでそうした。夫婦がしばらくふたりきりになれるよう、外に出た。イアンが石垣に座り、こちらをじっと見ている。

「弟があんなにあわてふためいているのをはじめて見た」

「フランシス・キャサリンを愛してるのよ。だから、怖くなったのね」

イアンは肩をすくめた。「おれもおまえを愛している。でも、おまえがおれの子を産むときには、あいつみたいにじたばたしないぞ」

平然と、こともなげにそういわれ、ジュディスはびっくりした。「いまなんていった？」

イアンはむっとしたようにジュディスを見た。「おまえがおれの子を産むときには、パトリックみたいにじたばたしないと——」

「その前よ。わたしを愛してるといったわね。本気でそういったみたいだった」

「おれはいつも本気だ。おまえも知っているはずだ。それよりジュディス、フランシス・キャサリンの赤ん坊はいつごろ産まれると思うか？」

ジュディスは質問を無視した。「わたしを愛してるなんて嘘よ」むきになって否定した。「同盟を結ぶために、あなたはわたしを利用しただけでしょう」答えるいとまも与えなかった。「指輪でわかったのね？　ダグラスがつけているのとそっくり同じだもの、あなたにも見覚えがあったんだわ」

「たしかに見覚えがあったが、どこで見たのか思い出すまでにずいぶんかかった」

「いつ思い出したの？」

「結婚式の前だ。そのあと、おまえがフランシス・キャサリンに、マクリーンの娘だとおれに知られたらどうなると思うかと尋ねるのを、パトリックがたまたま立ち聞きした。あいつはもちろんおれに知らせにきたが、そのときにはもう知っていた」

ジュディスはかぶりを振った。「どうもわからないわ。パトリックは知っていたくせに、なぜいまさらフランシス・キャサリンに腹を立てたの？」

「自分を信じて打ち明けてくれなかったことに腹を立てたんだ」

「つまり、あなたはわたしの父親がだれか知ってすぐに結婚を決めたわけね」

「そのとおりだ」イアンは立ちあがり、ジュディスを抱き寄せた。「花がなかったな」とささやく。「悪かった。おまえを守るのが第一だった。ちゃんとした式の用意をする余裕がなかった」

ああ、信じられたらどんなにいいか。「わたしを守るためなら、なにも結婚しなくてもよかったはずよ」

「いや、結婚するしかなかった。遅かれ早かれ、長老のだれかがかならずその指輪に気づく。そして、マクリーンのものだと思い出したはずだ」

「こんな指輪、もう捨てるわ」ジュディスはきっぱりといった。

イアンはため息をついた。「やめておけ。おまえは情が濃い。実の父親とつながる唯一のものを捨てることなどできないはずだ」

ジュディスはあえて反論しなかった。「あの人のこと、嫌いなんでしょう？」

「おまえの父親か？」

「ええ」

「ああ、嫌いだ。本物の人でなしだからな。だが、おまえの父親でもある。おまえと結婚するつもりだったから、ラムジーをマクリーンのもとへ送り、同盟を持ちかけた。実際には、ダンバーと同盟するほうがよほど有益だったんだが。なんといっても、領地が隣り合っている。だが、マクリーンの氏族長はおまえの父親だ、おまえには会う権利がある……そうしたいのなら」

「でも、マクリーンを信用してはいないんでしょう？」

「ああ。それをいうなら、ダンバーも信用していない」

「ダグラスのことはどう思う？」

「好きにはなれない」

イアンの率直さは、いっそ潔く感じた。「あなたには好きな人がいないのね」

彼の笑みは優しさにあふれていた。「おまえのことは好きだ」

いつだって、イアンにそんなふうに見つめられると息苦しくなる。ジュディスは、気を散らしてはいけないと自分にいいきかせなければならなかった。彼の胸に視線をおろす。「急にふたつのクランと同盟しようと思い立ったのはなぜ？　いままでずっと、メイトランドは孤立を保っていたんでしょう？」

「ダンバーの氏族長は年老いて一時の勢いはなくなっているのに、若手に地位を譲ろうとしない。おれは、ダンバーがマクリーンに接触していると聞いて、同盟が結成される前に阻止したかった。このふたつが結びついたら太刀打ちできない。それが大きな懸念だった」

「どうしてわたしに話してくれなかったの？」

「いま話したじゃないか」

イアンは答をはぐらかしている。ふたりとも、それはわかっていた。ジュディスはもう一度尋ねた。「話せなかった」「どうしていままでわたしに話してくれなかったの？」イアンはついに認めた。「いままで、悩みはパトリックにしか相談したことがなかったから」

「グレアムを頼ったこともないの？」

「ない」

ジュディスは彼から離れ、目を見あげた。「そのあなたが、いまになって変わったのはなぜ？」

「おまえのおかげだ。それからフランシス・キャサリンも」

「どういうことかしら」

イアンはジュディスの手を取り、石垣に座らせると、自分も隣に腰かけた。「最初はおまえたちの絆《きずな》の強さが不思議だった。たがいに、心から信頼しあっているように見えた」

「現に信頼しあってるわ」

イアンはうなずいた。「フランシス・キャサリンは、おまえの父親がだれか、秘密を守ったし、おまえも彼女がだれかに漏らすんじゃないかと心配してはいなかった」

頭のなかにあるものをなんとか言葉にしようとしているようだ。ゆっくりと、ためらいがちに話す。「いうなれば、おまえはフランシス・キャサリンに自分の弱みをさらしたわけだ。男なら絶対にそんなことはしない」

「そうじゃない人もいるわ」

「おれはしないんだ。おまえに会うまでは、そんなふうに人を信じることを知らなかった」

出し抜けにイアンは立ちあがった。背中で両手を握り合わせ、ジュディスのほうへ振り向く。「おまえが友人を心から信じていることはわかった。ジュディス、おれのことも信じてくれないか。おれを信じているといったな。だが、ほんとうに心からおれを信じてくれているのなら、愛している、本気だという言葉を疑わずに受け入れてくれるはずだ。そうでなければ、おまえの不安も心細さも、心の傷もなくならない」

ジュディスはうなだれていた。イアンは正しい。「父のことを黙っていたのは、あなたを信じていなかったから」小さな声で認める。「でも、話すつもりだった……いつかは。あなたが愛してくれなくなるのが怖かったの」

「おれを信じていてくれれば……」

ジュディスはうなずいた。「打ち明けようとしたの、結婚式の前に……あのとき、話を聞いていてくれればよかった」

「とにかくおまえを守りたくてあせっていたんだ。そのためには、結婚するしかなかった。マクリーンの娘だと長老たちに知られる前なら、結婚に反対されることはない。だが、知られたら、おまえはマクリーンを攻撃する格好の餌にされていた」

「指輪をイングランドに置いてきていれば、こんなことには――」

イアンはさえぎった。「秘密はいずればれるものだ。おまえのことも、知っている人間はいくらでもいる。イングランドの親族がマクリーンを頼って、おまえを取り戻そうとしたかもしれない」肩をすくめる。「いや、まだその可能性はある」とはいえ、さほど深刻には考えていないようだ。

「イアン、やっぱりわたしはここにいられない。わたしの父がだれか知ったときのグレアムの目……。もうわたしをメイトランドの一員とは認めてくれないわ。わたしはまたよそ者。やっぱりここにはいられないのよ」

「わかった」

あっさりそういわれ、ジュディスは面食らった。せめてしばらくは残ってくれと頼まれるものと思っていたのだ。そういわれれば、潔く同意するつもりだったのに。たったいま愛しているといっておきながら、出ていってもいいとはどういうこと？

説明を求めるひまはなかった。パトリックがドアをあけ、ジュディスを大声で呼んだ。フランシス・キャサリンは歩いていれば腰の痛みがやわらぐというので、暖炉の前をゆっくりと行ったり来たりした。そのあいだに、ジュディスは準備をととのえた。

マクリーンのことをたてつづけに尋ねられたが、そのどれにもまともに答えられなかった。そのうちやっと、フランシス・キャサリンが最後まで口を挟まずに聞いてくれるようになったので、ダグラスのことを話した。

「わたしには兄がいたの。五歳上よ。母が置き去りにしたの。でも、ずっと黙っていた」

フランシス・キャサリンはつまずきそうになった。ジュディスのかわりに悪態をついた。

「なんて女なの」

フランシス・キャサリンがさらにジュディスの母親の悪口をどなろうとしたとき、パトリックが窓の外で妻のふるまいについて詫《わ》びるのが聞こえた。彼女は口に手を当て、笑いを嚙み殺した。

「あなたのお母さんは人でなしだわ」と声をひそめる。「この世に正義ってものがあるなら、いずれ報いを受けるんだから」

ジュディスにはそう思えなかったが、いまは反論する気もなかった。「そうね」と素直に答えた。

「アグネスも報いを受けたのよ」フランシス・キャサリンがうなずきながらいった。

「あら、どうしたの？」

フランシス・キャサリンには聞こえなかったらしい。「ええ、いい気味だわ。あなたのことでとんでもない噂《うわさ》を広めておいて、イアンの耳に届かないわけがないのに、ばかみたい」

「イアンが知ってしまったの？」

「そうよ」フランシス・キャサリンは痛みに襲われていったん口を閉じ、おさまるまでマントルピースの端につかまっていた。それから、麻布でひたいをぬぐった。「ああ、さっきよりちょっと強かった」

「それから、長くなったわね」

フランシス・キャサリンはうなずいた。「なにを話してたんだっけ？　そうそう、アグネスよ」

「イアンはいったいなにを聞いたの？」

「結婚前にあなたが彼の子を妊娠したって」

「あらまあ、さぞかし怒ったでしょうね……」

「ええ、そりゃあもうすごい剣幕よ。あなたがパトリックとグレアムと釣りに出かけたあと、二時間くらいしてイアンが帰ってきたの。わたしの様子を見に立ち寄ってくれて。親切ね。あなたと結婚して、ずいぶん丸くなったわよ。以前は――」

「フランシス・キャサリン、話がそれたわよ。イアンはアグネスをどうしたの？」

「いまいおうとしてたところ。イアンはここからキープへ帰る途中、だれかに呼び止められて、噂を聞いたみたい。それか、だれか長老が話したのかも――」

「だれから聞いたのかはどうでもいいわ。そのあとイアンがどうしたのかを知りたいの。もう、じれったくてむずむずしてきたわ、フランシス・キャサリン。ずいぶんまわりくどいじゃないの」

フランシス・キャサリンはにっこりした。「お産のこと、ちょっと忘れられたでしょう？」

ジュディスはうなずき、さっさと最後まで話してくれとせがんだ。

フランシス・キャサリンは嬉々《きき》として話をつづけた。「イアンは即、アグネスの家に行ったそうよ。ブロディックがいってたわ。あの人もわたしの様子を見に来てくれたの。パトリックにしつこく頼まれたんでしょうね。とにかく、しばらくたって新鮮な空気を吸おうと思って外に出たとき、アグネスと娘のセシリアが荷物を持って坂をおりていくのが見えた。ブロディックは、ふたりがこの土地から出ていくといってた。もう帰ってこないんですって」

「どこへ行ったの?」

「アグネスのいとこのもとに身を寄せるらしいわ。護衛がついてた」

「イアンはひとこともいってくれなかった」ジュディスはしばらく考えにふける一方で、フランシス・キャサリンはふたたび歩きはじめた。

ヘレンがドアをたたいたので、ふたりは内輪の話を中断した。「つづきはあとにしましょう」フランシス・キャサリンが小声でいった。

ジュディスはうなずいた。ヘレンが大量の麻布を運びこむのを手伝い、テーブルに置いてある麻布の脇に置いた。ヘレンのすぐ後ろから、ウィンズロウも入ってきた。出産用の椅子を持っている。フランシス・キャサリンは、すかさずウィンズロウに昼食を一緒にどうかと誘った。ウィンズロウは驚き、首を振るのがやっとだった。

パトリックは浮き足立っていて梁《はり》にブレードを吊す余裕などなかったので、ウィンズロウがかわりにしてくれた。作業が終わると、フランシス・キャサリンは彼に飲み物をすすめた。

ウィンズロウはそれを断り、外へ出ていこうとしたが、ふと足を止めて振り返った。「女房が城の庭で待ってる。手伝いたいそうなんだが。もしいやなら……」

「ぜひ呼んできてください」ジュディスはいった。「イザベルがいてくれると心強いわ、そうよね、フランシス・キャサリン？」

フランシス・キャサリンは顔を輝かせた。「ええ。一緒にお昼を食べてもらいましょう」

ヘレンは寝具をたたむ手を止め、顔をあげた。「ほんとうにおなかがすいているの？　ゆうべこしらえたスープを持ってきましょうか。ひと晩かけて煮こんでおいたのよ」

「ええ、お願いします。でも、そんなにおなかはすいていないの」

「だったらなぜ――」ジュディスは尋ねようとした。

「食事の時間が来たら、食事をするものでしょう。どんなことでも……いつもどおりにしたいの。いいでしょう、ジュディス？」

「ええ、もちろんよ」

イザベルが足早に入ってきて、だれもがそちらを向いた。彼女はドアを閉め、フランシス・キャサリンに駆け寄り、手を握った。ジュディスが見ていると、イザベルは自分の出産のときにジュディスにかけてもらった励ましの言葉をすべて繰り返した。お産は奇跡の体験だ、たしかに汚れ仕事だけれど、それでもすばらしい体験なのだ、世界に新しい命を誕生させるという大事な仕事をやりとげたよろこびは一生忘れないわ、と。

温かな気持ちがジュディスの胸を満たした。ほかの人の人生で、自分は大きな役目を果たしたのだ。長老会の決定がくだれば、早いうちにここを出ていかなければならないのはわかっている。でも、ここにいるあいだに、ほかの人に大きな影響を与えることができた。フランシス・キャサリンのほかに、すくなくともひとりは自分のことを覚えていてくれる。ヘレンが急いでスープを取りにいった。イザベルも、ウィンズロウのおばに息子をあずけてきたが、お産が終わるまでここにいるといってくるからと、外に出ていった。

フランシス・キャサリンはドアが閉まると、ジュディスに向きなおった。「わたしのこと、心配？」

「ちょっとね」ジュディスは正直に答えた。

「さっき、変な顔をしてたわよ。イザベルがわたしを励ましてくれているとき、なにを考えてたの？」

ジュディスは苦笑した。フランシス・キャサリンはまったくめざとい。「イザベルの人生に、すこしは役に立てたんだなと思って。彼女が赤ちゃんをこの世に産みだす手助けをしたんだって。イザベルは一生、覚えてくれているはず。ほかの人がわたしを忘れても、彼女が覚えていてくれる」

「そうね、きっと忘れないわ」フランシス・キャサリンは話を変えた。「イアンはどうするつもりなのか、パトリックにも教えてくれないそうよ。パトリックは、長老会があなたたちふたりを処罰するだろうって考えてる。イアンにそういったら、ただ笑って首を振ってたって」

ジュディスは肩をすくめた。「どうなろうが、わたしはここを出ていくわ。理由はわかるわよね？　よそ者に戻るなんて、わたしには耐えられないの」

「ジュディス、ここの女の人たちは、みんな自分がよそ者だと感じてるわ」

そのとき、ドアが勢いよくあいた。「どうした？」パトリックがどなった。

「どうしたって、なにが？」

「フランシス・キャサリン、やけに長くかかるが、どうかしたんじゃないのか？」

「パトリック、ちょっと落ち着いてちょうだい」ジュディスはぴしゃりといった。「すぐにどうこうなるものじゃないのよ」

フランシス・キャサリンは急いでパトリックのそばへ行った。「あなたをやきもきさせて申し訳ないけど、いまのところ順調よ。赤ちゃんを急《せ》かすことはできないわ」

「ジュディス、なんとかできないのか？」パトリックは声をとがらせた。

「いまはフランシス・キャサリンを休ませてあげて。辛抱が肝心よ」

パトリックは息を吐いた。「ウィンズロウがいってた。おまえの腹はイザベルの二倍だって」顔をしかめてつぶやく。

そういわれても、フランシス・キャサリンはとくに腹を立てなかった。パトリックはさらなる心配の種をほじくっているだけだ。「だって、二倍の量を食べてたんだもの。イアンはどこへ行ったの？」

パトリックはやっと笑った。「おれにうんざりしたらしい。兵士の訓練に行ってしまった」

「手伝いに行ってあげたらどう？」フランシス・キャサリンはすすめた。「いよいよってときになったら、だれかに呼びにいってもらうから」

パトリックはしぶしぶ出かけていった。だが、たびたび帰ってきて、夜になると玄関の外に陣取った。

イザベルは二度、おばに呼ばれて赤ん坊に授乳しに帰った。ヘレンは一度、城に帰って長老ふたりの夕食を用意し、息子のアンドルーがきちんと世話をしてもらっているかどうか確かめた。

フランシス・キャサリンの陣痛は不規則なままつづいた。午後遅くになって急に激しくなったが、彼女はしっかりと痛みを受けとめた。

夜中になると、フランシス・キャサリンは苦痛に悲鳴をあげはじめた。出産用の椅子に座り、長く激しい痛みが来るたびに全力でいきんだ。ヘレンは両手でフランシス・キャサリンの腹部を押したが、痛みを増幅させるばかりだった。赤ん坊はなかなか協力してくれなかった。

異常が起きていることはだれもが気づいていた。痛みはどんどんひどくなる。もう産まれてもおかしくない頃合いだった。なんらかの要因で、赤ん坊が出てこられないらしい。ヘレンはフランシス・キャサリンの前にひざまずき、赤ん坊の様子を確かめた。それが終わると、ぺたりと尻餅をつき、ジュディスを見あげた。

その目に浮かんだ恐怖を見て、ジュディスは胃が痛くなった。ヘレンは彼女を部屋の反対側へ連れて行こうとした。

「内緒話はやめて」フランシス・キャサリンが叫んだ。「どうなっているのか、わたしにも教えて」

ジュディスはうなずいた。「ええ、そうしましょう」

「逆子です。足に触れました」

新たな痛みがフランシス・キャサリンを襲った。ジュディスはいきむように指示したが、フランシス・キャサリンはだめだと絶叫した。ぐったりと体を折り、抑えきれずに泣きじゃくっている。

「ああ、ジュディス、もうだめ。死んでしまいたい。こんなに痛いのに――」

「死ぬなんていっちゃだめ」ジュディスはさえぎった。

「手が入らない」ヘレンがつぶやいた。「鉤《かぎ》を使わなければだめだわ、ジュディス」

「いや！」

フランシス・キャサリンの苦悶の叫びに、ジュディスの自制心がぷつりと切れた。頭のなかは恐怖でいっぱいで、自分がなにをしているのかもわかっていなかった。フランシス・キャサリンにきつく握られた手を無理やり引き抜き、洗面器の前へ急いだ。両手をごしごしと洗う。頭のなかで、モードの言葉が響いていた。彼女の教えが理論に基づいたものでないとしても、躊躇《ちゅうちょ》してはいられない。手順に従い、うまくいくと信じるしかない。

ジュディスがフランシス・キャサリンの前にひざまずくと、ヘレンは立ちあがった。

フランシス・キャサリンは叫びすぎて声がかれていた。哀れな声でささやく。「パトリックにごめんなさいって伝えて」

「ばかをいわないで」ジュディスはどなった。もはや、フランシス・キャサリンの苦しみを思いやる余裕もない。「そんなたわごとは自分で伝えるのね、フランシス・キャサリン」

「赤ん坊をひっくり返すつもりですか？」ヘレンが尋ねた。「そんなことをすれば、おなかが裂けてしまう」

ジュディスはかぶりを振った。それでも、フランシス・キャサリンから目を離さなかった。「次の痛みが来たら教えて」

ヘレンは豚の脂が入った鉢をジュディスに渡そうとした。「これを手につけてください。赤ん坊を出しやすくなるわ」

「いいえ」不潔なものでおおうために、わざわざ手を洗ったのではない。

イザベルはフランシス・キャサリンの腹に手をあて、すぐに叫んだ。「痛みが来るわ。張りが強くなってる」

ジュディスは祈りはじめた。フランシス・キャサリンが悲鳴をあげる。ヘレンとイザベルに彼女を押さえつけてもらい、ジュディスは仕事に取りかかった。

突き出た小さな足に触れた瞬間、ジュディスは心臓がおなかに落ちこんだような気がした。いまでは祈りの言葉が声になっていたが、だれも聞いていなかった。フランシス・キャサリンの悲鳴が、ほかの音をすべてかき消してしまうのだ。ジュディスは赤ん坊の足をそっと引っ張り、もう片方を探しはじめた。

神が祈りに応えてくれた。奥まで手を入れる前に足が見つかった。ゆっくりと引き出す。あとはフランシス・キャサリンが自力でやった。こらえきれずにいきむ。ジュディスがすんでのところで受けとめなければ、赤ん坊は足から着地していたにちがいない。

四人にとてつもない恐怖を味わわせた赤ん坊は女の子で、小さいけれど愛らしくぽっちゃりと太り、頭には燃えるような赤毛がほわほわと生えていた。そして、このうえなくかわいらしく……母親そっくりの大きな泣き声をあげていた。

完璧な赤ちゃんだ。

そして、彼女の妹も。こちらは、だれをわずらわせることもなかった。だが、みんなの不意をついたのはたしかだ。フランシス・キャサリンはそのとき、苦しみがようやく終わり、ほっとしたのとうれしいのとでむせび泣いていた。ヘレンは外に出て、教会の教えに従い、無防備そのものの母子が悪魔に襲われないように、後産を埋める儀式をすませたところだった。イザベルは、せっせと赤ん坊をあやしながら産湯を使わせていた。ジュディスはといえば、フランシス・キャサリンの体を洗っていた。すると、突然ふたたび彼女がいきみはじめたのだ。ジュディスは止めた。大出血するかもしれないからだ。だが、フランシス・キャサリンはいきむのをやめられなかった。その数分後、双子の妹が産まれた。こちらはお行儀よく頭から出てきた。

双子はそっくりだった。イザベルもヘレンも、見分けることができなかった。間違えないように、姉を白、妹をピンクの布にくるんでから、ブレードで包んだ。

フランシス・キャサリンの出血はさほどひどくはなかったが、ジュディスはまだ安心していなかった。念のため、この先二週間はフランシス・キャサリンがベッドから出ないように気をつけてやらなければならない。

しばらくして、フランシス・キャサリンはようやくベッドに落ち着いた。ジュディスが縫ったきれいな寝間着を着て、髪もきれいにとかし、ピンクのリボンで結んだ。疲れているにもかかわらず、輝かんばかりに美しかった。だが、ジュディスは、起きているだけでも大変だろうと思った。

パトリックには、フランシス・キャサリンの様子をつねに知らせてあった。無事だとは伝えてある。だが、ヘレンは、赤ん坊が男の子か女の子かは伏せておいた。その大事な役目をするのは妻でなければならない。

父親と対面するため、双子はフランシス・キャサリンの両腕に抱かれた。ジュディスは三人に上掛けをかけてやり、新米の父親を呼びにいこうとした。

「待って」フランシス・キャサリンは、双子が目を覚まさないように小声で止めた。

「どうしたの？」ジュディスも小声で訊き返した。

「わたしたち……わたしたち、よくやったわね、ジュディス」

「ええ、よくやったわ」

「わたし、あなたに――」

「なにもいわないで。わかってるから」

フランシス・キャサリンはほほえんだ。「次はあなたの番よ、ジュディス。わたしの子どもたちに、秘密を打ち明ける友達を授けてやってね」

「いつかはね」ジュディスはイザベルとヘレンに、一緒に外へ出るよう手招きした。パトリックは、ジュディスを突き飛ばしそうな勢いで入ってきた。脇目もふらない彼の様子に、ジュディスは思わず顔をほころばせた。

新鮮な空気はすがすがしかった。ジュディスは疲れ果て、大仕事をやっと終えた安堵で、体から力が抜けていた。石垣へ歩いていき、腰をおろした。

「心配したわね」イザベルがつぶやいた。「わたし、怖くてたまらなかった」

「わたしもよ」ジュディスは正直に答えた。

「フランシス・キャサリンにはお手伝いがいりますよ」ヘレンがいった。「難産だったから、たっぷり休まなければ。ひとりで双子の世話はできないわ」

「ウィンズロウのおばさんと、わたしがお手伝いにいくわ」イザベルが申し出た。「朝食も運んであげる」

「では、あたしが夕食から夜のあいだ、詰めてましょうかね」とヘレン。

ふたりはジュディスを見た。午後はわたしが担当する、という言葉を待っているのだ。ジュディスはかぶりを振った。「午後の係を探さなければね。わたしは手伝うと約束できないの。あとどれくらい、ここにいられるかわからないから」

「いったいなんのこと?」イザベルは驚いた様子で尋ねた。

「明日、話すわ。とりあえず、フランシス・キャサリンのことをお願い。ちゃんと世話をするって約束してくれるわね。絶対にベッドから出さないでね。まだ安心はできないもの」

声にあせりがにじんでいるのはわかっていた。けれど、どうしようもなかった。疲れているせいで感情を抑えられなくなっているのだろうと思った。

イザベルもヘレンも、ジュディスの言葉を打ち消そうとしなかった。ふたりが黙っていてくれるのが、ジュディスにはありがたかった。

ヘレンは弱々しくため息をついた。女主人の悲しげな顔つきが胸にこたえたのだ。話を変えることにした。「フランシス・キャサリンが二度目にいきみはじめたとき、びっくりしませんでした?」

イザベルもジュディスもほほえんだ。

「ふたりとも、いまにも倒れそうに見えるわ。帰って、すこし休んでください。あとはあたしにまかせて」

イザベルもジュディスも、立ちあがる気力も体力もなかった。座って暗闇を見つめていると、心が落ち着き、くつろげた。

ジュディスは背後で物音を聞き、振り向いた。イアンとウィンズロウが坂をおりてくる。あわてて前を向き、見場を繕った。髪を指ですいて肩にかけ、頬をつねって血色をよくし、服のしわを伸ばそうとした。

そんなジュディスをイザベルが見ていた。「あなた、まだすごいなりをしてるわよ」くすくす笑いながらささやいた。

ジュディスは意外に思った。イザベルはおとなしくて、ずけずけとものをいったりしない。その彼女が人をからかったりすることがあるとは。思わず吹きだした。「あなたもね」とささやき返す。

ふたりはそれぞれの夫を迎えるために、たがいにつかまり、そろって立ちあがった。「すごいなりだろうが、べつにいいのよ」イザベルがつぶやいた。「ウィンズロウは……したがってるんだけど、わたしはまだだめだと思うの。七週間しかたってないもの。あと七週間は待ったほうがいいわよね……でも、ときどきわたしも……」

ジュディスには、イザベルがなにをしどろもどろにいっているのか、さっぱりわからなかった。だが、彼女が頬を赤らめているのを見てぴんと来た。「モードの話では、普通は六週間待てば……できるそうよ」

イザベルはすぐさま身なりをととのえようとした。それがおかしくて、ジュディスは大笑いしはじめた。イザベルも加わった。

ヘレンはやれやれと首を振った。

イアンとウィンズロウは、ふたりがどうかしてしまったのではないかと思った。ヘレンにフランシス・キャサリンは無事だと聞き、その知らせをもちろんよろこんだが、ばか笑いしているそれぞれの妻が気になった。

「イザベル、しっかりしないか」ウィンズロウがぴしゃりといった。「酔っぱらいみたいだぞ」

イザベルは下唇を嚙んで笑いをこらえた。「こんな夜中にどうしたの？　赤ちゃんと一緒にいてくれなきゃ」

「おばがついている」

「朝までいるの？」

ウィンズロウは、妙なことを訊くと思った。「もちろんだ。おれはキープに泊まる」

イザベルは顔をしかめた。それを見て、ウィンズロウは片方の眉をあげた。「イザベル、いったいどうしたんだ？」いらいらと尋ねる。イザベルは答えなかった。

ジュディスはイアンのほうへ歩いていった。「まだ寝てなかったの？」

「おまえを待ってたんだ」

ジュディスは胸がいっぱいになった。たちまち目が潤む。イアンはジュディスの肩を抱き、帰ろうと振り向かせた。ヘレンは全員におやすみなさいと挨拶し、フランシス・キャサリンの家のなかに戻った。

イザベルは、中庭の入口にいるウィンズロウの前に行き、はからずもジュディスたちの行く手をふさいだ。氏族長夫妻が真後ろにいることにも気づいていない。「わたし、あなたのおばさんと寝たくない」出し抜けにいった。「あなたと寝たいのよ。ジュディスがいってたわ、六週間待てば大丈夫だって。もう七週間よ」

ウィンズロウは、イアンとジュディスが通れるよう、妻を抱き寄せた。身をかがめ、なにごとか耳打ちする。

ジュディスはアレックス、ゴウリー、ラムジーを見つけた。三人は大股で坂をくだってくる。その表情がはっきり見えるようになると、ジュディスは息を詰めた。全員がひどく険しい顔をしている。

イアンに寄り添う。「みんな、なぜこんな時間に起きてるの?」

「会合があった。思ったより長くかかったんだ」

イアンはなにがあったのか、詳しく説明する気はなさそうだった。ジュディスも疲れているうえに、怖くて尋ねることができなかった。ベッドに入ったあと、しばらく何度も寝返りをうったあげく、ジュディスはようやく浅い眠りについた。

15

「ジュディス、起きろ。出発するぞ」

ジュディスはそっと揺り起こされた。目をあけると、イアンがベッドに腰かけていた。その厳しい面持ちに、たちまち眠気が吹き飛んだ。

起きあがって上掛けを引きあげ、イアンを見つめた。「出発？」とまどって、かすれた声で尋ねた。「いますぐ？」

「そうだ」イアンの声はきっぱりとしていて、同じように有無をいわせぬ顔をしている。どうしてこんなによそよそしいの？　ジュディスは立ちあがろうとしたイアンの腕をつかんだ。「こんなに早く？」

「ああ。できれば、あと一時間以内に」腕からジュディスの手をどけ、かがんでジュディスのひたいにキスをすると、立ちあがってドアに向かった。

ジュディスはその後ろ姿にいった。「フランシス・キャサリンにお別れの挨拶をしてきたいの」

「そのひまはない。荷物をひとつにまとめて、厩に持ってこい。そこで待ってる」

ドアが閉まった。とたんに、涙があふれた。みっともないのはわかっているが、かまってはいられなかった。頭もまともに働かない。ここにいたくないとイアンにいったのは自分なのだ。彼はそのとおりにしているだけ。

それでも、いきなり追いだすなんてあんまりじゃないの？　こんなに彼を愛しているのに、わかっていないのだろうか？

顔を洗い、濃いブルーのガウンを着た。髪をとかし、荷物をまとめて出発の準備ができると、もう一度、部屋のなかを見まわした。

ドアの脇の釘にプレードがかかっている。これを置いていくのは忍びない。プレードをたたみ、荷物のなかに入れた。

そして、泣くのをやめた。自分を哀れむのもやめた。いまや、ふつふつと怒りがたぎっていた。ほんとうに妻を愛している夫が、その妻を放りだしたりするものか。イアンにそういってやらなければ。イアンは愛してくれている。そのことに疑いの余地はない。彼の行動はまったく解せないけれど、もう悩むのはやめだ。とにかく、彼がなにを考えているのか……そして、なぜこんな仕打ちをするのか、説明してもらわなければ。

イアンのいない人生なんて考えられない。部屋の外へ、そして一階へと走った。両腕に荷物をしっかりと抱いて。

グレアムが玄関のドアを押さえていた。中庭に、大勢の人が集まっているのが見える。彼に一瞥もくれずに前を通り過ぎようとした。すると、待てというように肩に触れられた。立ち止まりはしたものの、目はかたくなに伏せていた。

「こっちを見たらどうかね?」グレアムがいった。

ジュディスは彼の目を見あげた。「あなたの軽蔑の表情を見たくなかったんです、グレアム。あの晩、あなたがわたしをどう思っているのか、よくわかりました」

「ああ、ジュディス、わたしが悪かった。傷つけるつもりはなかったのだ。ただ……あまりにも思いがけないことだった。それに、むざむざ囚われの身となったことに腹が立って、おまえに騙《だま》されたと思いこんでしまった。いまとなっては、自分が恥ずかしい。ばかな男を許す気持ちはあるかね?」

涙で視界がぼやけた。ジュディスはゆっくりとうなずいた。「ええ。わたし、いますぐイアンのところへ行かなければならないんです。待たせているので」

「よく話し合うことだ、ジュディス。イアンにこんなことを許すな。あいつには、ここにいてもらわなければ困る」

つらそうな声に、ジュディスの胸は痛んだ。「イアンはわたしをイングランドへ連れて行くつもりなんです。そうしたら、またここへ帰ってきます」

グレアムはかぶりを振った。「いいや。イアンは二度と帰ってこないつもりだ」

「まさか、そんな。あの人はこのクランの氏族長なのよ」

「もう氏族長ではない」

ジュディスは驚きを隠せなかった。荷物を取り落とし、まじまじとグレアムを見つめる。グレアムはかがんで荷物を拾った。ジュディスは手を伸ばしたが、彼は荷物を抱きしめ、首を振った。

「あなたは賛成したんですか、それとも反対したんですか?」

返事は待たなかった。背筋を伸ばし、外に走りでる。階段のいちばん下へたどりつき、厩へ向かって駆けだすと、行く手の群衆がふたつに割れた。

グレアムが追いかけてきた。ほかの長老たちも、ジュディスたちの出発を見送るためにキープから出てきて、玄関階段の上に並んだ。

ジュディスは群衆を通り抜けた。厩のドアがあき、イアンが馬を引いて出てきた。かたわらにパトリックがついている。イアンになにか話しかけているが、ほとんど返事はない。イアンの顔にはなんの感情もなかった。彼が顔をあげ、こっちへ来いと手招きするのを見て、ジュディスは自分が立ち止まっていたことに気づいた。

足を踏みだせなかった。これからどうなるのか、にわかに実感をともなってきたのだ。ああ、ここを離れたくない。プレードを持ってきたのは、ここで暮らした幸福な日々を忘れたくないから。寒い冬の夜は、あのやわらかい布にくるまり、幸せだったころを思い出して慰めにするつもりだった。なんてくだらない。イアンなしでは、そして、ここに来てから知り合ったすばらしい友人たちなしでは、いつまでも不幸なままなのに。

よそ者だろうが、かまうものか。わたしはメイトランドの一員で、ここの人間なのだ。そう、ここがわたしの居場所。たとえ夫だろうが、わたしを追いだすことなどできない。

ジュディスはにわかにあせりを感じた。考えが変わったことを早くイアンに伝えなければ。ちゃんと話ができますように。

スカートをつまんで駆けだした。とたんに、イザベルに呼び止められた。

「ジュディス、わたしはイングランドの暮らしが気に入ると思う？」

ジュディスはくるりと振り向き、イザベルを見た。聞き間違えたにちがいない。「いまなんていった？」

イザベルは群衆のなかから出てきて、ジュディスのほうへ歩いてきた。赤ん坊を抱いている。ウィンズロウのおばふたりが追いかけてきた。白髪まじりの女たちには見覚えがある。ふたりとも、神父の審問のときにイザベルの家でテーブルについていた。

「わたしたち、イングランドの暮らしが好きになるわよね？」イザベルがもう一度尋ねた。

ジュディスはかぶりを振った。「あなたは来てはだめよ。イングランドの生活には合わないわ。わたしだって嫌いなんだもの」と、しどろもどろに答える。「わたしはイングランド人だけど」

「大丈夫、うまくやっていけるわ」

そう声をあげたのはヘレンだった。小走りにイザベルの隣へやってきた。その後ろに、荷物を抱えたアンドルーが立った。

ジュディスにはわけがわからなかった。「でも――」

またひとり、女が出てきた。顔見知りだが、名前は思い出せない。祭の日、弓矢の試合で優勝したエリザベスの母親だ。イアンが娘にほうびを授けるのを見て、うれしそうに笑っていた。

「わたしたちも一緒に行くわよ」女ははっきりといった。

次から次へと女たちが出てきて、一緒に行くと口々に宣言した。ジュディスは助けを求めてイアンのほうを向いた。彼の後ろに男たちがずらりと並んでいるのが目に入り、息が止まった。

あの人たちも一緒に来るというの？

なにが起きているのか、頭がついていかない。いまや子どもたちまで集まってきて、その後ろには母親たちがいる。

「イングランドでは、日曜日は休めるのよね？」

そう訊いたのがだれか、ジュディスにはわからなかった。うなずいて、のろのろとイアンのほうへ歩いていった。傍目にぼうっとしているように見えているのはわかっている。きっと、イアンがみんなを説き伏せてくれる。

イアンは腕を馬の背にかけ、じっとこちらを見ている。表情こそ冷静だったが、近づくと、その目に驚きが浮かんでいるのが見てとれた。

ジュディスはイアンのすこし手前で立ち止まった。なんと声をかければよいのか、自分でもわからないうちに口にしていた。

「あなたを愛してるの、わかってるでしょう、イアン？」

ほとんど叫ぶような声だったが、イアンは静かに答えた。「ああ、ジュディス。わかってる」

ジュディスは小さく息を吐いた。イアンには、彼女がついに頭の……心の整理をつけたように見えた。このうえなく満足そうだ。

いまでは笑顔で、涙を浮かべている。しばらくしていった。「そして、あなたはわたしを愛してるのよね」さっきよりずっと落ち着いた声だった。「愛のない人とは一緒に暮らしたくない。わたしがそういうと、あなたはすぐにうなずいた。だから、勘違いしてしまった。あのときは、ほんとうに愛してくれているのがわからなかったの。どうしてもっと早くいってくれなかったの？　こんなに悩まずにすんだのに」

「悩むのは嫌いじゃないだろう」

ジュディスは反論しなかった。「これからどうするの？　わたしをイングランドへ連れて行くの？　わたしたちふたりとも、イングランドには住めないわよ、イアン。ここがわたしたちのいるべき場所なんだから」

イアンは首を振った。「そんな単純な話じゃないんだ。長老たちが感情に流されて決定をくだすといけない」

「あの人たちは、ほかのだれかを氏族長に選ぶことにしたんでしょう？」

「違う」グレアムが割りこんだ。「マクリーンとの同盟に反対された時点で、イアンはみずからしりぞいたんだ」

ジュディスはキープのほうへ振り向いた。四人の長老たちは顔を突き合わせ、なにか話し合っている。ゲルフリッドが興奮した様子で両手を振りまわしている。

「おれたちが目指すのはイングランドじゃない、ジュディス。北へ向かうんだ。そろそろ出発するぞ」イアンはいい、グレアムに向かってうなずいた。

ジュディスは深く息を吸った。そして、イアンから一歩後ずさった。

イアンは逆らわれて面食らったらしい。「イアン・メイトランド、あなたのことはほんとうに愛しているけれど、それでもいわせてもらうわ、あなたのいいなりにはならない」

彼はぽかんとしている。ジュディスは胸の前で腕を組んで強くうなずき、本気だと示した。

ジュディスの背後に並んでいる女たちも、そろってうなずいた。

「反抗的な態度は許さんぞ、ジュディス」

すかさず、イアンの背後に並んでいる男たちがうなずいた。

ジュディスはもう一歩後ずさった。「あなたが氏族長をやめると決める前に、はっきりいってやればよかったわ。なんといっても妻ですもの。自分に関係のあることについては、ひとという権利があるわ。それに、わたしたちの将来についてもね」

イアンは苦笑をこらえようとした。ジュディスがなにかいうたびに、いちいち背後の女たちがうなずくのだ。

ジュディスは自分がよそ者だと思っているようだが、まわりを見てみろ、とイアンは思った。いまでは家族となったメイトランドの女たちに囲まれているじゃないか。女たちの心をつかんだのだ。この自分の心をつかんだように。

どうやら、ジュディスとふたりでどこかへ行くのは無理らしい。まったく、クラン全体が絶対についていくといわんばかりだ。パトリックにも、フランシス・キャサリンの体調が戻りしだい、双子を連れて追いかけるといわれている。もちろん、イアンもそれは予想していたが、ほかの男たちまでついてくるとは思いもしていなかった。

彼らの忠実さは、自分にはもったいないほどだ。だが、そのおかげで厄介なことになったのも事実。氏族長をやめたのに、それをだれも認めてくれないとは。

妻でさえも。

イアンはグレアムを見つめた。彼はこれから辛酸をなめなければならない。クランの男たちはみな、グレアムを見捨てて出ていこうとしている。古いやり方に背を向けて。

グレアムの自尊心を傷つけずにすむ方法はないものだろうか。自分が出ていけば、グレアムにこれ以上ない屈辱を味わわせることになる。父親も同然の彼に。こんなふうに、グレアムの顔に泥を塗ることはできない。

とはいえ、あとには引けない。そんなに簡単な問題ではないのだ。

「ジュディス、決まったことは変えられない」

「以前といってることが違うわよ」

イアンはかぶりを振った。ジュディスは、墓地を散歩しながら話したことをこの人は忘れてしまったのだろうかと思った。だったら、思い出させてあげるまでのこと。

「この世は理不尽なことばかりだって愚痴をこぼしたとき、あなたはいったわ。気に入らないことがあれば、変える努力をしろって。まずは小さな声をあげて、それが大勢に広まれば、大きな声になるって。忘れたの？　そうよ」とうなずく。「あなたはそういったのよ。考えが変わったの？」

「ジュディス……これはややこしい問題で」

「いや、すこしもややこしくない」グレアムがぼそりと口をはさんだ。「早い話が、年長の者対若者の問題だ。それにつきる」

ジュディスはグレアムに同情した。彼は見るからに力を落としている。「いいえ。年長の者対若者の問題じゃないわ」

「ジュディス……」

イアンの警告を無視し、グレアムのそばへ行って腕を取った。彼の肩を持つふりをしたのは、もちろん意図してのことだ。いまはイアンより、この年長者の自尊心を救ってあげなければならない。とりあえず、イアンには男たちがついているのだから。グレアムのほうが心配だ。面目を失わずに、非を認められるようにしてあげたい。

「若くて力のある者を導くのは、経験と知恵だと思います」ジュディスはグレアムにいった。「あなたもおわかりでしょう、グレアム」

「たしかに、一理ある」

ジュディスは深呼吸し、いっきにいった。「わたしに長老会で発言させてください」

背後から賛成のどよめきがあがった。グレアムは、喉を掻《か》き切ってくださいと頼まれたかのような顔をしている。口もきけないようだ。

「長老会でなにをいうつもりだ？」イアンが尋ねた。

ジュディスはグレアムを見つめたまま、質問に答えた。「まずは、クランの大事な成員に対してどれだけ責務を怠っていたか、長老たちに訴えるわ。みんな、女性と子どもをないがしろにしていたのよ。ええ、そういってやりますとも」

グレアムは、ジュディスのまわりに集まっている女たちの歓声がやむまで待たされた。

「ないがしろにしていたとは？」

「女性と子どもは長老会に出ることが許されてないでしょう。わたしたちの悩みだって、男の人たちと同じくらい重大なんだから。それに、女や子どもだって、大事な問題について意見をいいたいわ」

「ジュディス、ここの女たちは決してないがしろにされてはいないぞ」

「だったら、なぜ長老会に出てはいけないんですか？」

グレアムは、こんなふうに口答えされたことが一度もなかった。顎《あご》をこすりながら、答を考えた。「困ったことがあれば、夫に相談すればいいじゃないか」やっとのことで答えた。

われながら申し分のない答だとばかりに満足そうだった。笑みさえ浮かべている。

「それは当然です」ジュディスはいい返した。「夫婦は困ったことがあればなんでも話し合うべきだもの。でも、独身の女の人はどうすればいいんですか？　だれを頼ればいいの？　それとも、独身の女性なんかどうでもいいってわけ？　たとえば、もしヘレンに子どものことで悩みができたら、あなたかゲルフリッドに、いいえ、ほかの長老でもかまわないから相談できればいい。でも、そんな機会がない。ご主人を亡くしたときから、よそ者扱いなんですもの」

「わたしがよろこんで悩みを解決してやる」グレアムが反論する。

ジュディスはつとめていらだちを隠そうとした。「だから、解決してもらう必要はないんです。わたしたちみんなそう。悩みを相談して、ほかの人の考えを聞きたいだけ……わたしたちはクランで一人前として認められたいんです、グレアム。ヘレンはしっかりしてるわ。自分の問題は自分で解決できる。わかっていただけました？」

「それからドロシーもいるわ」ヘレンが口をひらいた。「あの子の事情も教えてあげて」

「そうそう、ドロシーね」もうすぐ出産を控えたこの妊婦については、ヘレンから聞いたばかりだった。「ドロシーはあと一カ月ほどで赤ちゃんが生まれるんです。でも、ご主人は結婚してわずか数週間で、追いはぎに殺されてしまった。長老会が家族がわりになってあげるべきなんです。ひとりぼっちのままにしてはいけない。きっと、長老のみなさんも、なんとかしなければとお考えですよね……女性と子どものために」

ジュディスの正論に、グレアムも納得するしかなかった。たしかに、長老たちは女を軽視していた。「われわれの怠慢だな」

いまのところ、グレアムにいえるのはそれが精一杯だろう。充分だ。ジュディスはイアンに向きなおった。今度はイアンが譲歩する番だ。「わたしの母はイングランド人で、父はマクリーンの氏族長であることは、いまさら変えられない。それと同じで、あなたがここの氏族長だってことは、あなたには変えられないのよ」

イアンは顔をしかめた。「ジュディス、おれはなにもマクリーンがおまえの父親だから、同盟を結ぶといいはったわけじゃないぞ。うちの戦士たちなら、マクリーンの軍勢と戦っても負けはしない。スコットランドじゅうのどのクランよりも鍛えられているからな。だが」と、グレアムのほうを意味ありげに見やる。「マクリーンとダンバーが結びつけば、戦士の数だけで圧倒的にうちをうわまわる。氏族長として、クランの全員の命を守るのがおれの義務だ。だが、長老会の助言者という立場では、その義務を遂行できない。実際にはなんの力もない地位など無意味だ。ジュディス、おれはこれ以上、そんな地位に我慢できないんだ」

「それは前からでしょう」

「ずっと前からだ」イアンが訂正する。

「変えればいいじゃないの」

イアンはグレアムの前へ歩いていった。「おれはもう、たんなる助言者はやめます。決定権が欲しい」

グレアムがイアンの要求に対する答を出すまで、しばらく間があった。彼はいったん長老たちのほうへ顔をめぐらせ、またイアンに目を戻した。

それでもまだ、はっきりと返事をしなかった。「絶対的な権限か……」

ジュディスは口をひらきかけたが、思いとどまった。女より男のほうがややこしい。男というものは、自尊心に邪魔されてやたらと強情になることがある。

「やはり自分の言動には責任を持たなければならないようだな、イアン」グレアムはいった。その顔は憔悴《しょうすい》しきっていた。おそらく、イアンの要求を却下すると腹を決め、その決意がもたらす結果を受け入れようと心のなかでもがいているのだ。

そのときふと、ジュディスは解決策を思いついた。「グレアム、いまのはすばらしい考えですね」大声をあげる。グレアムににっこりし、とまどい顔の彼にうなずくと、小走りにイアンのかたわらへ行った。彼の脇腹をつつく。「ねえ、すてきな提案じゃない、イアン？」イアンにはなんのことか見当もつかなかった。「ジュディス、おれがなにか決めるたびに反対するのなら――」

ジュディスはイアンの言葉をさえぎり、グレアムに尋ねた。「年に一度がいいかもしれませんね。それとも、もっとたびたび氏族長の信任案を決議するのですか？」

グレアムは傍目にもわかるほど驚いていた。しばらくして、ジュディスがなにをほのめかしているのか、ようやく呑みこんだ。すかさずうなずく。その顔は笑顔だった。「そのとおり、年に一度がよかろう。年に一度、おまえが責任を果たしているかどうか、決議する。不信任案が決議されれば、おまえは職を解かれるからな、イアン」

口先だけの脅しは、そこで終わった。不信任案が決議されることなどありえないと、だれもが知っている。たったいま、絶対の権限が氏族長に譲られた。そのことも、その場の全員が理解していた。

「これで、権力の均衡が保たれる」グレアムは断言した。その声は、いまや確信に満ち、力強かった。「長老会は月に一度集まり、クランの者からの請願を聞く。そして、イアン、おまえには助言を与えよう。なにか思いついたらすぐにな」

「クラン全員の請願を聞いてくれるのですか？　女性の声も？」ジュディスは念のために尋ねた。

グレアムはうなずいた。「もちろんだ。とくに、女たちの要望は重視する。いままで長いあいだ沈黙を強いてきたのだ。いいかげんに女たちの声に耳を傾けねばな」

「ほかの長老たちの同意も得ずになにかが決まったためしはありませんが」イアンはグレアムにいった。

「いまから訊いてこよう。一時間以内に結果を出す」

それからものの三十分で、長老たちはふたたび外に出てきて、グレアムの革新的な提案に全会一致で賛成したと宣言した。

鳴りやまない歓声が山に響きわたった。イアンは支持者たちに囲まれた。何度も肩をたたかれた。葡萄酒の樽《たる》が運びだされ、杯が配られ、あちこちで乾杯の声があがった。

長老たちもただ傍観してはいなかった。群衆のなかを歩きまわり、乾杯に加わった。

イアンはようやく支持者の群れから抜けだすと、ジュディスを探した。ひとけのない場所へ連れて行き、ふたりきりで祝いたかった。

くだり坂へ向かうジュディスを見つけ、追いかけようとしたとき、ヴィンセントとオウエンに呼び止められた。ふたりはグレアムの賢明な思いつきについて話しはじめた。話はいつまでも終わらず、イアンはそれからたっぷり二十分、足止めを食らった。

やっと坂をくだりはじめたとき、今度はラムジーとブロディックにつかまった。

「ジュディスを見たか？」

「フランシス・キャサリンとパトリックのところにいる」ラムジーが答えた。「イアン、おれがおまえのあとを継いで氏族長になるのを断って、まだ怒ってるか？」

「いや」

「おまえに話がある」ブロディックが横からいった。「すぐに終わる」

ブロディックの〝すぐに〟は、丸一時間だった。イアンは、奇妙な要望に大笑いしたが、最後には同意した。そして、ふたりに幸運を祈ると告げた。

パトリックの家に着くと、ジュディスはもういなかった。フランシス・キャサリンと双子は熟睡していて、パトリックも眠くてたまらないという様子だった。彼はあくびをしながら、ジュディスが向かった方向を指さした。

それからほどなく、イアンはジュディスを見つけた。彼女は、浅い小川のそばにある木立に隠れていた。

ジュディスはすっかりくつろいでいた。靴を脱ぎ、木に背中をあずけて座っている。目を閉じ、両手は膝の上でかわいらしく重ねていた。

イアンはかたわらに腰をおろした。「みんなが酒を飲んでいるから、逃げてきたのか？」

ジュディスは目をあけなかった。それでも、笑みを浮かべた。「いいえ。ちょっとフランシス・キャサリンに会って、静かなところで休みたかったの……そして、考えたかった。ここではひとりきりになるのって大変ね」

「そうだな」イアンは笑った。「それでも、ここにいたいといいはったな」

「ええ。でもやっぱり、ひとりの時間が持てないといらいらすることもあるわ」

「そんなときはチャペルへ行けばいい」

ジュディスは目をあけた。「イアン、ここにチャペルはないんでしょう」

「これから建てるんだ。遅くとも次の夏までには。おれたちのはじめての結婚記念日までには完成させなければな」

「どうして？」

「ちゃんとしたミサをひらいて、結婚を祝うんだ」ジュディスのぽかんとした顔を見てほほえみ、彼女をそっと押しのけた。いままでジュディスが座っていたところに陣取り、ゆったりと木にもたれると、彼女を膝に抱きあげた。身をかがめ、ひたいにキスをする。「花も飾るぞ、ジュディス」かすれた声でささやいた。「チャペルいっぱいにな。約束する」

ジュディスは輝くような笑みを見せた。「わたし、ほんとうに優しい人と結婚したのね。花なんかいいのよ、イアン。欲しいものはみんなもらったわ」

「かならず花を用意する」ジュディスの熱烈なほめ言葉がうれしく、ついぶっきらぼうな口調になってしまった。

「あなたこそ、どうして宴《うたげ》から出てきたの？」

「ふたりきりになりたかった」

「なぜ？」

ジュディスの頬に手を添え、顔を近づけた。そして、くちづけした。甘く優しく、愛に満ちたくちづけを。

イアンはゆっくりと唇を離した。ジュディスはため息をつき、彼に寄り添った。こんな満ち足りた思いは、こんな幸せは、いままで味わったことがないような気がする。

沈黙のまま、時が過ぎた。「イアン」

「どうした？」

「父のこと、どうする？」

「なんとかうまくやっていくさ」

それから長いあいだ、ふたりはジュディスの家族について話し合った。ジュディスはやはり父親と兄にまた会いたいといい、イアンは明日の午後、マクリーンの領地へ連れて行くと約束した。

それから、話題はその日の出来事に移った。のんびりとした話がつづいた。ジュディスは目を閉じ、イアンの話を聞くともなく聞いていたが、ブロディックとラムジーが狩りに行くという言葉を聞いて、目をあけた。

イアンの声が、やけにおもしろそうだったからだ。好奇心をそそられた。「なにがおかしいの？」

「あいつら、イングランドへ狩りに行くんだ」イアンはくっくっと笑いながら答えた。

「なぜ？」まったくわけがわからずに尋ねた。

「ここでは探している獲物が見つからないんだと。おれの例にならいたいそうだ」

「イアン、どういう意味？　獲物ってなに？」

「花嫁さ」

ジュディスは声をあげて笑った。イアンはふざけているにちがいない。ふたたび彼に寄り添い、この人の冗談のセンスは変わっていると思った。

イアンは、あえて冗談じゃないとはいわなかった。いずれラムジーとブロディックが花嫁を連れて帰れば、ほんとうのことをいったのがわかるだろう。

いとおしい妻を両腕で包みこみ、目をつぶった。

甘い夏の香りがまじった風が小川を渡ってきて、ふたりを取り巻いた。

ジュディスは夫に心地よく体をあずけ、つくづく考えた。神さまはなんてすばらしい幸せをくださったのだろう。いまでは家族がいる。愛し、いつくしみ、大事にしてくれる人たちがいる。
ついにふるさとができたのだ。

訳者あとがき

またひとつ、ジュリー・ガーウッドの傑作ヒストリカル・ロマンスをお届けでき、うれしく思います。

舞台は十三世紀初頭のハイランド。イングランド貴族の娘ジュディスと、スコットランド人のフランシス・キャサリンは、国同士の反目など関係なく、幼いころから友情をはぐくんできました。年に一度、両国の境で催される祭典で会うだけでしたが、なによりも強い絆で結ばれています。

ふたりは大事な約束を交わしていました。それは、フランシス・キャサリンが結婚して身ごもったら、ジュディスがハイランドへ赴き、出産に立ち会うというもの。ジュディスは約束を守るため、イングランドで暮らしながらお産について学び、親友との再会を楽しみにしていました。

数年後、準備万端で待ちかまえているジュディスを迎えにきたのは、フランシス・キャサリンの義兄であり、氏族《クラン》の若き長であるイアンです。イアンは、イングランド娘がハイランドへ来るわけがないとたかをくくっていましたが、案に違ってジュディスはなにをおいても友のもとへ駆けつける覚悟でした。ジュディスの美しさはもとより、かならず約束を守る誠実さにイアンはたちまち惹かれますが、クランの長たる者、唾棄すべきイングランド人にうつつを抜かすわけにはいかず、なんとか彼女と距離を置こうとします。

一方、ジュディスもイアンに恋心を抱きます。けれど、いずれはイングランドへ帰る身。それにジュディスには、どうしても彼と一緒になれない、ある秘密があったのでした……。

先に邦訳された『精霊が愛したプリンセス』(ヴィレッジブックス)をはじめとする一連のヒストリカル作品では、育った場所とは言葉も習慣も異なる環境に放りこまれたヒロインが、生涯の伴侶と出会い、さまざまな葛藤を乗り越えて成長し、新たな居場所を見いだしていくさまがロマンティックに、ときにコミカルに描かれていました。今作でもその路線は踏襲されていますが、大きなテーマのひとつは、ずばり女同士の友情です。

ジュディスはよそ者だからこそ、閉鎖的なクランのしきたりに疑問を抱きます。そのひとつが、女性が一人前の人間として認められていないのではないか、ということ。イアンはそんなジュディスの義憤を頭ごなしに否定するのではなく、「おかしいと思うことがあるのなら、変えようと努力しなければならないんじゃないか?」と優しく励まします。彼は若くして弟の親代わりとなり、氏族長の務めにひたすらいそしんできた堅物ですが、ジュディスの言い分が正論であると認める度量の広さは持ち合わせているのです。イアンに支えられ、ジュディスの努力はすこしずつ実を結び、クランの人々、ことに女たちに受け入れられ、信頼と友情を獲得していきます。そして物語のラスト、窮地に追いこまれたジュディスの味方についたのは……。ガーウッドならではの大団円に、本を閉じたあとも温かな気持ちが残ります。

ところで、ジュディスはなりゆき上、不本意ながらも助産婦の道を歩みはじめるのですが、当時のヨーロッパでは、女性が医療のおもな担い手でした。男性が出産に立ち会うのがタブーとされていた時代、必然的にお産の介助をするのは女性の役目であり、長い時間をかけて蓄積され、伝承された知識を駆使し、ヒーラー（癒しびと）として活躍したのも女性です。医学が発達していなかったころのこと、有能な女性医療師たちは人々の敬意を集めたことでしょう。

また、本書にはお産用の椅子が出てきますが、このような椅子はギリシャ・ローマ時代から使われていたという記録が残っているらしく、十九世紀に使われていたものが現存しているそうです。あおむけの姿勢での分娩が主流である現代でも、座った姿勢での分娩の利点が見直され、このような椅子（もちろん、近代的なものですが）を使ったお産がふたたび広がりつつあるとのこと。興味深い事実です。

もうひとつ、スコットランドの氏族長についてもすこし説明しておきましょう。氏族長は、ケルト文化圏に特有のタニストリーと呼ばれる後継者選定制度によって選ばれていました。タニストリーでは、氏族長が存命中に親族のなかから後継者候補を指名します。その候補者のなかから、氏族の男子構成員の投票と合議によって、もっともふさわしいと認められた者が後継者（タニスト）に決定するのです。こうして選ばれた氏族長は、氏族民から領地を受託するかわりに民と領地を守る義務を負い、領主として、戦闘の指揮官として、そして裁判官として、実権を握りました。血縁を重んじる一方で、後継者の能力も考慮に入れた制度であったといえます。

それはさておき、イアンの腹心であるブロディックがお気に入りという方は多いのではないでしょうか。表面はぶっきらぼうだけれど、じつは心優しいこの戦士は、コンテンポラリー・サスペンス『魔性の女がほほえむとき』（ヴィレッジブックス）のヒーロー、ジョン・ポールを彷彿とさせます。次作〝*Ransom*〟は、このブロディックの物語。ヴィレッジブックスから刊行の予定ですので、楽しみにお待ちください。

まずは、まさにガーウッドらしい魅力にあふれるこの一冊を楽しんでいただければと、心から願っています。

二〇〇八年六月

ほほえみを戦士の指輪に

著者	ジュリー・ガーウッド
訳者	鈴木美朋《すずきみほう》
	2008年6月20日　初版第1刷発行 2008年7月14日　第2刷発行
発行人	鈴木徹也
発行所	株式会社ヴィレッジブックス 〒108-0072 東京都港区白金2-7-16 電話 03-6408-2325(営業) 03-6408-2323(編集) http://www.villagebooks.co.jp
印刷所	中央精版印刷株式会社
ブックデザイン	鈴木成一デザイン室

 ISBN978-4-86332-039-0 Printed in Japan